ANJA
JONULEIT

SONNEN
WENDE

ROMAN

Penguin Random House Verlagsgruppe FSC® N001967

2. Auflage

Neumarkter Str. 28, 81673 München
Lektorat: Bianca Dombrowa
Umschlaggestaltung: FAVORITBÜRO, München
Umschlagmotive: Artwork unter Verwendung von © Arcangel/Evelina Kremsdorf; © Shutterstock/Joe Belanger, Dario Rigon, Autsawin Uttisin
Satz: Greiner & Reichel, Köln
Druck und Bindung: GGP Media GmbH, Pößneck
Printed in Germany
ISBN 978-3-328-60337-5
www.penguin-verlag.de

Für meine Töchter Astrid und Laura,
die mich zu dieser Geschichte inspiriert haben.

Prolog

Latvijas Avīze, Mittwoch, 22. Oktober 1997.
Wasserleiche am Ufer des Kisch-Sees entdeckt:
Todesumstände rätselhaft

Riga, Kaiserwald - Im Stadtteil Kaiserwald ist am Montag, dem 20. Oktober, die Leiche einer jungen Frau gefunden worden. Das geht aus einer am Dienstag veröffentlichten Pressemitteilung der Kriminalpolizei Riga hervor. Demnach habe eine Spaziergängerin am Montagabend gegen 17.30 Uhr den leblosen Körper am Ufer des Kisch-Sees, im Bereich des öffentlich zugänglichen Badestrands an der Roberta Feldmaņa iela, entdeckt. Nach Angaben der Polizei handelt es sich bei der Toten um die fünfzehnjährige Schülerin Alise S., die zuletzt am Freitagabend, dem 17. 10. 1997, bei einer Schulveranstaltung in der Ezermalas iela gesehen wurde. Bislang gibt es noch keine Hinweise auf Umstände ihres Todes. Die Ermittlungen hierzu sind eingeleitet. Zeugenaufruf: Die Polizei Riga bittet Personen, die das Mädchen am Abend des 17.10. nach einundzwanzig Uhr gesehen haben, um sachdienliche Hinweise. Das Mädchen war mit einem grünen Wollkleid bekleidet und hatte auffälliges langes rotes Haar.

Erster Teil

1.

Ich weiß, was du getan hast. Geh zur Polizei. Sonst muss ich es tun. Das war die SMS von gestern Nacht. Er drückte auf die Taste und steckte das Smartphone zurück in die Tasche seiner Barbourjacke. Den Espresso vor sich auf dem Bistrotisch hatte er noch nicht angerührt. Der Gedanke an den Geschmack verursachte ihm Übelkeit. Er hatte ihn sowieso nur bestellt, weil er irgendetwas hatte bestellen müssen, während er auf sie wartete. Und derweil brannten die Worte ein Loch in sein Gehirn.

An dem hohen Sideboard hinten an der Wand saßen zwei Teenagermädchen in bauchfreien Strickpullovern und kicherten. Sie hatten ihre MacBooks vor sich auf dem Tisch stehen und schienen irgendetwas für die Schule machen zu wollen. Er bemerkte die Blicke, die sie ihm immer wieder zuwarfen, und fragte sich, ob sie über ihn lachten – oder nur seine Aufmerksamkeit erregen wollten.

Der Fenstertisch war gerade frei geworden, als er kam. Er nahm dort Platz und behielt so den Bürgersteig im Auge. Von hier würde er sie kommen sehen. Er würde jeden kommen sehen. Er selbst aber war halb verdeckt von der Säule mit der Tannengirlande, sodass man ihn von außen erst spät erblicken würde und er auf diese Weise die Gelegenheit hätte, schnell dahinter zu verschwinden. Ihm war klar, dass es leichtsinnig war, ohne Bodyguard unterwegs zu sein. Aber er konnte Brammer bei diesem Treffen nicht gebrauchen. Nicht einmal Brammer. Tatsächlich war es das erste Mal seit Jahren, dass er tagsüber ein Café betreten hatte. Für so etwas hatte er schon lange keine Zeit mehr.

Die Tür ging auf, und ein schwarz gekleideter Typ mit breiten Schultern kam mit großen Schritten in seine Richtung. Er spürte, wie sein Körper in Habachtstellung ging und sein Herz zu rasen begann. Und als sei es gestern gewesen, sah er den Mann mit dem Messer wieder vor sich, wie er aus dem Nebel direkt auf ihn zugerannt war. Seine Hand schoss in die Tasche seiner Wachsjacke, umschloss die Walther PPK, die Brammer ihm besorgt hatte, und umklammerte den Griff der Waffe. Doch dann hörte er die Mädchen gicksen. Eine von ihnen sprang auf und fiel dem Typ um den Hals, sodass ihr viel zu kurzes Oberteil hochrutschte und man ihren pinken BH sah. »Iiiiih, bist du nass!«, kreischte sie, als der Typ seine regennassen Haare in ihre Richtung ausschüttelte.

Sein Herz hämmerte weiter, als er die Hand schon längst wieder aus der Tasche gezogen hatte. Und da stand mit einem Mal Jo vor ihm. Nun hatte er sie doch nicht kommen sehen. Sie sah dramatisch aus, ganz in Schwarz, dramatisch und wie immer so schön, dass es ihm im ersten Moment den Atem verschlug, trotz all der dunklen Jahre und all der Wunden, die sie ihm geschlagen hatte. Die sie sich gegenseitig geschlagen hatten. Im Augenwinkel bemerkte er, dass die Teenager und der Typ vom Nebentisch verstummt waren und zu ihr herübersahen. Natürlich erkannten sie sie. Jo lächelte zu ihm herunter, und ihm war klar, dass sie um ihre Wirkung wusste und dass sie ihren Look mit Regenschirm und Accessoires und dem Make-up, das aussah, als sei sie ungeschminkt, bis ins kleinste Detail ausgearbeitet hatte.

Eines der beiden Mädchen trat näher. Es hatte ihr Smartphone in der Hand. Natürlich.

»Oh mein Gott! Joooo?« Ihre Stimme war mehr ein Quietschen, als sie den Wunsch mit dem Selfie vorbrachte.

Wie immer in diesen Situationen reagierte Jo souverän und so warmherzig, als lägen die beiden Mädchen ihr am Herzen. Falk rückte ein wenig mehr in die Ecke, drückte sich ganz an die Wand, er durfte auf keinen Fall im Hintergrund dieser Fotos auftauchen. Als Jo dann ebenfalls ein Selfie von sich und den beiden hübschen Mädchen machte, um diesen Fanmoment festzuhalten, spürte er, wie seine Hände sich zu Fäusten ballten. Die Erinnerung an die Jahre mit ihr steckte ihm so tief in den Knochen, dass der kleinste Reiz seine Gefühle wieder hochkochen ließ. Er hätte es besser wissen müssen. Er hätte sich woanders mit ihr treffen sollen. Das Gespräch, das er mit ihr zu führen hatte, brauchte weiß Gott keine Zuschauer.

Mit einem kleinen Seufzer schlüpfte Jo aus ihrem übergroßen Mantel, griff nach ihrem Regenschirm, den sie für das Selfie abgestellt hatte, durchmaß das ganze Café mit ihrem Laufsteg-Gang, um Mantel und Schirm an der Garderobe loszuwerden. Sie kehrte zurück und ließ sich ihm gegenüber auf dem grün gepolsterten Samtstuhl nieder. Trotz des regnerischen Wintertages trug Jo eine riesige schwarze Hollywood-Sonnenbrille, die auf dem vermeintlich nachlässig aufgetürmten blonden Haar steckte. Auch ihre restlichen Klamotten – der enge Rolli, die schmale Hose – waren schwarz. Das einzig Nichtschwarze an ihr war die Perlenkette ihrer Großmutter um ihren schlanken Hals. Einmal hatte sie ihm unter Tränen erzählt, dass sie diese Kette immer dann trug, wenn sie die ganze positive Erb-Energie ihrer siebenhundert Jahre alten Ahnen benötigte. Vielleicht traf das ja wirklich zu. Vielleicht aber spielte sie an diesem Tag auch nur wieder eine Rolle, möglicherweise die Holly Golightly aus *Frühstück bei Tiffany*. Und da sie wusste, dass er das mit der Erb-Energie wusste, vermutete er eher, dass die Kette ihre Rolle unterstreichen sollte.

Die Kellnerin kam, und Falk sandte ein Stoßgebet zum Himmel, dass sie offenbar kein Instagram nutzte. Nachdem Jo einen Masala Chai bestellt hatte, saß sie ihm gegenüber und rang nervös die schmalen weißen Hände, die sie vor sich auf den Tisch gelegt hatte und an denen, er glaubte es kaum, der Ring prangte, den er ihr zu ihrem zehnjährigen Jubiläum geschenkt hatte. Als sie sich das erste Mal verlobt hatten. Sein Magen zog sich zusammen. Sie würde doch wohl nicht glauben, er habe die Absicht, eine Neuauflage ihrer kranken Beziehung zu starten?

Und so kam er sofort zur Sache und schob ihr das Smartphone über den Tisch, wobei er sie keine Sekunde aus den Augen ließ.

Ich weiß, was du getan hast. Geh zur Polizei. Sonst werde ich es tun.

Er sah, wie ihr Blick den Bildschirm abtastete. Wie sie die Brauen zusammenzog und ihn dann ansah, in einer Mischung aus Irritation und Ratlosigkeit.

»Was ist das? Warum zeigst du mir das?«

»Ist die Nachricht von dir?«

Sie wich zurück, als hätte er sie geohrfeigt.

»Hast du mich deshalb angerufen?« Ihre Stimme zitterte wie ihre Lippen. Und wie auf Knopfdruck füllten sich ihre Augen mit Tränen. »Dass du mir so etwas zutraust …«

Er presste die Lippen zusammen. Er traute ihr noch ganz andere Dinge zu. Aber das würde er jetzt nicht thematisieren.

»Du hast mir schon einmal gedroht.« Er dachte an ihren Überraschungsbesuch im letzten Herbst, kurz bevor er mit Mathilda im Park joggen und der Mann mit dem Messer auf ihn losgegangen war. Zuerst war sie ganz sanft gewesen, hatte versucht, ihn zu umgarnen. Und als er nicht darauf einging, war sie ausgerastet und hatte die Drohung mit den Fotos aus der Kiste geholt.

Sie riss die Augen auf, und eine einzelne Träne kullerte ihre Wange hinunter. Sie wischte sie nicht weg.

»Wann soll das gewesen sein?«

»Ich glaube, das weißt du genauso gut wie ich.«

Sie atmete tief ein und hörbar zittrig wieder aus. Ihre Stimme war sehr leise, als sie nun sagte: »Ich war verzweifelt.«

Die Kellnerin kam, stellte den Chai auf den Tisch und verzog sich diskret. Falk bemerkte, dass die Teenager immer wieder zu ihnen herübersahen. Er konnte nur hoffen, dass diese Szene hier nicht doch irgendwie im Internet landen würde.

Er beugte sich vor, deutete auf die SMS und sagte eindringlich: »Ich muss es wissen. Ob du das warst.«

Eine zweite Träne lief Jo übers Gesicht. Und obwohl er sie so gut kannte, obwohl er all das tausendfach erlebt hatte, ihre Auftritte in allen Schattierungen kannte, sie still weinend oder dramatisch schluchzend oder schweigsam vor Schmerz und dem Zusammenbruch nahe, war er sich in diesem Moment doch wieder unsicher, ob sie nicht wirklich litt.

Plötzlich flüsterte sie, und ihr zarter, blasser Mund bebte.

»Ich hab die Hölle durchgemacht wegen dir, weißt du das? Und trotzdem dachte ich, das Herz bleibt mir stehen, als ich gestern deinen Namen auf dem Display sah.«

Er wusste nicht, was er erwidern sollte, sah sie nur an, ihr betörend schönes Gesicht, diese strahlend blauen Augen, die jetzt von Tränen glänzten.

»Warum hast du mir das angetan?«

Er holte tief Luft. Das hätte er sich ja denken können. Dass es ihr gelingen würde, auch dieses Gespräch in eine ganz falsche Richtung zu drehen. So war sie. Schon immer gewesen. Es kostete ihn seine ganze Selbstbeherrschung, als er nun sagte:

»Das mit uns hätte niemals funktioniert. Es hat nicht funktioniert. Du weißt das so gut wie ich.«

Sie schlug die Augen nieder. »Ich hasse dich«, stieß sie hervor. »Und ich liebe dich. Ist das nicht armselig?«

Als Falk vor dem ROD-Tower ankam, bemerkte er, dass er die Hände zu Fäusten ballte. Immer noch. Es war ein Fehler gewesen, sie anzurufen. Er war nun genauso schlau wie vorher. Er wusste doch, dass Jo eine hervorragende Schauspielerin war, die jede Bühne, die sich ihr bot, für ihre Ziele nutzte. Und eines dieser Ziele schien momentan tatsächlich zu sein, ihn wieder herumzukriegen. Aus dem einzigen Grund, weil er nicht mehr zu haben war.

Er betrat das Foyer, wischte sich die Regentropfen aus den Haaren und nickte den beiden Empfangsdamen zu. Vor dem Privataufzug legte er den Daumen auf den Fingerprint-Türöffner. Während der Lift sich lautlos in Bewegung setzte, um in die Führungsetage der ROD Immobilien zu fahren, wanderten seine Gedanken wieder zu Jo, der Frau, mit der ihn fast fünfundzwanzig Jahre einer ebenso wechselhaften wie unheilvollen Beziehung verbunden hatten.

Zusammengekommen waren sie in einem Bootcamp in Utah, wo man ihnen beiden die Seele aus dem Leib erzogen hatte. Und während die nichtsahnende Welt um sie herum ihre Verbindung für eine logische Konsequenz hielt, für ein Naturgesetz wie das Newton'sche Kraftgesetz oder eine mathematische Formel, dass zwei mit einem Platinlöffel im Mund Geborene eben zwangsläufig zusammenfanden, wussten sie beide es doch besser. Dafür hatten die Erzieher der Provo Canyon School gesorgt: mit Einzelhaft, dem Einsatz von Drogen, Misshandlungen und vielen unaussprechlichen Dingen. Unfassbar, dass dieses Dreckloch von einem Internat noch immer existierte.

Die Aufzugtüren öffneten sich, und Falk trat hinaus. Einen kurzen Moment schwankte er, als er die Glasfront des ROD-Tower entlangging und sein Blick auf die unter ihm im Regen liegende Stadt fiel. Erst fünfzehn Uhr und schon fast wieder dunkel, dachte er. Und: dass er dieses neue Jahr ohne seine Frau begonnen hatte. Ohne Mathilda, die seit zwölf Tagen abgetaucht war. Und obwohl er wusste, dass seine Mutter alles dafür getan hatte, sie zu vergraulen und Mathilda nun jedes Recht hatte, auf Abstand zu gehen, fing er langsam an, sich Sorgen zu machen. Was, wenn ihr doch etwas zugestoßen war? Wenn der Typ, der ihn hatte erstechen wollen, nun Mathilda ins Visier genommen hatte?

Er durchquerte das Vorzimmer zu seinem Büro, lächelte seiner Assistentin Betty zu, die gerade am Telefon war, und schloss die Tür hinter sich. In seinem Büro nahm er als Erstes die Waffe aus der Jacke, tat sie in seine Schreibtischschublade und schloss sie ab. Seit jenem Abend im Park nahm er regelmäßig Schießunterricht. Brammer hatte ihm einen erstklassigen Lehrer besorgt, Andreas Jäger, wie Brammer ein ehemaliger Zeitsoldat, der ihm dabei half, seinen Waffenschein zu machen und sich nicht mehr so hilflos zu fühlen. Er hatte zuvor noch nie eine Waffe in der Hand gehabt. Den Wehrdienst hatten er und Tristan seinerzeit nicht antreten müssen. Seine Eltern hatten dafür gesorgt, dass sie beide wehruntauglich geschrieben wurden. Falk wusste nicht, warum sie das eigentlich getan hatten, wo sie, solange er denken konnte, davon überzeugt waren, gegen die Verweichlichung der Jugend anarbeiten zu müssen. Er nahm an, dass das ihre Art der Wiedergutmachung war, nachdem sie erfahren hatten, was man ihnen in der Provo Canyon School angetan hatte. Obwohl Tristan – im Gegensatz zu ihm – die Zeit recht unbeschadet überstanden hatte. Aber Tristan war schon immer anders gewesen als er, ein Überlebenskünstler. Vielleicht war er ja auch einfach nur manipulativ und skrupellos.

Falk setzte sich an seinen Schreibtisch, stellte sein Smartphone auf das Lade-Dock und schaltete den Laptop ein. Während der Rechner einen Piepton von sich gab und hochfuhr, wanderte sein Blick erneut nach draußen, durch die regenbenetzte Scheibe, wo er sich in den schiefergrauen Baumgerippen am Flussufer verfing. Die Straßenbeleuchtung hatte sich schon eingeschaltet.

Das neue Jahr hatte für ihn so ungut begonnen, wie das alte zu Ende gegangen war. Zuerst Weihnachten. Das er ohne Mathilda, dafür aber mit seinen Eltern und Tristans Familie verbracht hatte und dabei Zeuge wurde, wie die Kinder seines Bruders in affenartiger Geschwindigkeit ein Geschenk nach dem anderen aufrissen, um sich dann zu streiten und den Rest des Abends an ihren iPads zu hängen. Sein Bruder und seine Mutter hatten sich an den Weihnachtspunsch gehalten, und Georg hatte Veronika, seine Schwägerin, die er für eine lasche und inkompetente Mutter hielt, konsequent ignoriert. So war das Familienglück perfekt gewesen. Silvester war auch nicht viel besser gewesen. Das hatte er in Sankt Moritz verbracht, um in seiner Eigenschaft als neuer Vorstand die Angelegenheiten der Dreilinden-Stiftung zu vertreten. Der leidige Vorstandsposten war ihm mit der Eheschließung zugefallen. Wenn es nach ihm gegangen wäre, hätte er nur zu gerne darauf verzichtet. Aber der Erbvertrag war so eine Art Alles-oder-nichts-Deal gewesen: Wenn er an das Vermögen wollte, musste er den Posten annehmen; so hatte sein Großvater es seinerzeit festgelegt. Natürlich könnte er es so handhaben wie Tristan, den im Grunde nichts interessierte – außer Golfen und seine Ruhe. Und der seine Unterschrift unter alles setzte, was man ihm vorlegte. Aber so war er nicht. Er nahm alles immer so verdammt ernst. Und so hatte er sich seit seiner standesamtlichen Heirat im Herbst darum bemüht, sich wenigstens einen *groben* Überblick über die Projekte der Stiftung zu verschaffen. Im Grunde konnte er sich nicht beklagen. Die Mitarbeiter hatten die relevanten Themen gründlich und übersichtlich für ihn aufbereitet, ihm gewissermaßen alles vorverdaut und in magenfreundlichen Häppchen gereicht, damit er nicht allzu viel Zeit darauf verwenden musste. Er hatte ja noch einen »richtigen« Job, seine Arbeit im Vorstand von ROD Immobilien, die in den letzten Jahren immer zeitintensiver geworden war und ihn nun fast auffraß. Und so hätte er es mit der Stiftung jetzt eigentlich gut sein lassen können. Wäre da nicht die Sache mit Sieglinde König gewesen.

»Pling« machte sein Smartphone, das Signal für eingehende Telegram-Nachrichten. Seitdem Mathilda abgetaucht war, hatte er die Signaltöne auf laut gestellt. Er griff danach. Sein Blick fiel auf eine ihm unbekannte Nummer. Vielleicht schrieb Mathilda ihm von einem anderen Handy aus? Oder es war doch etwas passiert! Mit zuckenden Fingern öffnete er die Nachricht. Im ersten Moment waren seine Augen langsamer als sein Verstand. War das ein *Meme*, das seine Nichte Wilhelmine ihm geschickt hatte? Das Kind und er teilten denselben Humor, weshalb sie ihn regelmäßig mit schrägen Fotos und noch schrägeren Videos versorgte. Aber wieso dann unter dieser Nummer? Er tippte auf das Foto, um es zu vergrößern.

Fast wäre ihm das Smartphone aus der Hand gefallen. Mit schreckgeweiteten Augen starrte er auf das Gesicht vor sich auf dem Display. Es war dasselbe Gesicht wie in seinem Traum. Jedes Detail. Das rote Haar wie die Schlangen der Medusa. Die Haut so weiß wie Kalk. Die Augen weit geöffnet und blicklos. Aber wie war das möglich? Ein unheimliches Gefühl kroch in ihm hoch. Wie konnte jemand wissen, was er träumte?

Auf dem Heimweg ließ er Brammer die Heizung hochdrehen. Im Rückspiegel begegnete er dem wie immer reglosen Blick seines Leibwächters. Um nichts in der Welt hätte er je sagen können, was dieser Mann dachte oder – Gott bewahre – fühlte. Er schaltete die Sitzheizung ein und bald wieder aus. Die Hitze kroch ihn unnatürlich an, als säße er auf einer Art elektrischem Stuhl. Und die ganze Zeit über war ihm klar, dass die Kälte, die er spürte, aus seinem Inneren kam.

Im Büro hatte er noch ewig so dagesessen und auf das bleiche Gesicht auf seinem Smartphone gestarrt. Es war kein Foto, das man ihm da geschickt hatte, es war eine Zeichnung, und sie sah aus wie die Bilder, die Xenia immer gemalt hatte. *Fratzen* hatte seine Mutter die Gesichter genannt und mit ihrer konsequenten Ablehnung und ihrem Unverständnis für die künstlerischen Ambitionen ihrer Tochter dafür gesorgt, dass Xenia sich immer mehr in sich selbst zurückzog, bis sie irgendwann ganz verstummte. Wie am Fließband hatte Xenia diese Zeichnungen damals produziert, als sie noch in Riga, in dem Haus im Kaiserwald, gewohnt hatten. Als könnte sie die Freundin so wieder zum Leben erwecken. Erst Jahre später hatte er begriffen, dass seine Schwester in Alise verliebt gewesen war. Über sein Smartphone gebeugt war er dann darauf gekommen, das Foto zu vergrößern. Und hatte in der unteren Ecke die Signatur entdeckt, das kleine X. Daraufhin war er betäubt und verwirrt in seinen ergonomischen Schreibtischstuhl zurückgesunken und hatte versucht, sich durch seine Verwirrung hindurchzutasten, aus ihr herauszugelangen, zurück in sein hell erleuchtetes Büro im ROD-Tower. Doch da waren sie ihm schon auf den Leib gerückt, die dunklen Erinnerungen an jene Nacht, und hatten ihn zum Grund gezogen wie der Nöck, von dem seine Dreilinden-Oma ihnen als Kinder erzählt hatte. Tatsächlich war er erst wieder aufgetaucht, als Betty den Kopf zur Tür hereingesteckt und erschrocken gefragt hatte, ob es ihm gut gehe, er sei so blass. Schnell hatte er etwas von Unterzucker gemurmelt, und wenige Sekunden später stand eine Tüte Studentenfutter auf dem Schreibtisch. Betty blieb demonstrativ so lange stehen, bis er sich eine Handvoll Rosinen und Nüsse in den Mund geschaufelt hatte. Als sie sein Büro wieder verlassen hatte, griff er kauend nach dem Smartphone, scrollte durch seine Kontakte und fand sie tatsächlich noch, Xenias Nummer. Doch wie erwartet: Diese Rufnummer war nicht vergeben. Es wäre ja auch zu schön gewesen. Das war wohl zurzeit sein Schicksal: dass er die Menschen, die er unbedingt sprechen wollte, nicht erreichte. Wie sehr sehnte er sich nach Mathilda …

Während der Wagen weiter Stop-and-go durch den dichten Berufsverkehr kroch, wählte er nun noch einmal Mathildas Nummer, und wie erwartet sprang auch dieses Mal sofort die Mobilbox an. Es war doch nicht möglich, dass sie zwölf Tage lang ihr Smartphone ausgeschaltet ließ. Er beugte sich vor, gab Brammer die Order, in Lichtenberg vorbeizufahren, an Mathildas Apartment, das sie auch nach der Eheschließung behalten hatte. Das war auch so etwas, das ihn beschäftigte. Dass sie die Wohnung nicht aufgegeben hatte. Als wollte sie sich den Rückweg offenhalten. Und während draußen die noch immer weihnachtlich geschmückten Straßen vorbeizogen, versuchte er zu ergründen, wohin sie abgetaucht sein könnte – während er gegen die immer wieder in ihm aufsteigende Angst ankämpfen musste, ihr könne etwas zugestoßen sein.

Als sie nach den Feiertagen nicht zurückgekommen war, war er sich sicher gewesen, dass sie nach Namibia geflogen sein musste. Zwar lebten ihre Eltern nicht mehr, aber sie hatte natürlich noch Freunde dort. Doch je mehr Zeit verging, desto größer wurden seine Zweifel. Und dann beauftragte er Brammer, die Passagierlisten nach Windhoek überprüfen zu lassen, nur um herauszufinden, dass in den Tagen um Weihnachten herum keine Passagierin namens Mathilda Bekendorp verzeichnet gewesen war. Da hatte er begonnen, sich Sorgen zu machen. Wo konnte sie sein? Sie kannte nur wenige Menschen hier in Deutschland. Und enge Freunde waren seines Wissens nicht darunter. Warum hatte seine Mutter auch nicht *ein Mal* die Klappe halten können! Nicht dass gerade er in der Position gewesen wäre, ihr einen Vorwurf zu machen. Schließlich war er selbst so dumm gewesen, Mathilda von *der Bedingung* zu erzählen. Im Suff war das gewesen, ausgerechnet in ihrer Hochzeitsnacht. Seitdem hatte sie das mit sich herumgetragen und kein Wort darüber verloren. Unter diesem Aspekt passte sie eigentlich gut in diese Familie. Denn wenn die Prokhoffs eines konnten, dann war es das: Geheimnisse in sich einzuschließen, den Schlüssel wegzuwerfen und sie ein Leben lang mit sich herumzutragen.

Nachdem die Hochzeitspläne mit Josephine im letzten Jahr endgültig zerplatzt waren, hatte er dagestanden und nicht weitergewusst. Zuerst war er nur wütend gewesen, dass sie die Verlobung tatsächlich gelöst hatte. Allerdings war das seiner Meinung nach nur wieder ein weiterer ihrer Schachzüge gewesen, um zu bekommen, was sie wollte. Sie kannte den Erbvertrag und wusste, dass er unter Druck war und heiraten *musste*, um endlich finanziell unabhängig zu sein. Und obwohl die Beziehung, die Jo und ihn aneinandergekettet hatte, wohl noch am besten als »zerstörerisch« bezeichnet werden konnte, war sie doch die einzige Verbindung gewesen, aus der so etwas wie eine Ehe hätte entstehen können. Und dann war plötzlich Mathilda aufgetaucht. Im letzten Sommer, während der großen Hitzewelle, war sie ihm eines Abends in den Wagen gecrasht. Und obwohl es nicht seine Schuld gewesen war, hatte er noch Wochen danach Albträume davon gehabt, hatte sie vor sich gesehen, wie sie auf dem Fahrersitz gekauert hatte, zusammengesackt und bleich, mit diesem rotgoldenen Haar, und dieses Bild hatte sich überlagert mit jenem anderen Bild, das er schon so viele Jahre lang vergeblich loszuwerden versuchte. Mathildas Anblick war ihm an diesem heißen Sommertag wie ein Stromstoß in den Körper gefahren, und er hatte – das erste Mal in seinem Leben – den Namen von Prokhoff benutzt, damit sie im Krankenhaus die bestmögliche Behandlung erfuhr. Und dann waren zwei Dinge passiert: Er hatte die Kellertür zu den tief in ihm verschlossenen Albträumen nicht mehr zubekommen. Das war das eine. Das andere hatte während der Tage, die Mathilda mit einem Schädel-Hirn-Trauma im Krankenhaus verbracht hatte, stattgefunden und ihn völlig unerwartet erwischt: Er hatte sich in diese schöne, geerdete, überaus direkte und ein bisschen sonderbare Frau verliebt, die manchmal sprach wie ein Kerl und ihm körperlich – das wusste er inzwischen – haushoch überlegen war, obwohl man es ihr auf den ersten Blick nicht ansah.

Sein Smartphone klingelte. Er fummelte es aus der Jackentasche und war sofort alarmiert. Es war sein Vater. Sein Vater rief ihn selten an. Etwas musste passiert sein. Ohne Zeit an ein Grußwort zu verschwenden, hörte er ihn sagen:

»Gerade war Horst Schmitt bei mir. Frau König hat versucht, sich umzubringen.«

Falk versagten die Worte, und er spürte, wie sein ganzer Körper sich anspannte. »Du meinst *Sieglinde* König …«

»Ja, Sieglinde König, unser Stiftungsvorstand. Sie hat offenbar versucht, sich vor die U-Bahn zu werfen … heute Morgen war das … aber ein Passant hat sie gerettet.«

»Das ist ja … schrecklich.« Falk begegnete Brammers Blick im Rückspiegel.

»Ja«, sagte Georg, »das ist schrecklich.« Dann schwieg er einen Moment und fuhr nahezu übergangslos fort: »Da müssen wir nun schnell eine Nachfolgerin finden. Bis zum Charity-Dinner im Ritz sind es nur noch vier Wochen!«

Im ersten Moment glaubte Falk, nicht recht verstanden zu haben. Dann brach es aus ihm heraus: »Daran denkst du jetzt? Ans Spendensammeln?«

Sein Vater seufzte. »Das Leben geht weiter. So ist das nun mal.«

Mit tonloser Stimme fragte Falk: »Weißt du, in welcher Klinik sie ist?«

»Wir haben sie in die Marienstein-Klinik in Treptow bringen lassen, eine ziemlich gute Privatklinik. Deine Mutter hat sich dafür eingesetzt ... Wir finden, dass wir ihr das schuldig sind.«

2.

Sie war wieder zurück, hockte in ihrem Apartment in Lichtenberg und checkte ihr Smartphone, das andere, auf dem seit ihrer überstürzten Abreise vor Weihnachten über hundert Nachrichten eingegangen waren: verpasste Anrufe, SMS und Telegram-Nachrichten. Und alle waren sie von Falk.

»Bitte. Rede mit mir. Ich mach mir große Sorgen.« Das war seine letzte Nachricht gewesen, vorgestern um 5.43 Uhr.

Sie scrollte durch die Nachrichten. *Bitte komm zurück. Wir müssen reden. Bitte melde dich. Es ist nicht, wie du denkst.* Immer wieder die gleichen Worte. Man könnte meinen, Falk habe in ihrer Abwesenheit ein Rhetorikseminar besucht, wo ihm die Methode der kaputten Schallplatte eingetrichtert wurde. Jedenfalls hat er jetzt so richtig Drehzahl bekommen, dachte Penelope und ertappte sich dabei, wie der Gedanke eine grimmige Genugtuung in ihr auslöste. Wahrscheinlich enthielt sein Erbvertrag einen Passus, der eine Mindestdauer seiner Scheinehe vorschrieb, und jetzt ging ihm die Düse, dass ihm das Geld davonschwamm, wenn ihre Ehe vorher geschieden würde.

Ein prasselndes Geräusch ließ sie aufschauen. Wieder eine Bö, die den Regen über das Küchenfenster wischte. Sie stand auf und sah hinunter auf die Reihe dicht an dicht geparkter Wagen, wo auch ihr geliebter Landrover stand, mit dem sie heute schon über siebenhundert Kilometer zurückgelegt hatte, bei strömendem Regen, vom Allgäu nach Berlin. Der Abschied von ihren Großeltern heute Morgen war ihr schwergefallen. Sie wusste nicht, wie lange sie hier noch durchhalten würde, mit diesen ganzen Lügen, wie lange es noch dauern würde, bis sie das alles endlich hinter sich lassen und wieder zurückkehren konnte in ihr eigenes Leben. Und wann würde sie ihre Großeltern wiedersehen? Der Gedanke an die beiden tat ihr weh, wie sie heute Morgen auf der Straße gestanden und ihr hinterhergewinkt hatten, der Opa in seinen Haferlschuhen und dem Janker, die Oma in ihren Giesswein-Pantoffeln und dem grünen Lodenmantel, den sie rasch übergeworfen hatte. Wenn dieser ganze Zirkus hier nur schon vorüber wäre und sie ihnen alles erzählen könnte! Wenn sie jetzt wieder daran dachte, wie die Oma sich nach ihrer *Umschulung* erkundigt hatte, nach den einzelnen Fächern, und wie sie gezwungen gewesen war, ihr so dreist ins Gesicht zu lügen. Und wie der Opa ihr, kurz bevor sie ins Auto gestiegen war, auf die Schulter geklopft und gesagt hatte, dass sie das alles vorbildlich meistern würde, so wie sie bisher immer alles in ihrem Leben gemeistert hatte. Um ein Haar hätte sie da ihre Geheimhaltungspläne über den Haufen geworfen und ihnen reinen Wein eingeschenkt.

Sie sah hinunter auf die Straße, auf den im orangeroten Licht der Laternen nass glänzenden Asphalt und ging dann ins Bad, um ihre Laufsachen anzuziehen. Bevor sie in die Prokhoff'sche Villa zurückkehren konnte, musste sie sich unbedingt noch auslaufen. Sie streifte die Jeans ab und hängte den blau-weiß gemusterten Norwegerpullover, den die Großeltern ihr zu Weihnachten geschenkt hatten, auf einen Bügel und schlüpfte in ihr Odlo-Shirt, das noch immer auf dem Trockenständer über der Badewanne hing. Die Regenhose holte sie aus der Kommode neben dem Bett und stieg hinein. Sie wollte sich gerade abwenden, als ihr Blick auf das aufgerollte Plakat fiel, das sie vorhin, gleich nach ihrer Rückkehr, auf dem Tisch abgelegt hatte. Noch in Unterwäsche löste sie den Gummi und rollte es aus. Auf der Vorderseite das Filmposter *Der Berg ruft*, das in ihrem alten Jugendzimmer über dem Bett gehangen hatte; auf der Rückseite der Schlachtplan, den sie in den vergangenen zwei Wochen minutiös ausgearbeitet hatte. Sie beschwerte die vier Ecken mit zwei Kettlebells und den beiden Wasserflaschen, die sie für ihr Krafttraining verwendete, und betrachtete die Mindmap mit den diversen Kreisen und Pfeilen, in denen sie ihre nächsten Schritte geplant hatte und – je nach möglicher Entwicklung – auch alternative Vorgehensweisen. Es gab so viele Spuren, denen sie nachgehen musste: allen voran eine auf einem rosaroten Handzettel notierte Adresse in

Riga, die sie bei nochmaliger Sichtung der Sachen ihrer Mutter gefunden hatte, *Līksnas iela 29, Moskauer Viertel* sowie *Donnerstagabend.* Penelope wusste auch nicht, warum, vielleicht lag es nur an den Nachwirkungen von Xenias Graphic Novel, in der diese behauptet hatte, ihre Mutter und Georg von Prokhoff seien ein Liebespaar gewesen. Jedenfalls hatte dieser Zettel ihre Aufmerksamkeit erregt, und sie hatte sich gefragt, warum ihre Mutter wohl den Flyer einer Pizzeria aufbewahrt hatte. Die Handschrift darauf stammte jedenfalls weder von ihrer Mutter noch von ihrem Vater. Und so hatte sie sich vorgenommen, sich als Erstes nach ihrer Rückkehr einmal Georgs Handschrift anzusehen.

Während sie ihre Laufschuhe anzog, kehrten ihre Gedanken wie so oft in den vergangenen Tagen fast zwanghaft zu dem toten Mädchen zurück, Alise Vitola. In ihrer Graphic Novel hatte Xenia sie *Elise* genannt. Penelope hatte diese Alise zweifelsfrei wiedererkannt als das Mädchen, das Falk und Tristan geküsst hatte, als das Mädchen, das laut Xenias Comic nachts aus Georgs Zelt gekommen war. Weshalb Penelope nun den Plan gefasst hatte, so bald wie möglich nach Riga zu fliegen. Weil sie seit der Lektüre von *Kaiserwald I* den Verdacht nicht loswurde, dass es möglicherweise einen Zusammenhang zwischen dem Verschwinden ihrer Mutter und Alise Vitolas Tod geben könnte. Am liebsten würde sie gleich morgen oder übermorgen fliegen, also noch vor ihrer offiziellen Rückkehr zu den Prokhoffs. Wer wusste schon, wann sie wieder die Gelegenheit bekäme, sich für ein paar Tage zu verdrücken, ohne den Verdacht der Prokhoffs auf sich zu lenken? Andererseits wäre es gut, schon bei ihrem Reiseantritt bestimmte Informationen zu haben, zum Beispiel die genaue Adresse der Prokhoffs damals in Riga. Eines sollte ihr jedoch klar sein: Wenn die Prokhoffs, so wie Xenia das in *Kaiserwald I* hatte anklingen lassen, in irgendeiner Weise etwas mit dem Verschwinden – oder gar dem Tod – dieses Mädchens zu tun hatten, dann musste sie aufpassen, dass sie sich nicht zu auffällig für diese Stadt interessierte. Sie würde also entweder ohne deren Wissen fliegen oder einen sehr plausiblen Grund für diese Reise finden müssen.

Sie nahm die Regenjacke von der Garderobe, schnallte sich den Rucksack mit den Gewichten auf den Rücken und zurrte den Gurt fest. Kurz bevor sie das Licht löschte, fiel ihr Blick auf die Weihnachtskarte, die sie bei ihrer Rückkehr vorgefunden hatte. Es war ein Foto ihres Vaters mit seiner zweiten Frau und den drei Kindern vor einem mit Strohsternen und Bienenwachskerzen dekorierten Weihnachtsbaum. Ihr Vater und Jule, die das »neue« Baby auf dem Arm hielt, strahlten, als würden sie dafür Geld bekommen. Die beiden älteren Geschwister, Nele, neun, und Friedolin, sechs, wirkten ein wenig mürrisch.

Penelope wandte den Blick ab. Das Foto erinnerte sie an das unerfreuliche Telefonat, das sie mit ihrem Vater geführt hatte, vor nunmehr sieben Tagen. Eine ganze Woche lang hatte sie dieses Gespräch von Tag zu Tag verschoben, doch als am Neujahrstag ihr Smartphone geklingelt und sie seinen Namen auf dem Display gelesen hatte, hatte sie das als Zeichen gedeutet und das Gespräch angenommen. Und weil sie sie war, hatte sie nach dem Festtagsgeplänkel und dem Austausch von Dankesbezeugungen recht zügig die Rede auf den 21. Oktober 1997 gebracht, den Abend, an dem Alise Vitola zuletzt lebend gesehen worden war. Sie hatte gehört, wie ihr Vater scharf eingeatmet hatte. Nach einer beklemmenden Pause hatte er schließlich erwidert: »Wie kommst du denn jetzt bitte darauf?« Seine Stimme klang vorwurfsvoll. Doch ehe sie antworten konnte, seufzte er und sagte: »Schon gut, schon gut, ich weiß ja …«

Damit spielte er auf das ausgeprägte Erinnerungsvermögen seiner Tochter an, das man inzwischen als HSAM diagnostiziert hatte.

Sie zog die Wohnungstür hinter sich zu, ging am Aufzug vorbei – sie nahm niemals den Aufzug, auch nicht, wenn sie zwei volle Einkaufstüten zu tragen hatte – und lief die Treppe hinunter.

Ihr Vater hatte sich schneller gefasst, als sie erwartet hatte. Sie hatte ihn vor sich gesehen, im Wohnzimmer seiner perfekt renovierten Altbauwohnung, wie er dastand, inmitten von lauter Holzspielzeug, ganz ehemaliger Schulleiter, leicht gebeugt mit seinen eins neunzig und auch ein wenig schief, das Smartphone in der feingliedrigen Lehrerhand. Bestimmt trug er – wie immer, seitdem er mit Jule zusammen war, – braune Cordhosen und eines der vielen Karohemden, mit denen er inzwischen verwachsen schien. Selbst seine ehemals unauffällige Brille hatte er gegen eines dieser Hipster-Brillengestelle aus Horn ausgetauscht. Penelope fragte sich, was als Nächstes käme, ein modischer Salafisten-Bart?

Im Hintergrund war mit einem Mal Babygeschrei zu hören, dann rief ihr Vater und klang dabei überraschend aggressiv: »Verdammt noch mal, Nele! Lass deinen Bruder in Ruhe!« 2014, mit siebenundsechzig, war er noch einmal Vater geworden, zur gleichen Zeit, als er in Pension gegangen war. Nicht zum ersten Mal fragte Penelope sich, ob er sich seinen Ruhestand tatsächlich so vorgestellt hatte, mit Tragetüchern und Babykotze. Ihr Vater und ihre Mutter waren fünfzehn Jahre auseinander gewesen, weshalb ihre Großeltern nur wenig älter waren als ihr Vater. Seine Frau Jule war fünfunddreißig Jahre jünger als er, was Penelope nun drei Halbgeschwister beschert hatte: die nölende Nele, den teilnahmslosen Friedolin, der weder Hallo noch Danke sagen konnte; und nun auch noch den ständig kreischenden Balthasar.

»Du erwartest doch nicht wirklich, dass ich mich jetzt noch daran erinnere, was an einem Tag im Oktober 1997 passiert ist!« Dieser Satz galt offensichtlich wieder Penelope, wobei seine Stimme nun anders klang, wieder ganz nach dem Mathelehrer, der bei einem Fünferkandidaten die Mitternachtsformel einforderte. Doch Penelope ließ sich nicht beirren. Diesmal war *sie* an der Reihe, etwas von ihm einzufordern.

»Natürlich nicht an das genaue Datum. Aber dass du dich an diesen Streit mit Mama erinnerst, das erwarte ich schon.« Und dann legte sie noch ein wenig nach. »Immerhin ging es um eine tote Schülerin.«

Eine Weile war es still. Dann sagte ihr Vater: »Das Ganze hat deiner Mutter sehr zu schaffen gemacht. Sie war, ich weiß auch nicht, wie von Sinnen. Hat sich in den Kopf gesetzt, dass ich ...« Er brach ab.

Aber Penelope hakte nach: »Was hat sie sich in den Kopf gesetzt?«

»Sag mal, wieso gräbst du das denn jetzt wieder aus? Verschwende deine Energie doch nicht auf diese alten Geschichten. Das tut dir nicht gut!«

So war ihr Vater schon immer gewesen, rational, kühl, darauf bedacht, seine *Energie* nicht auf Dinge zu verschwenden, die zu nichts führten. Wenn er wüsste, dass sie auf ihre Karriere als Berufssoldatin verzichtet und einen Mann geheiratet hatte, den sie kaum kannte, und das aus dem einzigen Grunde, weil sie endlich herausfinden wollte, mit letzter Konsequenz, was damals mit ihrer Mutter geschehen war!

Mit einem Mal hatte sie keine Geduld mehr. In scharfem Ton sagte sie: »Möchtest du, dass ich das Gespräch wiederhole?« Und ehe er noch in der Lage war, etwas zu erwidern, gab Penelope den Streit, den sie damals mitangehört hatte, wieder, Wort für Wort. Die Anklage ihrer Mutter, seine Antworten. *Sie soll abgetrieben haben.* Das waren die genauen Worte ihrer Mutter gewesen. »Und dann hat Mama dich angeschrien. *Was hast du mit den zweitausend Mark gemacht, die du abgehoben hast? Was? Hast du irgendwas damit zu tun?* Das hat Mama dich gefragt, und jetzt frage *ich dich*: Was hat Mama damit gemeint? Dass du was mit diesem Mädchen hattest und ihr Geld für eine Abtreibung gegeben hast?«

Penelope hatte an sich halten müssen, nicht ebenfalls zu schreien wie ihre Mutter damals. Sie spürte, wie ihr Herz galoppierte, wie sie das Smartphone fest umklammert hielt.

Wieder schwieg ihr Vater. Doch diesmal war es ein anderes Schweigen. Und als er endlich antwortete, war seine Stimme feindselig: »Du bist ja vollkommen verrückt. Hörst du dir eigentlich selbst zu?«

Und dann hatte er einfach aufgelegt.

Penelope riss die Haustür auf, viel zu schwungvoll, sodass die schwere Metalltür gegen den Stopper donnerte, und trat auf den Bürgersteig, den Rucksack mit den Gewichten auf dem Rücken.

Es regnete noch immer. Mit einer routinierten Bewegung stopfte sie sich die Haare unter die Mütze, steckte sich die Airpods in die Ohren, wählte ihre Lauf-Playlist und überquerte die Straße. Sie lief an der Bushaltestelle vorbei und an einem parkenden Wagen, dessen Scheibenwischer in langsamem Rhythmus über die Windschutzscheibe glitten. Der Bürgersteig und auch die Straße waren menschenleer, so wie es ihr am besten gefiel. Das war wohl das größte Problem, seitdem sie in Berlin lebte: dass es hier ständig und überall Menschen gab. Sie atmete tief und verfiel bald in einen gleichmäßigen Rhythmus. Wieder kehrten ihre Gedanken zu ihrem Vater zurück. Wahrscheinlich hätte sie etwas geschickter vorgehen sollen; wobei, wenn sie ehrlich zu sich selbst war, Diplomatie nicht gerade ihre hervorstechendste Charaktereigenschaft war. Sollte sie diese Eigenschaft überhaupt je besessen haben, dann hatten vierzehn Jahre Bundeswehr ihr diese Art von Feingefühl offenbar endgültig ausgetrieben.

Als Penelope eine Dreiviertelstunde später wieder in ihre Straße zurückkehrte, war es dunkel geworden. Die letzten dreihundert Meter legte sie im Sprint zurück. Sie fühlte sich jetzt besser, ruhiger im Kopf. Im Moment gab es für sie nur die kalte Luft, die in ihrer Lunge brannte, und den Regen, der ihr Gesicht kühlte. Ein paar Minuten lief sie noch locker den Bürgersteig auf und ab, vorbei an der Bushaltestelle, wo ein paar Jugendliche im Bushäuschen saßen und rauchten. Penelope kehrte um, zog sich die Mütze vom Kopf und sah einen Augenblick hinauf in den Regen, der im orangenen Licht der Straßenlaternen schräg vom Himmel fiel. Immer noch in leichtem Trab wechselte sie die Straßenseite und steuerte auf ihre Haustür zu. Im Augenwinkel sah sie einen Mann aus einem der geparkten Wagen steigen. Sie beachtete ihn nicht weiter, tastete in der Jackentasche nach dem Schlüssel. In dem Moment hörte sie durch die Musik aus den Airpods, wie jemand ihren Namen rief. Sie blickte auf, begriff, dass es der Mann sein musste, der eben aus dem Auto gestiegen war. Den Hausschlüssel wie eine Waffe in der Hand, ging sie sofort in eine Abwehrhaltung, spürte, wie jeder Muskel ihres Körpers sich anspannte. Erst als er in den Lichtkegel der Straßenlaterne trat, erkannte sie ihn.

3.

Die König hat versucht, sich umzubringen. Dieser Satz auf Dauerschleife in seinem Kopf. Er legte sich noch ein wenig mehr in die Riemen. Tsch-klack. Tsch-klack. Die Rudermaschine machte einen Heidenlärm und kam doch gegen die Lautstärke seiner Gedanken nicht an. Er stieg ab, holte die Airpods, die immer noch in seiner Messenger Bag waren, und stöpselte sie sich in die Ohren. Wieder auf der Rudermaschine, donnerte nun Iron Maiden durch seine Gehörgänge und verdrängte den Gedanken an die junge Frau. Das war auch so etwas, was er von Mathilda übernommen hatte: diese schreckliche Musik, die man hören konnte, um alles andere zum Schweigen zu bringen.

Eigentlich wäre er lieber laufen gegangen, aber er hatte keine Lust gehabt, vor dem durchtrainierten Brammer, diesem Sporttier, durch den Park zu keuchen. Mit Brammer im Nacken fühlte er sich immer wie der kleine Falk aus dem Sommercamp, der zur Strafe Liegestütze machen musste, während alle anderen um ihn herumstanden und lachten, allen voran Tristan. Er steigerte das Tempo, bis ihm der Schweiß ausbrach. Und landete doch nur wieder bei Sieglinde König. Die versucht hatte, sich vor die U-Bahn zu werfen.

Das erste Mal war er ihr im Sommer begegnet, als sie im Foyer des ROD-Tower auf ihn gewartet hatte. Ob sie ihn kurz sprechen könne. Es ginge um die ROD-Familienstiftung. Wenn er an diese Begegnung dachte, wie sie da vor ihm gestanden hatte, mit dem zu einem strengen Knoten zusammengefassten blonden Haar und ihrer weißen, bis zum obersten Knopf geschlossenen Bluse, hatte sie äußerste Effizienz und Beherrschtheit ausgestrahlt. Eigentlich hatte sie ausgesehen wie der wahr gewordene Traum seiner Mutter, die ein Faible für *anständig aussehende junge Leute* hatte. Soweit er wusste, war Sieglinde König früher selbst Stipendiatin der Familienstiftung gewesen. Das hatte sein Vater ihm einmal erzählt. Er erinnerte sich auch, dass er die junge Frau eine *Überfliegerin* genannt hatte, einen seltenen Glücksfall und eine Person, die unbedingt »in unserem Sinne« gefördert werden müsse. Nach Abschluss ihres Studiums hatte sie dann zuerst als Pressereferentin für die Stiftung gearbeitet, und später hatten seine Eltern sie in den Vorstand geholt. Und doch hatte Falk sich an jenem Juli-Tag von ihr überrumpelt und belästigt gefühlt, wahrscheinlich hauptsächlich deshalb, weil gerade seine Verlobung in die Binsen gegangen war und er einfach nur seine Ruhe gewollt hatte. Er hatte die König daraufhin mit ein paar dürren Worten abgewimmelt: dass sie sich an seinen Bruder wenden solle, da er, Falk, ja gar keinen Posten in der Stiftung innehabe. Ein paar Tage später hatte sie ihm eine Mail geschrieben. Dass sie ihn trotzdem dringend sprechen, ihm etwas Wichtiges über die Stiftung sagen müsse. Er sei der falsche Ansprechpartner, hatte er schriftlich wiederholt, ihr aber immerhin angeboten, ihr Anliegen kurz zu schildern, er werde es an die entsprechende Stelle weiterleiten. Was sie jedoch nicht getan hatte und ihm stattdessen noch einmal schrieb, eine Mail, die – das konnte er nicht anders sagen – befremdlich klang. Daraufhin hatte er sich dann doch mit ihr getroffen.

Das Treffen war eigenartig verlaufen. Schon zu Beginn hatte sie fahrig gewirkt und ihm dann, als sie sich in einer Nische bei McDonald's gegenübersaßen, eine wahrhaft abenteuerliche Geschichte erzählt, die im Verlauf der Viertelstunde, die sie dort verbrachten, immer abenteuerlicher wurde. Gleich zu Beginn hatte sie ihm eine Excel-Tabelle mit den Geldflüssen der Stiftung gezeigt und ihm in einem sich steigernden Sprechtempo von ihrem Verdacht erzählt, dass diese oder jene größere Summe für kriminelle Zwecke missbraucht würde. Als er sagte, auf die Schnelle könne er dazu nichts sagen, und Sieglinde König bat, ihm die Tabelle doch zuzuschicken, damit er sie sich in Ruhe ansehen könne, weigerte sie sich. Im Laufe des Gesprächs wurde sie immer nervöser, sah sich häufig um und fragte ihn schließlich mit gesenkter Stimme, ob er nicht auch den Eindruck habe, dass *der Typ dort sie beobachten würde*. »Der Typ dort« war ein junger Mann mit Zopf, der, ein Schlachtfeld von leeren Burger-Schachteln vor sich auf dem Tablett, auf seinem Smartphone herumwischte und erst aufblickte, als sie beide ihn anstarrten. Schließlich hatte Falk sich mit den Worten von ihr verabschiedet, dass er »der Sache nachgehen« werde. Kurz hatte er tatsächlich überlegt, einen Blick in die Stiftungsfinanzen zu werfen. Aber dafür hätte er sich die Zugangsdaten verschaffen und erklären müssen, warum er sie benötigte. Und so war die Angelegenheit in die Mühlen seines Alltags geraten. Bis ihm der Portier im Stadtpalais vorgestern einen Brief übergeben hatte. Er fühlte sich elend und schuldig.

Er ließ den Griff der Rudermaschine los. Schweißnass stieg er unter die Dusche, wo er lange blieb und das Wasser auf Kopf und Schultern prasseln ließ, bis seine Gedanken irgendwann stoppten. Mit nassen Haaren setzte er sich anschließend auf den breiten Fenstersitz und begann, die Salat Bowl zu essen, die er sich vom Lieferservice um die Ecke hatte bringen lassen. Auch heute übernachtete er wieder in der Stadtwohnung, die er seit Mathildas Verschwinden verstärkt nutzte. In erster Linie deshalb, weil es von hier aus nur die halbe Strecke bis nach Lichtenberg war. Und er – ohne Brammers Wissen – jeden Abend vor dem Zubettgehen noch einmal zu Mathildas Wohnung fuhr, um vor ihrem Haus im dunklen Wagen zu sitzen und den Blick zwischen ihren Fenstern und der Haustür hin und her wandern zu lassen. Wie gut, dass niemand wusste, was für ein liebeskranker Trottel er in Wirklichkeit war. Während er kaute, blickte er auf die regennasse Straße hinunter, auf die Leute, die im Schein der Schaufensterbeleuchtung wie vom Sog der Tide in die Läden hineingezogen und mit Einkaufstüten beladen wieder ausgespuckt wurden. Dieses Treiben beruhigte ihn, es war ein bisschen so, als bewegten die Leute sich stellvertretend für ihn. Solange sie sich dort unten bewegten, konnte er innehalten. Vielleicht erinnerte ihn der Anblick auch an seine Kindheit, an die Zeit vor dem ersten Internat, als Agnes mit ihm jeden Nachmittag vor dem Fünfuhrtee in einem dieser Wimmelbücher geblättert hatte, im Grunde die einzige Zeit des Tages, in der er stillgesessen hatte. Agnes hatte ihn immer liebevoll *Busy Bee* genannt.

Er stand auf, ging in die Küche und spülte die Essensreste aus der Schüssel. Er öffnete die Klappe der Spülmaschine. Und musste schon wieder an Sieglinde König denken. Als ihm der Portier vorgestern den Brief überreicht hatte, hatte er im ersten Moment geglaubt, er sei von Mathilda. Als er ihn entgegennahm, schwankten seine Erwartungen zwischen überbordender Erleichterung (es ging ihr gut!) und einem winzigen Anteil an Furcht (sie wollte die Scheidung!). Erst als die Fahrstuhltüren hinter ihm zuglitten, war ihm der unregelmäßige, krakelige Schriftzug auf dem Umschlag aufgefallen, und er hatte begriffen, dass das nicht Mathilda geschrieben haben konnte. Oder doch? Noch im Lift stehend, hatte er den Umschlag aufgerissen, auf einmal hatten seine Finger gezuckt. Doch als er kurz darauf eine ausgedruckte Excel-Tabelle herauszog, in die jemand mit rotem Fineliner hineingekritzelt hatte, war ihm klar geworden, von wem der Brief stammte. »Sprechen Sie mit niemandem über diesen Brief« stand zuoberst in roter, ungelenker Blockschrift. Und darunter: »Ich habe jetzt die Beweise. Es geht um Leben und Tod.« Dann teilte sie ihm ihre Alt-Moabiter Adresse mit und bat ihn, sie unverzüglich aufzusuchen. (Das Wort *unverzüglich* hatte sie dreimal unterstrichen.) Sie sei derzeit krankgeschrieben und immer zu Hause. Ganz zuunterst noch einmal die Warnung: »Trauen Sie niemandem. Und damit meine ich NIEMANDEM.« Entnervt hatte er den kompletten Brief ins Altpapier geworfen.

Etwas zu schwungvoll schloss er die Klappe der Spülmaschine. Warum geriet eigentlich um ihn herum plötzlich alles außer Kontrolle? Diese arme Frau, die sich vor einen Zug hatte werfen wollen. Anonyme Botschaften auf seinem Smartphone. Das Bild aus seinen Albträumen, das ihm jemand geschickt hatte. Die Messerattacke im Park im Oktober. Und als wäre das alles noch nicht genug, blieb Mathilda einfach verschwunden, der erste und einzige Mensch seit langer Zeit, bei dem er das Gefühl hatte, angekommen zu sein. Man sollte meinen, dass er langsam genug Gründe hätte, um durchzudrehen. Aber das war eben nicht seine Art. Er machte einfach weiter, schleppte sich fort *von Tag zu Tag, von Mond zu Mond*, wie der alte Storm es so treffend formuliert hatte, der Lieblingsdichter seiner Dreilinden-Oma. Aber die hatte, wie der Dichter auch, depressiv-suizidale Tendenzen gehabt. Und so schloss sich der negative Gedankenkreis, und er war wieder bei Sieglinde König angelangt. Er unterdrückte ein Seufzen. Daran wollte er jetzt nicht wieder denken. Solange es die Hoffnung gab, dass Mathilda wiederkommen würde, blieb ihm die Hoffnung, dass auch für ihn irgendwann alles gut werden würde. Irgendwie.

Er sah auf die Uhr. Gleich acht. Gewöhnlich machte er seine abendliche Fahrt nach Lichtenberg immer erst gegen zehn oder elf, als allerletzte Amtshandlung gewissermaßen. Aber heute würde er sich ohnehin nicht mehr konzentrieren können. Also konnte er seine Gute-Nacht-Fahrt auch gleich machen. Er griff nach seiner Jacke, nahm den Autoschlüssel und verließ die Wohnung.

4.

Falk. Penelope nahm die Airpods aus den Ohren. Da stand er, ihr Mann, und sie fühlte sich überrumpelt. Ihre Blicke trafen sich, doch sie konnte nicht sagen, in welcher Stimmung sie ihn hier vorfand. Denn wie immer trug er diesen leicht ironischen Ausdruck um den Mund, den, den er der Welt präsentierte, egal, ob er glücklich, wütend oder traurig war. Die Situation hatte etwas Surreales: Da standen sie sich gegenüber, ein Mann und seine Frau, nachdem sie zwei Wochen zuvor und ohne ein Wort gegangen war. Für einen Moment schien er unsicher, und sie sahen sich nur schweigend an. Im Hintergrund schepperte es, die Jugendlichen grölten, bewarfen sich mit leeren Getränkedosen.

»Warum hast du mir nicht geantwortet?«, brach Falk das Schweigen.

Penelope spürte, wie ganz kurz die Wut in ihr aufflackerte, wie eine Glut, die von einem Blasebalg angefacht wurde. Hatte seine intrigante und versnobte Mutter ihm denn nicht erzählt, dass sie Bescheid wusste? Dass sie herausgefunden hatte, was er für ein Spielchen mit ihr getrieben und sie nur deshalb geheiratet hatte, um an das Riesenvermögen seines Großvaters zu kommen? Doch schon im nächsten Moment erstarb die Flamme wieder. Wer war sie, dass sie sich zum Moralapostel aufschwang! Außerdem sollte sie ihre Kraft besser darauf verwenden, taktisch vorzugehen, zielführend. Doch dann blitzte ein Gedanke in ihr auf: Genauso würde eine verliebte Frau, deren Gefühle verletzt worden waren, sich verhalten. Also sagte sie:

»Das weißt du wirklich nicht?«

Er tat einen Schritt auf sie zu. Sie wich seinem Blick nicht aus, blieb stehen, wo sie war.

»Du hast da etwas vollkommen missverstanden. Unsere Beziehung hat nichts, aber auch gar nichts mit diesem Erbvertrag zu tun.« Er sprach ruhig und eindringlich, nahm sie bei den Schultern, und sie ließ es zu.

»Bitte«, sagte er. »Das kannst du doch nicht wirklich glauben. Nach allem, was zwischen uns war. Bitte, Mathilda, ich …«

Als er sie mit ihrem falschen Namen ansprach, noch dazu in diesem fast flehentlichen Ton, zuckte sie zurück. Lügnerin, zischte eine Stimme in ihr, und sie blinzelte, gegen die Regentropfen und gegen dieses plötzliche Beben in ihrer Brust, gegen die Bilder, die wild durcheinander und in schnellem Wechsel auf sie einprasselten. Der unvergessliche Tag im herbstgoldenen Spreewald. Sein Antrag. Dabei seine Gesichtszüge so voller Hoffnung und Vertrauen. Oder der Moment im Park. Wie er auf dem Boden lag, schutzlos, überrumpelt, nachdem ein Unbekannter ihn mit einem Messer attackiert hatte. *»Du hast mir das Leben gerettet«*, das hatte er wenig später zu ihr gesagt, im Licht der Straßenlaterne vor der Prokhoff'schen Villa, mit einem Blick genau wie jetzt gerade. Sie sei nun für immer für ihn verantwortlich. Das hatte er ihr damals ins Ohr geflüstert. Für alle Zeit.

Die Jugendlichen an der Bushaltestelle grölten noch immer. Penelope warf einen kurzen Blick in ihre Richtung. Dann hörte sie Falk sagen: »Können wir oben weiterreden?«

Sie zögerte, wollte um etwas Zeit bitten, dann spürte sie, wie sie längst nickte: »Komm.«

Erst als sie schon auf der Treppe waren, fiel ihr die Mindmap ein, die sie – gut sichtbar – auf dem Tisch ausgebreitet hatte, mit sämtlichen Namen – auch seinem – und Leuchtstiftmarkierungen in allen Farben. Vor ihrer Wohnungstür stieg sie, ohne die Schnürsenkel zu öffnen, aus ihren Laufschuhen, ließ die nassen Schuhe vor der Tür stehen und schloss rasch die Wohnungstür auf. Während Falk noch damit zu tun hatte, die Schnürsenkel seiner braunen Lederschuhe aufzuziehen, lief sie zum Tisch, noch immer den Rucksack auf dem Rücken, nahm das alte Filmplakat, rollte es zusammen, die Vorderseite nach außen, und wollte es gerade auf dem Schrank verschwinden lassen. Doch Falk hatte die Wohnung schon betreten und fragte: »Was hast du denn da? Ein neues Poster, das du aufhängen willst?«

Penelope hielt in ihrer Bewegung inne. »Ach, ein uraltes Ding.«

»Zeig doch mal.«

Im Bruchteil einer Sekunde überschlugen sich ihre Gedanken. Was sollte sie jetzt machen? Seine Aufforderung ignorieren und das Filmposter einfach weglegen? Doch was, wenn er es sich dann selbst nehmen und ansehen würde? Rasch rollte sie es wieder auf und hielt es ihm hin in der Hoffnung, dass die Kritzeleien auf der Rückseite nicht durchdrückten.

»*Der Berg ruft*?«, fragte er in leicht amüsiertem Ton. »Woher kennt ein anständiges Mädchen aus Namibia denn so einen alten Schinken?«

Penelope überlegte fieberhaft. Was sollte, was konnte sie antworten, was passte zu ihrer vorgeblichen Vita als Deutschnamibierin? Mathilda, deren Identität Penelope kurzerhand übernommen hatte, hatte in Deutschland studiert und dort nach dem Studium ein paar Jahre gearbeitet, in einer Klinik in Garmisch, weshalb diese kleine Koloration ihrer Biografie durchaus möglich gewesen wäre. Während Falk sie weiter anblickte, erwartungsvoll und – wie sie fand – ziemlich neugierig, rollte sie das Plakat wieder zusammen und sagte das Erstbeste, was ihr in den Sinn kam.

»Ach, das Ding war ein Geschenk. Von einem früheren Freund.«

Sie schob die Rolle auf den Schrank.

»Von einem früheren Freund? Wie heißt er?«

Penelope wandte den Blick ab, nahm den Rucksack vom Rücken und ging hinüber zur Küchenzeile, wo sie sich die Hände wusch. Dann griff sie nach dem Wasserkocher. Um Zeit zu gewinnen, fragte sie: »Du auch einen Tee?«

Er nickte, betrachtete sie aber weiter aufmerksam und wartete auf eine Antwort. Und ehe sie sich's versah, hörte sie sich selbst sagen: »Noah.«

»Woher kennst du ihn?«

Der Wasserkocher begann zu knacken. Penelope legte ihre völlig durchnässte Mütze zum Trocknen auf den Heizkörper. Dann nahm sie zwei Mugs, zog die Schublade mit den Teepackungen heraus. Sie musste sich jetzt konzentrieren, am besten, sie bliebe so nah wie möglich bei der Wahrheit.

»Aus meiner Zeit in Garmisch.«

»Aha.« Das klang nicht so, als wollte er sich mit dieser Info begnügen. Und prompt schob er die Frage nach: »Und wieso schenkt er dir dieses Poster? Habt ihr damit eine – Geschichte?«

Seine Stimme klang noch immer lässig. Oder war da ein gewisser Unterton herauszuhören? Penelope spürte seinen Blick im Rücken, bemühte sich darum, die Packung mit dem Ingwer-Zitronen-Tee ganz ruhig zu öffnen und zwei Teebeutel in die Becher zu hängen.

»Wir waren eine Weile zusammen«, sagte sie möglichst beiläufig. Und als er sie nach wie vor erwartungsvoll ansah, fügte sie die dicke Lüge hinzu: »Er hat versucht, mir das Skifahren beizubringen.«

»Ach. Ist er Skilehrer?«

»Unter anderem«, antwortete Penelope und hielt die Luft an. Wie lange würde diese Vernehmung noch gehen?

»Du hast mir nie von ihm erzählt.« Einen kurzen Moment fragte sie sich, ob er vielleicht eifersüchtig war, und ertappte sich dabei, dass ihr der Gedanke gefiel. Und so schwieg sie noch ein bisschen länger, wartete, bis das Wasser zu kochen begann. Dann fiel ihr der eigentliche Grund dieser Unterhaltung wieder ein. Wie in Zeitlupe goss sie den Tee auf, tauchte die Teebeutel immer wieder unter und tat das mit aufreizend langsamen Bewegungen, bevor sie sich schließlich umdrehte, um dann so ruhig wie möglich zu sagen: »So wie du mir nie erzählt hast, dass du kurz vor der Heirat mit Josephine standst?«

Sein Gesicht blieb bei ihren Worten völlig reglos. So als hätte sie gar nichts gesagt. Und wieder einmal wurde ihr klar, dass sie diesen Mann, zu dem sie am 16. Oktober auf dem Standesamt *Ja* gesagt hatte, überhaupt nicht kannte.

5.

Bei der Nennung von Josephines Namen fuhr ihm der Schrecken wie ein Schuss in den Körper. Wie kam Mathilda denn jetzt auf *sie*? Hatte eines der Kids aus dem Café heute heimlich ein Foto von Jo und ihm gemacht und es gepostet? Auszuschließen war das nicht. Oder drehte er aufgrund der ganzen Ereignisse langsam durch? So ruhig, wie es ihm möglich war, erwiderte er: »Da gibt es auch nichts groß zu erzählen. Das ist Vergangenheit ... völlig irrelevant für die Gegenwart ... für uns.«

Täuschte er sich, oder hatte er sie gerade zusammenzucken sehen? Und klang ihre Stimme nicht ein wenig scharf, als sie jetzt sagte: »Ziemlich vieles bei uns ist Vergangenheit. Ich würde sogar sagen, wir bestehen fast hauptsächlich aus Vergangenheit.« Ihr Blick schien in ihn einzudringen, in seinen Kopf, und er war sicher, dass sie seine Gedanken las.

Und da geschah etwas in ihm. Die ganze Anspannung der letzten Wochen, des heutigen Tages, die Sorge um sie, um ihre noch junge Beziehung, die anonyme Botschaft, die erdrückenden Schuldgefühle wegen Sieglinde König. Und die breiige, klumpige Angst, die mit dem Bild aus seinen Albträumen zu tun hatte, das nun sogar auf seinem Smartphone lauerte: Alles sackte in ihm ab, sackte auf den Grund seines Körpers, und zurück blieben eine große Erschöpfung und der schlichte Wunsch, ihr endlich alles zu erzählen. Doch wie sollte das gehen? Lag nicht das Schlimmste so tief in ihm verschüttet, dass er selbst keinen Zugriff mehr darauf hatte? Aber könnte er nicht wenigstens mit einer Teilwahrheit beginnen? Und so tat er einen Schritt auf sie zu, sah sie eindringlich an und sagte: »Ich weiß ja gar nicht, wo ich anfangen soll.«

Auf ihrem Gesicht flackerte ein Ausdruck der Überraschung auf, ganz leise nur, aber für ihn, der sie nun schon eine Weile kannte, doch deutlich erkennbar.

»Einfach am Anfang?«

Als er nickte, nahm sie die Teebeutel aus den Tassen und trug sie hinüber zu den beiden Sitzsäcken unter dem Dachfenster, auf das der Regen trommelte. Mit einem Schulterzucken und einem Lächeln, das sie verschmitzt und bedauernd gleichzeitig aussehen ließ, sagte sie: »Wie du weißt, besitze ich nur *einen* Stuhl. Also müssen wir es uns hier bequem machen.« Sie reichte ihm seine Tasse und stellte ihre auf einem flachen Beistelltisch ab. »Lass mich vorher noch die Laufklamotten loswerden und kurz duschen.«

Mit der Tasse in der Hand ließ Falk sich vorsichtig nieder. Eine Weile ließ er sich einlullen vom Prasseln des Regens und dachte darüber nach, was er ihr zumuten konnte. Und wollte. Dabei wünschte er sich nichts sehnlicher, als einmal alles rauszulassen, den ganzen Schrott, den er über die Jahre angesammelt hatte. Und wusste doch, dass das unmöglich war. Denn wenn sie *davon* erführe, wäre es wohl das Ende.

Nach einigen Minuten kehrte sie zurück, setzte sich ihm gegenüber und fragte ganz direkt: »Hast du mich eigentlich nur geheiratet, um an den Zaster zu kommen?«

Fast widerwillig musste er schmunzeln. Diese Frage zu beantworten war inzwischen seine leichteste Übung.

»Ich habe dich geheiratet, weil ich dich liebe. Nur dass es so schnell ging, das war nicht geplant.« Er stellte die Tasse neben sich auf den Boden ab. »Das ist die ganze Wahrheit. Aber lass mich der Reihe nach erzählen.« Er richtete sich auf und schloss für einen Moment die Augen.

»Kurz bevor wir uns kennenlernten, hatte ich mich gerade von Josephine getrennt, mal wieder ... oder besser gesagt, *sie* hat sich von *mir* getrennt. Mal wieder. Die Beziehung zu ihr war ... unglaublich dramatisch ... kräftezehrend. Man könnte wohl sagen, wir haben uns aneinander abgearbeitet, und das über Jahre. Ich hab sie damals in der Provo Canyon kennengelernt. Was vielleicht erklärt, dass wir es so lange – oder immer wieder – miteinander probiert haben. Ich weiß nicht, ob du das verstehen kannst, aber diese Zeit dort hat uns irgendwie zusammengeschweißt.« Er machte eine Pause und blickte sie jetzt direkt an. Er sah, wie Penelope langsam nickte. Tatsächlich hatte er in dem Moment den Eindruck, dass sie ihn weit besser verstand, als ihr lieb war. Was nur hatte *sie* erlebt, das sie ihm nicht erzählte? Verwirrt von dieser plötzlich auftauchenden Frage, blinzelte er und musste sich einen Augenblick besinnen, was er ihr eigentlich erzählen wollte. Er rieb sich über die Augen und fuhr fort: »Als sie dann so kurz vor der Hochzeit mal wieder Schluss gemacht hat, da ... da war es für mich ... vorbei. Endgültig, verstehst du? Es war, als hätte sie etwas für immer durchtrennt. Und ich war auf einmal nur noch erleichtert. So als hätte man mir einen Mühlstein vom Hals genommen.« Er stockte, richtete seinen Blick auf Mathilda: »Klinge ich jetzt nicht selbst dramatisch?«

Mathilda zuckte die Schultern. »Manchmal ist das Leben so ... dramatisch.«

Er nickte: »Ja. Jedenfalls war das mein Gefühl: dass der Mühlstein plötzlich weg war. Und sechs Wochen später habe ich dich getroffen.«

»Auch nicht gerade undramatisch.« Sie sah ihn lange ernst an, bevor ihr Gesicht sich zu einem leichten Grinsen verzog.

»Kann man so sagen«, er versuchte ein Lächeln, doch dann wurde er gleich wieder ernst. »Die Wahrheit also ... Die Wahrheit ist, dass ich mich sofort in dich verliebt habe. Zuerst dachte ich ... na ja ... ich sag's jetzt mal so platt ... dass ich dich einfach nur begehrenswert fand. Ja, ich wollte am liebsten unbedingt sofort mit dir ins Bett, das gebe ich gern zu. Aber dann ist etwas mit mir passiert: Plötzlich war da ein Gefühl der Freude, das ich schon seit Jahren nicht mehr kannte. Die Freude darauf, dich jeden Tag im Krankenhaus zu sehen, mit dir zu sprechen, einfach in deiner Nähe zu sein. Dabei kannten wir uns ja gar nicht. Es war, als hätte jemand einen Lichtschalter angeknipst in meinem Leben, ein Gefühl der Leichtigkeit und Freude war da plötzlich in mir, wie ich es noch nie gespürt hatte. Ich weiß, das klingt jetzt total pathetisch, aber plötzlich fühlte ich mich unendlich reich. Wenn du weißt, was ich meine.«

Er verstummte. Meine Güte, hatte er das wirklich gerade gesagt? Egal. Das war das Echteste, was er seit Jahren empfunden hatte. Er griff nach seiner Tasse und nahm einen Schluck von dem Tee, der ihm ein bisschen im Mund brannte. Als er die Tasse wieder auf dem Boden abgestellt hatte, räusperte er sich. »Jedenfalls war ich so froh, dass du mich offensichtlich mochtest, ohne zu wissen, wer ich war ...«

Er suchte Mathildas Blick. Aber sie hielt den Kopf gesenkt, die Augen auf ihre Hände gerichtet, die die Tasse hielten.

»Ist dir das unangenehm? Dass ich das so sage? Jaja, ich weiß, ich klinge ein bisschen wie ›der arme reiche Bub‹ ... Aber so war das eben, ich hab's genossen, dass da plötzlich jemand war, jemand aus einer anderen Welt, der nichts über mich und meine Familie und den ...«, er malte Gänsefüßchen in die Luft, »*ganzen Zaster* im Hintergrund wusste. Jemand, der es offenbar einfach schön fand, mit *mir* zusammen zu sein. Jemand, dem der Name von Prokhoff nichts, aber auch gar nichts sagte. He, was ist denn los? Alles in Ordnung?«

Sie hielt den Kopf noch immer gesenkt, aber sie wirkte jetzt wie erstarrt. Da erst bemerkte er, dass sie die Lippen aufeinandergepresst hatte. So als würde sie ...

Hastig und etwas ungelenk richtete er sich auf und fasste sie am Kinn. In ihren Augen standen tatsächlich Tränen. Etwas, das er noch nie bei ihr gesehen hatte.

»Aber was ist denn los? Hab ich was Falsches gesagt?« Bestürzt sah er, wie sie schluckte und sich dann mit einer ungeduldigen Geste über die Augen fuhr.

»Es ist nichts«, sagte sie und wiederholte noch einmal, barscher nun: »Es ist nichts, verdammt noch mal. Wahrscheinlich hätten wir nur viel eher miteinander reden sollen. Aber das Ganze ... wie deine Mutter mir das so kurz vor Weihnachten vor den Latz geknallt hat, das war ... so fies.«

Verblüfft über ihre Reaktion, sah er sie an und hatte auf einmal wieder das vage Gefühl, als würde auch sie etwas vor ihm verbergen, als wäre da etwas anderes, Größeres im Hintergrund, das sie mit sich herumschleppte. Hatte seine Mutter, mit der entsprechenden Dosis Whiskey im Kopf, sie etwa noch mit ganz anderen Themen belämmert, Themen und Meinungen, die besser innerhalb der vier Wände der Prokhoff'schen Familienvilla blieben? Früher oder später würde er auch darüber mit ihr reden müssen. Aber nicht jetzt. Das würde er dann besser erst nach ihrem Auszug angehen.

»Was genau hat sie denn gesagt?« Er hörte selbst, dass seine Stimme einen argwöhnischen Unterton bekommen hatte.

Mathilda hob trotzig das Kinn. »Na ja. Sie hat mir zu verstehen gegeben, dass du mich heiraten *musstest*, dass du *irgendjemanden* heiraten musstest, um an dein Vermögen zu kommen. Und nachdem sie mir das vor die Füße gekippt hatte, riet sie mir, ich solle mich nicht so haben, schließlich bekäme ich durch die Heirat einen Adelstitel, Geld und ein Haus, das ich ... Zitat ... ›sonst noch nicht mal von außen zu sehen bekommen würde‹.«

Erleichterung und Wut spiegelten sich in seinem Gesicht. Wenn das alles war, dachte er. Wenn sie nur nicht diese andere Sache ...

»Jetzt pass mal auf. Wenn es diesen Erbvertrag nicht geben würde, hätten wir möglicherweise tatsächlich nicht ganz so rasch geheiratet. Aber der Wunsch, mein Leben mit dir zu teilen, hat mit diesem Vertrag nichts zu tun. Weißt du, was?« Er hob die Hände in einer ungeduldigen Geste und sagte lauter als beabsichtigt: »Ich hatte einfach genug! Ich bin zweiundvierzig Jahre alt ... Ich habe mich verliebt, ich habe endlich die Frau gefunden, mit der ich alt werden möchte. Ich wollte frei sein, weggehen, mit dir ein neues Leben beginnen ...«

»Aber hätten wir das nicht auch ohne den ganzen Zaster gekonnt?«

»Ja, hätten wir. Aber es gibt auch gute Gründe, sich abzusichern. Und dann wollte ich dir ja auch was bieten. Ich wollte, dass du alles hast, was du ...« Er brach ab. »Ich klinge wohl gerade ziemlich verwöhnt?«

»Altmodisch und reaktionär wäre auch noch eine Möglichkeit.« Sie lachte. Und klang dabei auf einmal richtig fröhlich. »Aber wie kommst du darauf, dass mir das wichtig sein könnte? Dass *ich* das brauche?«

Er ließ die Arme sinken. »Keine Ahnung«, sagte er und musste auf einmal über sich selbst lachen. Dann zog er sie an sich.

6.

Am nächsten Tag saß Penelope im Weißen Haus wieder neben Falk, darum bemüht, sich auf das richtige Besteck und angemessene Zwischenfragen im Gespräch mit ihren Schwiegereltern zu konzentrieren. Und musste doch ständig an den gestrigen Abend denken, an das Wechselbad der Gefühle zwischen überbordender Freude darüber, dass er sie liebte, dass er sie *wirklich liebte,* und den Schuldgefühlen, die sein unbedingter Glaube an ihre Aufrichtigkeit in ihr hervorriefen. Als es irgendwann nicht mehr zu ertragen gewesen war, hatte sie einen Finger an seinen Mund gelegt, sich an ihn geschmiegt und seine Lippen mit einem Kuss verschlossen. Später dann, nachdem sie sich geliebt hatten und auf dem Fußboden in ihrer winzigen Wohnung lagen, das einzige Geräusch das Prasseln des Regens auf dem Dachfenster, war so etwas wie Frieden eingekehrt. In diesen Minuten waren sie sich so nah gewesen wie nie zuvor. Plötzlich hatte die Zukunft ausgebreitet vor ihnen gelegen, sie redeten und redeten, schmiedeten Pläne für ihren Neuanfang, für das Haus, das sie kaufen und ganz nach ihren Vorstellungen gestalten würden. Erst am nächsten Morgen hatte die Wirklichkeit wieder an die Tür geklopft, und Penelope hatte sie hereingelassen. Und alles, was sie seitdem denken konnte, war, dass diese Zukunftspläne eitel waren und dass sie die Prokhoff'sche Familienvilla nicht so bald würde verlassen können. Sie würde bleiben müssen, auf Gedeih und Verderb, bis sie die ganze Wahrheit ans Licht gezerrt hatte. Oder gescheitert war. Und während all dieser Zeit würde er sie mit Mathilda ansprechen und ihr gleichzeitig sagen, dass er sie liebte. Denn nie habe er einen so authentischen Menschen wie sie getroffen …

Und doch hatte er am Morgen, als sie ihm – noch in ihrer Wohnung – einen Pott Kaffee reichte, wortkarg und bedrückt gewirkt. Erst als Penelope ihn direkt darauf angesprochen hatte, war er bereit, ihr von dem Vorfall mit der Mitarbeiterin der Familienstiftung zu erzählen, von deren Versuch, sich das Leben zu nehmen. Penelope zuckte zusammen, als schließlich der Name Sieglinde König fiel. Es handelte sich offenbar tatsächlich um die blasse und angespannt wirkende Frau, die Penelope bei ihrem Antrittsbesuch in Dreilinden getroffen hatte. Penelope zwang sich, sich wieder auf die Runde am Tisch zu konzentrieren …

Wie aufs Stichwort hörte sie Claire sagen: »Ihr werdet doch wohl in der Lage sein, eine Nachfolgerin für die König zu finden.« *Die König.* Wenn im Ton ihrer Schwiegermutter überhaupt eine Gefühlsregung mitschwang, dann die der Genervtheit. Von Betroffenheit keine Spur.

Penelope betrachtete Claire, wie sie dasaß, in ihrer grün-schwarz gemusterten Seidenbluse, aufrecht und entspannt zugleich, wie sie ungerührt ihr Fleisch schnitt, sich einen Bissen in den Mund steckte und genüsslich kaute. Ja, dachte Penelope, das, was mit Frau König passiert ist, scheint sie nicht im Geringsten zu berühren. So wenig, wie es sie berührte, was sie ihrer Schwiegertochter kurz vor Weihnachten um die Ohren gehauen hatte. Ihr erstes Wiedersehen an diesem Morgen nach dem Zwischenfall war jedenfalls betont kühl verlaufen. Claire hatte ihr die Hand gereicht wie eine Königin bei einer Audienz, und Penelope hatte nur darauf gewartet, sich eine süffisante Bemerkung über ihr Zurückkommen anzuhören. Immerhin: Die blieb aus. Die ganze Szene hatte etwas von einer der mieseren Netflix-Serien an sich gehabt, wo schlechte Darsteller in einer prunkvollen Umgebung Denver-Clan spielten. Und plötzlich fragte sie sich erneut, ob das, was in Xenias Graphic Novel stand, wirklich alles so zutraf, ob ihre Mutter tatsächlich ein Verhältnis mit dem Mann dieser Frau gehabt haben konnte. Und wenn ja, ob Claire davon gewusst hatte. Dann fiel ihr wieder die Szene ein, in der die fünfzehnjährige Ich-Erzählerin in *Kaiserwald I* ihren Vater im Beisein seiner Frau damit konfrontierte, ein Verhältnis mit ihrer Freundin Elise zu haben. In diesem Moment traf Penelopes Blick auf Georgs. Für einen kurzen Moment hatte sie den Eindruck, er könne in ihren Kopf sehen. Sie blinzelte, fühlte sich ertappt. Und fragte rasch an Claire gewandt: »In welcher Klinik ist Frau König denn? Ich nehme an, jemand aus eurer Stiftung kümmert sich um sie?«

»Warum willst du das wissen?«, fragte Claire. »Du kanntest sie doch gar nicht.«

»Ich bin ihr einmal begegnet. Und es kommt durchaus vor, dass man sich für seine Mitmenschen interessiert«, antwortete Penelope und hielt dem Blick ihrer Schwiegermutter stand.

»Frau König ist in der Marienstein-Klinik. Ich gehe heute nach ihr sehen«, sagte Falk.

Da schaltete sich Georg ein. »Wir müssen dringend über einen Nachfolger für die König sprechen. In vier Wochen ist – wie gesagt – das Charity-Dinner im Ritz.«

Die König. Auf einmal spürte Penelope, wie eine heiße Welle der Abneigung in ihr hochbrandete und ihr fast den Atem raubte. Dieses Sich-Zurücknehmen, gezwungen zu sein, so etwas wie eine Beziehung zu diesen Menschen aufzubauen, um *vielleicht* an Informationen zu kommen: Es war kaum mehr zu ertragen.

Sie war froh, als die Mahlzeit beendet war und sie aufstanden. Demonstrativ umarmte Falk sie vor seinen Eltern und gab ihr einen langen Kuss.

Mit einem tiefen Blick in ihre Augen sagte Falk: »Ich muss noch zwei Telefonate führen. Wie wäre es, wenn du inzwischen ein schönes Bad nimmst?«

Auch Georg murmelte noch etwas von Arbeit und verschwand durch die Tür zum Korridor.

Penelope griff nach ihrem Teller mit der Absicht, den Tisch abzuräumen, da Mayari, das Hausmädchen, an diesem Abend direkt nach dem Servieren gegangen war. Sie hatte sich überraschend frei genommen, um sich um eine Bekannte aus der philippinischen Community zu kümmern. Auch die ansonsten allgegenwärtige Waltraud schien nicht da zu sein.

Da sagte Claire: »Was machst du da?«

Penelope blickte auf, den Teller in der Hand. Ihre Schwiegermutter stand da, eine Augenbraue hochgezogen, betrachtete sie Penelope mit halb erstauntem, halb verächtlichem Gesichtsausdruck.

»Ich räume den Tisch ab.«

»Mach dich nicht lächerlich. Dafür hat man Personal.«

»Das macht mir nichts aus. Ist ja kein großes Ding.«

»Aber mir macht es etwas aus. Du bist jetzt eine von Prokhoff. Das gehört nicht mehr zu deinen Aufgaben.« Sie sagte es mit Betonung auf dem »das«, als sei Penelope in der Vergangenheit als Küchenschabe auf Downton Abbey tätig gewesen und hätte es nun irgendwie an den Tisch der Herrschaft geschafft.

Ihre Blicke kreuzten sich. Kurz blitzte der irrationale Wunsch in Penelope auf, ihre Schwiegermutter *ins Achtung zu stellen* oder sie zumindest zur Abwechslung einmal *ihre* ganze Verachtung spüren zu lassen. Am liebsten hätte sie Claire in diesem Moment gefragt, ob sie das damals auch gedacht hatte, das mit der Zuständigkeit, als sie ihre Söhne erst auf Internaten geparkt und schließlich in ein Bootcamp abgeschoben hatte, wo dann zumindest einer von ihnen versucht hatte, sich umzubringen. Genau wie Sieglinde König jetzt.

Betont langsam, fast provokativ, ließ Penelope ihren Blick über den Tisch schweifen, betrachtete das schmutzige Geschirr, die halb geleerten Gläser, die achtlos zusammengeknüllten Servietten und die Essensreste auf Claires Teller. All das würde hier also unverändert stehen bleiben, bis Mayari oder Waltraud wer weiß wann wiederkämen und alles abtragen würden, die Reste vom Teller kratzen und die verdorbenen Speisen direkt vom Rechaud in den Biomüllbehälter befördern würden. Und plötzlich musste sie an Mali denken. Sie würde nie vergessen, was sie dort gesehen hatte, nicht das Elend und den Hunger. Vor allem aber auch nicht die Frau, die von den Dorfbewohnern gesteinigt wurde. Und sie hatten nicht eingreifen dürfen. Weil das nicht zu ihrer Mission gehört hatte. Ihr Verständnis für Mitbürger, die hier bis zum Hals in Freiheit und Überfluss steckten, war seither auf null gesunken.

Schärfer als beabsichtigt sagte sie: »Ich finde, dass man ein bisschen weniger Lebensmittel wegschmeißen sollte. Das ist ja wohl das Mindeste … Wo es so viele gibt, die nichts zu beißen …«

»Ach Gott, Kindchen, *du* musst das natürlich sagen«, unterbrach Claire sie in Anspielung auf ihre vermeintliche Heimat Namibia. »Wenn es dir *darum* geht … Was glaubst du, was ich in meinem Leben schon gespendet habe.« Sie wedelte mit der Hand in Richtung der Schüsseln und sagte mit einem süffisanten Lächeln: »Aber wenn es dir ein Anliegen ist, dann pack das doch ein und schick es nach Afrika.« Dann drehte sie sich um und ging.

Penelope stand da und sah ihr hinterher, wie sie mit königlichem Gang die Diele durchquerte, ohne sich noch einmal umzusehen. Äußerlich unbeeindruckt atmete Penelope einmal tief durch und begann, den Tisch abzuräumen. Innerlich wünschte sie sich in diesem Moment nach Mali zurück, auf Patrouille, wo sie ihre Schwiegermutter gerne in irgendeinem dieser gottverdammten Dörfer abgesetzt und sie dann sich selbst überlassen hätte. Mit regloser Miene trug sie alles in die Küche, räumte die Spülmaschine ein, stellte sie an, lüftete das Speisezimmer, füllte Speisereste in Tupperdosen, wischte die Flächen und schloss am Ende alle Fenster. Sie war gerade dabei, die Dosen aufeinanderzustapeln, um sie mit nach oben zu nehmen und sie in ihren eigenen Kühlschrank zu stellen, als ein Geräusch hinter ihr sie herumfahren ließ. Georg stand in der Küchentür.

»Bist du nicht satt geworden?«, fragte er und sah sie amüsiert an. »Das wirst du auch noch lernen: In diesem Haus essen wir niemals Reste«, sagte er und ging an ihr vorbei, öffnete die Tür des Eisschranks und holte eine Flasche Wodka heraus. »Ich wollte mir gerade noch einen Schlummertrunk genehmigen. Leistest du mir Gesellschaft?«

Sie zögerte kurz, als müsste sie überlegen. »Warum nicht?«, sagte sie schließlich, und mit einem Mal waren all ihre Sinne auf »scharf« gestellt. Das war die Gelegenheit, auf die sie gewartet hatte. Ein Gespräch mit Georg unter vier Augen. Und vielleicht sogar die Möglichkeit, einen Blick auf seine Handschrift zu werfen.

»Gehen wir in die Bibliothek …«, sagte er, nachdem er zwei Gläser eingeschenkt und den Wodka wieder ins Gefrierfach befördert hatte. Penelope stellte die Sachen in den Kühlschrank und folgte ihm den breiten Korridor entlang in das Bücherzimmer, wo noch immer die grüne Schreibtischlampe brannte, das MacBook aufgeklappt stand und Papiere auf der Tischplatte ausgebreitet waren. Papiere, auf denen Georg sich handschriftliche Notizen gemacht hatte. So unauffällig wie möglich warf sie einen Blick auf die Schrift: »Was machst du? Arbeitest du noch?«, fragte sie und trat näher an den Schreibtisch.

»Ich bereite einen Vortrag vor«, sagte er und schob die Unterlagen zusammen. »Für den Charity-Event.«

Sie versuchte, nicht allzu auffällig auf die Papiere zu starren. Gleich nach ihrer Ankunft an diesem Vormittag hatte sie vergeblich versucht, sein Arbeitszimmer unter die Lupe zu nehmen. Sie hatte vor der Tür gestanden und geklopft und dabei gehofft, dass er nicht da sein würde. Sie wollte einen Blick in seine Unterlagen werfen – auch und vor allem, um seine Handschrift mit der auf dem rosa Zettel zu vergleichen. Wenn er es war, der die Nachricht an ihre Mutter geschrieben hatte, hätte sie den Beweis, dass sie auf der richtigen Spur wäre. Doch daraus wurde nichts. Auf sein gedämpftes »Herein« hin hatte sie so getan, als wollte sie sich nach der längeren Abwesenheit zurückmelden. Jetzt hatte er die Notizen für seinen Vortrag in eine Mappe geschoben.

Da fiel ihr Blick auf einen gläsernen Briefbeschwerer, unter dem eine handschriftliche Notiz von Georg steckte.

»Ist der hübsch«, sagte sie und beugte sich im nächsten Moment vor, um den Zettel genauer in Augenschein zu nehmen. »Ist der aus Muranoglas?« Und während Georg ihr bereitwillig Auskunft gab, unter welchen Umständen der Briefbeschwerer in seinen Besitz gelangt war, erkannte sie die Schrift. Diese typisch eckige Schrift vom rosaroten Zettel, den sie bei den Sachen ihrer Mutter gefunden hatte.

Er war es. Georg war der Liebhaber ihrer Mutter.

Das Blut schoss in ihre Ohren, sie überspielte den leichten Schwindel, so gut sie konnte, ging zum Ledersofa mit den Knöpfen in der Lehne und griff nur zu gern nach dem Wodka, den Georg ihr reichte. Er selbst blieb in einiger Entfernung stehen und sagte: »Du musst das verstehen. Claire kommt aus einer sehr reichen Familie.«

In Gedanken bei dem Zettel verstand Penelope im ersten Moment nicht, worauf er anspielte. Er bemerkte ihre Verwirrung und fügte erklärend hinzu: »Ich glaube, meine Frau hat in ihrem Leben noch nie einen Teller gespült.«

Als der Groschen fiel, antwortete sie schärfer als beabsichtigt: »Dann wird es aber mal Zeit.« Mit einem schiefen Lächeln, das die Schärfe in ihrem Tonfall entkräften sollte, prostete Penelope ihrem Schwiegervater zu. »Auf das Neue!«

Verdutzt erwiderte er die Geste und nahm einen Schluck. Penelope verzog das Gesicht, als ihr das scharfe Zeug in der Kehle brannte, lächelte Georg. »Du bist das Trinken nicht gewohnt.«

Penelope unterdrückte ein Lachen. Sie dachte an ihre Zeit im Delta-Zug, das Dreivierteljahr, das sie in der Kampfkompanie verbracht hatte, als einzige Frau, bevor sie sich für dreizehn Jahre verpflichtet hatte. Daran, wie sie mit ihren Kameraden im versifften Keller hockte und alle sich so richtig die Kante gaben, nach dem Waffenreinigen oder wenn nicht viel auf dem Dienstplan stand. Zu Abschieden und Beförderungen. Oder einfach nur zum Spaß. Einen Grund zum Saufen gab es damals eigentlich immer. Und dennoch hatten sie alle krasse körperliche Leistungen erbracht. Nie zuvor und nie mehr danach hatte Penelope ihren Körper dermaßen geschunden, den Berg hinauf, mit dreißig Kilo Gepäck auf dem Buckel, dem G36 über der Schulter, der Kampfmittelweste, dem Funkgerät. Nicht einmal später auf dem Einzelkämpferlehrgang.

»Eher nicht«, sagte sie knapp.

»Du siehst auch nicht so aus.« Lächelnd lehnte Georg sich an die Schreibtischkante und sah sie wieder mit dieser ganz besonderen Aufmerksamkeit an. Wenn es stimmte, was in Xenias Comic stand, dann konnte Penelope sich durchaus vorstellen, dass ihre Mutter sich auch deshalb auf ihn eingelassen hatte: Weil er anderen das Gefühl gab, etwas Besonderes zu sein.

»Es ist schön, dass Falk und du eure Differenzen ausräumen konntet«, sagte er, ohne sie aus den Augen zu lassen.

»Ja«, antwortete sie und lächelte wider Willen, als auf ihrer Netzhaut Falks Gesicht erschien, gestern Nacht, ganz dicht vor ihrem.

Georg entging ihr Lächeln nicht. Auf einmal sagte er mit einem fast weichen Ton: »Es ist wunderbar, den richtigen Menschen gefunden zu haben.«

Penelope wollte mit Georg nicht über Falk und sich sprechen. Sie nippte an ihrem Drink und war dankbar, dass Georg von sich aus umschwenkte. »Und du vermisst dein altes Leben nicht? Dein Zuhause, Afrika?«

»Ich bin ja schon eine Weile in Deutschland. Und wie du weißt, sind meine Eltern längere Zeit tot, die Farm ist verkauft. Es gibt also nicht allzu viel aus meinem alten Leben, das ich wiederfinden könnte, selbst wenn ich zurückkehren würde.«

»Du kannst es ja trotzdem vermissen«, sagte er und sah sie auf einmal wieder so an, als sähe er direkt in ihren Kopf. »Etwas nicht mehr zu haben, heißt ja nicht, dass man nicht mehr daran denkt.«

Sie fragte sich, woran *er* jetzt gerade dachte. Und an wen. An seine ehemalige Geliebte aus Riga? Oder an seine verlorene Tochter, an Xenia? Mit einem Mal ließ sie alle Vorsicht fahren, sah ihn ganz offen und direkt an und sagte: »Es tut mir leid, das mit eurer Tochter.«

Im ersten Moment schien der Satz außerhalb der Reichweite seines Verstandes zu bleiben. Sein Gesicht blieb leer, die Augen blank gewischt, da war nichts, keine Reaktion. Er sah aus wie ein Mann, der mit offenen Augen schlief. Oder ein Standbild. Dann lief der Film weiter, er nahm einen Schluck und sagte: »Ja, das war eine schwere Zeit damals.«

Penelope sah ihn prüfend an. Ob er sich gerade fragte, wie viel sie wusste? Sollte sie preisgeben, was Falks Patentante Patrizia ihr bei der Hochzeit erzählt hatte? Dass er und Claire juristisch gegen ihre eigene Tochter vorgegangen waren, wegen Verletzung der Persönlichkeitsrechte in einer Graphic Novel? Dass sie ihre eigene Tochter gewissermaßen aus dem Haus getrieben hatten? Oder sollte sie lieber so tun, als wüsste sie nichts Genaues? Sie überlegte noch, als er ihr die Entscheidung abnahm. »Wir haben keinen Kontakt mehr zu ihr. Claire kommt nicht damit zurecht, dass sie … mit einer Frau zusammenlebt.«

Das war also die offizielle Version, auf die sie sich geeinigt hatten? Penelope hatte Mühe, ihr Erstaunen zu verbergen. Wie war es möglich, im Jahr 2023 damit nicht *zurechtzukommen*?

»Und du?«

»Ich? Ich habe eine Weile gebraucht, mich an den Gedanken zu gewöhnen. Natürlich hätte ich es schön gefunden … würde ich es schön finden, wenn sie Kinder bekäme, ein ganz normales Familienleben hätte. Aber selbst wenn ich keine Probleme mehr damit habe, dass sie … äh … anders ist, spielt das jetzt auch keine Rolle mehr.« Er seufzte. »Die Fronten sind verhärtet. Ich glaube nicht, dass wir je wieder an einem Tisch sitzen werden.«

Penelope nickte vorgeblich verständnisvoll, während sie an sich halten musste, ihn nicht zu fragen, in welchem Jahrtausend seine Frau und er eigentlich stecken geblieben waren. Doch sofort ermahnte sie sich, in ihrer Rolle zu bleiben, sich so zu verhalten, wie man es von einer Psychologin erwarten würde. Sie sagte: »Ich verstehe, dass du das denkst. Wenn eine Situation schon so viele Jahre besteht, glaubt man nicht, dass sich je noch mal etwas ändern könnte. Dennoch glaube ich, dass sich gerade deshalb ein Versuch lohnt. Weil schon so viel Zeit vergangen ist. Du weißt nicht, wie es Xenia jetzt damit geht. Und sicher hat die Zeit auch in Claire Veränderungen hervorgerufen. Es könnte einen Versuch wert sein, den ersten Schritt zu tun.« Sie machte eine Pause, ließ die Worte nachklingen. Und dann sagte sie das, was sie eigentlich sagen wollte: »Ich kann euch da gerne helfen, als Mediatorin, meine ich. Ich bin neutral. Sie und ich, wir haben keine gemeinsame Geschichte. Ich biete gern an, mit ihr zu sprechen.«

Sein Gesichtsausdruck veränderte sich. Sie kannte ihren Schwiegervater zwar noch nicht gut, aber in seinem Gesicht stand plötzlich das blanke Entsetzen – bei dem Gedanken, sie könnte mit Xenia sprechen. Und so machte sie gleich weiter: »Ich könnte zu ihr fahren, wo auch immer sie gerade ist …« Mit einem, wie sie hoffte, mitfühlenden Gesichtsausdruck sah sie ihn an. Doch er schüttelte den Kopf.

»Das ist sehr nett von dir, dass du dich so für die Familie engagieren willst. Aber ehrlich gesagt …«, er schlug die Augen nieder, dann blickte er wieder auf, »... ist einfach zu viel zwischen den beiden passiert, zwischen Xenia und ihrer Mutter. Und selbst wenn du Xenia zu einem Treffen bewegen könntest, so glaube ich nicht, dass das Ganze länger als fünf Minuten dauern würde, bis Xenia wieder tobt.« Er wirkte traurig, und einen winzigen Augenblick kam Penelope sich schäbig vor, mit seinen offenbar doch vorhandenen Gefühlen zu spielen, um ihn aus der Reserve zu locken. Doch kurz darauf erinnerte sie sich wieder daran, was Xenia in dem Comic über ihre Kindheit geschrieben hatte. Wenn auch nur die Hälfte von dem stimmte, dann war es verwunderlich, dass sie nicht schon viel früher die Biege gemacht hatte.

»Warum lässt du es mich nicht versuchen? Was habt ihr zu verlieren? Ich würde euch so gern ...«

»Bitte bemüh dich nicht«, fiel er ihr nun ins Wort, und ihr wurde in dem Moment klar, dass sie einen Fehler gemacht hatte, zu weit vorgeprescht war. Es war nicht so, dass er barsch klang oder aggressiv, das nicht. Aber etwas in seiner Körperhaltung hatte sich verändert: Auf einmal wirkte er wachsam, wie eine Gazelle, die Gefahr witterte. Und so lächelte sie so entwaffnend, wie es ihr möglich war, und sagte in zerknirschtem Tonfall: »Sorry, wenn ich gerade zu ... übergriffig war. Eine berufliche Deformation ...«

Jetzt schüttelte er den Kopf, erwiderte ihr Lächeln und machte eine begütigende Handbewegung.

»Familie!« Er zog die Augenbrauen hoch, sah sie nun mit einem fast verschwörerischen Blick an. Und dann sagte er völlig unvermittelt: »Aber ich weiß so wenig von dir und *deiner* Familie. Erzähl doch mal ein bisschen. Ich finde es so traurig, dass wir deine Eltern nicht mehr kennenlernen können.«

Und ehe sie sich's versah, waren die Rollen vertauscht, waren sie mitten in einem Frage- und Antwortspiel, in dem nicht sie diejenige mit den Fragen war. Und während sie Tillies Familiengeschichte von der Farm in Namibia erzählte und ihre Schilderungen genau abwog, jedes Wort auf eine Präzisionswaage legte, wurde ihr klar, dass dieser Mann hier, der so jovial daherkam, so verbindlich, verglichen mit seiner Frau der härtere Brocken war. Und dass sich hinter seiner freundlichen Art etwas anderes, vielleicht auch etwas Gefährliches verbarg.

»Und du hattest nie vor, die Farm zu übernehmen?«

Penelope nahm den letzten Schluck Wodka und stellte das Glas demonstrativ auf den Tisch in der Hoffnung, dass er den Wink verstünde – und die Fragestunde damit beendet wäre. Tatsächlich fragte er: »Noch einen letzten kleinen Absacker?«

Penelope lächelte breit. »Gerne. Wo es gerade so nett ist.«

Georg stand auf, nahm beide Gläser und verließ den Raum. Penelope wartete, bis seine Schritte verklungen waren, dann erhob sie sich rasch, lief hinüber zu seinem Schreibtisch und sah sich noch einmal den Zettel unter dem Briefbeschwerer an. Ja, dachte sie. Die Schrift auf dem rosa Zettel, das war eindeutig seine. Einen Augenblick lauschte sie und zog dann vorsichtig die oberste Schublade auf, kramte darin herum, fand Büroklammern und Stifte, mehr Papiere in Klarsichthüllen. So lautlos wie möglich schob sie die Schublade wieder zu, nahm sich die darunter vor. Ein Umschlag ganz zuunterst erregte ihre Aufmerksamkeit. Sie öffnete ihn. Und sah das Foto.

Der Anblick fuhr ihr wie ein Messerstich ins Herz, und sie musste sich am Schreibtisch abstützen. Ihre Mutter und Georg von Prokhoff standen an einem Seeufer und rauchten. Penelopes Herz schlug so hart in ihrer Brust, dass sie das Gefühl hatte, es hören zu können. Es war ein merkwürdiges Bild, merkwürdig und schön und irgendwie auch intim durch den intensiven Blick, mit dem ihre Mutter und Georg sich ansahen, obwohl sie ein Stück voneinander entfernt standen. Besonders bemerkenswert war das Licht, diffus und milchig, sodass die ganze Szene wie indirekt beleuchtet wirkte. Und im Hintergrund sah man die Silhouette eines Ruderboots über den See gleiten.

Alles war so, wie Xenia in ihrem Buch geschrieben hatte. Die Lehrerin hatte ein Verhältnis mit dem Vater der Ich-Erzählerin. Ihre Mutter und Xenias Vater waren ein Liebespaar gewesen. Und obwohl dieses Foto nichts bewies, so gab es doch für Penelope alles preis.

Ohne weiter nachzudenken, nahm sie ihr Smartphone, fotografierte das Bild, steckte es zurück in den Umschlag und schob schnell die Schublade wieder zu, als sie auch schon Schritte auf dem Parkett hörte. Rasch trat sie an das Bücherregal heran, zog ein beliebiges Buch heraus und schlug es auf. Mit immer noch hämmerndem Herzen hörte sie Georg hinter sich sagen: »Du bist ja eine richtige Leseratte. Hab ich ein Glück, so eine Schwiegertochter zu haben!«

Sie warf einen kurzen Blick über die Schulter und drehte sich dann langsam um, das aufgeschlagene Buch in der Hand.

»Was hat denn diesmal dein Interesse geweckt?«, fragte er.

Gute Frage, dachte sie, schlug es zu und las den Titel laut vor: »Gemüsefibel. Kurzgefaßte Darstellung des biologisch-dynamischen Freilandgemüsebaues für Landwirte und Kleingärtner.« Jetzt erst sah sie, dass es ein altes Buch sein musste, mit spitzen Buchstaben und einem beigen Leineneinband.

Er zog die Augenbrauen hoch: »Ich wusste nicht, dass du dich für alternativen Gemüseanbau interessierst.«

»Ach, weißt du«, sagte sie, ohne mit der Wimper zu zucken, »das tue ich auch noch nicht so lange. Eigentlich erst, seitdem ich das erste Mal auf Dreilinden war …«

Ein Lächeln flackerte über sein Gesicht, das Penelope nicht so recht einordnen konnte. Amüsierte er sich über sie, oder hatte er gar den Eindruck, sie wolle sich bei ihm anbiedern? Oder drückte dieses Lächeln nur die schlichte Freude darüber aus, dass jemand in diesem Haus seine Leidenschaft zu teilen schien?

Sie ging auf ihn zu und nahm ihm eines der zwei Gläser ab.

»Danke«, sagte sie und setzte sich wieder, wobei ihre Gedanken noch immer hin und her rasten. Und während Georg nun über sein Lieblingsthema, ökologische Landwirtschaft und ein nachhaltiges Leben, zu dozieren begann, war alles, was Penelope denken konnte, dass Georg ein Foto ihrer Mutter in seinem Schreibtisch aufbewahrte. Penelope umklammerte ihr Glas fester. Also stimmte auch, was in dem anonymen Brief gestanden hatte?

»… soll jeder die Möglichkeit haben, sich und seine Familie selbst zu versorgen.« Jetzt hob Georg sein Glas und prostete ihr zu.

Wie auf Autopilot tat Penelope es ihm nach. *Rebecca Maywald ist nicht in Deutschland verschwunden. Wenn Sie wissen wollen, was mit ihr passiert ist, konzentrieren Sie sich auf diese Familie.* Das waren die Worte gewesen. Und während Georg weiter über Familienlandsitze und Gemüseanbau referierte, wanderten Penelopes Gedanken wie zwanghaft in die Vergangenheit, zu der *einen* Sache, der *einen* Sackgasse, in die alle ihre Überlegungen immer wieder führten: dass das Auto ihrer Mutter in Deutschland gefunden worden war, auf einem Rastplatz an der A9 zwischen Bayreuth und Nürnberg. Weshalb die Polizei davon ausgegangen war, dass sie sich dort mit jemandem verabredet hatte, in dessen Wagen sie dann stieg, um unterzutauchen und ein neues Leben zu beginnen.

Sie starrte Georg an. War ihre Mutter mit *ihm* verabredet gewesen? Hatte *er* dort auf dem Rastplatz auf sie gewartet? Und sie war zu ihm in den Wagen gestiegen?

Und was war dann geschehen?

Penelope musste sich zwingen, den Blick von ihm abzuwenden.

Über die Jahre war der Fall ihrer Mutter Gegenstand von allerlei Medienberichten und Dokumentationen von unterschiedlicher Seriosität geworden. Das meiste davon war Mist gewesen, aber eine Frau namens Taisija, eine Künstlerin und Bekannte ihrer Mutter aus Lettland, die sie als Kind auch kennengelernt hatte, hatte in einer Doku behauptet, ihre Mutter habe davon geträumt, mit ihrem Liebhaber in den Süden zu gehen, auf eine griechische Insel oder nach Taormina.

Aufs Äußerste angespannt, nahm Penelope noch mal einen großen Schluck von ihrem Wodka. Diese Theorie hielt nicht wirklich stand. Sie waren beide in Riga gewesen, Georg und ihre Mutter. Warum hätten sie sich auf einem Rastplatz in Bayern treffen sollen? Warum nicht gemeinsam die Reise in den Süden antreten? Aber vielleicht gab es da etwas, das sie nicht wusste?

»... unterstützen wir mit unserer Stiftung.«

Ihr Blick wanderte wieder zu Georg, der auf eine überdimensionale Landkarte an der Wand hinter sich deutete, die mit unzähligen roten Nadeln gespickt war. Widerwillig folgte Penelope seinem Blick. Was auch immer die roten Nadeln in der Karte bedeuteten, es interessierte sie nicht die Bohne.

»Wir haben mit einer einzigen Siedlung im Osten angefangen. Inzwischen gibt es mehr als fünfhundert in Europa.«

Sie nickte abwesend, während Georg neben ihr über Dinge wie Low-Tech-Landnutzung und Pflanzenkläranlagen sprach.

Eine Gesprächspause entstand, und plötzlich hatte sie das Gefühl, dass er merkte, dass sie ihm nicht richtig zuhörte. Unter seinem aufmerksamen Blick stand sie nun auf und trat näher an die Karte heran.

»Wo war denn eure erste Siedlung?«, fragte sie und sah auf die Landkarte. Die dichteste Konzentration an roten Nadeln war in Deutschland, in den östlichen Bundesländern, aber auch in Tschechien, Rumänien und Frankreich.

Georg stand auf, trat neben sie. »Die war hier«, sagte er und zeigte auf eine Nadel weit im Nordosten. »In Lettland.«

»Ach«, sagte sie wohl etwas zu laut. »In der Gegend um Riga?«

»Nein, nein, in Trīs Liepas, das ist weiter im Norden. Aber warum überrascht dich das so?«

»Na ja …«, antwortete sie gedehnt und suchte nach einer plausiblen Antwort. »Immerhin ist es eine *deutsche* Stiftung, oder nicht? Da sollte man doch annehmen, dass die Bewegung von hier ausgeht.«

In diesem Moment rauschte alles wie ein Wasserfall an ihr vorbei. Ihre Ankunft in Trīs Liepas bei der Zeltfreizeit im Sommer 1997, ihre Gespräche mit Xenia. Ihre wenigen Begegnungen mit Alise. Und dann das, was Xenia in ihrer Graphic Novel erzählte, von dem Mädchen Elise, das nachts aus Georgs Zelt kam. Und das am Ende tot an einem See gelegen hatte. Wie aus weiter Ferne hörte sie Georgs Stimme: »Trīs Liepas war unser erstes Dorfprojekt. Aber was ist mit dir? Alles in Ordnung?«

Penelope wich seinem Blick aus; sie hob ihr Glas ein wenig an, das sie immer noch in der Hand hielt.

»Entschuldige, aber das war wohl etwas zu viel des Guten für mich. Ich bin einfach nicht besonders trinkfest.«

»Hast du heute genügend Wasser getrunken? Das hilft.«

»Nein, hab ich wohl nicht.« Sie stellte das Glas auf dem Tisch ab. »Ich glaube, ich sollte dann mal …«

»Ja, leg dich hin. Soll ich dich begleiten?« Georg berührte ihren Arm mit einer Hand, und Penelope musste an sich halten, sie nicht wegzuschlagen.

»Nein, nein … es geht schon wieder«, sagte sie und zwang sich zu einem Lächeln. Sie ging in Richtung Tür, als ihr ein Gedanke kam.

»Lass uns dieses Gespräch so bald wie möglich fortsetzen. Ich würde gerne mehr hören über eure Stiftungsarbeit … und die Dorfprojekte.«

»Es freut mich, wenn dich die Stiftungsarbeit interessiert.« Tatsächlich wirkte er auf einmal hocherfreut.

»Das tut es wirklich«, sagte sie und lächelte, auch wenn das Lächeln sich für sie selbst so anfühlte, als sei es in ihren Mundwinkeln festgetackert. Und dann fragte sie: »Vielleicht kannst du mir ein bisschen Lektüre mitgeben? Über eure Dorfprojekte, aber auch über die Stiftung insgesamt.«

»Aber gern.« Er sah sie nun mit wachem Interesse an. Dann stellte er sein Glas ab, ging hinüber zu einem der Einbauregale, wählte vier Bücher aus und reichte sie ihr.

»Da hast du was für den Anfang.«

»Danke«, sagte sie, warf einen Blick auf die Buchtitel. *Leben neu gedacht. Ein neues Wir – Lebensformen der Zukunft. Über Leben.* Und schließlich, zuunterst, ein großformatiger Bildband *Das einfache Leben* mit dem Untertitel *Trīs Liepas.*

»Ein schönes Cover«, sagte sie und deutete mit dem Kinn auf den Bildband.

Georg lächelte bescheiden, was nicht so recht zu ihm zu passen schien. »Es ist eine gute Sache«, sagte er. »Wir haben nicht mehr allzu viel Zeit.«

»Wie meinst du das?«

»Mathilda«, sagte er auf einmal in geradezu beschwörendem Ton. »Die Erde geht den Bach runter. Und die Menschheit mit ihr. Wir müssen *jetzt* handeln.«

Penelope sah ihn verdutzt an. Aus irgendeinem Grund hatte sie nicht vermutet, dass es ihm so ernst damit war.

»Ich schicke dir gleich noch einen Link zu Trīs Liepas«, sagte er. Dann verabschiedeten sie sich.

Als Penelope wenig später das Schlafzimmer betrat, war alles still. Sie vermutete, dass Falk wie an den letzten Abenden auch jetzt wieder in seinem Arbeitszimmer saß. Kurz war sie versucht, zu ihm zu gehen und ihn zu bitten, ins Bett zu kommen. Sie sehnte sich nach seiner Nähe, danach, Trost in seiner Umarmung zu finden. Doch dann holte sie ihr Smartphone und betrachtete noch einmal kurz das Foto ihrer Mutter mit Georg, bevor sie in das angrenzende Bad ging, sich auszog und unter die Dusche stieg, wo sie etliche Male auf den Seifenspender drückte. Ein intensiver Duft nach Rosmarin und Lavendel stieg in ihre Nase, während sie sich von Kopf bis Fuß gründlich einseifte und dann unter dem Strahl stehen blieb. Seit einiger Zeit schon hatte sie diesen nicht sehr umweltschonenden Tick entwickelt, ewig unter der Dusche zu stehen, so lange, bis sie alle Gedanken weggespült hatte. Irgendwann stieg sie aus der Dusche, schlang sich ein Handtuch um die Haare und schlüpfte in ein weites Sweatshirt und eine übergroße Hose. Im Schlafzimmer griff sie nach dem Kristallkrug mit dem Ingwerwasser, den irgendein dienstbarer Geist im Laufe des Tages hierhergezaubert hatte. Mit einer Sache hatte Georg recht: Sie hatte heute viel zu wenig Wasser getrunken. Ihr Gesicht glühte von dem Wodka, vielleicht auch von der viel zu langen Dusche. Sie trank das Glas in einem Zug leer, nahm ihr Smartphone und öffnete die Balkontür. Draußen legte sie den Kopf in den Nacken und betrachtete den Nachthimmel. Keine Sterne, dachte sie und musste plötzlich an die Patrouillenfahrten auf ihrer ersten Mali-Mission denken, die meist mehrere Tage gedauert hatten. Geschlafen hatten sie in einer Wagenburg mit den Fahrzeugen in einem Ring um das Führungsfahrzeug herum. Nie zuvor und nie danach hatte sie solch sternenklare Nächte erlebt. So deutlich wie von hier hatte sie die Milchstraße bislang nirgends auf der Welt sehen können. Und Tiere hatten sie gesehen, Fenneks und Dromedare und Wüstenspringmäuse.

In dem Moment hörte sie Falk hinter sich sagen: »Hier bist du, Mathilda!«

Wie immer verursachte ihr der Klang des fremden Namens ein flaues Gefühl, besonders wenn er ihn so zärtlich aussprach. Gleichzeitig durchfluteten Freude und Aufregung ihren Körper, sobald sie seine Stimme hörte. Sie wandte sich um und sah ihn herauskommen, immer noch in seinem weißen Hemd mit der Armbanduhr über den Manschetten. Er war der einzige Mann, den sie kannte, der seine Uhr auf diese Weise trug.

»Ich hab mir den nicht vorhandenen Sternenhimmel angesehen.«

»Du kriegst noch eine Erkältung«, sagte er, nahm sie in den Arm und wollte ihr einen Kuss geben, stutzte aber im letzten Moment.

»Hast du was getrunken?«

»Du meinst heimlich?« Sie lachte, als sie seinen befremdeten Gesichtsausdruck sah. »Dein Vater hat mich mit Wodka abgefüllt. Ich wollte nicht Nein sagen.«

»Bei ihm musst du aufpassen«, sagte er. »Dieses harte Zeug verträgt nicht jeder so gut wie er.«

Sie standen in der Dunkelheit auf dem Balkon, als das Smartphone in ihrer Hand aufleuchtete.

»Was Wichtiges?«, fragte Falk sie, als sie kurz aufs Display schaute. Die Nachricht von Georg, der ihr den Link geschickt hatte.

»Nein«, sagte sie, nahm seine Hand und zog ihn nach drinnen, schloss die Türen. Sie legte das Handy auf den Nachttisch und ließ sich aufs Bett sinken. Im Augenwinkel sah sie, wie er den Wasserkrug nahm und zwei Gläser einschenkte. Sie betrachtete sein Profil, den auf einmal verschlossenen Gesichtsausdruck.

»Hey, was ist denn?«

»Ich dachte, möglicherweise schreibst du dir ja mit …« Er sprach den Satz merkwürdig neutral aus, als sei sie eine Fremde und er würde sich mit ihr auf einer Cocktailparty über die Chancen der Republik Moldau zum EU-Beitritt unterhalten.

Erst da glaubte sie zu verstehen. Sie rappelte sich hoch, nahm ihr Smartphone und streckte es ihm hin.

Ohne darauf zu sehen, reichte er ihr das Wasserglas, trank selbst konzentriert einen Schluck, so als sei das Wassertrinken eine Disziplin, die äußerste Konzentration erforderte. Tatsächlich hörte sie ihn jetzt fragen: »Warst du an Weihnachten bei ihm? Bei deinem … Bergfreund?«

»Du willst wissen, ob ich Weihnachten *mit Noah verbracht habe*?« Sie lachte ungläubig. »Und jetzt denkst du, wir schreiben uns? Willst du nachschauen?«

Jetzt hielt sie ihm das Smartphone so vors Gesicht, dass er nicht anders konnte als hinzusehen. Auf einmal veränderte sich sein Blick.

»Trīs Liepas?«, fragte er, so als würde er die Worte zwar lesen können, sie aber nicht verstehen.

»Ja. Dein Vater hat mir vorhin davon erzählt. Das klingt doch alles ziemlich interessant. Ich möchte gern mehr darüber erfahren.«

Er setzte sich zu ihr aufs Bett und schwieg. Dann brach es aus ihm heraus: »Trīs Liepas … das Goldene Groß Warlow … Rosenhain … Ich kann die Namen dieser Scheißkäffer nicht mehr hören!«

Penelope zuckte zurück. Sie sah, wie er sich vorbeugte und sich das Gesicht rieb. Ohne sie anzusehen, sagte er nun: »Die sind doch alle irre. Du solltest dich von meinem Vater da nicht hineinziehen lassen.«

Penelope sah ihn konzentriert an. So ruhig, wie es ihr möglich war, fragte sie: »Was meinst du damit … dass die irre sind? Und wo könnte er mich denn hineinziehen?«

Er schien nach den richtigen Worten zu suchen. Schließlich sagte er matt: »Ach, es ist ziemlich einfach. Diese Leute sind allesamt fanatische Spinner. Sie rennen einer Ideologie hinterher, die – ach, ich rede mich um Kopf und Kragen. Was ich eigentlich sagen wollte: Diese Geschichte mit Sieglinde König ist einfach schrecklich. Ich will nicht, dass du damit belastet wirst, das ist alles. Aber wenn es um seine Stiftung geht, gibt es für meinen Vater kein Halten mehr. Er wird da sehr … vereinnahmend.«

Falk stand wieder auf und zog sie hoch zu sich. Mit einer Dringlichkeit in der Stimme, wie sie sie nie zuvor von ihm gehört hatte, sagte er: »Mathilda, ich bitte dich, lass uns fortgehen von hier. Ich kann das hier nicht mehr. Lass uns an einem anderen Ort völlig neu anfangen.«

»Aber … ich bin doch gerade erst angekommen.«

»Ja, aber hier zu leben war doch sowieso von Anfang an nur als Übergangslösung gedacht. Mathilda, wir können nach Montana gehen, du liebst doch die Berge. Oder ich gehe mit dir zurück nach Namibia! Und bis dahin wohnen wir im Apartment in der Stadt. Bitte, Mathilda, hier ist es unerträglich, vor allem, wenn ich das Gefühl habe, dass sie dich jetzt auch noch hineinziehen!«

Penelopes Gedanken rasten. So vehement hatte sie ihn noch nie erlebt, es schien ihm todernst zu sein. Sie betrachtete sein ebenmäßiges Gesicht, das verzweifelt-hoffnungsvolle Lächeln. Der Gedanke, mit Falk ein neues Leben zu beginnen, frei von allem zu sein, das war ein Traum! Und doch war es ihr zum gegenwärtigen Zeitpunkt unmöglich.

Und so seufzte sie und sagte: »Ich hab hier ja auch noch ein Zusatzstudium zu beenden, das kann ich doch nicht einfach über Bord werfen.«

»Das sollst du ja auch nicht. Aber kannst du deine Masterarbeit nicht überall schreiben?«

»Und was ist mit den Abstimmungsterminen mit meinem Prof?«

»Meine Güte, dann nimmst du einfach den Privatjet. Ist doch alles kein Problem.«

Sie schluckte. Die Worte kamen ihr nur schwer über die Lippen. Wie gerne hätte sie gerufen: »Ja, Mann, lass uns weggehen, je weiter weg, desto besser!« Stattdessen sagte sie: »Falk. Ob du es glaubst oder nicht: Es ist mir ein Bedürfnis, deine Eltern ein wenig näher kennenzulernen. Lass mich noch eine Weile an meinem Abschluss arbeiten, und wenn ich mit der Masterarbeit fertig bin, steht uns die Welt offen.«

Sie kannte ihn inzwischen gut genug, um zu sehen, wie die Enttäuschung in ihm arbeitete. Enttäuschung und etwas anderes, das er zu verbergen suchte. War es etwa Furcht? Doch ehe Penelope noch länger darüber nachdenken konnte, gab er ihr einen raschen Kuss, murmelte etwas von »noch schnell duschen« und verließ den Raum.

Sie sah ihm nach, wie er um die Ecke bog. Ja, dachte sie nachdenklich. Das, was sie dahinter gesehen hatte, musste Furcht gewesen sein. Es wirkte ganz so, als wollte er um jeden Preis verhindern, dass Penelope näher mit seinem Vater zu tun hatte. Mit seinem Vater oder mit diesen Dörfern, Trīs Liepas und Groß Warlow und wie sie alle hießen. Oder war es die Familienstiftung, um die es hier ging? Und da fielen ihr die Worte wieder ein, die die Wittgenstein ihm an den Kopf geknallt hatte, an jenem Tag im letzten Herbst, als Penelope ihn zum Laufen abgeholt hatte. Sie schloss die Augen, um sich an den genauen Wortlaut zu erinnern. *Wenn du mir zu dumm kommst, werd' ich ein paar interessante Fotos posten. Mal sehen, wie die Leute das finden werden … Die heiligen Wohltäter und Klimaschützer, dass ich nicht lache!*

Die heiligen Wohltäter und Gutmenschen.

Und passte das nicht zu dem, was Falk in der Hochzeitsnacht bruchstückartig gemurmelt hatte? Von einer Toten und dass an dem Namen Prokhoff Blut klebe? Und nur wenig später hatte Penelope in Xenias Buch Personen und Ereignisse als real wiedererkannt – und dort von »Elise« gelesen, die nachts aus Georgs Zelt kam. Und wenig später tot im Kaiserwald gelegen hatte. In dieser Geschichte war Georg der Liebhaber ihrer Mutter gewesen, kurz bevor diese spurlos verschwand. Penelope holte tief Luft.

Was, wenn *alles* irgendwie zusammenhing? Das Verschwinden ihrer Mutter. Xenias Abtauchen. Die Tote in Xenias Buch. Falks »Tote«. Das Blut, das angeblich am Namen Prokhoff klebte. Falks heftige Reaktion auf ihr Gespräch mit Georg über die Familienstiftung. Über das Dorf Trīs Liepas. Die interessanten Fotos der Josephine von Wittgenstein. Und ein rätselhafter J-Termin in Falks Kalender. Jeden Mittwoch um achtzehn Uhr.

7.

Das Wetter hatte umgeschlagen. Als Brammer ihn zwei Tage später nach Treptow in die Klinik fuhr, war der Himmel von einem so strahlenden Blau, dass es schmerzte. Er war sich nicht sicher, ob er das Richtige tat. Oder ob er damit alles nur noch schlimmer machte. Aber er konnte nicht anders. Er musste sich selbst davon überzeugen, dass Sieglinde König am Leben und in guten Händen war.

Nach dem Wiedersehen mit Mathilda hatte er einen unerwarteten Energieschub verspürt, ein irrationales Kraftgefühl, alles im Leben schaffen zu können, solange sie an seiner Seite war. Und obwohl da noch immer dieser unterschwellige Verdacht im Zusammenhang mit ihrem Ex-Freund in ihm schwelte, diesem Helden der Berge, den er – ohne ihn zu kennen – zutiefst ablehnte, wusste er doch im Grunde seines Herzens, dass sie ihn niemals betrügen würde, er wusste es einfach. Sie war ein durch und durch aufrichtiger Mensch. In ihren Augen lag etwas zutiefst Geradliniges. Völlig unverhofft war er jenem Menschen begegnet, nach dem er sich so lange schon gesehnt hatte. Allein der Gedanke an Mathilda erfüllte ihn mit einer Wärme und Ruhe, wie er es noch nie empfunden hatte.

Der Wagen hielt vor dem Haupteingang der Psychiatrischen Klinik Marienstein. Falk blieb noch einen kurzen Moment im Wagen sitzen und beäugte das Sonnenlicht auf der Fassade, deren Ockerton eine so starke Illusion von Wärme vermittelte, dass er einen Moment lang glaubte, es sei schon Sommer. Und es beruhigte ihn, dass das Klinikgebäude nicht wie ein solches aussah. Denn es war nun einmal so: Alles, was ihn im Entferntesten an die Krankenstation der Provo Canyon School erinnerte, erzeugte in ihm diese Beklommenheit, der er auf keinen Fall nachgeben durfte. Mit einem Gefühl der Scham erinnerte er sich überdeutlich daran, wie er zum Beispiel seine Schwägerin nach Wilhelmines Geburt in der Klinik besucht hatte. Schon beim Betreten des Gebäudes hatte ihn ein mulmiges Gefühl erfasst, und als er es schließlich mit seinem Blumenstrauß bis in Veronikas Zimmer geschafft hatte, war seine erste Amtshandlung gewesen, sich auf dem Boden vor ihrem Bett zu übergeben. Umso mehr hatte es ihn überrascht, als er Mathilda nach dem Unfall im Krankenhaus besucht hatte und sein Körper nicht wie gewohnt reagierte. Weil die Freude, sie zu sehen, alles andere plattgemacht hatte: die albtraumhaften Erinnerungen, die klumpige Furcht, die dunklen Bilder. Seit Mathilda in sein Leben getreten war, hatte sich auch hier etwas verändert.

»Ich weiß nicht, wie lange es dauern wird«, sagte er und begegnete Brammers aufmerksamem Blick im Rückspiegel.

»Soll ich Sie nicht doch lieber begleiten?«, fragte der. Falk schüttelte den Kopf.

»Das wird nicht nötig sein«, sagte er und stieg aus.

Nach dem Anblick der warmgelben Fassade war die Kälte draußen ein Schock für ihn. Er nahm Mantel und Schal vom Rücksitz, warf sich beides über und verabschiedete sich von Brammer, der jedoch noch nicht sofort wegfuhr, sondern so lange wartete, bis sein Chef die Treppe nach oben gegangen und das Gebäude betreten hatte. Durch die verglaste Eingangstür sah Falk den Wagen lautlos davongleiten. Brammer würde nicht weit von hier auf dem Parkplatz auf ihn warten.

Falk nannte der Empfangsdame seinen Namen, er möge im Foyer warten, bis er abgeholt werde. Er setzte sich auf einen der sandfarbenen Ledersessel und entdeckte zu seiner Freude ein Bild, das er als Replik eines Gemäldes von Marianne von Werefkin erkannte. Er wusste nicht mehr genau, wie es hieß, ob »Herbst« oder »Schule«, jedenfalls zeigte die in dramatischen Farben gehaltene Darstellung einen Gänsemarsch von schwarz gekleideten Zöglingen, die in Zweierreihen hintereinander hergingen, gefolgt von ihrer Lehrerin. Ein eigenwilliges Bild, das in der Aula seiner ersten Grundschule gehangen hatte, der einzigen Schule, die kein Internat gewesen war. Vielleicht gefiel ihm das Bild aber auch nur deshalb, weil seine Mutter es – wie die meisten Expressionisten – abscheulich fand. »Warum malen diese sogenannten Künstler die Wirklichkeit nicht so, wie sie ist?«, war ein von ihr vollmundig – und gern in großer Runde – geäußerter Satz. Den sie früher oft mit ihren Kenntnissen über Aristoteles und dessen Kunstbegriff würzte. Bis sie einmal an einen emeritierten Professor für Philosophie geraten war, der sie mit einem Vortrag über die Interpretation der aristotelischen Mimesis-Theorie in Grund und Boden redete und ihr – ebenfalls vor Publikum – haarklein darlegte, was sie daran nicht verstanden hatte und wie man bei Aristoteles im Gegensatz zu Platon durchaus von einer freieren Nachahmung der Natur ausgehen konnte.

»Herr von Prokhoff?« Eine etwa sechzigjährige Frau mit weichen Gesichtszügen trat auf ihn zu. Falk stand auf und gab ihr die Hand.

»Dr. Brandstetter. Ich bin die ärztliche Leiterin.«

Dr. Brandstetter, soweit Falk das am Telefon verstanden hatte, war Psychologin und Psychiaterin. An einer Kette um ihren Hals hing eine Lesebrille mit einem orangeroten Gestell, das sich deutlich vom leuchtenden Blau ihrer Bluse abhob.

»Gehen wir zuerst mal in mein Büro«, sagte sie und führte Falk einen breiten Korridor entlang, an dessen Wänden bunte Kunstdrucke hingen, hier hatte jemand ein Faible für die Expressionisten.

»Möchten Sie Kaffee? Tee?«, fragte Dr. Brandstetter ihn in ihrem Büro, in dem ein freundliches Chaos herrschte, mit bunt bemalten Holzfiguren, einer Magnettafel mit Dutzenden von Postkarten und allerlei Handschmeichlern, die in einer flachen Schale auf einem Beistelltisch standen. Dr. Brandstetter bot Falk einen Platz auf einem blauen Sofa an. Sie selbst setzte sich ihm gegenüber in den Sessel.

»Nein, danke. Ich bin sowieso schon überwach.«

»Stehen Sie Frau König nahe?«, fragte sie und betrachtete ihn aufmerksam.

»Ich kenne sie nicht besonders gut«, sagte er. »Sie ist eine Angestellte unserer Stiftung.«

»Ihre Mutter hat mich ein bisschen vorinformiert. Leider hat Frau König ja keine näheren Angehörigen.«

»Das wusste ich nicht.«

»Ihre Eltern sind sehr früh gestorben. Sie ist in einem Heim aufgewachsen.«

»Ach je«, sagte Falk. »Und wie geht es ihr? Warum hat sie das gemacht?«

»Wir gehen von einer akuten paranoiden Schizophrenie aus.«

»Himmel, das klingt ja furchtbar. Auf mich hatte sie immer einen sehr rationalen Eindruck gemacht. Darf ich zu ihr?«

Dr. Brandstetter antwortete nicht gleich. Sie betrachtete ihn auf eine Weise, die ihn plötzlich zu ärgern begann. Nur ein Gefühl, sagte er sich, nichts weiter. Und tatsächlich gelang es ihm, ihrem Blick standzuhalten.

Schließlich sagte sie: »Frau König war bis heute Morgen im Kriseninterventionsraum. Wir mussten sie fixieren.«

Und auf einmal war es wieder da, das flaue Gefühl, ausgelöst durch zwei Worte. »Krisenintervention«, »fixieren«. Unwillkürlich umschloss seine rechte Hand das linke Handgelenk. »Ist sie denn noch immer gefährdet? Sie ist doch schon zwei Tage hier!«

Dr. Brandstetter lächelte bedauernd. »Sie war heute Morgen leider sehr aggressiv ... gegenüber dem Pflegepersonal, aber auch gegen sich selbst. Im Moment müssen wir leider immer noch von einer akuten und erheblichen Selbstgefährdung ausgehen.«

»Aber ... ich nehme an, sie bekommt auch Medikamente?«

»Selbstverständlich. Ob und in welchem Maß die Medikation anschlägt, das wird sich erst nach und nach erweisen.«

Ein breitschultriger Pfleger mit einem Schlangentattoo am Hals begleitete Falk zu Sieglinde König. Falk musste sich zwingen, nicht ständig darauf zu starren. Mit einer Chipkarte öffnete der Pfleger die Tür und gab den Blick frei auf eine junge Kollegin mit tiefschwarzem Haar, die auf einem Stuhl vor dem Bett saß und auf einem Smartphone herumwischte. Als die Tür aufglitt, sah sie sich erschrocken um. Mit einem schuldbewussten Blick steckte sie das Smartphone weg.

Der Raum, dessen Vorhänge halb zugezogen waren, war klein und weiß und wurde dominiert von einem Bett, in dem eine schmale Frau mit wirrem blondem Haar lag, die Falk erst auf den zweiten Blick als die gepflegte und beherrschte Sieglinde König erkannte. Am Bettgestell baumelten noch die Bänder der Fixierung.

»Hier kommt Besuch für die Patientin«, sagte der Tätowierte mit seinem leicht sächsischen Akzent.

Die junge Pflegerin nickte, bewegte sich aber nicht von der Stelle.

Etwas zögernd trat Falk näher und fragte: »Wäre es möglich, kurz allein mit ihr zu sprechen?«

Mit unbewegtem Gesicht blickte die Frau zu ihrem Kollegen auf, der schüttelte den Kopf: »Nee, das geht nicht. Da muss ein Pfleger dabei sein ... Sie wissen aber, dass die Patientin sediert ist?«

Die Schwarzhaarige stand nun auf und stellte sich neben die Tür, um Falk Platz zu machen. Nachdem der Pfleger den Raum verlassen hatte, ließ Falk sich auf den Stuhl sinken und betrachtete Sieglinde König, die ihn ihrerseits unter halb geschlossenen Lidern ansah. Zumindest hatte es den Anschein, dass sie ihn ansah. Er hatte keine Ahnung, was das in ihrem Fall genau hieß, sediert – war sie überhaupt in der Lage, ihn zu erkennen?

»Hallo, Sieglinde«, sagte er sanft und räusperte sich, als seine Stimme in einem Krächzen unterzugehen drohte. Er fühlte sich hilflos und klamm und zurückversetzt in eine Zeit, die er für immer vergessen wollte. Und es doch nicht konnte. Um die eigenen Erinnerungen zu verbannen, entschied er sich zur Flucht nach vorn: »Warum haben Sie das nur getan?«

Sieglinde König reagierte nicht. Er hätte nicht sagen können, ob auch nur eines seiner Worte zu ihr durchdrang. Auch war er unentschlossen, ob er nach ihrer Hand greifen durfte, entschied sich dann aber dagegen. Und so sprach er einfach drauflos, ohne zu wissen, ob etwas davon bei ihr ankam: Dass sie in guten Händen sei, dass alles getan werde, um sie wieder gesund zu machen. Dass jeder Mensch in Krisen gerate, weshalb man sein Leben ja nicht gleich wegwerfen müsse. Dass er alles dafür tun werde, um ihr zu helfen. Er sprach leise und eindringlich. Doch schon, als er die ersten Worte sagte, war ihm, als würde er sich selbst zuhören, und das Gefühl, hier eine Menge Quatsch zu erzählen, wurde immer mächtiger. Was wusste er schon? Für Sieglinde König würde vielleicht niemals mehr irgendetwas gut werden. Denn wenn man diese Schwelle einmal überschritt und sich daran machte, dieses dicke, fette Band, das einen nun mal mit dem Leben verband, zu durchtrennen, dann war man schon halb auf der anderen Seite. Er hatte das ja selbst erlebt. Und er kannte genügend Ehemalige aus der Provo Canyon School, die sich nur noch durchs Leben schleppten.

Als ihm die Worte ausgingen, blieb er schweigend sitzen. Hin und wieder glitt sein Blick über Sieglinde Königs blasses Gesicht, die dunklen Schatten unter den Augen, deren Lider inzwischen wieder ganz geschlossen waren. Sie sah jetzt beinahe friedlich aus. Irgendwann erhob er sich, unschlüssig, ob er sich verabschieden sollte. Schlief sie? Er wollte gerade das Zimmer verlassen, als sie mit einem Mal die Augen aufschlug und ihn anstarrte. Er blieb stehen und sagte sanft: »Ich gehe jetzt, Sieglinde. Aber ich komme wieder.«

Auf einmal bewegte sie stumm die Lippen. Und so ging Falk zurück zu ihr ans Bett und beugte sich zu ihr herab. Und dann hörte er sie flüstern: »... das nicht getan.«

»Was meinen Sie? Was haben Sie nicht getan?«

Er wartete darauf, dass sie weitersprechen würde. Doch statt zu antworten, verdrehte sie auf einmal die Augen, ließ ihre Pupillen immer wieder beschwörend nach rechts wandern, so als wollte sie ihm ein Zeichen machen. War das eine nonverbale Botschaft? Oder eine Folge der Sedierung? Er brachte sein Gesicht noch ein wenig näher an ihres, als ihm schließlich ein Gedanke kam und er sein Ohr an ihren Mund hielt. Da sagte sie leise und ein wenig schleppend: »... wurde gestoßen.«

8.

Am Mittwochabend ließ Penelope ihr Krav-Maga-Training sausen. Stattdessen wartete sie auf ihn. Es fühlte sich unwirklich an, wie eine Rückkehr in die Vergangenheit und auch wieder nicht, da es im Sommer des letzten Jahres, als sie ebenfalls hier gestanden und ihn aus der Ferne beobachtet hatte, sonnig und heiß und hell gewesen war. Auch fühlte sie sich jetzt sicherer, da es bereits dunkel war und niemand sie in ihrem gemieteten Hyundai i10 bemerkte. Da hätte es die Tarnung mit brauner Perücke, der Brille mit Fensterglas und der blauen Strickmütze vielleicht gar nicht gebraucht. Dennoch war es gut, für alle Eventualitäten gerüstet zu sein. Als sie sich vor einer halben Stunde auf der McDonald's-Toilette in der Friedrichstraße verkleidet hatte, war sie beim abschließenden Blick in den Spiegel selbst verblüfft gewesen: Sie sah aus wie ein anderer Mensch. Und wenn sie ehrlich zu sich selbst war, fühlte sie sich auch so. Denn während sie hier saß und auf ihn wartete, war da ständig dieses mürbe Gefühl in ihren Eingeweiden, eine gestaltlose Angst, ihn bei etwas zu ertappen, das sie sich lieber erspart hätte. Etwas, das über den Erpressungsversuch durch die Wittgenstein hinausging.

Sie hatten sich geliebt, vorgestern Abend, und es hatte sich so falsch und gleichzeitig so richtig angefühlt. Noch nie war sie sich so sicher gewesen, dass sie ihn wollte. Alles andere war im Rausch dieser Nacht verschwunden. Und hatte doch gleich am nächsten Morgen wieder an die Tür geklopft.

Sie trank einen weiteren Schluck ihres McDonald's-Kaffees und konzentrierte sich auf den hell erleuchteten Eingangsbereich des ROD-Tower, wie das gigantische Hochhaus seit seiner Eröffnung 2018 genannt wurde. In einem Artikel hatte sie gelesen, dass das Projekt, das 2019 einen bedeutenden Architekturpreis gewonnen hatte, von Østerled Architects entworfen worden war und aufgrund seiner Lage in Spree-Nähe auch *Strandhaus* genannt wurde. Penelope war kein Freund derartiger Glaspaläste; für sie war das alles ein bisschen zu viel Star Trek, im besten Fall. Im schlimmsten Fall machte man sich auf so einem Präsentierteller für jeden Scharfschützen zur Zielscheibe. Tatsächlich war das Erdgeschoss des ROD-Tower durch seine Glasfront so gut einsehbar, dass sie von ihrem Beobachtungsposten aus die beiden Empfangsdamen hinter ihren Apple-Bildschirmen beobachten konnte – und natürlich jeden Mitarbeiter, der das Gebäude betrat oder verließ. Allerdings war sie sich nicht sicher, ob Falk heute wieder von Brammer abgeholt werden würde. In diesem Fall würde er das Gebäude durch den Haupteingang verlassen; falls er allein fuhr, würde er vom Büro mit dem Aufzug direkt in die Tiefgarage fahren, weshalb ihr Blick regelmäßig zwischen dem Raumschiff und der Tiefgaragenausfahrt hin und her glitt.

Sie nahm den letzten Schluck Kaffee, stellte den Becher in den Halter zurück und beobachtete eine blonde Frau, top gestylt in Wintermantel und hochhackigen Stiefeln, eine Tasche quer über der Schulter, wie sie auf das Gebäude zuging, mit wiegendem Schritt und hocherhobenem Kopf. Penelope spürte, wie ihr Magen sich zusammenkrampfte. War das etwa die Wittgenstein? Sie beugte sich vor, spürte das Donnern ihres Herzens, während sie die Frau nicht aus den Augen ließ. Sie konnte es nicht fassen. Es war tatsächlich so. Er traf sich noch immer mit ihr. Die Mittwochstermine waren allesamt Verabredungen mit der Wittgenstein! Penelope war so überwältigt von dieser Erkenntnis, dass sie den metallicgrauen Audi-SUV, der langsam die Tiefgarage verließ, fast übersehen hätte. Erst im allerletzten Moment erkannte sie Falk, der hinter dem Steuer saß. Den Wagen hatte sie noch nie gesehen.

Immer noch mit wummerndem Herzen ließ sie den Audi passieren, bevor sie sich im allerletzten Moment hinter ihm in den Verkehr einfädelte. Im Vorbeifahren sah sie im Schein der Straßenlaterne, dass die Frau, die jetzt den ROD-Tower betrat, nicht Josephine war. Langsam beruhigte sich ihr Herzschlag wieder. Bestürzt von ihrer eigenen dummen Eifersucht und der Täuschung, der sie gerade erlegen war, folgte sie Falk nach Osten, am Tiergarten entlang, über den Potsdamer Platz und dann die Leipziger Straße entlang. Sie musste aufpassen, dass ihre Gefühle ihr nicht das Gehirn vernebelten. Was tat sie hier überhaupt? Im Grunde war es doch wenig wahrscheinlich, dass die in Falks Kalender mit einem »J« eingetragenen Mittwochstermine etwas mit dem Verschwinden ihrer Mutter zu tun hatten. Was genau hatte sie hier also herausfinden wollen? Aber musste sie nicht jedem noch so kleinen Hinweis nachgehen? Schließlich brauchte sie Gewissheit: wie es um Falks Treue bestellt war. Aber auch, welchen Zusammenhang es zwischen dem Verschwinden ihrer Mutter und der Familie von Prokhoff gab.

Sie beobachtete die Tachoanzeige und stellte fest, dass Falk sich konsequent an die Geschwindigkeitsvorgaben hielt; unwillkürlich musste sie an Noah denken, der ebenfalls ein ganz Akkurater war. Immer genau nach Vorschrift, darin ähnelten die beiden sich tatsächlich. Sie erinnerte sich an ihre Anfänge beim Bund, als sie einmal Noahs Fahrerin gewesen war, vertretungsweise, weil sein eigentlicher Fahrer krank geworden war; wie er sie angepfiffen hatte, wenn die Nadel auch nur zwei km/h schneller als erlaubt anzeigte. Irgendwann wurden die Häuser niedriger, sie fuhren eine Allee entlang, in deren Mitte die Tramgleise verliefen. Die blattlosen Bäume glitten an ihr vorüber, und ihre Anspannung ließ ein wenig nach, was vielleicht daran lag, dass sie mittlerweile massive Zweifel hatte, ob er in dieser Gegend wirklich die Wittgenstein treffen würde. Zu wenig glamourös. Also doch Physiotherapie? Penelope wusste nicht, ob sie darüber froh oder enttäuscht sein sollte. Falk verlangsamte das Tempo und bog rechts ab, quer über die Straßenbahngleise, in eine stille Wohnstraße mit schmutzig braunen Mehrfamilienhäusern, die eigentlich ein einziges langes trostloses Gebäude bildeten. Während sie in die Lichtinseln der Straßenlaternen eintauchte, fiel ihr auf, dass zwischen seinem und ihrem Wagen kein anderes Fahrzeug mehr fuhr, sodass sie sich weiter zurückfallen ließ, so weit wie möglich, ohne dass sie die Rücklichter des Audis aus den Augen verlor. Die Straße machte einen leichten Knick nach links, der Straßenbelag wechselte zu Kopfsteinpflaster. Auch der Charakter der Straße wechselte; statt der gesichtslosen Mehrfamiliensilos standen hier schöne Bürgerhäuser im Fin-de-Siècle-Stil. Etwa hundert Meter weiter vorne sah sie Falks Bremslichter rot aufleuchten, dann die Rückfahrscheinwerfer, er hatte einen Parkplatz gefunden. Penelope fuhr an ihm vorbei, über die Kreuzung hinaus; im Rückspiegel sah sie ihn aussteigen. Schnell parkte sie ein, stieg ebenfalls aus, ging ihm hinterher. Auf beiden Seiten verlief zwischen Bürgersteig und Straße ein Grünstreifen mit Bäumen. Ein Austräger von Werbeblättchen rollerte seinen Zeitungswagen hinter sich her. Ansonsten war die Straße menschenleer. Penelope überholte den Austräger, verlor aber Falk dabei nicht aus den Augen. Er steuerte auf ein Haus zu. Kurz bevor er die Eingangstreppe erreicht hatte, blieb er stehen. Penelope erschrak, doch er hatte offenbar nur vergessen, den Wagen abzuschließen, denn kurz darauf blinkten die Lichter des Audi auf. Nun ging er die wenigen Stufen bis zur Eingangstür hinauf, wo er einen Klingelknopf drückte und gleich darauf im Haus verschwand. Penelope wechselte die Straßenseite. Bei der Nummer 36 angekommen, ging sie ebenfalls die Stufen hinauf und ließ ihren Blick über die messingfarbene Klingeltafel gleiten, halb in der Annahme, den Namen der Wittgenstein zu lesen. Als dies nicht der Fall war, tat sie einen Schritt zurück, um sich die Schilder, die links an der Wand neben der doppelflügeligen Haustür angebracht waren, genauer anzusehen. In dem Haus gab es sechs Parteien, wovon drei Praxen waren: eine Chiropraktikerin, ein MVZ für Psychosomatik und Psychotherapie und ein Heilpraktiker für Rebirthing, was auch immer das bedeuten mochte. Auf keinem dieser Schilder war allerdings ein Name mit *J* zu lesen. Auch die Privatleute hießen anders. Allerdings standen keine Vornamen auf der Klingeltafel. Penelope machte ein Foto und läutete dann bei den beiden oberen Parteien und hörte gleich darauf, wie zwei Leute hintereinander durch die Gegensprechanlage fragten: »Ja?« und »Wer ist da?«, woraufhin Penelope »Werbung!« rief. Sofort wurde der Türöffner betätigt, und Penelope betrat das Treppenhaus. Es duftete leicht nach Falks Rasierwasser. Penelope hielt kurz inne, ob jemand sich die Mühe machen würde, den Werbeblättchen-Austräger in Augenschein zu nehmen. Aber niemand streckte den Kopf übers Geländer. Also stieg sie die Treppe hoch. Auf jedem Treppenabsatz, von dem jeweils zwei Wohnungstüren abgingen, machte sie Halt. Aus einer Wohnung drang Kinderprotestgeheul, und aus den Räumlichkeiten des Atem- und Rebirthing-Heilpraktikers drangen gedämpfte Stimmen. Sie stieg bis ganz nach oben, wo auf dem Dachboden Wäscheleinen gespannt waren. Hier würde sie warten und jedes Mal, wenn unten eine Tür ging, hinunterschleichen und nachsehen. Wenn sie nur wenigstens eine Vermutung hätte, wen Falk hier besuchte! In einer Praxis für Psychotherapie konnte sie sich Falk ja vielleicht noch vorstellen, auch bei der Chiropraktikerin. Aber nicht bei einem Typen, der wollte, dass man in seiner Praxis wiedergeboren wird. Da kam ihr ein Gedanke. Noch einmal zog sie ihr Handy aus der Tasche und googelte zuerst die drei Praxen und gab dann nacheinander die drei Nachnamen der Privatleute sowie Herbert-Baum-Straße ins Suchfenster des Berliner Telefonbuchs ein. Und landete einen Treffer: J. Preuß.

Penelope spürte, wie das Adrenalin ihr durch den Körper schoss. *J.* Und Preuß. Auf einmal kam ihr ein Gedanke. War das etwa so was wie ein zusammengebastelter Tarnname? Aus den Zutaten Josephine und Proyse? Oder wurde sie langsam paranoid? Mit zitternden Fingern wählte sie die Nummer. Als der Anrufbeantworter – eine automatische Nummernansage – ansprang, legte sie auf. Einen Moment lang dachte sie nach. Von der Anordnung auf der Klingeltafel her wohnte J. Preuß im zweiten Stock. Wenn das wirklich Josephine war, wenn Falk wirklich in dieser Wohnung war ... Leise ging sie hinunter in den zweiten Stock und wählte noch einmal die Nummer. Auf dem Treppenabsatz stehend, hörte sie, wie es in der Wohnung klingelte, bis erneut die Ansage ansprang. Ansonsten drang kein Laut aus der Wohnung. Also war er nun dort oder nicht? Sie musste es wissen. Und so ging sie ganz nach unten, zum Hauseingang, und klingelte Sturm. Immer noch keine Reaktion. Halb enttäuscht, halb erleichtert setzte sie sich wieder in den 110. Vermutlich war es so: Sie wurde langsam verrückt. Oder so verzweifelt, dass sie nach jedem ausgefransten Strohhalm griff?

Während sie im Auto wartete, schaute sie in ihrem Smartphone nach, wo in Berlin sie sich überhaupt befand, und stellte fest, dass die Herbert-Baum-Straße 36 in Weißensee lag. Von hier bis zum ROD-Tower waren es genau zehn Kilometer, was einer Fahrzeit von dreiundzwanzig Minuten entsprach. Vom ROD-Tower bis zur Villa in Zehlendorf waren es zwölf Kilometer. Der Tower lag also fast genau in der Mitte zwischen Zehlendorf und dem Haus in Weißensee.

Nach einer guten Stunde blinkten schließlich die Lichter des Audi auf, und wenig später tauchte Falk auf, stieg in den Wagen und fuhr davon. Sie folgte ihm in großem Abstand. Als ersichtlich war, dass Falk auf dem Weg zurück nach Hause sein musste, gab sie die Verfolgung auf und brachte den Leihwagen zurück. Gedankenverloren schlug sie den Weg nach Zehlendorf ein. Was hatte Falk in dem Haus in der Herbert-Baum-Straße in der letzten Stunde gemacht? Wen hatte er warum besucht? War J. Preuß ein Tarnname für die Wittgenstein? Aber warum sollten sie so etwas veranstalten? Dennoch war ihr jetzt klar, dass sie der Sache so oder so auf den Grund gehen musste. Anders würde sie keine Ruhe finden.

Später an diesem Abend überraschte Falk sie mit einer Frage: »Findest du nicht, dass wir so langsam mal in die Flitterwochen gehen sollten?«

Penelope ließ den Löffel mit dem Tiramisu sinken. Täuschte sie sich, oder hatten sein Tonfall und sein Gesichtsausdruck etwas Hastiges an sich? Und natürlich drängte sich sofort die Frage auf, ob dieser Vorschlag möglicherweise etwas mit dem rätselhaften J-Termin in Weißensee zu tun haben könnte.

»Ist es dafür nicht ein bisschen spät?«

»Und wer sagt das?«

Nein, dachte sie und betrachtete ihn noch eine Spur aufmerksamer. Nicht hastig. Eher übertrieben bemüht. »Ich dachte, unter Flitterwochen versteht man die Zeit unmittelbar nach der Eheschließung.«

Da lachte er los: »In einem früheren Leben warst du bestimmt mal Staatsdiener im Deutschen Reich.«

Jetzt musste auch Penelope lachen. Und gleich fiel ihr das Praxisschild in der Herbert-Baum-Straße wieder ein. Der Wiedergeburts-Scharlatan namens Alfred Fels.

Tatsächlich wurde nun auch Falk sehr schnell wieder ernst. Er war doch wohl nicht wirklich bei *ihm* gewesen?

»Glaubst du denn an so was?«, fragte Penelope und musterte ihn. »An mehrere Leben?«

Er wandte den Blick ab, bevor er die Schultern zuckte und sagte: »Manchmal weiß ich selbst nicht, was ich glaube.«

Und auf einmal war es wieder da, dieses seltsame Gefühl, dass das alles hier tragisch enden würde, ihr Leben mit ihm in diesem Haus, ihre Liebe zu diesem Mann, die so unaufrichtig begonnen und sich ganz unverhofft verselbstständigt hatte. Und während sie gegen den aufkommenden Kloß in ihrem Hals ankämpfte, hörte sie ihn sagen: »Du hast mir nicht geantwortet. Was ist nun mit der Hochzeitsreise? Wo möchtest du gerne hin?« Er sah sie erwartungsvoll an, was beinahe etwas Rührendes an sich hatte. Oder war das gerade seine Art, ihr zu beweisen, dass er sie *nicht* nur wegen des Erbvertrags geheiratet hatte?

»Du möchtest mit mir verreisen? Ich dachte, du hättest gerade so viel zu tun ...«

Sie dachte an die letzten Tage, an denen sie ihn kaum gesehen hatte. Tage, an denen sein Gesicht kantig und nackt gewirkt hatte. Und an die letzte Nacht, als er das erste Mal seit Längerem wieder im Traum geschrien hatte.

Jetzt machte er eine wegwerfende Handbewegung und sagte: »Das kann auch mal warten ... Also was meinst du? Es gibt doch bestimmt einen Ort, den du schon immer mal sehen wolltest?«

Natürlich war ihr sofort *ein* Ziel eingefallen. Riga, wollte sie am liebsten rufen. Ich will mir dir nach Riga. Doch das durfte sie natürlich nicht riskieren. Und während sie noch darüber nachdachte, ob sie den Wunsch nicht doch irgendwie äußern könnte, eingepackt in das ganze Baltikum, räusperte er sich. Und sagte in einem merkwürdig tragenden Ton: »Wie wäre es, wenn du mir mal deine Heimat zeigst?«

Sie nahm den Löffel wieder auf. »Du meinst, du willst mit mir ins …« *Allgäu.* Um ein Haar wäre ihr das Wort herausgerutscht.

»Ja! Lass uns nach Namibia fliegen.«

Penelope spürte, wie ihr heiß und kalt zugleich wurde. Wie war es möglich, einen derartigen Fehler auch nur zu denken! Sie spürte seinen Blick auf ihr. Und war sich in dem Moment sicher, dass er Bescheid wusste. Dass er den Vorschlag nur gemacht hatte, um ihre Reaktion zu sehen. Warum sonst sah er sie nun so durchdringend an? Und während sie noch damit beschäftigt war, ihren Gesichtsausdruck unter Kontrolle zu halten, sprach er schon weiter, und klang dabei fast drängend: »Ich will alles sehen … zeig mir alle Orte, die dir etwas bedeuten … und natürlich die Farm. Ich hab Fotos davon im Internet gefunden.«

Penelope musste an sich halten, nicht nach Luft zu schnappen. Also kamen die Einschläge näher. Wie sollte sie ihn ablenken? Sie sagte das Nächstbeste, was ihr in den Sinn kam: »Wie wär's mit einem Kompromiss? Lass uns in die Flitterwochen fahren, wenn ich die blöde Masterarbeit fertig habe. Und jetzt erst mal ein verlängertes Wochenende Skifahren … Ich kenne da eine traumhaft gelegene Alm … ganz weit ab vom Schuss.«

Kaum hatte sie die Worte ausgesprochen, sah sie, wie sein Blick sich verdunkelte.

»Ach wirklich?«, fragte er kurz angebunden in einem säuerlichen Ton. »Mir war nicht klar, dass du so gut Ski fährst.«

Penelope wusste nicht, was sie darauf erwidern sollte. Dass sie ihre erste Skitour mit neun gemacht hatte? Dass sie in ihrer Jugend und beim Bund Biathlon betrieben hatte? Oder dass sie in der Gebirgs- und Winterkampfschule Luttensee Soldaten in der Bergrettung ausgebildet hatte?

»Na ja, es geht«, antwortete sie und überlegte, wie sie das wieder zurückdrehen konnte.

Aber da sagte er schon: »Ach ja, Noah, der Bergfreund, hat es dir beigebracht.« Und dann lächelte er übertrieben breit. »Also hast du es ihm zuliebe gelernt? Weil du mit ihm in die Berge wolltest?«

Wenn du wüsstest, dachte Penelope und fühlte sich plötzlich in die Vergangenheit katapultiert, zu jenem Tag vor sechzehn Jahren, an dem sie daran gedacht hatte, das Handtuch zu werfen. Ganz am Anfang ihrer Zeit in der Kampfkompanie war das gewesen, auf der Axamer Lizum, einem österreichischen Truppenübungsplatz, wo sie vier Tage eine Winterkampfausbildung im Gebirge erhalten sollten. Und wo sie zur Strafe, weil sie ihr Nachtsichtgerät in der Stellung liegen gelassen hatte, alleine auf Streife gehen musste.

Sie kehrte in die Gegenwart zurück. »Das würde ich so nicht sagen. Es hat sich so ergeben. Er ist gern in die Berge gegangen, und mir hat es auch Spaß gemacht.«

Falk sah sie unverwandt an. »Wie lange wart ihr denn zusammen?«

Diese Frage ließ Penelope innerlich zusammenzucken. Es war schon so, eine Lüge zog eine andere nach sich, Ausflüchte verlangten nach weiteren Ausflüchten. Sie hatte nicht erwartet, dass er sie so direkt fragen würde. Im Bruchteil einer Sekunde entschied sie sich dafür, so nah bei der Wahrheit wie möglich zu bleiben.

»Es war … kompliziert. Wie nennt man so etwas, eine On-Off-Beziehung?«

In dem Moment, da sie die Worte aussprach, wusste sie, dass es ein Fehler gewesen war. Etwas flackerte in seinem Blick, war es Interesse oder eher Misstrauen? In jedem Fall war ihr klar, dass sie heute nicht zum letzten Mal über Noah gesprochen hatten. Sie sollte sich für die Zukunft also besser eine solide Geschichte zurechtlegen. Da fragte er: »Ach wirklich? Wie hast du ihn denn kennengelernt?«

Sie sah ihn an. Der zurückhaltende, vornehme Falk, der die Welt mit einem überlegenen Lächeln betrachtete, war auf einmal gar nicht mehr so zurückhaltend. Sollte sie ihm die Frage beantworten? Würde sie sich verdächtig machen, wenn sie es nicht täte?

Auf einmal riss ihr der Geduldsfaden. Sie hatte genug von diesem Frage-und-Antwortspiel. Sie stand auf und begann den Tisch abzuräumen. Mit dem Rücken zu ihm sagte sie: »Willst du vielleicht lieber mit Noah in die Flitterwochen fahren?«

Im ersten Augenblick schwieg er verdutzt. Dann hörte sie ihn lachen. Es war ein echtes, ehrliches Lachen.

»Vielleicht beim nächsten Mal … Wo also ist diese Alm?«

Er stand auf und umarmte sie von hinten. »Ach, Mathilda, Mathilda! Du weißt gar nicht, wie sehr ich dich liebe.«

Beim Klang des falschen Namens wurde ihr für einen Augenblick ganz kalt. Was war sie doch für ein verlogenes Stück.

Dann drehte sie sich um und sagte: »Ich liebe *dich*. Das darfst du nie vergessen.«

9.

Als Penelope ein paar Tage später vom Laufen zurückkehrte, fühlte sie sich energiegeladen. Der Kies knirschte unter ihren Asics, als sie auf das Haus zuging und Georg entdeckte, der auf der Terrasse im ersten Stock stand. Weiß dampfte sein Atem in der Luft.

»Hallo, Georg«, rief Penelope und nahm die Airpods aus den Ohren. Seit Falks eigenartiger Reaktion auf ihr Interesse an der Stiftung und diesem Dorf Trīs Liepas hatte sie darauf gewartet, ihr Gespräch mit Georg fortsetzen zu können. Im Näherkommen sah sie, dass er einen Wintermantel trug, so als hätte er sich angezogen, um hier in Ruhe ein Morgenzigarettchen zu schmören.

»Rauchst du etwa heimlich?«, rief sie ihm scherzhaft zu.

Er trat an die Brüstung und sah zu ihr herunter. »Das ist lange her!«, antwortete er im gleichen scherzhaften Ton. »Jetzt bin ich älter und mache jeden Morgen Atemübungen. Und das auch nicht mehr heimlich.« Sein Blick ruhte auf ihr, er wirkte jetzt fast wie eine Raubkatze, zum Sprung bereit. Penelope drückte ihren Rücken durch und knüpfte an das Gespräch in der Bibliothek an. »Danke noch mal für die Literatur, sehr spannend finde ich das alles. Am liebsten würde ich mir so ein Dorf selbst mal ansehen.«

Georgs Raubkatzenblick wurde, wenn das überhaupt möglich war, noch einen Tick intensiver. Was sie unvermittelt an die Furcht in Falks Augen neulich abends denken ließ. Und an die Sorge in seiner Stimme. *Sie solle sich von seinem Vater in nichts hineinziehen lassen.*

»Das freut mich zu hören!«, rief Georg nun. »Tatsächlich fahre ich morgen nach Groß Warlow. Komm doch mit!«

Penelope lächelte zu ihm hoch. »Sehr gerne!«, rief sie. »Wann fährst du denn?«

»Ich wollte so gegen sechs los. Die Fahrt dauert ungefähr zwei Stunden.«

Da fiel ihr wieder Falk ein, und sie fragte sich, wie es wohl auf ihn wirken würde, wenn sie nun plötzlich *dafür* Zeit hätte. Wo sie doch angeblich so dringend an ihrer fiktiven Masterarbeit schreiben musste. Sie kam zu dem Schluss, dass ein bisschen Zögerlichkeit nicht schaden könnte, falls Georg und Falk sich darüber unterhalten sollten.

»Hm ... Das ist reichlich früh. Ich wollte morgen Vormittag eigentlich noch zu meinem Prof in die Sprechstunde.«

Georg schien kurz zu stutzen. »Aber das kannst du doch trotzdem noch, wenn wir um sechs fahren.«

Verwirrt sah Penelope ihn an. Dann erst verstand sie: »Ach, du meinst achtzehnhundert? Das geht natürlich klar!« Und schon während sie die Worte aussprach, wusste sie, dass sie einen Fehler gemacht hatte.

»Was ...«, sagte er und sah perplex zu ihr herunter. »Du hörst dich an wie ein Schleifer beim Bund!«

Penelope hoffte, dass Georg auf die Entfernung nicht sah, wie sie rot wurde.

Mit einem unbekümmerten Schulterzucken versuchte sie, sich zu retten.

Immer noch verblüfft, aber nun auch ein bisschen amüsiert, antwortete er: »Nun gut. In dem Fall Aufsitzen morgen um achtzehnhundert.« Dann salutierte er und verschwand aus ihrem Blickfeld.

Mit heißem Gesicht lief Penelope um das Haus herum und betrat die Villa durch den hinteren Eingang. So ein dummer Fehler durfte ihr nicht noch einmal passieren. Sie musste verdammt noch mal besser aufpassen.

Nach einer Dusche und einem schnellen Nussmüsli mit frischem Obst machte sie sich daran, ihre To-do-Liste abzuarbeiten, und suchte als Erstes die sechs Nummern aus der Herbert-Baum-Straße heraus. Sie erreichte die drei Privatnummern – auch J. Preuß – nach kurzem Klingeln und gab sich einfach als Assistentin von Herrn von Prokhoff aus. Ob ihr Chef gestern womöglich seine Brieftasche dort liegen gelassen habe? Wie sich herausstellte, verbarg sich hinter J. Preuß ein alter Mann namens Joseph, der sich von ihr einige Male wiederholen ließ, wer genau sie sei und warum sie anrief. Bei den beiden anderen handelte es sich um einen Mann mittleren Alters und eine Frau. Beide klangen überzeugend, als sie ihr sagten, sie habe sich wohl verwählt. Die Sprechstundenhilfe der Chiropraktikerin meinte, sie hätten keinen Patienten dieses Namens. Bei dem Wiedergeburtsexperten sowie dem MVZ sprang jeweils der Anrufbeantworter an.

Den Rest des Nachmittags verbrachte sie damit, sich noch einmal, wie schon im vergangenen Jahr, durch die Website der Familienstiftung zu klicken. Falks Worte von den fanatischen Spinnern im Ohr, schaute sie sich die Fotos und Videos nun noch einmal genauer an. Zugegeben, sie wirkten wie ein Haufen barfüßiger Weltretter, die ihre Tage beim Umgraben von Erde oder beim Herstellen von Gemüsebratlingen zubrachten. Vielleicht brauchte man eine gewisse Portion von Fanatismus, um das durchzuziehen, dachte sie und öffnete das neueste Video, das gerade erst online gegangen war. Aus irgendeinem Grund hatte Penelope auf einmal den Eindruck, dass die Stimmung in diesem neuen Video sich leicht verändert hatte. War der Ton schärfer geworden? Nachdenklich schloss sie das Video und scrollte abschließend durch die Links zu den verwandten Websites, die sie schon einmal angeschaut hatte. Mit gerunzelter Stirn las sie die Einträge, einen nach dem anderen. Und hatte auf einmal den Eindruck, dass einer fehlte: der Link zu Last Exit, der Gruppe linksextremer Aktivisten, der noch im letzten Jahr da gewesen war. Also haben sie gemerkt, dass das wohl nicht so ganz zu ihnen passt, dachte Penelope und gab *Last Exit* ins Google-Suchfenster ein, um sich die Website der Gruppe noch einmal anzuschauen. Überrascht hielt sie die Luft an. Die Website existierte nicht mehr. Sie ging zurück auf Google und suchte nach der Gruppe.

Im nächsten Moment wurde der Bildschirm von Schlagzeilen überflutet. Razzia bei Last Exit. Generalstaatsanwaltschaft ermittelt gegen Last Exit. Penelope öffnete einen Artikel der *FAZ* und las, dass im Auftrag des bayerischen Landeskriminalamts und der Generalstaatsanwaltschaft München bundesweit einhundertsiebzig Polizeibeamte im Einsatz gewesen waren, die fünfzehn Objekte des Vereins in sieben Bundesländern durchsucht hatten; vier der Durchsuchungen fanden in Berlin statt, unter anderem in der Wohnung von Pressesprecher Finn Bohnau in Berlin-Kreuzberg. Außerdem wurde berichtet, dass die Homepage der Gruppe abgeschaltet worden war und die Konten und Vermögenswerte beschlagnahmt. Außerdem waren zwei der Mitglieder zur Fahndung ausgeschrieben: Finn Bohnau und Benjamin Kappler. »Was zur Hölle …«, murmelte sie. Sie las weitere Artikel zu dem Thema und fand auch ein paar Fotos, auf denen die beiden in Warnwesten auf einer Straßenkreuzung saßen, zusammen mit anderen Mitgliedern, einer Frau mit roten Dreads und einem Mann mit hellblondem Haar. Mit einem Mal kroch ein unangenehmes Gefühl in ihr hoch: Sie dachte an die Mail von Sieglinde König, auf die sie im letzten Jahr, als sie Falks E-Mail-Postfach durchsucht hatte, gestoßen war. Vielleicht war die König gar nicht so durch den Wind, wie sie damals geglaubt hatte? Penelope schloss die Augen und dachte an die Nachricht, die er in einen Ordner namens »Mist« verschoben hatte. Wie Falk hatte auch Penelope gedacht, die König ticke nicht mehr richtig. In ihrer Nachricht hatte sie Falk geradezu panisch beschworen, sich mit ihr zu treffen.

Penelope schrak auf vom Klingeln ihres Smartphones. Eine ihr unbekannte Nummer.

Das Adrenalin, das durch ihren Körper pumpte, ließ ihr Herz rasen, als sie antwortete: »Ja?«

Da hörte sie: »Medizinisches Versorgungszentrum, Sie hatten um Rückruf gebeten?«

»Ah … ja … vielen Dank.« Sie sagte ihr Sprüchlein auf:

»Ich bin die Assistentin von Herrn von Prokhoff. Mein Chef vermisst seine Brieftasche, und ich wollte nachfragen, ob er sie gestern bei Ihnen hat liegen lassen.«

Penelope erwartete die übliche Reaktion. *Sie müssen sich in der Nummer geirrt haben.* Doch zu ihrer Überraschung hörte sie die Sprechstundenhilfe sagen: »Einen Moment bitte. Ich frage kurz nach …«

Es dauerte zwei, drei Minuten, bis die Frau sich wieder meldete.

»Also bei Herrn Dr. Abadi ist leider nichts liegen geblieben.«

Penelope bedankte sich und legte auf. Sie überlegte nur einen winzigen Moment. Dann gab sie »Dr. Abadi« und »MVZ« ins Suchfenster ein. Sofort erschien der Eintrag: Dr. Frank Abadi, Herbert-Baum-Straße, Berlin. Erst nachdem sie noch ein wenig weitergesucht hatte, stieß sie auf Abadis vollständigen Namen. Auf einer Liste von Traumatherapeuten stand: Dr. Frank Joachim Abadi. Also hatte sie »J« doch noch gefunden.

10.

Er konnte mit niemandem darüber reden. So war es schon immer gewesen. Schon als kleiner Junge hatte er ziemlich bald begonnen, die Dinge mit sich selbst auszumachen, spätestens in dem Moment, als er ins Internat gekommen war. Davor hatte er immerhin Waltraud gehabt. Aber da sie und sein Vater in einer Art Zweitehe lebten und Waltraud, das konnte man nicht leugnen, tief in ihrer Affenliebe zu seinem Vater steckte, war alles, was er Waltraud anvertraut hatte, früher oder später auch bei Georg gelandet. Der einzige Mensch auf der Welt, dem er blind vertraute, war Mathilda. Aber in diese Sache mit Sieglinde König konnte er sie beim besten Willen nicht hineinziehen. Hauptsächlich aus dem Grund, weil sie versuchen würde, ihm zu helfen, und dadurch möglicherweise selbst in Gefahr geraten würde. Kurz kam ihm der Gedanke, mit Joachim Abadi darüber zu sprechen. Aber das ging ja auch nicht. Rational wie der Mann veranlagt war, würde er ihm lediglich raten, mit der Polizei zu sprechen. Aber was sollte er denen denn sagen? Dass er sich Gedanken darüber machte, was eine – vor aller Welt – psychisch gestörte Frau damit gemeint hatte, als sie ihm wenige Tage vor ihrem Selbstmordversuch eine Excel-Tabelle mit dubiosem Inhalt geschickt hatte?

Die Sache hatte ihm keine Ruhe gelassen. Und so hatte er bei seiner Rückkehr heute als Erstes den Concierge gefragt, wo das Altpapier entsorgt wurde, und war mit einer Stirnlampe in den Container geklettert, um zwei Stunden lang alte Zeitungen, Kartons und allerlei anderen Unrat zu durchpflügen, bis er tatsächlich fündig geworden war.

Inzwischen hatte er jedes Zeitgefühl verloren, auch weil seit Stunden Brian Simpsons Album *All That Matters* in Dauerschleife lief, ohne Anfang und ohne Ende. Die Musik beruhigte ihn, fungierte wie ein Anker, der ihn in der Normalität und so in seinem eigenen Leben hielt und damit verhinderte, dass er zu schnell die Segel setzte und in eine Richtung fuhr, die sich möglicherweise doch nur als Hirngespinst der König herausstellte. Als er sie heute ein weiteres Mal in der Marienstein-Klinik besucht hatte, war sie ihm verändert vorgekommen, nicht mehr entrückt und abwesend, vielmehr wirkte sie resigniert, wie ein Mensch, der sich mit allem abgefunden hatte. Aber dann hatte sie zum Abschied diese beiden Sätze gesagt, mit einem Schulterzucken, kurz bevor der Pfleger sie nach ihrem gemeinsamen Spaziergang durch den kleinen Klinikpark in Empfang genommen hatte: »Die haben im Oktober doch auch versucht, *Sie* umzubringen. Warum ist Ihnen das egal?« Und es war die vollkommene Gewissheit in ihrer Stimme, die ihm einen Schauder über den Rücken gejagt hatte.

Er stand auf, hielt ein Glas unter den Wasserhahn und kehrte zurück an seinen Schreibtisch am Fenster, wo die Ausdrucke mit der Excel-Liste nebeneinander auf dem Tisch lagen. Auf den ersten Blick wirkte das Ganze tatsächlich wie das Werk eines außer Rand und Band geratenen Buchhalters oder einer Dreijährigen, die irgendwie an einen Rotstift gelangt war. Auf den zweiten Blick war er sich nicht mehr so sicher. Da hatte die König bestimmte Ausgaben der ROD-Familienstiftung, die in den letzten fünf Jahren von verschiedenen Konten aus getätigt wurden, umkringelt und Kommentare an den Rand geschrieben. Noch einmal ließ Falk seinen Blick über die Spalten gleiten. Links das Datum, daneben der Betrag, der zugrundeliegende Steuersatz, das jeweilige Konto, auf das das Geld überwiesen wurde. Und in der Mitte der Verwendungszweck wie zum Beispiel Gehalt, Afa, Telefon, Mietfahrzeug und so weiter. Nichts Auffälliges. Doch dann gab es einen wiederkehrenden Verwendungszweck, der mit »Fördergeld Photovoltaik« betitelt war und bei dem jeweils Summen zwischen zwanzig- und fünfzigtausend Euro geflossen waren. An diesen Einträgen hatte die König sich festgebissen – und dazu mit dem Rotstift ihre Kommentare an den Rand geschrieben. Und einer dieser Kommentare betraf ihn persönlich.

Er kehrte an den Tisch zurück, beugte sich wieder über die Liste und betrachtete die winzigen, überhaupt nicht chaotischen, sondern im Gegenteil äußerst säuberlich geschriebenen Buchstaben »Falk v. P.« und ein Datum im letzten Oktober, von dem aus sie einen Pfeil zu einer Zahlung über fünfzigtausend Euro gezogen hatte, die auf ein Konto mit der Länderkennung LI – also Liechtenstein – geflossen war. Als Verwendungszweck war auch hier »Fördergeld Photovoltaik« angegeben. Verwirrt runzelte er die Stirn. Er verstand den Sinn dieser Eintragung nicht.

Seine Augen glitten über die Seiten. Insgesamt ging es um rund dreihunderttausend Euro, die im Laufe der letzten Jahre für den Verwendungszweck »Fördergeld Photovoltaik« ausgegeben worden waren. Von seinem Vater wusste er, dass die Stiftung viel Geld in kollektive Solaranlagen in den verschiedenen Dörfern investiert hatte. Aber seines Wissens gab es dafür einen separaten Fonds.

Er weckte seinen Laptop aus dem Standby. Gut, dass er sich die Zugangsdaten inzwischen beschafft hatte. Er loggte sich ein. Hinter der IBAN steckte tatsächlich eine Firma in Liechtenstein, die sich Solar Consult nannte. Also ging es tatsächlich um die Solarprojekte?

Er öffnete die Website von Solar Consult und las, dass die Firma in großem Stil in Solarprojekte in Kenia investierte. Also ging es nicht um die Solaranlagen in den Dorfprojekten, sondern um Investitionen. Falk wusste, dass Kenia weltweit führend war, was die Anzahl installierter Photovoltaikanlagen pro Einwohner anging. Jedes Jahr bezogen mehr Kenianer ihren Strom aus Solarenergie, als Netzanschlüsse eingerichtet wurden. Blieb die Frage, was das mit ihm zu tun hatte. Oder mit den anderen rot umkringelten handschriftlichen Notizen, die allesamt ein Datum und – so wie es aussah – Namen von irgendwelchen Leuten enthielten, die Falk aber nichts sagten.

Er scrollte ganz nach unten und klickte auf das Impressum der Solar Consult. Als Firmensitz war eine Adresse in Liechtenstein angegeben. Vorstandsvorsitzender war ein gewisser Dr. Markus Greitl. Von dem er noch nie gehört hatte. Liechtenstein, dachte er. Das Eldorado der Briefkastenfirmen. Er wusste, dass dort um die achtzigtausend Briefkastenfirmen existierten. Bei fünfunddreißigtausend Einwohnern war das keine schlechte Hausnummer. Der Gründlichkeit halber sollte er also einen näheren Blick auf die Solar Consult werfen. Und auf diesen Markus Greitl, der mit Sicherheit nur der Treuhänder war. Sodass der Eigentümer dahinter nicht in Erscheinung treten musste. Falk machte einen Screenshot mit seinem Smartphone.

Er lehnte sich auf seinem Stuhl zurück und rieb sich die Augen, die sich anfühlten, als habe ihm jemand feinen Sand unter die Lider gestreut. Da erst wurde ihm klar, dass die einzige Lichtquelle im Raum die Schreibtischlampe war, die die Papiere auf seinem Tisch grellweiß beleuchtete. Alles andere im Raum war in bläuliches Dunkel getaucht. Wahrscheinlich sollte er für heute einfach Schluss machen.

Er klappte den Laptop zu, knipste die Schreibtischlampe aus und trat ans Fenster. Einen Moment lang stand er so da und schloss die schmerzenden Augen. Er würde der Sache auf den Grund gehen müssen, einfach weil sein Name auf dieser Liste stand. Nach einer Weile öffnete er die Augen und sah hinunter auf die Straße, still und menschenleer im Licht der Schaufensterbeleuchtung. Kein Wimmelbild mehr. Er wollte sich gerade abwenden, als ihm eine Bewegung gegenüber auffiel. Jemand trat aus einem Hauseingang und blieb dort stehen. Es dauerte ein paar Sekunden, bis Falk begriff, dass die Gestalt mit der Kapuze dort unten zu ihm hinaufblickte und dann langsam die Straße überquerte. Noch wehrte er sich gegen die Erkenntnis, aber sein Körper hatte bereits begriffen, was das bedeutete: dass der Mann geradewegs auf seinen Hauseingang zuging.

Auf einmal wurde ihm übel vor Angst. Die Erinnerung an den Mann mit dem Messer war so blitzartig wieder da, als hätte sie direkt hinter der Tür gestanden. Mit wenigen Schritten ging er zur Garderobe, wo seine Jacke mit der Waffe hing. Oder sollte er lieber Brammer anrufen, der im Apartment nebenan schlief? Stattdessen ging er in den kleinen Technikraum neben der Eingangstür, wo die Kameras hingen: eine, die die Lobby mit dem Nacht-Concierge im Visier hatte, eine, die auf den Bereich vor dem Fahrstuhl gerichtet war, zwei andere, die den Außenbereich beobachteten. Eine im Lift. Und eine fünfte direkt vor seiner Wohnungstür. Auf keinem der Monitore tauchte der Typ auf.

Falks Blick wanderte über die Bildschirme. Es blieb still. Langsam ließ seine Anspannung nach und er ging ins Bad. Hatte er sich das gerade nur eingebildet?

11.

Schon als sie in Georgs Wagen stieg, hatte sie so etwas wie eine Ahnung, schob das Gefühl aber mit aller Macht beiseite. Es half nichts, sich selbst verrückt zu machen. Vor allem aber würde sie nach ihrer Rückkehr erst einmal über alles nachdenken müssen: die Nachricht der König und was sie wirklich bedeutete. Und die Tatsache, dass Falk ganz offensichtlich bei einem Traumatherapeuten in Behandlung war. Jetzt aber brauchte sie ihre ganze Konzentration erst einmal für Georg.

Während sie auf ihr Abendessen in einem Landgasthaus kurz hinter Berlin warteten, sprach Georg ununterbrochen über seine Siedlungsprojekte. Mit der Begeisterung eines Hillsong-Predigers erzählte er ihr, dass Groß Warlow bereits jetzt eine zu hundert Prozent autarke Energieversorgung aus erneuerbaren Energien umgesetzt hatte. Irgendwann griff er in seine Aktentasche und zog ein Tablet heraus, gab das Passwort ein und zeigte ihr Fotos von verschiedenen Dörfern, von Solaranlagen und einzelnen Mitgliedern bei der Arbeit. Mehr als einmal hatte Penelope Mühe, sich gleichzeitig auf seine Erzählungen und auf die Bilder zu konzentrieren, und merkte, wie ihre Gedanken davonglitten und sie immer wieder fast staunend dachte, dass sie jetzt tatsächlich hier mit ihm zusammensaß, mit dem Liebhaber ihrer Mutter. Sie dachte an ihren Vater, verglich die beiden, ohne es zu wollen. Ihren so nüchtern daherkommenden Mathematiker-Vater, der so nüchtern eigentlich gar nicht war, denn hätte er sonst etwas mit einer jungen Referendarin angefangen? Vielleicht war ja auch das der Grund gewesen, vielleicht hatte ihre Mutter sich in ihrer Ehe vernachlässigt gefühlt und sich deshalb mit Georg eingelassen? Bestimmt hatte er ihr imponiert, mit seinem guten Aussehen, seiner Weltgewandtheit und den geschliffenen Umgangsformen. Ja, dachte Penelope, Georg verkörperte wie kein anderer den Typ »Old Money«. Oder war es mehr gewesen als das? Das Foto am See fiel ihr wieder ein, der Blick, mit dem die beiden sich angesehen hatten. Die Verbindung, die zwischen ihnen zu existieren schien. Mit einer Wucht, die sie schwindeln machte, musste sie plötzlich an das Mädchen Alise denken. Die tot an einem Seeufer gelegen hatte. War es etwa derselbe See gewesen? Und mit einem Mal fragte sie sich, welche Rolle eigentlich Georg bei alldem gespielt hatte. Wie war denn diese Alise ums Leben gekommen? Und immer wieder die Frage: Was war mit ihrer Mutter passiert?

»... der ersten Stunde. Irgendwann wirst du die auch alle kennenlernen.«

Sie spürte den Pulsschlag in ihrem Kopf, während ihre Augen Georgs Gesicht wieder scharfstellten. Was hatte er gerade gesagt? Ihr Blick wanderte zurück zum Bildschirm des Tablets, auf dem mehrere Männer in Zimmermannskluft zu sehen waren. Sie sagte das Nächstbeste, was ihr in den Sinn kam: »Sind das alles Zimmerleute?«

Georg lächelte und sah dabei fast ein wenig nachsichtig aus. »Nur ein paar von ihnen.« Dann zeigte er nacheinander auf die Männer, erzählte, wer welches Handwerk beherrschte. »Aber eigentlich kann da jeder fast alles«, sagte er. »Das hier sind Volkhard und Werner, das ist Freimut, das ist Reinhard.« Penelope musste sich zwingen, ihren Blick auf die Gesichter zu lenken und sich die Namen zu merken. Auf einmal fiel ihr Blick auf ein Gesicht, das ihr vage bekannt vorkam. Aber Georg hatte schon weiter gewischt.

»Wer war das?«, fragte sie, scrollte zurück und zeigte auf einen blonden, großen Typen mit breiten Schultern.

»Das ist Paul, Wolfs Sohn ... der ist aus Trīs Liepas.«

»Ach ja ... euer erstes Siedlungsprojekt in Lettland.« Wieder stieg ihre Anspannung. Sie betrachtete das Gesicht. Warum nur kam er ihr so bekannt vor?

In dem Moment kam die Bedienung mit zwei voll beladenen Tellern, die sie vor ihnen auf den Tisch stellte. Einen Augenblick hing Penelope dem für sie ungewohnten Gefühl nach, den Mann auf dem Foto zu kennen, ihn aber nicht einordnen zu können. Normalerweise wusste sie immer sofort, an welchem Tag, zu welcher Stunde und bei welcher Gelegenheit sie jemanden schon einmal gesehen hatte. Aber diesmal ließ ihr Gedächtnis sie tatsächlich im Stich.

Als sie später kilometerlang durch langweilige Kiefernwälder fuhren, nickte Penelope ein. Im Traum sah sie ihre Mutter und Georg an einem Seeufer vor sich. Die beiden standen ganz nah beieinander, umarmten und küssten sich. Dann standen die beiden plötzlich an einem Straßenrand, und da tauchte ein blonder Mann in Warnweste auf. Und mit einem Mal wusste Penelope, dass ihre Mutter in Gefahr schwebte. Sie rief und wollte sie warnen, aber sie schien sie nicht zu hören. Und dann sah Penelope plötzlich, dass das gar nicht ihre Mutter war, sondern Sieglinde König. Und dass der Blonde mit einem Messer auf sie zuging.

Sie zuckte hoch, rief »Nein!« – und sah neben sich Georg sitzen, der ihr einen kurzen Blick zuwarf und sich dann gleich wieder der Fahrbahn zuwandte und der Lichtschneise, die der Wagen in den Kiefernwald schnitt.

»Was ist los?«, fragte Georg. Er sah aus, als hielte er das Lenkrad etwas fester umklammert.

Verwirrt sagte sie: »Ich hab von Sieglinde König geträumt.«

»Von unserer Frau König? Kanntest du sie denn?«

»Ich … nein, eigentlich nicht … Falk hat mir nur erzählt, dass sie ihm was Wichtiges hatte sagen wollen. Bevor das mit der U-Bahn … passiert ist. Und jetzt macht er sich Vorwürfe, dass er auf ihre Mails nicht reagiert hat.«

»Ach … das hat Falk mir gar nicht erzählt.« Georg warf ihr einen kurzen Seitenblick zu, den sie schwer deuten konnte. War er alarmiert? Oder betroffen? Auf einmal seufzte er und sagte: »Ich fürchte, sie hat sich einfach zu viel zugemutet. Sie war ja fast rund um die Uhr im Einsatz. Aber sie hat immer gesagt ›Ja, das kann ich machen‹ und ›Klar, kein Problem‹. *Das* war wohl am Ende ihr Problem. Dass sie zu nichts Nein gesagt hat. Sie hat sich alles aufbürden lassen. Ein typischer Fall von Burnout.«

In dem Moment beschloss Penelope, noch etwas weiter nachzuhaken.

»Falk hat mir erzählt, dass sie bei ihr eine paranoide Schizophrenie diagnostiziert haben. Sie soll sich verfolgt gefühlt haben.«

Penelopes Blick fixierte sein Gesicht.

»Ja«, sagte er, und Penelope hatte den Eindruck, als würde sein Griff ums Lenkrad fester. »Das ist schlimm. Und traurig.« Seine Worte waren mitfühlend, und doch passten sie nicht zu seinem Gesichtsausdruck, der eher angespannt wirkte. Auch bemerkte Penelope, dass seine Fingerknöchel inzwischen weiß hervortraten, so fest schien er das Lenkrad zu umfassen.

Penelope wollte noch etwas sagen, das Thema irgendwie weiterspinnen, doch Georgs Haltung wirkte nun wie ein Stoppschild. Und so schwieg sie. Als sie ihm rund zehn Minuten später wieder einen Seitenblick zuwarf, registrierte sie, dass er inzwischen blass aussah. Vielleicht war er aber auch nur müde?

»Komm, ich löse dich mal ab beim Fahren«, sagte sie. Als er ablehnte, machte sie den Vorschlag, sich zumindest irgendwo einen Kaffee zu besorgen. Doch schon während sie die Worte aussprach, kam ihr der Vorschlag selbst absurd vor. Die Gegend war so gottverlassen, dass sich hier noch nicht einmal Fuchs und Hase gute Nacht sagen würden. Außerdem keimte in ihr der Verdacht auf, dass Georg nicht mehr so recht zu wissen schien, wo sie sich befanden. Fast hätte man denken können, das Gespräch über die König habe ihn aus dem Konzept gebracht.

»Sollen wir mal das Navi anmachen?«, fragte sie vorsichtig.

Tatsächlich sagte Georg nur »Ja«, was ihre Annahme bestätigte, dass er die Orientierung verloren hatte. Sie kannte diesen Gesichtsausdruck, hatte ihn beim Bund unzählige Male gesehen, hauptsächlich bei Männern, die unter allen Umständen das Gesicht wahren wollten.

Er gab das Ziel über Spracheingabe ein, und einen Moment lang war Penelope beruhigt, doch dann sagte ihr ein Blick auf das Display, dass das Navi sie in einem sinnlosen Zickzackkurs durch den Wald jagte. Sie griff nach ihrem Handy, um Google Maps aufzurufen, aber sie hatten kein Netz. Penelope fragte ihn nach einer Karte, doch die hatten sie nicht. Schweigend nahmen sie Kilometer für Kilometer, der Lichtkegel der Scheinwerfer wanderte monoton über die immer gleichen Kiefernstämme. Als hätte ein Zyklop hier in schönster Regelmäßigkeit Streichhölzer in die Erde gerammt. Der Anblick war an Eintönigkeit kaum zu überbieten, hatte aber auch etwas Unheimliches, irgendwie Krankes an sich. Gerade als sie darüber nachdachte, dass dieser Wald dem Opa so gar nicht gefallen würde, tauchte wie aus dem Nichts ein Reh im Scheinwerferlicht auf. Georg machte eine hektische Lenkbewegung, der Wagen brach aus, rumpelte über etwas Großes, vielleicht einen Ast, schlingerte, überfuhr einen Leitpfosten, krachte mit dem Heck gegen einen Holzstapel und kam endlich zum Stehen. Penelope brauchte ein paar Sekunden. Aus den Augenwinkeln sah sie Georg bleich und reglos am Steuer sitzen, die dunklen Augen hinter der Brille schreckgeweitet. Mit den Händen hielt er weiter das Steuer umklammert, als stünde der Wagen auf einem Felsvorsprung, und es hinge nur von ihm ab, dass sie nicht in den Abgrund stürzten.

»Georg?«, fragte Penelope. »Alles in Ordnung mit dir?«

Es dauerte eine Weile, bis er zaghaft nickte, hielt das Lenkrad aber weiter fest umklammert. Penelope versuchte, seine Finger zu lösen, wobei sie beruhigend auf ihn einsprach.

»Georg? Es ist alles gut. Du kannst jetzt loslassen.«

Als sie seine Finger schließlich aufbog und ihm die Hände in den Schoß legte, begann er zu zittern. Sie löste ihren Sicherheitsgurt, stieg aus, ging um den Wagen herum und öffnete die Fahrertür. Da erst sah sie, dass er stark blutete. Wahrscheinlich war er mit dem Kopf gegen das Fenster geknallt. Sie griff nach ihrem Handy, wollte den Notruf wählen. Kein Netz. Natürlich nicht. Diese brandenburgische Pampa entsprach, was die Netzabdeckung anging, noch nicht einmal einem Schweizer Käse.

»Bleib ganz ruhig sitzen«, sagte sie. »Bin gleich zurück.«

Sie drückte die Warnblinkanlage, stellte das Warndreieck auf. Im zuckenden Licht des Warnblinkers desinfizierte sie ihre Hände und begann, Georgs Kopfwunde mit den sterilen Reinigungstüchern aus dem Verbandskasten zu säubern. Doch die Wunde war tief, das Blut sickerte durch den Verband. Wahrscheinlich nimmt er Gerinnungshemmer, dachte sie und packte ein weiteres steriles Tuch aus, drückte es gegen die Augenbraue. In einem Ton, als spräche sie mit einem Kursteilnehmer Deutsch für Ausländer in der ersten Unterrichtsstunde, sagte sie: »Fest draufdrücken. Geht das?« Sie packte die Verbandsrolle aus, holte eine weitere Kompresse. Während sie ihm einen Druckverband anlegte, warf sie einen Blick in sein graues Gesicht: Auf seiner Stirn hatte sich ein Schweißfilm gebildet. Er ließ alles stumm über sich ergehen, und sie hoffte nur, dass er nicht kollabieren würde und nicht schwerer verletzt war, als sie zunächst angenommen hatte. Wenn er nur nicht so bluten würde, dachte sie. Dann könnte ich ihn in die stabile Seitenlage bringen. Sein Zittern war stärker geworden. Sie ging in die Hocke und sagte laut und deutlich: »Ich bringe dich jetzt in das nächste Krankenhaus. Denkst du, wir schaffen es zum Beifahrersitz?«

Sie sah, wie er kaum merklich nickte. Auf wackeligen Beinen ließ er sich von ihr ums Auto herumführen. Penelope schnallte ihn an, holte ihre Daunenjacke vom Rücksitz und deckte ihn damit zu. Dann nahm sie ihr Smartphone und kontrollierte mit der Taschenlampe, in welchem Zustand der Wagen war. Der Mercedes schien das Intermezzo einigermaßen gut überstanden zu haben. Außer ein paar Kratzern und einer Delle am Heck schien er unversehrt zu sein. Hauptsache, er würde anspringen. Rasch sammelte sie das Warndreieck wieder ein und drückte den Startknopf. Der Wagen sprang sofort an, doch schon nach wenigen Metern ertönte ein Warnton. »Druckverlust im hinteren rechten Reifen« zeigte das Display an. Sie unterdrückte ein Fluchen, fuhr noch ein kleines Stück weiter, doch es war sofort spürbar, dass sie so nicht weiterfahren konnten. Wieder stieg sie aus. Diesem Reifen war nicht mehr zu helfen. Sie würde also den Reifen wechseln müssen. Sie öffnete die Beifahrertür und fragte Georg: »Georg? Georg!« Aber er sah sie nur durch halbgeschlossene Lider an und reagierte nicht mehr. Sie musste ihn jetzt wirklich so schnell wie möglich in ein Krankenhaus schaffen.

Sie lief nach hinten, öffnete den Kofferraum und betete, dass der Mercedes, wenn schon kein Reserverad, so wenigstens ein Notrad hatte, sonst säßen sie hier fest, mitten im Nirgendwo, ohne Netz und ohne Karte. Sie hatte keine Ahnung, wie weit es bis zum nächsten Kaff wäre. Alles, was sie wusste, war, dass der letzte Ort, durch den sie gekommen waren, mindestens fünfzehn Kilometer entfernt lag. Sie wurde nicht schnell nervös, ihre Nervosität war in vierzehn Jahren Bundeswehr irgendwo auf einem Truppenübungsplatz verloren gegangen. Doch beim Anblick des Notrads spürte sie nun doch eine gewisse Erleichterung. Mit routinierten Bewegungen bockte sie den Wagen auf und wechselte das Rad. Als sie wieder hinter dem Steuer saß, sandte sie ein Stoßgebet zum Himmel, dass sein Kreislauf bis zum nächsten Krankenhaus durchhielt.

12.

Er sieht mich anders an, war das Erste, was Penelope dachte, als sie ihren Schwiegervater am nächsten Tag aus dem Krankenhaus abholte.

Schon kurz nach dem Reifenwechsel war Georg wieder zu sich gekommen. Als sie sich jedoch der Notaufnahme des Luckenwalder Krankenhauses näherten, hatte er zu protestieren begonnen. Wie ein trotziges Kind war er zunächst im Wagen sitzen geblieben, doch Penelope hatte nicht lange gefackelt und ihn im besten Bundeswehrton angeherrscht, er solle sich jetzt verdammt noch mal zusammenreißen, woraufhin er sie verdattert angesehen hatte und sich zur Notaufnahme begleiten ließ. Im Krankenhaus war sein Widerstand noch einmal aufgeflammt, und er hatte eine kurze, aber kraftlose Diskussion mit einem jungen Arzt begonnen, die Penelope mit einem »Er bleibt« beendete.

Als sie nun den Parkplatz der Klinik überquerten, fielen ein paar trockene Schneeflocken vom Himmel, und ein eisiger Winterwind fuhr ihr unter den Kragen. Auf der Fahrt vom Krankenhaus nach Hause spürte sie wieder seinen Blick von der Seite. Unbehaglich fragte sie sich, ob sie sich durch irgendetwas verraten hatte, und ging im Geiste noch einmal den gestrigen Abend durch, die Gespräche, die sie geführt hatten, bevor das Reh im Scheinwerferlicht aufgetaucht war. Möglicherweise hätte sie Sieglinde König nicht erwähnen sollen?

Als sie die Auffahrt zur Zehlendorfer Villa entlangfuhren und der weiße Kies unter den Reifen ihres Range Rovers vernehmlich knirschte, ging die Haustür auf und Waltraud kam heraus, den Blick dunkel von Sorge. Wie immer trug sie ihre adrette Uniform, die hellgraue Bluse und den schwarzen Rock, und wieder dachte Penelope, wie hübsch sie aussah mit ihrem herzförmigen Gesicht, den rosigen Wangen und den braunen Augen.

»Herr von Prokhoff«, sagte sie und eilte auf Georg zu. »Wie geht es Ihnen? Sie haben uns einen schönen Schrecken eingejagt.«

Hinter Waltraud erschien Edyta, eines der neueren Hausmädchen, eine blasse, robuste Polin mit stämmigen Beinen. Auch sie musterte Georg, allerdings mit reglosem Gesicht.

»Es geht mir gut, es geht mir gut«, brummte er, als sei ihm das Gewese, das um seine Person gemacht wurde, unangenehm. »Gehen Sie wieder rein, mit mir ist alles in Ordnung.«

»Möchten Sie etwas essen, ich habe Frühstück gemacht … oder wollen Sie sich lieber hinlegen?«, fragte Waltraud.

»Herrgott noch mal!«, entfuhr es ihm, und er rauschte an ihr vorbei ins Haus. »Ich bin doch über Nacht nicht zum Tattergreis mutiert. Ich habe ein Pflaster auf der Stirn, das ist alles.«

In der Empfangshalle zog er ungeduldig seine Jacke aus, wobei das blutbefleckte Hemd von gestern zum Vorschein kam und Waltraud erschrocken die Luft anhielt. Edyta dagegen beobachtete das Ganze ungerührt, woraufhin Georg ihr abrupt seine Jacke zuwarf. Sieh mal einer an, dachte Penelope. So hatte sie Georg bisher noch nicht erlebt. Sie betrachtete ihn genauer. Da war es wieder, das Raubtierhafte, das Penelope bei ihrer ersten Begegnung in Dreilinden aufgefallen war. War es das, was ihre Mutter an ihm fasziniert hatte? Das Gefährliche, das hinter der geschliffenen Oberfläche zu lauern schien?

»Du könntest noch eine Tasse Kaffee mit mir trinken«, sagte er an Penelope gewandt in einem Ton, der barscher klang als sonst.

Überrascht und gleichzeitig amüsiert zog Penelope die Augenbrauen hoch und folgte Georg den Gang entlang.

»Bringen Sie uns Kaffee«, bellte Georg die beiden Hausangestellten über die Schulter hinweg an. Als sie am Morgenzimmer vorbeikamen, saß Claire in einem Sessel am Fenster und las Zeitung. Einen Augenblick lang dachte Penelope, dass Claire aussah wie das Model bei einem Fotoshooting für eine Hochglanzzeitschrift in ihrer rosenholzfarbenen seidenen Pyjamahose und dem cremefarbenen Mohairpullover, der sicher ein Vermögen gekostet hatte, genau wie das kleine fliederfarben-moosgrün gemusterte Seidentuch, das sie lässig um den Hals geschlungen hatte. Draußen vor dem Fenster wirbelten die Schneeflocken, aber im Morgenzimmer war es behaglich warm. In einem verglasten Kaminofen brannte ein Feuer, und neben ihr auf einem niedrigen Beistelltisch stand ein kupferfarbenes Tablett mit currygelbem Teegeschirr. Unwillkürlich musste Penelope an die zynische Provokation ihrer Schwiegermutter neulich abends denken: Sie solle die Essensreste doch nach Afrika schicken.

Jetzt ließ Claire mit einem genervten Blick die Zeitung sinken, schob ihre Lesebrille nach oben und sagte zu Georg: »Wie siehst du denn aus?« Ihr Ton war kühl, so als spräche sie zu einem Kind, das sich schon wieder mit Kirschsaft bekleckert hat, nachdem man ihm gerade frische Kleidung angezogen hatte. Über seinen Kopfverband verlor sie kein Wort. Das Mitgefühl für ihren Mann hielt sich in Grenzen. Sie musste doch mitbekommen haben, dass er einen Unfall gehabt hatte. Vermutlich war das Teil einer bizarren Paardynamik. Penelope erinnerte sich an einen Artikel, den sie zur Vorbereitung auf ihre Rolle als Psychologin gelesen hatte: dass zu Beginn jeder Paarbeziehung unbewusst festgelegt wurde, welcher der Partner für das Thema Bindung und wer für das Thema Autonomie zuständig war. Diese Festlegung machte die Paardynamik aus, es war wie ein Tanz, bei dem das Paar im Laufe der Zeit immer wieder neu versuchte, ein Gleichgewicht herzustellen. Gelang es den Partnern nicht, eine Choreografie auszuarbeiten, litten beide, und die Beziehung scheiterte. Nachdem in dieser Ehe keiner der Partner für das Thema Bindung zuständig zu sein schien, fragte Penelope sich, warum die beiden eigentlich noch zusammen waren. Und ob ihre Ehe schon damals derart gescheitert war, dass Georg sich deshalb in ihre wunderbare und freundliche Mutter verliebt hatte, die, das wurde ihr in dem Moment klar, mit Claire in etwa so viel gemeinsam hatte wie der Tölzer Knabenchor mit AC/DC.

Jedenfalls schien Georg von Claires Reaktion nicht überrascht. Auch in seinem Arbeitszimmer war der Kamin angeheizt und verbreitete eine wohlige Wärme. Er wartete, bis Penelope auf dem Sofa Platz genommen hatte, und setzte sich dann selbst in einen Sessel.

»Ich habe heute Nacht nicht besonders gut geschlafen«, eröffnete er das Gespräch.

»Das tut mir leid.«

Er wischte ihre Bemerkung mit einer ungeduldigen Handbewegung weg. Penelope dachte, dass er dramatisch aussah, in dem blutbefleckten Hemd und der Kompresse auf der Stirn.

»Ich erzähle dir das nur, um dir zu sagen, dass ich heute Nacht viel Zeit hatte nachzudenken.«

Jetzt wurde es spannend. Sie hielt den Atem an.

Er musterte sie, und sie erwiderte seinen Blick, ohne zu blinzeln.

»Du bist ein praktisches Mädel«, sagte er. »Du bist in der Lage, schnelle Entscheidungen zu treffen. Du bewahrst die Nerven, wenn andere durchdrehen.«

Penelope wartete ab. Sie wusste, dass sie praktisch veranlagt war. Und dass sie in Krisensituationen ruhig blieb. Aber worauf wollte Georg hinaus?

»Du bist ja bald fertig mit deinem Aufbaustudium. Hast du schon mal drüber nachgedacht, die Richtung zu wechseln? Wie wäre es, wenn du in die Familienstiftung einsteigst?« Er sah sie jetzt durchdringend an. Und dann sagte er für sie völlig unvermittelt: »Was hältst du davon, einen Posten im Vorstand zu übernehmen?«

Penelopes Gedanken purzelten durcheinander. Wie kam er dazu, ihr ein solches Angebot zu machen? Penelope wusste doch, dass Claire und er nicht begeistert waren, dass sie in ihre Familie eingeheiratet hatte. Und warum glaubte er, nur weil sie Reifen wechseln konnte, sie sei geeignet für einen Vorstandsposten in der Familienstiftung?

»Das kommt unerwartet«, sagte sie und verkniff sich die Bemerkung, dass er für diesen Posten sicher eine qualifiziertere Person finden würde. Sie würde den Teufel tun und sich selbst sabotieren.

»Ich habe dich in den letzten Monaten mehr als ein bisschen kennen- und schätzen gelernt. Seit gestern allerdings bin ich mir sicher, dass in dir noch viel mehr steckt, als man auf den ersten Blick annehmen könnte. Da haben sich noch mal Eigenschaften gezeigt, die für eine solche Position einfach zwingend sind.«

»Ach ja?« Plötzlich dachte Penelope an das Gespräch, das sie mit Georg geführt hatte, bevor das Reh ihnen vor den Wagen gesprungen war. Mit einem Mal hatte sie das Gefühl, dass sein Vorschlag mit ihrem plötzlichen Interesse für Sieglinde König zu tun hatte. Oder entsprang dieser Gedanke nur ihrer galoppierenden Fantasie? Doch dann fiel ihr erneut Falks unerklärlich furchtsamer Blick ein, als er mitbekommen hatte, dass Georg und sie über die Stiftung – und über Trīs Liepas – gesprochen hatten. Warum nur stieß sie immer und immer wieder auf die Stiftung?

»Da gibt es nichts, weshalb du beeindruckt sein müsstest«, antwortete sie so leichthin, wie es ihr möglich war. »Ich hab getan, was zu tun war.«

Jetzt lächelte er, zum ersten Mal an diesem Morgen. »Du hast das alles so ruhig und souverän gemeistert. Wir hatten einen *Unfall*. Aber du findest es noch nicht einmal erwähnenswert.«

Tatsächlich fand Penelope es nicht erwähnenswert. Wie oft hatte sie in ihrem Leben schon Reifen gewechselt und Druckverbände angelegt. Aber da er ja wohl kaum wissen konnte, dass sie als ehemalige Kompaniechefin auch Erfahrung in strategischer Planung und Führung, in Ressourcenverwaltung und Beziehungsmanagement hatte, musste hinter seinem Vorschlag doch etwas anderes stecken. Was also bewog Georg, ihr diesen Posten anzubieten?

»Wie lange gibt es die Stiftung denn schon?«, fragte sie.

»Den offiziellen Start hatten wir im Sommer 1996.«

Das Datum war wie ein kalter Guss für sie. Penelope musste sich anstrengen, ihre Gesichtszüge im Zaum zu halten. Und während Edyta den Kaffee servierte, schossen Penelopes Gedanken zurück. Der Sommer 1996 war auch für sie und ihre Familie ein Neuanfang gewesen. In diesem Sommer hatte sie das erste Mal den Drachen über der Eingangstür in der Antonijas Iela gesehen. Sie hatte das erste Mal in der Ostsee gebadet. Das erste Mal Preiselbeeren gesammelt. Und ihre Eltern waren ganz für sie dagewesen. Aber sie hatte damals das Gefühl gehabt, dass ihre Eltern umeinander herumschlichen, dass da ein unsichtbarer Graben zwischen ihnen lag. Also waren die Spannungen zwischen ihren Eltern schon vorher da gewesen. Zu gern hätte sie Georg die Schuld gegeben.

Mit der größtmöglichen Neutralität in der Stimme, zu der sie fähig war, antwortete sie: »Ach ja … Damals habt ihr ja in Riga gewohnt.« Sie nickte. Tat so, als würde sie nachdenken. Und dann fragte sie: »Aber wenn ihr gerade erst das Dorfprojekt gestartet hattet, wieso seid ihr schon 1998 wieder weggezogen?«

Mit dem Kaffeebecher, den Edyta ihm gerade gereicht hatte, verharrte er einen Moment lang reglos. Dann stellte er ihn vorsichtig auf dem Tisch ab. Mit auffallend ruhiger Stimme sagte er: »Das war so nicht geplant. Aber dann … brauchten sie mich in Washington.«

Er verstummte, und hätte Penelope nicht die Wahrheit gekannt, sie hätte ihm seine Antwort natürlich abgenommen.

Sie brauchten dich in Washington. Sie ließ ihn nicht aus den Augen, als sie nun sehr sanft sagte: »Georg … Falk hat mir alles erzählt. Ich weiß, was damals passiert ist.«

Die Bestürzung, die über sein Gesicht flackerte, war sofort wieder verschwunden. Was zurückblieb, war ein Ausdruck von Argwohn, als er nun fragte: »Was meinst du damit? Was hat Falk dir erzählt?«

Sie ließ sich Zeit mit der Antwort. »Wir sind doch jetzt eine Familie. Ich gehöre zu euch.« Dann beugte sie sich vor. »Ich weiß, dass Falk und Tristan es euch damals nicht leicht gemacht haben. Und ich bin mir sicher, dass ihr nur das Beste wolltet, als ihr sie nach Utah in das Camp geschickt habt.«

»Ja … ja«, sagte er und räusperte sich. »Wir wussten damals nicht, was das in Wirklichkeit für ein Gefängnis war.«

Penelope beobachtete ihn ganz genau. Versuchte, jeden Mikroausdruck in seinem Gesicht zu verstehen. Und war sich sicher, dass es Erleichterung war, die da über sein Gesicht geflackert war. Also war das Bootcamp, in dem seine Söhne traumatisiert wurden, nur das kleinere Übel gewesen? Worum ging es eigentlich wirklich? Um den Tod des Mädchens Alise? Oder hatte es mit seiner Geliebten zu tun, hatte es mit ihrer Mutter zu tun? War er es gewesen, der auf einem Parkplatz in Bayern auf sie gewartet hatte? Auf ihre liebe Mama, die nichtsahnend womöglich zu ihrem Mörder in den Wagen gestiegen war? Es kostete Penelope ihre ganze Kraft, ihn jetzt nicht anzuspringen und die Wahrheit aus ihm herauszuschütteln. Stattdessen wartete sie einfach ab. Doch da änderte sich sein Ausdruck, er richtete sich unvermittelt auf, legte die flachen Hände auf seine Oberschenkel und sagte beinahe schwungvoll: »Aber nun ist genug Rückschau gehalten. Jetzt hat Falk ja *dich*, da kann er sich glücklich schätzen! Und ich mich übrigens auch. Wie sieht es aus? Hast du Lust, darüber nachzudenken? Also: Teil der Familienstiftung zu werden?«

Penelope zwang sich zu einem Lächeln. »Das klingt verlockend. Aber wie du weißt, wollte ich ja nach meinem Aufbaustudium im Bereich Sportpsychologie arbeiten. Allerdings …« Sie machte eine Pause, tat so, als würde sie überlegen. »Weißt du was, ich würde mir das Ganze gerne erst mal genauer anschauen. Das wäre schließlich, wie du sagst, eine völlig andere Richtung.« Ihr Blick wanderte zu der überdimensionalen Landkarte an der Wand hinter Georgs Schreibtisch. Sie stand auf und betrachtete die mit Nadeln gekennzeichneten Orte. »Am liebsten würde ich ganz am Anfang beginnen und mir Trīs Liepas anschauen. Schließlich hat dort alles begonnen, nicht wahr?«

Auf einmal erschien ein breites Lächeln auf Georgs Gesicht, das Penelope irritierte. Tatsächlich wirkte er so satt und zufrieden wie eine Boa in den Everglades, die gerade ein Krokodil verschlungen hatte. Völlig aus dem Nichts heraus sagte er: »Meine Frau hat Unrecht.«

»Wie bitte?«

»Claire hat sich geirrt. Sie glaubt, du seist ein Golddigger. Aber sie hat Unrecht.«

Penelope tat so, als verstünde sie nicht recht. Wobei ihr sofort klar war, was er meinte. *Jetzt hast du doch alles, was du wolltest.* Das hatte ihre Schwiegermutter ihr kurz vor Weihnachten noch um die Ohren gehauen. *Einen Adelstitel, mehr Geld, als du ausgeben kannst. Du musst nie mehr arbeiten gehen. Und bald ziehst du mit deinem Mann in ein Haus, das du sonst noch nicht mal von außen zu sehen bekommen hättest.*

»Ich habe ihr gesagt: Guck sie dir doch an, ein Golddigger trägt doch niemals solche Kleider. Aber sie meinte, du seist raffinierter. Jetzt weiß ich, dass sie sich irrt. Du gehörst nicht zu den Frauen, die sich auf die faule Haut legen und das Vermögen ihres Ehemannes verprassen.«

Penelope atmete tief durch. Einen kurzen Augenblick war sie versucht, auf direktem Weg zu ihrer Schwiegermutter zu gehen und sie sich einmal so richtig zur Brust zu nehmen. Doch sie blieb sitzen und lächelte Georg gleichmütig an: »Ich kann mich nicht erinnern, Claire Anlass dazu gegeben zu haben.« *Und eure Kohle könnt ihr euch sonst wohin stecken.*

»Das hast du in der Tat nicht.« Und da war es wieder, dieses Burt-Lancaster-Lächeln, das ihn so gefährlich aussehen ließ.

»Dann überlegst du es dir also?«, sagte er und stand auf. Offenbar konnte er es kaum erwarten, seine Frau von seiner Idee in Kenntnis zu setzen. Dass sie dieses Angebot auch ablehnen könnte, kam ihm offenbar nicht in den Sinn. Penelope erhob sich ebenfalls. Auch sie musste zugeben, dass sie die Vorstellung, dass Georg seiner Frau gleich eins vor den Bug geben würde, mit einer gewissen Genugtuung erfüllte. Auch wenn sie eigentlich keinen Wert darauf legte, in einen Stellungskrieg zwischen den Eheleuten Prokhoff hineingezogen zu werden. Und doch blieb das Gefühl, dass da noch etwas war, etwas, das über das bloße Bedürfnis, seiner Frau eine reinzuwürgen, weit hinausging. Was führte er im Schilde? Warum hatte er ihr einen Vorstandsposten angeboten, ohne auch nur einen Blick in ihren Lebenslauf geworfen zu haben?

Als formvollendeter Gentleman, in den er sich, nun, da sein Ärger verflogen war, wieder zurückverwandelt hatte, ließ er Penelope den Vortritt an der Tür. Sie war schon fast hinausgegangen, als er sie unvermittelt fragte: »Wo hast du das eigentlich alles gelernt?«

Einen winzigen Moment stockte Penelope. Sie war froh, dass sie mit dem Rücken zu ihm stand. Meinte er das Reifenwechseln? Oder die Erste Hilfe? Kurz dachte sie daran, wie sie auf den Einsatzhelfer-Lehrgängen vor allem das ABCDE-Schema geübt hatten, das dazu diente, schnellstmöglich die Verletzungen eines Verwundeten zu erfassen. Vielleicht hatte sie es mit dem Eifer etwas übertrieben? Aber schließlich hatte sie nicht wissen können, dass das Ganze für Georg gut ausgehen würde. Fieberhaft überlegte sie, was sie erwidern sollte. Dann drehte sie sich zu ihm um und sagte: »Was glaubst du, wer dir in Namibia zu Hilfe kommt, wenn dir was auf einer Piste im Nirgendwo passiert? Da solltest du dir schon selbst zu helfen wissen.«

Einen Augenblick lang musterte er sie noch eingehend. Dann nickte er und lächelte.

»Ich wäre wirklich froh, wenn du jetzt mit im Boot wärst. Ich lasse schon mal meine Assistentin die Flüge und alles Weitere buchen. Wann willst du starten?«

Penelope überlegte kurz. Am Wochenende würden Falk und sie ihre sogenannten Flitterwochen auf der Skihütte nachholen. Und Anfang übernächster Woche würde sie sich die Praxis von Falks Therapeuten ansehen. Und so sagte sie: »In vierzehn Tagen.« Wieder lächelte er. Dann wandte er sich ab und eilte davon. Sie sah noch, wie er gutgelaunt das Morgenzimmer betrat, um Claire von seiner grandiosen Idee zu berichten.

13.

Aus der Welt. Mit diesem Gefühl tauchte er aus dem Schlaf, drehte den Kopf und sah, dass das Bett neben ihm leer war. Ein wenig enttäuscht streckte er die Beine aus, spürte die schmerzenden Oberschenkelmuskeln. Eigenartigerweise war es ein gutes Gefühl, ein reales Gefühl, das ihn daran erinnerte, dass er es auf seinen eigenen zwei Beinen auf diese Hütte geschafft hatte. Wer hätte gedacht, dass man Skier auch verwenden konnte, um einen Berg *hinauf*zugehen, statt nur auf ihnen herunterzubrettern?

Gestern am frühen Nachmittag hatten sie den Mietwagen an der Talstation der Seilbahn abgestellt und waren losgelaufen, jeder mit einem Rucksack auf dem Rücken. Zugegeben, zuerst war er nicht gerade begeistert gewesen von Mathildas Vorschlag, die Flitterwochen zu einem verlängerten Wochenende einzudampfen und diese drei Tage in einer Hütte zu verbringen, die am Arsch der gottverdammten Alpen lag – und noch dazu irgendeinem Bergbauern namens Alfons gehörte. Aber dann war er doch neugierig gewesen, neugierig auf diese andere Welt, die Mathilda vor ihm bewohnt hatte. Und vielleicht hatte er sich auch ein bisschen herausgefordert gefühlt. Wovon, das wollte er lieber nicht so genau ergründen, aber dass es mit diesem Typen zu tun haben musste, dem Helden der Berge, mit dem Mathilda früher zusammen gewesen war, das war ihm schon klar. Irgendwie glaubte er, dass dieser Typ eine wichtigere Rolle in ihrem Leben gespielt hatte, als sie ihm gegenüber zugab. Und diese Vergangenheit konnte ja nur ihre Jahre in Deutschland umfassen, ebenjenes Zeitfenster, in dem sie und dieser Noah ein Paar gewesen waren. Möglicherweise war das auch der Grund, warum sie einen Schlüsselanhänger in Form eines Karabinerhakens besaß, an dem ein kleiner Bergschuh und ein Edelweiß baumelten. Und dann natürlich ihre Klamotten: Bis auf wenige Ausnahmen trug sie Marken wie Patagonia, Salewa und The North Face. Man hätte denken können, dass sie ihr früheres Leben auf Expeditionen verbracht hatte.

Er schlug die dicke Daunendecke zur Seite und stieg aus dem Bett, direkt in die großen Filzlatschen, die zum Übernachtungsinventar der Hütte gehörten. Er musste damit aufhören, ständig so einen Mist zu denken. Hatte er nicht genügend andere Probleme? Wie kam er dazu, nun auch noch mit beiden Füßen in die Eifersuchtskiste zu steigen? Mathilda gab ihm doch keinerlei Grund dazu. Im Gegensatz zu Jo, die ständig mit irgendwelchen Typen herumgeflirtet hatte, aus dem einzigen Grund: weil sie es konnte. Und weil sie ständig seine ungeteilte, seine volle, seine hundertprozentige Aufmerksamkeit gebraucht hatte. Wenn sie die mal nicht hatte, war sie regelmäßig auf die ganz große Bühne geklettert, um sie sich zu holen. Was für ein kranker Scheiß. Wahrscheinlich war er in dieser Hinsicht einfach ein gebranntes Kind. Wer sonst würde sich über den Schlüsselanhänger seiner Frau Gedanken machen?

Am Fenster blieb er stehen und bewunderte die Eisblumen, die über die Scheibe wuchsen. So etwas hatte er das letzte Mal als Sechs- oder Siebenjähriger auf Dreilinden gesehen, als er und seine Geschwister, an Heiligabend war das gewesen, auf dem Speicher übernachtet hatten, um dort den Weihnachtsmann »zu stellen«. Sie hatten ihre Bettdecken auf den Dachboden geschleppt und dort auf Strohmatratzen geschlafen. Natürlich hatten sie verschlafen, und der Weihnachtsmann war längst über alle Berge gewesen. Dafür hatte Xenia am nächsten Morgen die Eisblumen am Fenster entdeckt und sie mit schrillen Begeisterungsrufen geweckt. Xenia. Das war in einem anderen, nicht unbedingt heilen, aber heileren Leben gewesen. Wenn er *jetzt* an sie dachte, dann war da gleich das schreckliche Bild aus seinen Albträumen. Und der Anruf des Privatermittlers Fritz Martens, den er auf sie angesetzt hatte. Martens hatte ihn gestern Mittag kurz vor ihrer Abreise noch erwischt, um ihm zu sagen, dass er sie möglicherweise aufgespürt hatte. Aber was sollte das denn eigentlich heißen: *möglicherweise*?

Mit aller Macht schob Falk den Gedanken an Xenia beiseite. Darum würde er sich nach seiner Rückkehr kümmern. Jetzt war er hier. Er würde den Teufel tun und sich die wenigen kostbaren Tage selbst versauen.

Falk öffnete die Tür zur Stube, wo ihn eine wohlige Wärme empfing. Und der Duft von Holzfeuer und Kaffee. Mathilda, die mit einer dampfenden Blechtasse in der Hand auf der Eckbank am Fenster gesessen hatte, sprang auf und umarmte ihn.

»Gut geschlafen«, sagte sie ohne Fragezeichen in der Stimme.

»Woher weißt du das?«

»Ich weiß es einfach«, sagte sie und lächelte. Sie löste sich aus der Umarmung und ging zu dem alten Holzherd, wo eine Blechkanne mit Kaffee stand, und schenkte ihm einen Becher voll.

Wie schön sie war, schoss es ihm durch den Kopf, mit ihren rosigen Wangen, die wie blank gebürstet aussahen, dem offenen, leicht gewellten blonden Haar und dem Blick, der ihm hier noch viel strahlender vorkam als in Berlin. Hier schien sie wie von einer Last befreit. Kurz blitzten die Bilder von gestern Nacht vor ihm auf, ihr Gesicht über seinem, die Konturen ihres nackten Körpers vom Kerzenschein verwischt.

»Komm, wir gehen wieder ins Bett«, sagte er und zog sie an sich.

»Da ist es kalt.«

»Ich mach den Ofen an.«

Sie lachte. »Lass *mich* das lieber machen. Du gehst schon mal ins Bett.«

»Siehst du. Es hat große Vorteile, wenn man was *nicht* kann.«

Mit dem Kaffeebecher in der Hand ging er zurück in die eisige Kammer, wo ein Kanonenofen in der Ecke stand. Er schlüpfte unter die noch lauwarme Bettdecke und trank den Kaffee in kleinen Schlucken, während er Mathilda dabei zusah, wie sie den Korb mit dem Brennholz und den – wie sie es nannte – *Spächtele* hereintrug und mit wenigen geübten Griffen ein behaglich knisterndes Feuer zum Brennen brachte. Wieso sie solche Wörter kannte?, dachte er kurz, ließ diese Frage aber gleich weiterziehen. Nicht jetzt, dachte er. Nicht hier. Gleich darauf schlüpfte sie zu ihm unter die Decke, und wieder spürte er ihre kühle, nackte Haut an seiner.

Später, als sie in seinen Armen lag, kamen ihm mit einem Mal die Tränen. Das hier ist der perfekte Moment, dachte er, das perfekte Glück. Sie hier bei mir, in diesem kleinen Himmelreich, der Mensch, den ich am meisten auf der Welt liebe. Draußen vor den Fenstern das weiße Nichts, der Winterwind, der um die Hütte fegte. Und aus der winzigen JBL, die Mathilda in ihrem Rucksack hier hoch geschleppt hatte, klang dieses eigenartige Endloslied. »Like We Were The Last Two People On Earth.« Und so war es auch für ihn. Nur sie und er. In diesem Moment waren sie die letzten beiden Menschen auf Erden. Und das war alles, was zählte.

Die nächsten eineinhalb Tage verbrachten sie im Bett, nur mit kleinen Ausflügen ins Bad oder in die Küche, wo sie sich Ravioli aus der Dose warm machten, die der Hüttenwirt zusammen mit anderen Unaussprechlichkeiten in einem Vorratsschrank für ausgehungerte Tourengeher bereithielt. Nie hätte Falk gedacht, dass er eine derartige Schweinerei je essen würde, geschweige denn, dass es ihm derart gut schmecken würde. Am dritten Tag schnallten sie sich die Schneeschuhe aus dem Fundus der Hütte unter die Füße und liefen zwei Stunden auf den nächsten Gipfel, von wo aus sie ins Tal blickten und Falk das unbekannte Gefühl genoss, die Lunge voller frischer Luft zu haben. Nach ihrer Rückkehr heizte Falk den Holzherd fürs Spaghettikochen derart übertrieben an, dass in der kleinen Stube hochofenähnliche Temperaturen herrschten und sie nach dem Essen vor lauter Übermut nackt in den Schnee hinausliefen, mit dem Ergebnis, dass ihnen hinterher noch viel heißer war und sie in die Kühle der Schlafkammer flüchteten, wo sie den Rest des Nachmittags im Bett verbrachten und sich gegenseitig ihre Lieblingsmusik vorspielten, die unterschiedlicher nicht hätte sein können. Penelope liebte Rap und krasse Beats, er war Jazzfan mit Leib und Seele, mochte Matthew Halsall und Brian Simpson und John Coltrane.

Tatsächlich hörte sie stumm und ernst zu, als er ihr »Together«, sein absolutes Lieblingsstück von Halsall vorspielte, die kompletten elf Minuten und zwölf Sekunden. Erst als die letzte Note verklungen war, sah sie ihn an und sagte: »Das war ... ich weiß auch nicht ... anders ...« Sie strich sich das Haar zurück, und er betrachtete sie, ihr wunderschönes, klares Gesicht, die hellen Augen.

»Was meinst du damit?«

»Anders, als ich dachte. Jazz war für mich immer so ein Wichtigtuer-Zeug, halt was für Klugscheißer ... ach, keine Ahnung. Aber jetzt bin *ich* wieder dran!«

Sie langte nach dem Smartphone und suchte in einer Playlist, die, wie er sah, »Chabos wissen« hieß. Während er sich noch fragte, was das bedeutete, erklangen die ersten Takte eines Rap-Songs.

»Was ist denn das für ein grauenhaftes Gestammel?«, entfuhr es Falk lachend, bevor Mathilda die Musik lauter drehte und mitkrakeelte. *Flasche Rum auf der Theke. Meine Jungs an der Seite.* Singen gehörte, wie er jetzt amüsiert feststellte, nicht zu ihren Talenten.

»Wie kann man *das* nicht kennen, Mann!«, rief sie übermütig. »Das sind Bonez und RAF Camora ... und das ist mein meistgehörtes Lied auf Spotify 2016!«

Jetzt lachte er noch mehr. »Du bist unglaublich! Was hörst du für ein Zeug? Man könnte meinen, du bist Mitglied einer Männergang.« Er konnte sich gar nicht mehr einkriegen und lachte, bis ihm die Tränen kamen. Erst da fiel ihm auf, dass sie plötzlich aufgehört hatte zu singen und ganz still dasaß.

»Entschuldige, entschuldige«, sagte er, als er ihren Gesichtsausdruck bemerkte, und wischte sich die Lachtränen aus den Augen. »Ich hab das nicht böse gemeint. Es tut mir leid.«

Er sah, wie sie schluckte. Dann holte sie Luft, atmete so tief ein, dass ihre nackte Brust sich hob und senkte. So als müsste sie an sich halten, nicht loszuweinen. Aber das konnte ja nicht sein. Oder doch?

Plötzlich sagte sie ganz ruhig: »Ist schon gut. Klar, dass das nicht jedermanns Sache ist.«

Irgendetwas geht gerade in ihr vor, dachte er verwundert, irgendetwas, das ich nicht verstehe und das mit dieser Musik zu tun hat. Er drehte sich zu ihr um, setzte sich so, dass sein Gesicht ganz dicht an ihrem war und sagte: »Ich mach uns jetzt was zu essen, ja?« Dann küsste er sie und flüsterte: »So, und jetzt lassen wir deine Rapper noch mal laufen! Du hast ja meine Klugscheißer-Musik auch ertragen, ohne aus der Rolle zu kippen.«

Als sie nicht reagierte, zog er ihr das Smartphone sanft aus der Hand und tippte noch einmal auf *An ihnen vorbei* und grölte »Mein Alfa liegt tief auf der Strada«, während er den Raum verließ, um Abendessen zu machen. Aber das Gefühl, irgendetwas in ihr losgetreten zu haben, blieb.

Am nächsten Morgen herrschte Sonntagabendstimmung. Während Mathilda am Herd stand und ihnen den letzten Kaffee vor ihrem Aufbruch kochte, saß Falk auf der Eckbank und sah hinaus zu den schneebedeckten Bergen, die an diesem Tag immer noch atemberaubend schön, aber kalt und gleichgültig wirkten. Schon wieder aus der Traum, dachte er. Und konnte förmlich spüren, wie die Gespenster der Wirklichkeit unaufhaltsam näher zu rücken begannen. Auf der Heimreise würden sie über Altenrhein fliegen, er hatte den Piloten, der sie mit dem Privatjet abholte, schon gebrieft. Von dort aus würde ein Wagen sie nach Vaduz bringen. Und während Mathilda in einem Café auf ihn warten würde, wollte er sich diesen Markus Greitl, der die Solar Consult, die zusammen mit seinem Namen in den Unterlagen von Sieglinde König auftauchte, näher ansehen. Er war sich inzwischen so gut wie sicher, dass die Solar Consult eine Briefkastenfirma war, und Markus Greitl lediglich der Treuhänder. Aus sicherer Quelle wusste er nun, dass ein guter Treuhänder in Liechtenstein rund fünfhundert Briefkastenfirmen betrieb. Und Markus Greitl war ein guter Treuhänder. Aber er würde sich da jetzt nicht vorzeitig von der Paranoia der König anstecken lassen. Wahrscheinlich würde sich herausstellen, dass es bei der Solar Consult nur um irgendwelche Steuertricksereien ging. Und doch war da etwas tief in ihm, eine unerklärliche Unruhe, die ihn antrieb, der Sache bis zum Schluss nachzugehen. Mathilda hatte er erzählt, dass er – wo er schon einmal fast in der Gegend war – diesen wichtigen Termin heute gerne wahrnehmen würde. Und sie hatte, wie zu erwarten gewesen war, keine Einwände erhoben. Wenn er ihr nur die ganze Wahrheit sagen könnte. Das würde das Leben um so vieles leichter machen!

Erst jetzt bemerkte er, dass auch Mathilda bedrückt wirkte. Wie sie ihm den Becher mit dem Kaffee hinstellte, mit abwesendem Gesichtsausdruck und ohne ihm, wie sie es in den vergangenen Tagen immer getan hatte, einen Kuss zu geben.

Dann sagte sie: »Dein Vater hat mir einen Posten im Vorstand der Stiftung angeboten.«

Er blickte auf. Traute seinen Ohren nicht. »Was? Aber ... Das gibt's doch nicht! Du hast hoffentlich abgelehnt?« Doch noch während er die Worte sprach, wusste er die Antwort bereits.

Und dann hörte er sie auch schon sagen: »Ich werde mir erst ein Bild machen, bevor ich entscheide. In einer Woche fliege ich für vierzehn Tage nach Lettland und will mir ...«

Aber er ließ sie nicht ausreden. »Mathilda! Es wäre wirklich gut, dich nicht dort hineinziehen zu lassen!«

Da änderte sich ihr Gesichtsausdruck: »Du hast sicher deine Geschichte mit deinen Eltern. Aber warum sollte ich mir nicht ein eigenes Bild von allem machen, bevor ich eine Entscheidung treffe?«

Fassungslos sah er sie nun an, verkniff sich aber eine Antwort. »Natürlich nicht ... Aber ich dachte, deine Masterarbeit sei der Grund dafür, dass wir jetzt hier sind? Aus Zeitgründen? Weil du keine gescheiten Flitterwochen machen konntest. Und für diese Scheißkäffer hast du Zeit??« Er hörte selbst, dass er wie ein kleinlicher, pedantischer Arsch klang. Aber das konnte, das durfte einfach nicht wahr sein. Sie durfte sich da nicht einmischen. Nicht bevor er herausgefunden hatte, was da im Hintergrund der Stiftung lief. Er hatte Angst um sie. Und konnte ihr doch den Grund dafür nicht sagen. Fieberhaft überlegte er, wie er sie überzeugen konnte, nicht nach Trīs Liepas zu reisen. In dem Moment glaubte er, im Augenwinkel eine Bewegung wahrzunehmen. Er wandte den Kopf. Und erstarrte. In etwa zweihundert Metern Entfernung marschierte ein Kerl auf die Hütte zu. Seine Bewegungen waren die eines Klonkriegers, und er kam in erschreckender Geschwindigkeit näher.

Falk sprang auf, rannte zu seinem Rucksack, der schon gepackt neben dem Eingang stand, holte die Walther PPK heraus und stellte sich neben das Fenster. Er sah, wie Mathildas Blick entsetzt zwischen ihm und dem Mann, der unausweichlich auf die Hütte zuhielt, hin und her wanderte. Dann ging alles ganz schnell. Mit einem einzigen entschiedenen Griff entwand sie ihm die Pistole, steckte sie sich hinten unter den Gürtel, schnappte sich die Skistiefel und lief nach draußen. Wenig später sah er, wie sie auf ihren Skiern zielstrebig auf den Mann zuhielt. Der Anblick war irreal, wie aus einem Revenge-Movie, und Falk brauchte einige Sekunden, bis er sich aus seiner Erstarrung gelöst hatte. Dann rannte auch er nach draußen. Aber da hatte Mathilda den Mann bereits erreicht.

Der Typ war ein Riese und überragte Mathilda um mehr als einen Kopf. Aber sie schien ihn zu kennen. Die beiden standen sich gegenüber. Falk lief zurück ins Haus, stieg ebenfalls in seine Skistiefel und war wenig später auch auf dem Weg. Als er sich den beiden näherte, hörte er vereinzelte Wortfetzen, doch die Schleifgeräusche seiner Ski verhinderten, dass er den Zusammenhang verstand. Dann hatte er sie erreicht.

Der Typ hatte einen kantigen Schädel und raspelkurzes Haar und überragte auch ihn um mehr als einen Kopf. Er sah aus wie ein Navy Seal. Oder wie einer der Typen aus den Sommercamps. Einer von denen, die sich immer ganz besonders wohlgefühlt hatten und die ganzen Wettbewerbe, die Liegestütze und das Ringen und all den anderen Mist mühelos absolviert hatten. Der Blick, mit dem der Riese Falk nun bedachte, war undurchdringlich. Da dämmerte es ihm. In der nächsten Sekunde hörte er Mathilda sagen: »Das ist Noah. Er ist auf einer Skitour und wollte gerade weiter.«

Wie erstarrt ließ Falk seinen Blick von ihr zu diesem Noah wandern. Er konnte nicht glauben, was sie da gerade gesagt hatte. Er presste die Lippen aufeinander. Und hörte sich im nächsten Moment den ungeheuerlichen Satz sagen: »Aber Sie haben doch bestimmt noch Zeit für eine Tasse Kaffee.«

»Das glaube ich nicht«, sagte Mathilda scharf.

Noah ignorierte sie und nickte, immer noch mit diesem undurchdringlichen Gesicht. In ausgeprägtem Bayerisch sagte er: »En Kaffee goht immer.«

Kurze Zeit später stand Falk am Holzherd und kochte Kaffee für seinen Vorgänger. Die Situation hätte grotesker nicht sein können, als er ihm wenig später einen Becher reichte. Und dabei brodelte in ihm die Abneigung gegen diesen Mann, der hier so raumgreifend hockte, als würde er für das Cover eines Landser-Hefts posieren, diesen kriegsverherrlichenden Mist, den sich Tristan damals ständig reingezogen hatte, sehr zum Gefallen ihrer Mutter. Mit einem aufgesetzten Lächeln sagte Falk: »Ich freue mich, endlich mal jemanden aus Mathildas früherem Leben kennenzulernen. Sie erzählt ja nie was.«

Das Gesicht des Landsers blieb reglos, als er antwortete: »Des wundert mi' net«, und dann hinzufügte: »Gell, Mathilda«, wobei er ihren Namen auf eine merkwürdige Weise betonte. Unwillkürlich ballte Falk die Hände zu Fäusten. Und entspannte sie wieder. Er würde sich von der provozierenden Art dieses bayerischen Terminators nicht irritieren lassen.

»Ich habe gehört, Sie gehen viel in die Berge. Und dass *Sie* mehr oder weniger der Grund dafür sind, dass Mathilda so gut Ski fährt?« Auch in seinen eigenen Ohren hörten sich seine Worte gezwungen an, vollkommen künstlich.

Falk sah, wie Noah seinen Blick auf Mathilda heftete und dabei – kaum merklich – eine Augenbraue hob. Da hielt er die Zeit für gekommen, die eine Frage loszuwerden.

»Ist das nicht ein Wahnsinns-Zufall, dass wir Sie heute hier treffen?« Er sah von Noah zu Mathilda und wieder zurück. Irgendetwas lief da.

»Wohl eher net«, sagte Noah und guckte Mathilda wieder mit diesem vielsagenden Blick an. »Der Alfons hat mir g'sagt, dass die ...«, er zögerte, »dass sie die Hütt'n g'mietet hat.«

Falk sah ihn verständnislos an: »Der Alfons?«

»Der Hütt'nwirt?« Zum ersten Mal lächelte Noah. Und wurde auf einmal auskunftsfreudig: »Die *Mathilda* und ich war'n ja früher öfters mal hier. Als wir noch z'amm war'n. Da dacht ich, ich komm mal vorbei und sag Servus.«

»Wir waren *einmal* auf einer Hütte vom Alfons. Aber das war nicht die hier«, sagte Mathilda. Ihr Ton war auf einmal schneidend wie ein Katana.

Falk sah, wie Noah die Achseln zuckte. Das Lächeln schien jetzt auf seinem Gesicht festgetackert zu sein. Täuschte er sich, oder sah der

Mann wirklich so aus, als wüsste er etwas, das er, Falk, nicht wusste? In dem Moment beschloss Falk, alles, was er über gutes Benehmen gelernt hatte, über Bord zu kippen und fragte ganz direkt: »Sind Sie immer noch Skilehrer? Wo arbeiten Sie denn, immer noch in Garmisch?« Er starrte Noah jetzt ungeniert an und bemerkte, wie dessen Kiefermuskeln arbeiteten.

Es dauerte eine halbe Ewigkeit, bis er antwortete: »I bin Gebirgsjäger.«

Er hatte es gewusst! Das Militärische quoll diesem Typen doch aus allen Poren.

»Ach, wirklich! Wo sind Sie denn stationiert?«

Doch bevor er antworten konnte, stand Mathilda plötzlich so abrupt auf, dass ihr Stuhl beinahe umkippte. Mit einem aggressiven Schwung in der Stimme sagte sie zu Falk: »So! Aufsitzen jetzt. Du willst doch heute noch nach Vaduz!«

Dann riss sie Noah und ihm die Tassen weg und knallte sie ins Spülbecken. Zögernd folgte Noah ihrem Beispiel und erhob sich ebenfalls. Falk blieb noch einen Moment sitzen. Irgendetwas stimmte hier nicht, dass spürte er nun ganz deutlich. Er würde mit Brammer über diesen Typen sprechen müssen.

14.

Einige Tage nach der Beinahe-Katastrophe auf der Hütte saß Penelope in Joachim Abadis Praxis in der Herbert-Baum-Straße. Noch jetzt stieg ihr die Hitze ins Gesicht, wenn sie nur daran dachte, wie Falk und Noah sich angeblitzt hatten und dass nicht viel gefehlt hatte und ihr alles um die Ohren geflogen wäre. Es kam einem kleinen Wunder gleich, dass die wenigen Minuten, die sie allein mit Noah auf dem Schneefeld gestanden hatten, ausgereicht hatten, um ihn in aller Eile zu briefen. Im ersten Moment hatte er sie fassungslos angesehen. Aber alter Soldat, der er nun einmal war, und dabei eben auch ihr Kamerad, hatte er blitzschnell reagiert. Und dann so gut er konnte die Klappe gehalten. Dafür hatte sie hinterher am Telefon sozusagen die Hosen runterlassen müssen. Und ihm alles, aber auch wirklich alles erzählt. Angefangen bei ihrer Scharade, über die Hochzeit unter einem falschen Namen bis hin zu ihren Nachforschungen in der Familie Prokhoff. Und weil sie schon einmal dabei gewesen war und ohnehin eine Frau klarer Worte war, hatte sie Noah auch gleich darüber ins Bild gesetzt, dass sie für ihn nicht mehr zur Verfügung stand, dass es zwischen ihnen endgültig aus war. Sie gestand ihm sogar, dass sie nun so richtig in der Scheiße saß, weil sie den Mann, den sie von Anfang an über fast alles belogen hatte, aus tiefstem Herzen liebte. Noah war entsetzt gewesen. Entsetzt und enttäuscht, das hatte sie sogar am Telefon gespürt. Aber darüber würde sie ein andermal nachdenken. Jetzt war sie erst einmal in der Praxis des Mannes, den Falk jeden Mittwoch aufsuchte.

Das Ganze wirkte gar nicht wie eine Praxis. Es erinnerte vielmehr an eine unfertig eingerichtete Privatwohnung, was Penelope wiederum sympathisch war, weil es sie an ihre eigenen Wohnungen erinnerte, Soldatenwohnungen, in denen sie es bis zu ihrem Auszug nicht geschafft hatte, ein einziges Bild aufzuhängen. Auch in Abadis Praxis stand das einzige Bild im Raum nur herum, an die Wand gelehnt. Obwohl es in *dieser* Umgebung wahrscheinlich so gewollt war, von einem cleveren Innenarchitekten »konzipiert«, vielleicht mit der Absicht, den Klienten außerhalb ihrer eigenen Problemwelt etwas zum Nachdenken zu geben? Penelope konnte mit Psychotherapie nicht viel anfangen, eigentlich mit allem, was mit »Psycho« zu tun hatte. Umso seltsamer war es, dass ausgerechnet sie nun eine Person mit einem einschlägigen Beruf mimen sollte. Schon in der psychologischen Nachbereitung ihrer drei Auslandseinsätze hatte sie nur ratlos dagesessen und nicht gewusst, was sie sagen sollte, was dieser Mensch von ihr wollte. Umso erstaunlicher ihr eigener Auftritt am Telefon letzte Woche.

»Der früheste Termin, den ich Ihnen anbieten kann, ist der 9. August«, hatte Abadi am Telefon zu ihr gesagt, am Montag, dem 15. Januar, woraufhin sie resigniert aufgelegt hatte. Als sie tags darauf mit Tillie darüber gesprochen hatte, schnaubte die nur verächtlich und sagte: »Die wollen es ja nicht anders« und gab ihr den Rat, ihre psychische Situation *ein wenig* überspitzt darzustellen und, wenn es denn sein musste, die Karte mit den Auslandseinsätzen und den »Albträumen« auszuspielen.

»Aber ich habe keine posttraumatische Belastungsstörung«, hatte Penelope eingewandt, und Tillie hatte ziemlich nüchtern entgegnet: »Wenn du einen Termin willst, dann hast du jetzt eine.«

Daraufhin hatte sie am Telefon tatsächlich die Soldatenkarte gespielt und – oh Wunder – fast sofort einen Termin bekommen.

Sie musterte den Therapeuten. Er war ein kleiner, unauffällig gekleideter Mann mit grauem, fast weißem Haar, schwarzen Augen und einer dunklen Brille. Er erinnerte sie an die Rentnerversion von Hamade, einem Halblibanesen aus der Grundausbildung, den alle nur »Handmade« genannt hatten, englisch ausgesprochen. Sie hatte Handmade immer gemocht, er war lustig gewesen und sanft, zu sanft, weshalb er die Bundeswehr unmittelbar nach Ablauf des Freiwilligen Wehrdienstes verlassen hatte. Ich liebe mein Heimatland, hatte er gesagt und Deutschland damit gemeint. Aber dieses sinnlose Abgebücke, ich weiß nicht, was das soll. Jahre später hatte er ihr erzählt, dass er einen Friseursalon am Bodensee eröffnet hatte.

»Seit wann haben Sie die Schlafstörungen?«

Penelope improvisierte so gut es ging, lenkte das Gespräch dann aber rasch auf ihr HSAM. Zum ersten Mal wirkte er aufmerksam und stellte ihr Fragen, die sie nun gerne und aufrichtig beantworten konnte. Dann lenkte er das Gespräch auf die Bundeswehr, und sie erzählte von ihrem ersten Auslandseinsatz, damals im Kosovo, und von ihrem letzten in Mali, von der Bergung der Hubschrauberteile des am 26. Juli 2017 abgestürzten Tigers und der Bangladeschis, die auf eine Pressure Plate gefahren waren. Auf sein Nachfragen hin versuchte sie Abadi, so gut sie konnte, vom Leben im Camp zu erzählen: ein Leben zwischen Staub und Containern, zwischen Muckibude und Sonntagsgottesdienst, zwischen den montäglichen Kinovorführungen und den riesigen Kamelspinnen, die für sie die größte Herausforderung dargestellt hatten. Während sie sprach, sah sie sich unauffällig im Zimmer um und überlegte die ganze Zeit, wo Abadi seine Patientenakten aufbewahren mochte. Jetzt wusste sie allerdings auch, warum Baldrich vergeblich versucht hatte, sich Zugang zu Abadis digitalen Patientenakten zu verschaffen: Der Therapeut war so digital wie das Eichhörnchen aus *Ice Age*.

Aus den Tiefen ihrer Gedanken hörte sie Abadi sagen: »Ich möchte gerne besser verstehen, wie es ist, Sie zu sein.«

Penelopes Blick wanderte befremdet zu ihm zurück. Eine fast wortgleiche Frage hatte Noah ihr damals gestellt, im Wald von Lehnin, zwischen zwei Funksprüchen, nachdem er die Woche zuvor zufällig mitbekommen hatte, dass sie unter dem Hyperthymestischen Syndrom litt. Werndorf hatte mal wieder die Fresse nicht halten können. Penelope hatte eine Weile nachgedacht und ihm geantwortet: *Es ist wie Rudern an einem Wasserfall. Du strengst dich an, gibst alles, doch manchmal reicht die Kraft nicht aus, und dann rauschst du einfach runter, mitsamt deinen Erinnerungen.*

Sie schluckte bei dem Gedanken, und es war in diesem Moment, in dem das Bewusstsein, nicht mehr dabei zu sein, all das für immer hinter sich gelassen zu haben, ihr wie ein Dolch ins Herz fuhr: die Truppenübungsplätze, der Geruch auf Stube, die Regentropfen beim Biwak im Wald, unter dem Poncho-Schrägdach, die dummen Witze, wenn man die Neulinge *Frequenzwasser* holen ließ. Das alles war Vergangenheit. Sie würde das nie wieder erleben. Nie mehr morgens um drei die Ruhe im Bus bei der Abfahrt, wenn alle noch pennen. Wenn du morgens im Gras stehst, die Hosenbeine nass vom Tau. Wenn du im Wald in Kampfformation stehst und dir noch eine Zigarette und ein Red Bull reinpfeifst, bevor es losgeht. Auf einmal fiel ihr das Atmen schwer, die Kehle fühlte sich eng an.

»Ich müsste mal auf die Toilette«, presste sie hervor und hörte gerade noch, wie Abadi »Den Gang entlang, letzte Tür links« sagte, bevor sie die Tür hinter sich schloss, froh, dem Psychotherapeuten und seinem forschenden Blick für ein paar Minuten zu entkommen. Sie brauchte einen Moment, um sich daran zu erinnern, dass es hier ja gar nicht um sie ging. Dass sie nicht deshalb gekommen war, um diesen Mann in ihren Kopf gucken zu lassen. Nein, dachte sie. Du bist hier, weil du wissen musst, was er damit gemeint hat: dass an dem Namen von Prokhoff Blut klebt. Und ob die Tote aus Falks Albträumen nur ein Schreckgespenst war.

Sie holte ihr Smartphone heraus, schickte Tillie die verabredete Nachricht. Nur ein paar Sekunden später hörte sie Abadi drinnen sprechen. Offenbar hatte er sein Smartphone auf *Nicht stören* gestellt, denn es war kein Klingeln zu hören gewesen. Einen Augenblick lang lauschte sie Abadi, der sagte: »Bitte beruhigen Sie sich erst einmal.« Da wusste sie, dass sie nun Zeit hatte. Tillie würde den Therapeuten eine Weile am Telefon festhalten.

Vorsichtig öffnete sie die nächste Tür, vorsorglich eine Entschuldigung auf den Lippen, falls wider Erwarten noch jemand außer Abadi in der Praxis sein sollte, was sie jedoch nicht annahm, da es bereits 19.30 Uhr war und sich die Sprechstundenhilfe und wahrscheinlich auch seine Kollegen längst verabschiedet hatten. Als sie in eine kleine weiße Küche blickte, schloss sie die Tür wieder, öffnete die nächste. Dieser Raum sah schon eher nach Arbeit aus. Aber war das auch Abadis Büro? Schließlich handelte es sich um eine Gemeinschaftspraxis. Sie trat ein, ging zum Fenster, wo ein ausladender Büroschreibtisch mit Papieren stand. Die Tür ließ sie nur angelehnt; solange sie Abadi sprechen hörte, konnte sie in Ruhe suchen. Sie blätterte in den Papieren, las Abadis Namen und wusste, dass sie richtig war. Aber wo bewahrte Abadi die Patientenakten auf? Nacheinander zog sie die beiden Schreibtischschubladen auf, die nichts von Interesse enthielten. Erst dann entdeckte sie, dass die eine Wand zur Hälfte aus einem integrierten Einbauschrank bestand. Sie lauschte, hörte Abadi immer noch sprechen und drückte auf einen Knopf. Lautlos glitt die Schranktür auf und gab den Blick frei auf Fachliteratur und zwei Reihen alphabetisch beschrifteter Ordner. Ihr Blick glitt über die Buchstaben. Bei »P« angekommen, zog sie einen Ordner heraus und fand die Akte beinahe sofort: *v. Prokhoff, Falk*. Auf dem Deckblatt standen Falks Patientendaten und in einem kleinen Klarsichtumschlag steckte ein USB-Stick, auf dem *NET* stand.

Während sie Seite um Seite abfotografierte, lauschte sie gleichzeitig auf Abadis Stimme, die immer wieder mal zu hören war. Sie lauschte und knipste, spürte, wie sie zu schwitzen begann, du musst jetzt aufhören, dachte sie, du bist schon viel zu lange weg, aber es war wie ein Zwang. Sie war noch nicht einmal mit der Hälfte fertig, als die Stille, die jetzt schon eine Weile dauerte, sie daran erinnerte, dass sie zurückkehren musste. Kurz spielte sie alle Möglichkeiten durch, die sie hatte. Die restlichen Blätter unter ihren Pullover stopfen? Den Ordner leise draußen vor der Praxistür deponieren und hoffen, dass ihn niemand wegnahm? Sie entschied sich für einen Kompromiss. Sie nahm den USB-Stick heraus, steckte ihn in die Hosentasche, räumte rasch alles wieder auf, um dann geräuschvoll den Korridor entlang zurück ins Behandlungszimmer zu gehen.

Der Therapeut sah sie unverwandt an, während sie sich wieder in den Sessel setzte. Er weiß es, schoss es ihr durch den Kopf, er weiß, was ich getan habe. Es verging noch eine halbe Minute, bevor er fragte: »Geht es Ihnen gut?«

Erleichterung durchströmte sie. Offenbar glaubte er, sie wolle sich vor dieser Sitzung drücken, sie habe die Zeit auf dem Klo vertrödelt, um nicht über ihre Probleme reden zu müssen.

Sie erwiderte seinen Blick ernst. Es tat ihr leid, Abadi anlügen zu müssen. Der Mann schien es gut mit ihr zu meinen. »Nein, tatsächlich geht es mir *nicht* gut.« Sie zuckte entschuldigend die Achseln und sagte: »Ich kann es einfach nicht.«

Dann stand sie auf, nahm ihren Rucksack und ging zur Tür, wo sie sich noch einmal umdrehte: »Bitte schicken Sie mir Ihre Rechnung. Es tut mir leid, Ihnen die Zeit gestohlen zu haben. Aber ich bin einfach noch nicht so weit.«

Abadi nickte, wieder mit diesem ernsten Blick. »Wenn Sie bereit sind, kommen Sie wieder.«

Mit einem Mal hatte Penelope ein ganz eigenartiges Gefühl. Sie hatte das Gefühl, dass dieser Mensch sie durchschaute. Dass dieser Mann hier gerade auf den Grund ihrer Seele geblickt und sie erkannt hatte: die verkorkste Ex-Soldatin, die Frau, die jeden einzelnen verdammten Tag ihres Lebens in ihrem Kopf herumtrug, das mutterlose kleine Mädchen, das wie eine Getriebene auf der Suche nach einer Erklärung für das Verschwinden ihrer Mutter durch die Welt gerannt war. Und immer weiterrannte.

Ein wahnsinnig hippes Café irgendwo in Kreuzberg oder Friedrichshain. Penelope saß mit dem Rücken zur rohen Ziegelwand, vor sich auf dem Tisch einen ebenfalls hippen Pott Kaffee, und blickte auf vom Monitor ihres Laptops, hinüber zum Nachbartisch, wo ein graubärtiger Typ mit sackartiger Mütze ziemlich laut zu einer Frau mit Vogelnestfrisur sagte: »… ist ja gerade sein Ansatz, die Suche nach schamanischen Kräften mithilfe einer vornehmlich spekulativen Technologie.« Penelope durchbohrte den Sackmützenträger mit ihrem Blick, ging das nicht mit weniger Dezibel? Doch er schien die Sache ernst zu nehmen. Einen Moment lang fragte Penelope sich, warum jemand sich eine Mütze aufsetzte, die aussah, als würde er sein Biogemüse darin herumtragen. Als der Typ sich zu neuen Höhen aufschwang, packte sie ihren Laptop und zog drei Tische weiter, in die äußerste Ecke des Cafés.

Sie wandte sich wieder ihrem Laptop zu, überspielte die Fotos von ihrem Smartphone auf den Rechner und begann, sich durch Abadis katastrophale Handschrift zu lesen und aus den verschwenderisch verwendeten Abkürzungen und Begriffen irgendwie schlau zu werden. So wie es aussah, hatte Falk vor zwei Jahren aufgrund beruflicher Überforderung und wiederkehrender Schlafprobleme eine *transitorische ischämische Attacke* erlitten, was wohl so viel wie der Vorbote eines drohenden Schlaganfalls war. Im Rahmen des Krankenhausaufenthaltes sei dann erstmals eine komplexe *posttraumatische Belastungsstörung* diagnostiziert worden. Als Penelope das las, krampfte sich ihr Magen zu einem unangenehmen Klumpen zusammen. Das hätte sie sich doch denken können. Als Lotse für Einsatzgeschädigte hatte sie mit Kameraden zu tun gehabt, die nicht mehr schlafen konnten, die im Schlaf aufschreckten, die nachts schrien. Warum hatte sie das bei ihrem eigenen Ehemann nicht erkannt? Oder hatte sie es sehr wohl erkannt und einfach verdrängt? Weil alles eh schon kompliziert genug war mit ihr und diesem Mann, den sie so hinterging, und der sie doch von der ersten Sekunde an fasziniert hatte. Das Weiterlesen kostete sie fast körperliche Überwindung.

Weiter schrieb Abadi, dass Falks PTBS jüngst durch eine Messerattacke getriggert worden sei, ihr Ursprung jedoch tiefer lag, vermutlich im Aufenthalt des Patienten in einer Erziehungsanstalt, wo er im Alter von siebzehn Jahren für circa ein Jahr »behandelt« worden sei. »In diesem Bootcamp erfuhr der P. regelmäßig körperliche Gewalt, ihm wurden Tabletten, wahrscheinlich Sedativa, zwangsverabreicht.«

Wieder wandte Penelope den Blick ab. Wie weit wollte sie in Falks Innerstes eindringen? Dass sie jetzt schon jegliche Grenze überschritten hatte, war klar. Wenn er das erführe: Er würde ihr niemals verzeihen. Aber sie durfte jetzt nicht aufgeben. Es gab da etwas, da war sie sich sicher, das *hinter* dem Schrecklichen, das man ihm in der Provo Canyon School angetan hatte, lag. Etwas, das ihn erst dorthin gebracht hatte. Und das hatte – da war sie sich mittlerweile sicher – mit der Toten aus Riga zu tun. Und plötzlich fragte sie sich, ob das vielleicht der wahre Grund war, warum er nicht wollte, dass sie nach Lettland reiste?

War seine Sorge, sie könne sich durch Georg *in etwas hineinziehen* lassen, nur ein Vorwand gewesen? Weil er in Wirklichkeit verhindern wollte, dass sie etwas herausfand, das mit der Toten aus seinen Träumen zu tun hatte? Die Tote, die vielleicht Alise Vitola geheißen hatte und die beste Freundin seiner Schwester Xenia gewesen war?

Jetzt war er raus, der Gedanke, den sie die ganze Zeit erfolgreich unter dem Deckel gehalten hatte. Seit der Lektüre von *Kaiserwald I* war da diese Beklommenheit gewesen, die nicht nur mit dem Verschwinden ihrer Mutter zu tun hatte. Es war schon so: Um nichts in der Welt wollte sie, dass Falk irgendetwas mit Alises Tod zu tun hatte. Oder – schlimmer noch – mit dem Verschwinden ihrer Mutter. Denn warum sonst gab es eine Fortsetzung von Kaiserwald, einen zweiten Teil, den Xenia jedoch nie veröffentlicht hatte?

Penelopes Herz raste, in schnellem Wechsel liefen die Bilder des Comics vor ihr ab, sie sah die Nacht vor sich, die Xenia beschrieben hatte, den dichten Regen, der schräg von einem dunklen Himmel fiel. Den Streit der Prokhoffs, Tristan, der seinem Vater an die Gurgel ging und aus dem Haus stürmte. Falk, der ebenfalls gegangen war. Dann hatte Xenia zwei Gestalten gesehen, die etwas Schweres in ein Boot gehievt hatten, spät in der Nacht war das gewesen. Und zwei Tage später hatte man an einem anderen Ufer Alises Leiche gefunden. Waren das die Albträume, die Falk seither heimsuchten? Waren es die Augen des getöteten Mädchens, die er in den dunkelsten Nächten vor sich sah? Penelope wandte sich wieder der Akte zu. Es führte kein Weg daran vorbei. Sie würde die Akte jetzt zu Ende lesen müssen, wenn sie die Wahrheit erfahren wollte. Sie musste wissen, wer der Mann war, den sie über alles liebte. Sie nahm noch einen großen Schluck von ihrem Kaffee und tauchte wieder in die Lektüre über die Zeit im Bootcamp ein.

»Keinerlei Privatsphäre«, stand da. »Rund-um-die-Uhr-Bewachung, u. a. auch beim Duschen und Toilettengang. Wiederholt Einzelarrest, den er nackt in einer Zelle verbüßen musste. Dort Suizidversuch mit einer Kugelschreibermine. Im Rahmen einer PTBS-Symptomatik leidet der P. unter Ein- und Durchschlafproblemen, wiederkehrenden Albträumen. Ferner fühlt er sich ständig wie ›auf der Flucht‹. Etwa zweimal wöchentlich aufdringliche Nachhallerinnerungen (Flashbacks).« Als psychischen Befund schrieb Abadi: »Der P. ist ironisch-distanziert im Kontakt. Bewusstseinsklar, zu allen Qualitäten voll orientiert. Keine Merkmale einer wahnhaften Störung. Der formale Denkablauf ist grübelnd, ansonsten kohärent. P. benennt Schuldgefühle und Minderwertigkeitsgefühle. Suizidalität wird aktuell glaubhaft verneint. Aufmerksamkeit und Gedächtnis sind unbeeinträchtigt. Der Antrieb ist normal ausgeprägt. Kein Anhalt für eine Zwangsstörung. Drogen- und Alkoholanamnese: als Jugendlicher Konsum von Partydrogen und Kokain. Familienanamnese: Der P. wurde als jüngerer Zwillingsbruder mit einer zwei Jahre jüngeren Schwester geboren. Familie sehr wohlhabend. Vater zurückgezogen und desinteressiert, hat sich der Ehefrau untergeordnet. Die Mutter dominant, übergriffig. Verschiedene Internate. Die Großeltern väterlicherseits waren wichtige Bezugspersonen, die jedoch weiter entfernt lebten. Schulische Anamnese: Der P. besuchte sieben verschiedene Internate, Schulverweise wegen Disziplin- und Drogenproblemen, wobei Bruder treibende Kraft war. Erneuter Schulwechsel mit 16 auf staatliches Gymnasium in Riga. Mit 17 wegen erneuter Disziplinarprobleme Schulabbruch. Abitur in US-Bootcamp, das gleichzeitig Internat war. Berufliche Anamnese. BWL-Master an der LMU München. Zehnmonatiges Praktikum in NY. Masterstudium London School of Economics. Eintritt ins Familienunternehmen.« Dann eine Ergänzung, die nachträglich hinzugefügt worden war: »Endgültige Trennung nach langjähriger komplizierter Beziehung, Frau mit Borderline. Schwierigkeiten, in Partnerschaft zu vertrauen. Bei Problemen Neigung zu verdrängen.«

Penelope las die Akte mit einem anhaltenden Druck in der Körpermitte. Immer wieder musste sie sich zwingen weiterzulesen. Und während ihre Augen sich an den Worten entlanghangelten wie an einer Himmelsleiter, musste sie sich immer wieder daran erinnern, dass der Mann, um den es hier ging, Falk war, der Mann, der stets so wirkte, als sei die Welt ein Ort, über den man lächelte, der gestern Nacht noch neben ihr im Bett gelegen und ihr glücklich zugeflüstert hatte: »Mathilda, ich kann noch immer nicht glauben, dass ich dich gefunden habe.« Und nun saß sie hier und beging den größten Vertrauensbruch, den man sich vorstellen konnte: Sie durchleuchtete die dunkelsten Ecken und Winkel seiner Seele. Wie würde sie ihm je wieder unter die Augen treten können?

Sie atmete tief ein und wieder aus. Es fühlte sich ganz zittrig an. Dann nahm sie den letzten Schluck Kaffee und zwang sich dazu, an ihre Mutter zu denken, was ihr nicht schwerfiel, denn, einmal begonnen, fluteten die Erinnerungen ihren Kopf. Nein, dachte sie, sie würde jetzt nicht aufgeben wie ein erschöpfter Rekrut bei seinem ersten Marsch mit Sturmgepäck.

Falks Behandlungsplan also. Offensichtlich hatte Abadi die Behandlung mit einer BEPP begonnen. Im Rahmen ihrer Tätigkeit als Lotse für Einsatzgeschädigte wusste Penelope, dass die *Brief Eclectic Psychotherapy for PTSD* als Behandlungsmethode für einsatzgeschädigte Polizisten entwickelt worden war und sechzehn Therapiesitzungen umfasste. Allerdings war Falk zwei Monate nach Abschluss der BEPP erneut zu Abadi gekommen, der daraufhin eine sogenannte NET begonnen hatte. Auch diesen Begriff hatte Penelope schon einmal gehört; allerdings hatte sie keine ehemaligen Kameraden, die mit dieser Methode behandelt worden waren, weshalb sie sich nie näher damit befasst hatte. Sie nahm ihr Smartphone, gab den Begriff ins Google-Suchfenster ein und klickte auf die Seite der TU München.

Die *Narrative Expositionstherapie* war speziell für die Behandlung bei Schwer- und Mehrfachtraumatisierung entwickelt worden. Im Unterschied zu anderen Therapieformen wurde bei der NET die gesamte Biografie der Patienten berücksichtigt und aufgearbeitet.

Mit einem Mal war Penelope wie gebannt. Die NET bestand aus drei Phasen, im ersten Schritt wurden die Lebensereignisse in einer vertikalen Abfrage mit Ja- und Nein-Antworten erfasst. In einem zweiten Schritt ging es um die sogenannte Lifeline, was einer horizontalen Einordnung der spezifischen Lebensereignisse entlang einer Zeitachse entsprach. Bei der Lifeline wurden die positiven und die negativen, traurigen und traumatischen Erfahrungen sowie eigene aggressive Taten auf dieser Zeitachse eingeordnet, wobei eine am Boden oder auf dem Tisch liegende Schnur den zeitlichen Verlauf der Lebenslinie symbolisierte. Mithilfe von Blumen und Steinen wurden dann die Lebensereignisse während des Therapiegesprächs sichtbar gemacht.

Penelope hob den Blick und nahm einen Schluck aus ihrem Becher. Sie konnte sich Falk nur schwer vorstellen, wie er einen Stein in die Hand nahm und diesen an eine bestimmte Stelle über einer Schnur platzierte. Falk, der ständig dieses Lächeln trug, wodurch er wirkte, als sei das Leben für ihn so etwas, das er eigentlich nicht richtig ernst nehmen konnte. Das alles war nur Fassade, das wusste sie ja längst. Dass jenes eine Mal, als sie ihn betrunken erlebt hatte, kein Aussetzer gewesen war, sondern ein Blick tief hinein in seinen Kopf.

»Kann ick dir noch wat bringen?« Die andere Kellnerin, eine junge Frau mit interessanten Gesichtspiercings, war an ihren Tisch getreten. Penelope bestellte noch ein Wasser und einen weiteren Kaffee, obwohl sie sich jetzt schon wie auf Speed fühlte. Dann senkte sie erneut den Blick und vertiefte sich wieder in die Lektüre. Phase drei der Narrativen Expositionstherapie also.

In Phase drei forderte der Therapeut den Überlebenden – ja, so stand es hier – auf, seine Lebensgeschichte von der Geburt über die ersten Lebensjahre bis zum heutigen Tag zu erzählen, was vom Therapeuten oder einem Beisitzer schriftlich festgehalten wurde. In der nächsten Sitzung wurde dann dieser Text in Ich-Form und wörtlicher Rede vorgelesen, korrigiert und weitere Details aus der Erinnerung hinzugefügt, wobei der Therapeut durch gezieltes Nachfragen etwa nach den Wahrnehmungen des Patienten eine Vertiefung des Erlebten ermöglichen sollte.

Penelope blätterte weiter, bis sie zu den wenigen Seiten von Falks Lebensbericht kam, den sie hatte fotografieren können. Fünf dürre Seiten, die gerade mal die ersten Lebensjahre umfassten.

Die Kellnerin kam, brachte Kaffee und Wasser. Penelope bedankte sich, nahm die Tasse in beide Hände und saß eine Weile regungslos da, die Ellenbogen auf den Tisch gestützt. Als Nächstes zog sie den USB-Stick aus der Tasche ihrer Jeans, speicherte die Sprachaufzeichnungen zunächst auf dem Laptop und schickte sie sich dann auch noch auf ihr

Smartphone. Dann holte sie die Airpods aus der Außentasche ihres Rucksacks, verband Bluetooth und öffnete eine beliebige Datei.

Im nächsten Moment drang Abadis Stimme an ihr Ohr: »Es ist also immer derselbe Traum. Gehen wir noch mal hinein. Sie sehen dieses Licht. Was ist so besonders daran?«

Penelope wusste nicht, was sie erwartet hatte, einen langen Monolog Abadis, Sprachnotizen zu seinem Patienten. Aber nicht diese andere Stimme, die Penelope gar nicht sofort als Falks erkannte.

»Ich ...« Er brach ab, schluchzte, weinte leise vor sich hin, fasste sich wieder und sagte: »Es ist plötzlich hell ... und unheimlich. Wie in einem Horrorfilm. Aber um mich herum ist alles dunkel ... und es regnet. Und das Licht zuckt so komisch, es ... es ist so, als würde ich mich bewegen. Ich folge dem Licht.« Er verstummte, schluchzte wieder auf, bis Abadi sanft, aber eindringlich sagte: »Lassen wir das Licht erst mal außen vor. Sie stehen also irgendwo draußen und es regnet. Wie fühlen sie sich sonst? Ist Ihnen warm oder kalt?«

»Mir ist ... schlecht«, antwortete Falk wieder stockend.

»Gehen wir noch einmal ein bisschen zurück und konzentrieren uns auf das, was davor passiert war. Also auf das, woran sie sich erinnern, vor dem Filmriss.«

»Ja ... okay ... Ich ... also ich kam zurück von einem Kumpel. Wir hatten uns voll weggeschossen ... Jedenfalls war ich völlig neben der Spur, als ich zu Hause ankam.«

»Aber Sie hatten, so haben Sie es mir erzählt, einen Grund gehabt, sich wegzuschießen?«

»Ja ... ja, ich ... Der ganze Abend war zum Kotzen gewesen, einfach schrecklich. Wir hatten gerade erfahren, dass mein Vater was mit Tristans Freundin hatte.«

»Sie wissen, dass wir heute versuchen wollen, den Abend chronologisch zu ordnen ... Um in einem ersten Schritt Ihren Traum von der Wirklichkeit zu trennen. Also das mit Ihrem Vater, was Sie da erfahren haben, das war *vor* dem Traum?«

»Ja ... ich ... das war ein totaler Schock. Sie war *Tristans Freundin*!«

Einen Moment lang war nichts zu hören, dann sagte Abadi: »Wenn ich das richtig verstehe, dann hatten Sie alle gerade erfahren, dass Ihr Vater mit einem fünfzehnjährigen Mädchen – der Freundin ihres Bruders Tristan – ein sexuelles Verhältnis hatte?«

Nach längerer Stille brachte Falk ein ersticktes *Ja* heraus.

»Dann sollten Sie jetzt den Stein nehmen und ihn vor dem Traum platzieren.«

Wieder Stille. Dann sagte Falk:

»Ja ... obwohl er das immer bestritten hat. Also mein Vater ... Aber wir haben ihm das nicht geglaubt. Jedenfalls ist Tristan an dem Abend ausgerastet. Er ist auf ihn losgegangen ... also auf meinen Vater ... und dann ist er abgehauen. Und ich hatte auch genug und bin auch abgehauen, zu meinem Kumpel. Dort haben wir uns wie gesagt weggeschossen. Irgendwann bin ich dann nach Hause zurück. Auf dem Heimweg hatte ich die Flasche dabei, also den Wodka, und hab immer mal wieder einen Schluck genommen.«

»Gut. Dann haben wir jetzt also folgende Begebenheiten. Erstens die Auseinandersetzung bei Ihnen zu Hause zwischen Ihrem Bruder und Ihrem Vater. Ihren Weggang, den Alkoholkonsum bei Ihrem Freund ... und Ihre Rückkehr.«

»Ja.«

»Und was ist dann passiert?«

»Ich ... da war also dieses Licht.«

»Wissen Sie, woher das Licht kam?«

Falk antwortete nicht.

»Gehen wir noch einmal zurück zu Ihrer letzten Erinnerung. Sie sind auf dem Weg nach Hause. Wie sieht es dort aus? Gehen Sie auf dem Bürgersteig?«

»Nein ... also da gibt es keine Bürgersteige. Es ist ein bisschen wie in einem Wald.«

»Aber es ist kein Wald? Es ist ein Wohngebiet?«

»Ja ... es ist eine Wohngegend. Sie heißt Kaiserwald ... das heißt, sie hieß früher Kaiserwald.«

»Also gibt es Straßenlaternen?«

»Ja. Aber ... die sind nicht besonders hell.«

»Es regnet, und sie gehen nach Hause zurück. Als sie zu Hause ankommen, was machen Sie da? Schließen Sie die Haustür auf?«

»Ich … nein, ich hatte die Hintertür offen gelassen … es wusste ja niemand, dass ich noch mal weggegangen bin. Deshalb bin ich auch von hinten aufs Grundstück, da ist so eine kleine Pforte, da bin ich rein.«

»Und Sie kannten den Weg?«

»Wie meinen Sie das?«

»Nun, es war dunkel, da gehe ich mal davon aus, dass Sie das öfters gemacht haben, dass Sie den Weg also gut kannten.«

»Ja … ja, das habe ich öfters gemacht. Aber …«

»Was ist?«

»Ich … ich hatte eine Taschenlampe!«

»Sie hatten also eine Taschenlampe. Ist es möglich, dass das zuckende Licht, das Sie gesehen haben …«

»Aber ja … ja … Es ist meine eigene Taschenlampe. Ich … der Lichtkegel geht über den Boden … es ist nass … da ist Laub und Gras … und dann … oh Gott … Da ist Alise … Tristans Freundin … sie liegt im Gras, und sie ist tot.« Schweres Atmen war zu hören, dann ein panisches Japsen, so als hätte er Mühe, genügend Luft zu bekommen.

»Atmen Sie tief ein und wieder aus … ein und wieder aus … na los, machen Sie es mir nach … ja, so ist es gut. Ein und wieder aus … Und jetzt bleiben Sie in dem Moment und sagen mir, was Sie fühlen. Was Sie denken.«

Wohl eine Ewigkeit verging, in der sie Falk leise vor sich hin weinen hörte, und dann eine ganze Weile Stille. Und als sie schon glaubte, die Aufnahme sei nun beendet, hörte sie, wie Falk flüsterte: »Ich habe solche Angst, dass ich das war.«

15.

Man wusste nie, wo man ihn antreffen würde. Nur dass es nicht sein Büro im ROD-Tower wäre, darauf konnte man sich immer verlassen. Diesmal war Tristan für ein paar Tage in seinem Chalet in Sankt Moritz. Falk wollte lieber nicht wissen, mit wem. Denn dass da wieder irgendeine Frau dahintersteckte, war Falk sowieso klar. Warum sonst hätte Tristan als Treffpunkt ein Restaurant wählen sollen, wo er es kaum je vor zehn aus dem Bett schaffte? Aber Falk hatte auf einem Termin zum Frühstück bestanden. Diesmal musste Tristan sich nach ihm richten. In Falks Augen hatte sein Bruder schon vor Jahren alle Werte über Bord gekippt, im Berufsleben, aber auch privat. Wenn er denn überhaupt je welche besessen hatte, fügte er im Geiste hinzu. Hin und wieder hatte Falk versucht, mit Tristan darüber zu reden, zumindest was seinen Einsatz für das Unternehmen anging. Wie Falk hatte auch Tristan einen Sitz im Vorstand der ROD Immobilien, delegierte aber seit Jahren alles, was irgendwie nach Arbeit aussah, an seine Assistenten. Bei Abstimmungen hielt er sich grundsätzlich an Falks Vorschläge. So richtete er immerhin den wenigsten Schaden an. Aber diesmal ging es um etwas anderes.

Als Falk nun das Restaurant im Badrutt's Palace in Sankt Moritz betrat, war Tristan natürlich noch nicht aufgekreuzt, obwohl Falk eine gute Viertelstunde zu spät war, da der Pilot des Privatjets wegen eines Unfalls auf dem Rollfeld eine Weile in der Warteschleife festgesteckt hatte. Nachdem der Kellner ihn an einen reservierten Fenstertisch begleitet hatte, bestellte er einen doppelten Espresso und ließ sich ein Schälchen Himbeeren und ein Pistazien-Croissant bringen. Er war früh aufgebrochen und hatte nach einer schlechten Nacht außer einem Becher Kaffee während des Fluges noch nichts zu sich genommen.

Er kippte den Espresso hinunter und spürte, wie ihm der starke Kaffee auf den Magen schlug. Er musste aufpassen, nicht wieder sehenden Auges auf eine Gastritis zuzusteuern. Er zwang sich, langsam zu essen, erst die Himbeeren und dann das Croissant. Gleich nach dem Gespräch mit Tristan würde er Betty eine Nachricht schicken, sie solle ihm ein neues Rezept für Magenschutztabletten besorgen.

Er ließ den Blick durch den weiten Raum schweifen, über die Kristallleuchter, die roten und blauen Sessel und die dramatischen Vorhänge in den gleichen Farben, bis hin zu der hübschen Harfinistin, die in der Raummitte saß und vollkommen in ihr Spiel vertieft wirkte. Unwillkürlich fragte er sich, ob es Mathilda hier gefallen würde. Und glaubte die Antwort zu kennen. Sie würde die Aussicht mögen, auf den Sankt Moritzersee, vor allem aber den Blick auf die weiten weißen Berge. Und damit landete er wieder unsanft bei diesem Bergheini, mit dem Mathilda – das wusste er inzwischen – mehr als fünf Jahre zusammen gewesen war! Das wenigstens hatte er aus ihr herausgeholt, auf ihrem Rückflug, der sich wie eine verstopfte Nase angefühlt hatte. Kurz nach der Begegnung mit diesem Noah hatten sie sich gestritten, es war ihr erster Streit überhaupt gewesen, und die ganze Chose war so ausgegangen, dass Mathilda in einem Affenzahn vor ihm auf Skiern den Berg heruntergebrettert war und er den Weg ins Tal nur dank ihrer Spuren im Schnee hatte finden können. Er hatte ja keine Ahnung gehabt, wie gut sie Ski fuhr. In ihren fünf Jahren mit diesem Noah mussten die beiden unzählige Skitouren miteinander unternommen haben, ein Gedanke, der irgendwo in seiner Körpermitte steckte und sich anfühlte, als hätte er eine Walnuss verschluckt. Vielleicht war das ja auch der Grund für seine Magenschmerzen. Er atmete tief ein und aus, versuchte, sich zu entspannen, sich auf die perlenden Harfentöne zu konzentrieren und irgendwie loszulassen. War es nicht völlig normal, dass man in ihrem Alter bereits eine Vergangenheit hatte? Ausgerechnet er musste reden: Wie lange hatte er vor Mathilda schließlich auf die falsche Karte gesetzt. Dennoch: Der Gedanke an dieses missglückte Flitterwochenende schob sich immer wieder in den Vordergrund.

Allein bei dem Gedanken daran, wie er sich aufgeführt hatte, wurde ihm ganz schlecht. Warum nur hatte er sich so zum Affen gemacht vor der Frau, die er mehr liebte als alles auf der Welt? Er hatte sich in eine Eifersuchtsattacke hineingesteigert, die ihresgleichen suchte. Dabei neigte er gar nicht zu übertriebener Eifersucht. Umso erschreckender war dieser grüngiftige Ausbruch für ihn. Was ihn im Rückblick ebenfalls in Erstaunen versetzte, war die eiserne Ruhe, mit der sie geantwortet hatte, auf jede seiner aggressiven Fragen mit einem einzigen präzisen Satz:

Der Hüttenwirt muss ihm erzählt haben, dass ich die Hütte gemietet habe.

Ich weiß nicht, warum er aufgekreuzt ist.

Ich weiß nicht, ob er sich noch Chancen ausmalt.

Dann hatte sie in derselben ruhigen Präzision ihren Rucksack gepackt, als hätte sie in ihrem Leben nie etwas anderes getan. Sie hatte ihn geschultert, sich zu ihm umgedreht und gesagt: »Und noch etwas möchte ich dir sagen: Noah ist Gebirgsjäger und kein Skilehrer. Er war zweimal in Afghanistan und zweimal in Mali und hat für dich und für mich und für die Sicherheit unseres Landes seinen Arsch riskiert.«

Dann war sie schweigend auf ihre Skier gestiegen und ohne ein weiteres Wort davongefahren. Und er war dort stehen geblieben, perplex und beschämt. Natürlich hatte sie mit allem recht gehabt. Doch obwohl er sich aufrichtig bei ihr entschuldigt und versucht hatte, so etwas wie ein klärendes Gespräch zu führen über seine frühere Beziehung zu Jo und über ihre zu diesem Noah, war die Stimmung endgültig verdorben gewesen. Und als wäre der Tag nicht schon randvoll gewesen mit miesen Informationen, hatte dann auch noch Martens, der Privatermittler, angerufen und ihm erklärt, wie es ihm gelungen war, Xenias Spur bis zu einem Open-Air-Kunstprojekt in einem andalusischen Küstendorf zu verfolgen. Nur um festzustellen, dass er sie knapp verpasst hatte. Allerdings hatte er inzwischen immerhin ihre Telefonnummer herausbekommen.

Falk blickte auf. Und entdeckte Tristan, der auf seinen Tisch zukam, in einem blau-weißen Norwegerpullover und einer Pilotensonnenbrille. Er ließ sich auf den Stuhl gegenüber fallen und sagte mit einer Stimme, die klang, als wäre er in dieser Sekunde aus dem Bett gekippt: »Du solltest schon einen guten Grund haben, mich zu dieser Zeit hierherzubestellen.«

Falk betrachtete seinen Bruder, der hinter der Sonnenbrille reichlich verquollen aussah. Als der Kellner kam, bestellte er einen großen Caffè Crema und gähnte dem Mann ins Gesicht. Immerhin hielt er sich die Hand vor den Mund.

»Du siehst scheiße aus«, sagte Falk.

»Dito«, antwortete Tristan.

»Hast du wieder gesoffen?«

»Was juckt dich das?«

Da beugte Falk sich vor. »Weil ich wissen muss, ob du mir mit deinem vernebelten Hirn folgen kannst!«

»Komm mal runter«, raunzte Tristan ihn an. »Was glaubst du, wer du bist!«

Der Kaffee kam, und Falk sah zu, wie Tristan ihn in kleinen Schlucken trank, so als sei er blind und der Kaffee würde ihm helfen, sich in den Tag hineinzutasten. Kaum hatte er die Tasse leer, bestellte er sich eine zweite und ließ, während er sie trank, den Blick über die Beine der Harfenspielerin gleiten.

Falk seufzte innerlich. Sein Bruder sah wirklich beschissen aus. Er wirkte wie jemand, der von allem zu viel gehabt hatte, zu viel Essen, zu viel Alkohol. Zu viel Spaß. Er beugte sich vor und sagte, von plötzlichem Mitleid erfüllt: »Du solltest wirklich ein bisschen kürzertreten, Mann! Wenn schon nicht für dich, dann wenigstens für deine Familie.«

Tristan knallte die Tasse auf den Unterteller. »Bei wem hast du denn diese Moralapostel-Flat abonniert?«

Falk schüttelte stumm den Kopf. Dann schob er Tristan das iPad zu, das neben ihm bereitlag.

»Diese Überweisungen«, sagte er und deutete auf eine Excel-Tabelle. »Die hast du freigegeben.«

Tristan sah noch nicht einmal richtig hin. Zuckte die Achseln, sagte: »Kann sein«, und warf der Harfenspielerin weiter lange Blicke zu.

»Es geht hier um insgesamt dreihunderttausend Euro, die angeblich für Photovoltaik-Förderprogramme ausgegeben worden sind. Wie du bestimmt weißt, haben wir einen separaten Fonds für Photovoltaik.«

»Dann haben wir halt zusätzliches Geld lockergemacht. Was hast du für ein Problem?«

»Ich habe folgendes Problem: Das Geld ist auf das Konto einer Firma namens Solar Consult in Liechtenstein geflossen. Die Solar Consult ist aber eine Briefkastenfirma, die so viel mit Solaranlagen zu tun hat wie Heino mit Rammstein.«

Bei diesen Worten wandte Tristan sich ihm interessiert zu: »Echt jetzt? Heino mit Rammstein? Wie kommst du denn jetzt ...«

»Das ist kein Spaß hier. Du reißt dich jetzt mal zusammen, Mann. Sonst bring ich den Bockmist, den du da verzapft hast, bei der nächsten Vorstandssitzung auf die Tagesordnung!«

»Wow, wow, wow, kleiner Bruder, calm down! Wie kommst du mir ...«

Da riss Falk der Geduldsfaden. »Ich versuche, dir zu erklären, dass du mit der Kohle der Stiftung linksextreme Klimakleber finanziert hast, von denen zwei zur Fahndung ausgeschrieben sind.« Er griff nach seinem Tablet, tippte etwas ein und hielt seinem Bruder das Tablet unter die Nase. Während Tristan mit gerunzelter Stirn die Schlagzeile las, sprach er weiter: »Falls du wissen willst, woher ich das weiß? Ich war in Liechtenstein und habe den Treuhänder ... sagen wir mal ... überredet, mir zu sagen, wer hinter der Solar Consult steckt. Hast du da vielleicht eine Idee?«

»Last Exit?«

Falk lehnte sich zurück und sah seinen Bruder unverwandt an. »Die Generalstaatsanwaltschaft ermittelt gegen sie. Die Konten und die Vermögenswerte sind eingefroren. Und zwei der Typen sind auf der Flucht. Und jetzt rate mal, wie sie heißen?«

Tristan hatte seine Sonnenbrille abgelegt. Falk, der seinen Bruder das letzte Mal an Weihnachten gesehen hatte, erschrak. Er sieht wirklich aus wie ein Säufer, dachte er. Und es war genau dieser Moment, als ihm klar wurde, dass auch Tristan die Gespenster der Vergangenheit mit sich herumschleppte. Die Erkenntnis traf ihn wie ein Keulenschlag, und er war drauf und dran, seinem Bruder zu sagen: »Lass uns über das sprechen, was damals in Riga passiert ist. Lass uns über Alise sprechen.« Einen Moment lang war alles *on hold*, und plötzlich sah er sie vor sich, ihr bleiches Gesicht im Regen, die dicken Haarsträhnen, die an ihren Wangen klebten, die Augen im Licht der Taschenlampe blicklos und starr. Sie war Tristans Freundin gewesen. Und er, Falk, hatte nie darüber nachgedacht, was ihr Tod für seinen Bruder bedeutet haben mochte. Er wusste nicht, was er von seinem Bruder zu hören hoffte, die Zusicherung: Du kannst es nicht gewesen sein, Bro, niemals. Oder eine Art von Absolution? Er schluckte trocken. Und dann war der Moment vorüber, und er beobachtete, wie Tristans Augen sich den Artikel entlangtasteten und wie sie sich beim Anblick der beiden Namen weiteten. So wie sich Falks Augen geweitet hatten. Jetzt stieß Tristan hörbar die Luft aus und rief: »Finn Bohnau und Benjamin Kappler! Das sind doch …«

»Siedler aus unserem Vorzeigedorf Trīs Liepas, genau.«

»Aber wie passt das denn zusammen?«

»Das weiß ich auch noch nicht. Ich habe einen Ermittler auf die Sache angesetzt. Der soll rauskriegen, was die Staatsanwaltschaft gegen sie in der Hand hat.«

Tristan rieb sich das Gesicht. Als er seine Hände wieder sinken ließ, sah er zwar immer noch müde und verbraucht aus, schien aber plötzlich vollkommen klar im Kopf. In angespanntem Ton sagte er: »Bald ist doch das Charity im Ritz? Wenn ich Mama richtig verstanden habe, kommen auch ein paar Vertreter aus Trīs Liepas, um auf die Spendentrommel zu klopfen. Mit denen könnte man mal reden.«

»Weißt du, wer da kommt?«

»Keine Ahnung. Aber wahrscheinlich ja Wolf.«

Falk presste die Lippen aufeinander. Wolf, dachte er. Das hätte er sich ja denken können.

16.

In den Tagen, die nun folgten, war Penelope damit beschäftigt, sich auf die bevorstehende Reise nach Lettland vorzubereiten. Vor allem aber hatte sie damit zu tun, die Kakophonie in ihrem Kopf in Schach zu halten. Immer wieder hörte sie im Geiste Falks Worte, seine verängstigte und verzweifelte Stimme auf der Sprachaufzeichnung, wodurch die Ereignisse jenes Abends für sie derart bildhaft wurden, dass sie es kaum ertrug, ihm in die Augen zu sehen. Der Gedanke, Falk könnte diesem Mädchen tatsächlich etwas angetan haben, raubte ihr in manchen Stunden den Atem. Und obwohl er die Worte ja selbst ausgesprochen hatte, sträubte sich doch alles in Penelope gegen den Gedanken. Es *musste* eine andere Erklärung geben. Jemand anders musste es getan haben. Nicht der Falk, den sie kennengelernt hatte, dieser verletzte und sanftmütige Mann, der die Welt mit seinem Lächeln auf Abstand hielt. Und da sie nun mehr denn je davon überzeugt war, dass alle Ereignisse von damals irgendwie zusammenhingen, würde sie in Riga jeden Stein umdrehen.

Nach den entsetzlichen Worten hatte sie auch noch die restlichen Aufzeichnungen der Therapiesitzung anhören müssen. Mit den Stöpseln im Ohr war sie durch das fremde Berlin gelaufen, vorbei an hohen Häusern, hinter deren Fenstern warm das Licht leuchtete, Falks Stimme im Ohr, der erzählte, wie er am nächsten Morgen versucht hatte, mit seinen Eltern über die vergangene Nacht zu sprechen, doch sowohl Claire als auch Georg hatten mit völligem Unverständnis reagiert und ihm überdies mit einer Entziehungskur gedroht, sollte er diesen Nonsens außerhalb der Familie wiederholen. Schließlich war er von zu Hause weggelaufen, zweimal, doch die Polizei hatte ihn jedes Mal wieder aufgegabelt und zurückgebracht, zugedröhnt und verwahrlost.

Nachdem er zum zweiten Mal abgehauen war, hatten seine Eltern zu drastischeren Maßnahmen gegriffen und ihn und Tristan unter dem Vorwand eines gemeinsamen Urlaubs in das Boot Camp nach Utah verfrachtet, wo er den Methoden zweifelhafter »Therapeuten« ausgesetzt war und immer wieder nackt in Einzelarrest gesteckt und misshandelt wurde. Penelope hatte mit traumatisierten Kameraden zu tun gehabt, und es war nicht immer gut ausgegangen. Natürlich war Falk kein einsatzgeschädigter Soldat, der hatte mitansehen müssen, wie ein Kamerad durch eine Sprengstoffladung auseinandergerissen wurde. Und doch hatte das, was er in dem Bootcamp erlebt hatte, ihn tief gezeichnet. Und immer blieb die Ungewissheit, was er damals, an jenem Oktoberabend, getan oder nicht getan hatte. Nicht ohne Grund hatte er versucht, sich das Leben zu nehmen. In diesem Zusammenhang erinnerte sie sich an einen ehemaligen Kameraden, den sie als Lotsen beraten und der sich zunächst auch gut gemacht hatte, sich dann aber eines Tages, für alle völlig unerwartet, eine Kugel in den Kopf gejagt hatte.

Einmal war es ihr passiert, dass ihr Unterbewusstsein ihr kurz vor dem Einschlafen einen Streich spielte: Da war aus Alises bleichem Gesicht das Gesicht ihrer Mutter geworden, und sie hatte dieses Bild, scharfkantig und überbelichtet, mit hinüber in ihre Träume genommen, sodass es diesmal Falk war, der *sie* weckte und *sie* zu beschwichtigen versuchte, dass alles gut sei, dass sie hier bei ihm in Sicherheit sei. Und während sie sich zurück in die Wirklichkeit tastete und auch die letzten Traumfetzen von ihr abfielen und sie im Schein der Nachttischlampe in seine Augen blickte, verspürte sie auf einmal den brennenden Wunsch, sein Gesicht in ihre Hände zu nehmen und ihm zu sagen, dass er das nicht gewesen sein konnte, dass sie noch nie im Leben von einer Sache so überzeugt war wie von seiner Unschuld. Und so zog sie ihn zu sich, küsste ihn mit einem Verlangen, das halb aus Lust, halb aus der verzweifelten Sehnsucht getrieben war, ihre und seine Wunden, wenn nicht zu heilen, so doch vergessen zu machen für die Dauer ihrer Umarmung.

An anderen Tagen überwog die Wut. Dann half nichts anderes als zum Krav-Maga-Training zu gehen oder wie an diesem regenverhangenen Nachmittag den Grunewald rauf- und runterzurennen.

Während die Regentropfen auf ihrem Gesicht wie eiskalte Nadelstiche prickelten, fragte sie sich einmal mehr, wie es möglich war, dass Falk nach dem, was seine Eltern ihm angetan hatten, noch immer in dieser Firma arbeitete, warum er so nah bei ihnen lebte. Warum war er nicht längst über alle Berge so wie seine Schwester? Ihre Gedanken switchten zu Xenia. Sie fragte sich, was das Mädchen damals eigentlich mitbekommen hatte und warum sie in Falks Erinnerungen überhaupt nicht vorkam, und so beschloss sie, Baldrich noch einmal nach ihr suchen zu lassen. Es *musste* möglich sein, mit ihr in Kontakt zu kommen.

Gegen achtzehn Uhr erreichte sie die Einfahrt der Prokhoff'schen Villa. Sie vermied es, auf dem Kies aufzutreten, beschrieb einen großzügigen Bogen an der äußeren Grundstücksgrenze entlang in Richtung Hintereingang. Sie war nicht erpicht darauf, jemandem in die Arme zu laufen und am Ende noch zur alltäglichen Cocktailstunde gebeten zu werden. Obwohl sie, das fiel ihr gerade ein, den Cocktail heute bestimmt sausen lassen würden, da sie später bei der Charity-Veranstaltung im Ritz-Carlton noch genug bechern würden. Sie hatte den Hintereingang schon fast erreicht, als sie in der Dunkelheit des Gartens eine Frau sprechen hörte. Es war Claires Stimme. Penelope wollte sofort den Rückzug antreten, als sie sie sagen hörte: »Ihr wisst genauso gut wie ich, dass die Frau ein Sicherheitsrisiko ist.«

Penelope hielt in ihrer Bewegung inne.

»Ich weiß, ich weiß … nein … Georg ist da einfach zu naiv …«

Claires Stimme wurde nun gedämpfter, Penelope hörte nur noch Satzfetzen wie »… beauftragt, sie zu überprüfen … nicht verhindern … brisanten Informationen …« Offensichtlich ging Claire beim Telefonieren auf und ab. Hin und wieder kam ein ungeduldiges »Nein, nein« und einmal »Lutz und Haferkamp natürlich«. Dann sagte sie: »So viele Mathilda Bekendorps kann es dort ja wohl nicht geben.«

Penelope hielt den Atem an. Es ging tatsächlich um sie. Wieder folgte eine längere Pause, in der Claires Gesprächspartner, so wie es aussah, eine erschöpfende Rede hielt, die Claire jedoch nicht im Geringsten zu beeindrucken schien. Denn jetzt sagte sie scharf: »Herrgott noch mal! Die werden doch wohl in der Lage sein, einen fähigeren Ermittler zu beauftragen. Muss *ich* denen sagen, wie sie ihr Geschäft zu erledigen haben?«

Es folgte eine Pause, diesmal eine kürzere. Schließlich sagte Claire und ihre Stimme war nun wieder ganz ruhig: »Ich gebe ihnen noch eine Woche. Wenn Sie mir bis dahin nichts Vernünftiges liefern, sind Sie raus. Und Ihr solltet aufpassen, mit wem ihr sie sprechen lasst.«

Vor der Tür zum Weißen Haus blieb Penelope stehen, zog ihr Smartphone aus der Armhalterung und gab den Namen ins Google-Suchfenster ein. Es dauerte nicht lange, da landete sie bei einer Anwaltskanzlei Lutz & Haverkampp, die laut *Forbes* eine der renommiertesten international tätigen Anwaltskanzleien Deutschlands war und ihren Mandanten einen sogenannten Rundumservice bot. Gedankenverloren schloss Penelope die Seite wieder.

Penelope streifte ihre Laufschuhe ab und stellte sie zum Trocknen in einen extra dafür eingerichteten Raum direkt neben dem Eingang. Sie war nicht sonderlich erschrocken, lediglich verwundert, dass Claire sie nicht längst hatte durchchecken lassen, noch vor der Eheschließung. Was Penelope mehr beschäftigte, war, warum Claire sie für ein *Sicherheitsrisiko* hielt. Was an der Dreilinden-Stiftung, die sich um Ökodörfer mit Bürger-Solaranlagen kümmerte, konnte so brisant sein, dass sie, Penelope, es auf keinen Fall erfahren sollte? Andererseits hatte Claire inzwischen von Georg erfahren, dass er ihr einen Posten im Vorstand angeboten hatte, und das war möglicherweise ihre Reaktion darauf.

Auf Socken ging sie in die Küche, wo sie ein Glas Leitungswasser trank.

Und dann natürlich die Frage, mit wem Claire überhaupt telefoniert hatte und warum diese Person aufpassen sollte, mit wem Penelope sich unterhielt? Bezog sich die Sorge etwa auf die bevorstehende Charity-Veranstaltung?

Sie leerte ihr Glas und hielt es gleich noch einmal unter den Wasserhahn. Auf dem Weg ins Schlafzimmer wurde sie durch ein Geräusch aus dem Bad überrascht. Als Falk wenig später das Zimmer betrat, fragte Penelope: »Ich dachte, du wolltest dich im Apartment umziehen und von dort direkt zum Ritz kommen?«

Seine Stimme klang belegt, als er nun sagte: »Es gab irgendein Chaos mit der Reinigung. Sie haben meinen Smoking hierher geliefert.«

Er zog sie an sich und hielt sie fest. Sein noch feuchtes Haar roch nach Shampoo, und seine Haut nach dem Rasierwasser, das so gut nach Holz und frischer Zitrone duftete. Auf einmal spürte sie ein leichtes Beben seines Körpers. Sie löste sich von ihm und sah ihn an. »Alles klar bei dir?«

Das leicht ironische Lächeln, das sie von ihm kannte, war wie ausgelöscht. »Sieglinde König ist tot.«

Fassungslos ließ sie die Hände sinken. »Was? Aber was ist denn passiert?«

»Ich weiß nicht genau. Eine Nachbarin hat sie heute Morgen gefunden. Sie hat angeblich eine Überdosis von irgendwelchen Medikamenten genommen.« Seine Stimme klang monoton, so als würde er etwas wiedergeben, von dem er selbst nicht überzeugt war.

»Aber du glaubst das nicht?«

Er vermied ihren Blick, als er nun antwortete: »Ich weiß nicht mehr, was ich glauben soll.«

Sie nickte langsam, das konnte doch nicht wahr sein. Leise sagte sie: »Lass uns heute Abend hierbleiben.«

Er rieb sich das Gesicht mit den Händen. »Ich muss da hin.«

»Quatsch … du musst gar nichts. Da hat doch jeder Verständnis, wenn du nicht gehst.«

Er ließ abrupt die Hände sinken. Mit einem Blick, den sie noch nie an ihm gesehen hatte, brach es aus ihm heraus: »Darum geht es nicht. Wir müssen da hin.«

Als Falk sich abrupt umdrehte und im Schlafzimmer verschwand, ging Penelope ins Bad. Wie in leichter Schockstarre schloss sie die Tür hinter sich. In ihren Ohren rauschte es, während sie sich unter die Dusche stellte. Dort blieb sie eine Weile, während das Wasser auf ihren Kopf niederprasselte. Als sie sich abgetrocknet und ihre Haare geföhnt hatte, griff sie nach dem viel zu teuren Kleid, das Claire ihr aufgenötigt hatte, das zwar mit seiner meergrünen Seide außergewöhnlich schön war, ihr allerdings in diesem Moment unangemessener denn je erschien. Eine junge Frau war gestorben, *noch* eine junge Frau, und Falk und sie gingen verkleidet zu diesem Charity-Zirkus.

Sie fuhren nicht selbst, was Penelope zunächst mit der Parkplatzsituation rund um den Veranstaltungsort in Verbindung brachte. Doch als Brammer sie nicht, wie erwartet, vor dem Ritz rausließ, sondern, ohne zu zögern, in die Tiefgarage fuhr und sie schließlich zu dritt das Ritz-Carlton betraten, Brammer ebenfalls im Smoking und immer einen Schritt hinter ihnen, wurde Penelope unangenehm an die Messerattacke im Grunewald erinnert. Im Foyer zog Brammer sich diskret an den Rand zurück, von wo aus er Falk und die Szenerie um ihn herum aufmerksam beobachtete. Während Penelope ihren Blick über die hohen Säulen und die Sternenlampen über ihr und den in der Mitte aufgebauten Champagnerturm gleiten ließ, über die elegant zurechtgemachten Leute in ihren Smokings und teuren Kleidern, überkam sie für einen Augenblick ein Gefühl der Unwirklichkeit, das jedoch sofort wieder verschwand, als Falk fest nach ihrer Hand griff und sie nur losließ für die Zeit, die es dauerte, ihr jemanden vorzustellen. Warum hielt er sie so fest? Dachte er an Sieglinde König, daran, dass er ihren Tod nicht hatte verhindern können? Weil er glaubte, auch noch an ihrem Tod schuld zu sein? Sie sah ihn von der Seite an, betrachtete sein perfektes Gesicht, das vertraute Ich-habe-alles-im-Griff-Lächeln. Und mit einem Mal sah sie die Parallelität, sah sich selbst mit ihrem Bundeswehrgesicht, dem grimmigen Ausdruck, mit dem *sie* sich das Leben vom Leib gehalten hatte und immer noch hielt. Und es war in dem Moment, als ihr klar wurde, dass er und sie auch auf diese Art zusammengehörten: als die zwei verfolgten Seelen, die all das mit sich herumschleppten, ihr ganzes bleigewichtiges Gestern, das sie doch niemals loswurden, so schnell sie auch rannten.

»Hey, Honey!« Eine Frauenstimme ertönte hinter ihnen. Penelope musste sich nicht umdrehen, um zu wissen, wen sie gleich sehen würde. Es war im letzten Herbst gewesen, Falk und sie hatten sich gerade erst kennengelernt. Penelope hatte vor der Villa auf Falk gewartet, als sie genau diese Stimme gehört hatte.

Das wird dir noch leidtun.

Vergiss nicht, dass ich Dinge über dich weiß.

Mit einem Mal strahlten die Sternenlampen im Saal unangenehm grell, und der Champagner in ihrem Mund schmeckte säuerlich. Falk zog seine Hand aus ihrer, und Penelope hörte ihn sagen: »Hallo, Jo.« Auf einmal klang er befangen.

»Möchtest du uns nicht vorstellen?«, fragte Josephine jetzt ganz nach Etikette und hakte ihren Begleiter, einen gut aussehenden dunkelhaarigen Typen noch ein bisschen fester unter. Der Typ war einen halben Kopf größer als Falk und trug einen dieser akkurat gestutzten Bärte, die Penelope grundsätzlich an Sprengstoffattentäter denken ließ. Josephine steckte – und das wortwörtlich – in einem hautfarbenen Glitzerkleid, das Penelope an Marylin Monroe erinnerte und die Frauenbewegung um mindestens hundert Jahre zurückschlug.

»Das hier ist Mathilda«, sagte Falk, und an Penelope gewandt: »Darf ich vorstellen, Josephine.«

»Seine *frühere* Verlobte«, fügte diese mit einem Augenzwinkern hinzu. »Und das ist … Oliver. Mein *jetziger* Verlobter.«

Sie tauschten ein paar Belanglosigkeiten aus. Während der ganzen Zeit ließ Josephine sie keinen Moment aus den Augen. Auch hatte Penelope das Gefühl, dass sie ihren Auftritt genoss. Ganz Dame von Welt stellte sie Penelope alle möglichen Fragen, bis sie unvermittelt sagte: »Wir haben übrigens eine gemeinsame Bekannte.«

Penelope wurde heiß.

»Ach, wirklich?«, fragte sie und sah in das siegesgewisse Lächeln der Wittgenstein, wobei ihr Hirn auf Hochtouren arbeitete. Das konnte nur Charlotte Brandt sein, dachte sie. Und hörte die Wittgenstein kurz darauf den Namen sagen.

Im letzten Sommer hatte sie sich an die Brandt herangemacht, nachdem sie in Falks Ruderclub eingetreten war und die beiden zusammen gesehen hatte, eine Vorgehensweise, auf die sie nicht stolz war, die aber unerlässlich gewesen war bei ihrem Versuch, die Bekanntschaft eines Prokhoffs zu machen. Leider hatte die Aktion nicht den gewünschten Erfolg gehabt, und Penelope hatte zu drastischeren Maßnahmen greifen müssen.

»Ach, ja klar ... Wir haben uns im Ruderclub am Wannsee kennengelernt«, sagte Penelope und tat so, als würde der Groschen gerade erst fallen.

Was hatte die Brandt ihr gesagt?

In dem Moment schaltete sich Falk ein. »Du kennst Charlotte Brandt?«, fragte er verwundert.

»Ja«, antwortete Penelope so leichthin, wie es ihr möglich war. »Ich hab ein paarmal Proberudern gemacht, im letzten Sommer. Dachte, das könnte was für mich sein.«

Falk nickte, immer noch erstaunt. Er wollte gerade noch etwas sagen, als die Wittgenstein ihn ansah und irgendwie kokett fragte: »Du hast mir noch gar nicht erzählt, wie ihr euch kennengelernt habt.«

»Durch einen Autounfall«, sagte Penelope trocken. »Kein großes Ding.«

Sie merkte, wie Falk sie überrascht ansah. Zwar hatte sie nur eine Gehirnerschütterung davongetragen, aber ihr Wagen war dennoch ein Totalschaden gewesen.

Aber Josephine wollte es genau wissen. Sie riss die Augen auf und sagte: »Wirklich? Das klingt dramatisch! Wie ist das denn passiert?«

In nüchternen Worten skizzierte Penelope den Ablauf des Unfalls, wobei sie inzwischen ziemlich laut reden musste, weil der allgemeine Lärmpegel deutlich gestiegen war. Zu ihrer Erleichterung verlor Josephine nach einer Weile das Interesse und begann, von einer Instagram-Challenge zur Stärkung von Frauenrechten zu erzählen, die sie ins Leben gerufen hatte. Penelope, die froh war, das Thema Charlotte Brandt glimpflich überstanden zu haben, heuchelte Interesse, weshalb Josephine unvermittelt sagte: »Mach doch auch mit!«

In dem Moment sagte Falk: »Entschuldigt mich«, und verschwand in der Menge.

Josephine verdrehte die Augen. »Er ist ein digitaler Neandertaler.«

Penelope ging nicht auf Jos scherzhaften Ton ein. Stattdessen antwortete sie ziemlich trocken: »Wahrscheinlich verstehen wir uns deshalb so gut. Weil ich das auch bin.« Sie ließ den Blick schweifen und entdeckte Falk schließlich am Rand neben dem Champagnerturm, wo er mit einem riesigen Kerl sprach, der in seinem beigen Fischerhemd und den braunen Leinenhosen in dieser Champagner- und Smokingwelt wie ein Fremdkörper wirkte. Dessen wildes graues Haar und der ebenso wilde graue Bart verstärkten den Eindruck noch. Das Eigenartige daran aber war, dass der Mann Penelope vage vertraut vorkam. Sie hatte ihn schon einmal gesehen. Und in der nächsten Sekunde wusste sie auch, wo.

Die Erkenntnis fühlte sich an wie ein Keulenschlag. Es war im August 1997 gewesen, bei der Zeltfreizeit in Trīs Liepas. Sie war ihm diverse Male begegnet, aber an den 29. August 1997 erinnerte sie sich am besten. An diesem Freitag vor der Abreise hatten die Fischerspiele auf dem See stattgefunden. Die Kinder hatten über einen mit Schmierseife eingeriebenen runden Balken, der in den See hineinragte, balancieren müssen. Am Ende des Balkens hing ein kleiner Fisch, den man trockenen Fußes an Land bringen musste. Penelope wusste noch, dass sie begeistert gewesen war, weil sie es als eine der wenigen geschafft hatte. Alise hatte es nicht geschafft, war in den See geplumpst. Und dieser Mann, der Wolf hieß und aussah wie der schreckliche Sven, hatte sich danach um sie gekümmert, als sie humpelnd aus dem Wasser kam, weil sie sich beim Sturz irgendwie den Fuß verdreht hatte. Oder vielleicht auch nur so getan hatte, weil Penelope sie später mit den älteren Jungen hatte Flugball spielen sehen.

»Hast du dich etwa breitschlagen lassen, diesen Knebelvertrag zu unterzeichnen?« Jos Stimme holte Penelope aus der Vergangenheit zurück. Sie wandte sich Jo zu, die sie mit einem vertraulichen Augenaufschlag ansah: »Mit mir haben sie das auch versucht … Aber irgendwo war dann die Grenze.« Penelope wusste, dass Jo damit auf den Ehevertrag mit der Verschwiegenheitsklausel anspielte, den sie nicht hatte unterzeichnen wollen.

Sie redete weiter mit dieser vermeintlichen Vertraulichkeit, so als seien sie beste Freundinnen, während Penelopes Augen zurück zu Falk wanderten, der immer noch mit dem schrecklichen Sven redete, wobei Penelope jetzt sah, dass das Gespräch kein angenehmes war. Falks Miene war reglos, und als der Bärtige nun etwas erwiderte, versteinerte Falks Miene geradezu. Da hörte Penelope die Wittgenstein sagen: »Darf ich dir wenigstens den Link schicken? Komm, gib mir mal deine Nummer.«

»Die weiß ich leider nicht auswendig«, log Penelope und sah nun, wie Falks Körperhaltung explizit wurde.

»Dann deine Mail ...« Wieder die Wittgenstein, die nicht lockerließ.

Penelope wollte schon behaupten, die wisse sie auch nicht auswendig, als ihr der Gedanke kam, sich Falk und dem Mann zu nähern in der Hoffnung, etwas von ihrem inzwischen offensichtlich aufbrausenden Gespräch aufzuschnappen. Sie sagte: »Komm, wir gehen da rüber ... da ist es ruhiger.«

Doch gerade, als sie sich in die Richtung der beiden bewegte, sah sie, wie Falk sich abrupt umwandte und davonging. Enttäuscht blieb Penelope neben einer Säule stehen und buchstabierte halbherzig ihre Mail-Adresse, sah jedoch nach einem flüchtigen Blick auf das Display, dass die Wittgenstein sowohl *Mathilda* als auch *Bekendorp* falsch eingetippt hatte. Mit einem Mal verlor sie die Geduld und begann, die Adresse zu buchstabieren, sodass dieses Herumgeeiere endlich ein Ende fände. Laut und überdeutlich sagte sie »Mike-Alpha-Tango-Hotel-India-Lima-Delta-Alpha« und fuhr dann fort mit »Bravo-Echo-Kilo-Echo-November-Delta-Oscar-Romeo-Papa«. Erst in dem Moment bemerkte sie Brammer, der in Hörweite ein Stück hinter der Säule stand und sie fassungslos ansah.

Zweiter Teil

1.

Den Flug verbrachte sie mit geschlossenen Augen, in einer Art Dämmerzustand. Vor ihrem geistigen Auge erschien immer wieder Brammers Blick, als sie Josephine ihre Mail-Adresse im NATO-Alphabet buchstabiert hatte. Sie hätte sich ohrfeigen können für diesen dämlichen Fehler. Sie brauchte sich keiner Illusion hinzugeben. Sie wusste, dass Brammer in ihr die ehemalige Soldatin erkannt hatte. Einen kurzen Moment hatte sie überlegt, sich herauszureden, mal wieder mit Noah, dem *ehemaligen Soldaten-Bergfreund*. Doch Brammer war nicht dumm, und jede vorauseilende Erklärung hätte alles nur schlimmer gemacht. So konnte sie wenigstens noch hoffen, dass Falk, wenn Brammer ihm davon erzählte, doch wieder bei Noah landen würde.

Als der Steward kam, ließ sie sich Kaffee nachschenken und hörte dem Nebenmann zu, der mit intensiven Kaugeräuschen ein pappig aussehendes Brötchen verzehrte. Sie steckte sich die Airpods ins Ohr und dachte an ihren Abschied von Falk wenige Stunden zuvor. Die Stimmung zwischen ihnen war eigenartig gewesen, bedrückend, ein bisschen wie vor einem Einsatz. Am Flughafen hatten sie noch eine Cola miteinander getrunken, und während sie sprachen, war doch alles, woran sie in diesen Minuten hatte denken können, die Frage, was sie in Lettland herausfinden würde, über ihre Mutter, über dieses Mädchen. Über ihre neue Familie. Und natürlich war da die Furcht vor dem, was sie *über ihn* herausfinden würde. Und immer wieder diese wie Zahnschmerzen einschießenden Gedanken, dass das hier vielleicht das Ende war. Denn je nachdem, was sie herausfinden würde: Wenn es etwas war, womit sie auf keinen Fall leben könnte, wäre alles vorbei. Sie versuchte, diesen Gedanken so weit wie möglich wegzuschieben. Noch war alles offen.

Ihre letzte Umarmung vor der Sicherheitskontrolle hatte sich angefühlt, als sei sie auf dem Weg zum Schafott. Wo sie gleichzeitig Opfer und Henker war. Dann ein letzter Blick, ein letzter Kuss, eine Umarmung, als wollten sie sich gegenseitig vor dem Ertrinken retten. Sie hatte sich danach nicht mehr nach ihm umgedreht. Kein einziges Mal. Sie hätte es nicht ertragen, ihn dort stehen zu sehen, wie er ihr hinterhersah.

Als das Signal zur bevorstehenden Landung erfolgte, schob sie die belastenden Gedanken beiseite und versuchte, sich auf die Ankunft in Riga sowie auf die Adressen zu konzentrieren, die Baldrich für sie besorgt hatte, zusammen mit den Namen. Noch immer kam es ihr wie ein kleines Wunder vor, dass er die Informationen einfach so hatte beschaffen können, ohne einen Schritt aus dem Haus zu tun. Sie selbst hatte ebenfalls versucht, Lilija und Janis und alle anderen Kollegen, von denen ihre Mutter jemals gesprochen hatte, ausfindig zu machen. Doch für einen Antrag an das lettische Einwohnerzentralregister hätte sie neben dem vollständigen Namen die Personenkennzahl oder zumindest das Geburtsdatum benötigt, Informationen, über die sie nicht verfügte. Daraufhin hatte sie mit Baldrich gesprochen, der zwei Möglichkeiten sah: persönlich beim Staatlichen Deutschen Gymnasium vorstellig zu werden und um Auskunft zu bitten. Oder die Sache, wie er es nannte, »unorthodox« zu lösen. Penelope entschied sich für letzteres und ließ Baldrich, der bei den Informationstechnikern in Murnau gewesen war, den Computer des Gymnasiums durchsuchen, woraufhin er ihr eine Liste der kompletten Belegschaft geliefert hatte, zusammen mit Adressen und Telefonnummern. Einige Personen fehlten, unter anderem ein Mathelehrer namens Andris Balodis, der inzwischen aber sicher in Rente gegangen war. Was Baldrich ihr ebenfalls beschafft hatte, war die Adresse des Hauses, in dem die Prokhoffs damals gelebt hatten, eine Hausnummer in der Brēmenes iela im Kaiserwald.

Als Penelope zwei Stunden später mit dem Rucksack auf dem Rücken das Flughafengebäude verließ, fiel Schneeregen. Auf einem menschenleeren *Parkplatz 4* hievte sie ihren Rucksack in den Kofferraum eines piekfeinen, viel zu auffälligen BMW X5, den Georgs Assistentin für sie gebucht hatte, ein Akt der Fürsorglichkeit, den sie nicht hatte verhindern können. Sie kannte sich nicht sehr gut aus mit diesen superneuen Autos, nahm aber an, dass auch der BMW, wie Georgs Mercedes, eine Sprachsteuerung hatte, was tatsächlich der Fall war. Sie gab die Adresse der Ferienwohnung in das Navigationsgerät ein und fuhr die spärlich befahrene Stadtautobahn entlang, vorbei an Tankstellen und Autohändlern, Reklametafeln und noch mehr Autohändlern. Sie war schon eine Weile unterwegs, als ihr ein Gedanke kam. Sie gab ein Zwischenziel ein und folgte der veränderten Zielführung.

Sie war noch nicht sehr lange unterwegs, als sie die ersten Straßenzüge wiedererkannte. Sie fuhr viel zu langsam, das war ihr klar, aber auf einmal prasselten die Eindrücke auf sie nieder wie der Schneeregen. Einzelne Häuser, die ihr vertraut vorkamen. Der Park, in dem sie Ball gespielt hatte, sogar der Supermarkt, in dem sie eingekauft hatten, war noch da. Nur dass er jetzt *Rimi* hieß.

Es war nach dreiundzwanzig Uhr, als sie das Haus in der Antonijas iela erreichte. Das Gebläse des BMW lief auf Hochtouren, damit die Scheiben nicht beschlugen. Sie fuhr an den Straßenrand, halb in den sich auftürmenden matschigen Schnee. Durch das Hin und Her der Wischerblätter und den unerbittlich fallenden Schneeregen sah sie hinauf zu dem Jugendstilhaus mit dem massiven Eingangsportal. Auch die Drachen waren noch da.

»Die Drachen beschützen unser Haus. Solange sie hier Wache halten, kann nichts Böses uns etwas zu Leide tun.« Das hatte ihre Mutter zu ihr gesagt, am 22. Juni 1996, an dem Tag, als sie dort angekommen waren, spät am Abend. Penelope war sehr müde gewesen, und ihre Mutter hatte sie vom Auto ins Haus getragen.

Wohl eine Ewigkeit stand Penelope gedankenverloren vor dem Haus, lauschte dem monotonen Geräusch des Scheibenwischers, bis die Starre verschwand, sie ungeduldig nach einem Taschentuch kramte und sich ebenso ungeduldig, fast grob, übers Gesicht fuhr und sich dann schnäuzte.

Die Reifen des Wagens knirschten, als sie sich aus dem Schnee pflügte. Mittlerweile war sie dankbar für den soliden Wagen mit Allradantrieb, sie würde ihn wohl noch brauchen können.

Die Ferienwohnung, die sie – gegen den Widerstand ihres Schwiegervaters, der sie unbedingt im Kempinski hatte unterbringen wollen – dann doch selbst ausgesucht und gebucht hatte, lag in der Maskavas iela, nur neunhundert Meter von der Līksnas iela 29 entfernt, der Adresse auf dem rosa Zettel, den sie bei den Sachen ihrer Mutter gefunden hatte. In Google Maps hatte das Viertel recht zentral gewirkt, weshalb Penelope davon ausgegangen war, sich eine Weile mit der Parkplatzsuche herumschlagen zu müssen, immerhin musste sich seit den Neunzigerjahren doch einiges geändert haben, doch zu ihrer Überraschung wirkte alles noch genauso verloren wie damals. Nicht nur war außer ihr kein Mensch mehr unterwegs, es gab auch kaum parkende Autos. So hielt Penelope direkt vor dem holzverkleideten Haus mit der Nummer 95, in der sich die Ferienwohnung befand.

Der Schneeregen war inzwischen in dichten Schneefall übergegangen, durch den Penelope große, von altmodischen Gardinen verhüllte Schaufenster sah, darüber eine Leuchtschrift, *Aizkari,* so als handelte es sich um ein Geschäft. Als sie wenig später mit dem Rucksack auf dem Rücken an den Schaufenstern vorüberging, verstand sie, dass es sich um einen Gardinenladen handelte.

Der Eingang zur Ferienwohnung befand sich rechts neben dem Laden. Die Vermieterin hatte ihr den Code zum Türöffnen per SMS geschickt, bevor sie in Berlin ins Flugzeug gestiegen war. Ein paar Tage vor ihrer Abreise hatte ihr Schwiegervater noch gemurmelt, sie könne ja jederzeit ins Kempinski wechseln.

Sie brachte ihr Gepäck in die Wohnung, die schlicht, aber sauber war: ein Wohn- und ein Schlafzimmer, eine Küche und ein winziges Bad, das wie eine Sauna aussah. Auf dem Küchentisch stand ein Körbchen mit einem kleinen Laib Brot und ein kleiner Behälter mit Salz. Im Kühlschrank fand sie eine Flasche Apfelsaft und Butter. Noch im Stehen schnitt sie sich eine Scheibe von dem Brot ab. Dann drehte sie sich um, schlüpfte in ihre Funktionsjacke, setzte sich die Mütze auf den Kopf und verließ die Wohnung.

Es war wie ein Zwang, der sie wieder nach draußen zog. Sie ging die dunkle, schlecht erhellte Daugavpils iela entlang, vorbei an kleinen Holzhäusern, die wirkten, als sei man irgendwo auf dem Land oder in einer fernen Vergangenheit, die sie nur von alten Fotos her kannte. Dann ein vierstöckiger Wohnblock, an dem sie rechts abbiegen musste. Penelope wusste, wo es lang ging, sie hatte sich die Strecke zuvor auf Google Maps angesehen. Die Straßenlaternen, die an dicken Drähten quer über der Straße hingen und ein milchiges, orangerotes Licht abgaben, verstärkten den Eindruck von Rückwärtsgewandtheit. Zwischendurch immer wieder unbebaute, baumbestandene Grundstücke, für die sich offenbar niemand interessierte. Unwillkürlich musste Penelope an Berlin denken, an die Straßenschluchten in Mitte, die Gebäude, die in den Himmel wuchsen. Und an das Gefühl, mit dem sie dort ständig zu kämpfen hatte, diese klaustrophobische Beklommenheit und der Wunsch, so lange zu rennen, bis die Stadt hinter ihr lag.

Als sie die Līksnas iela erreichte, machte Penelope Halt, und ihr Blick folgte der Straße. Obwohl es dunkel war und der Schneeregen ihr ins Gesicht fiel, erkannte sie das Haus auf den ersten Blick. Das Wiedererkennen traf sie wie ein Schlag. *Das* war also die Nummer 29! Langsam setzte Penelope sich wieder in Bewegung und starrte auf das schmutzig braune, hoch aufragende Gebäude, das höchste Gebäude der Straße. Die ihr zugewandte Schmalseite war immer noch seltsam fensterlos, mit einer Leiter, die bis zum Dach hinaufführte. Auch der Straßenbelag war noch dasselbe grobe Natursteinpflaster, über das der Land Rover ihrer Mutter gerumpelt war. Sie hatten vor dem Haus gehalten, ihre Mutter war ausgestiegen, hatte *Ich muss hier kurz was abgeben* gesagt. Penelope hatte sich noch eine Süßigkeit in den Mund gesteckt, war dann hinübergerutscht auf die andere Seite, und hatte gerade noch gesehen, wie ihre Mutter die Haustür aufgeschlossen und hineingegangen war. *Ihre Mutter hatte die Haustür aufgeschlossen.* Noch einmal ging Penelope in der Erinnerung zurück. Nein, sie wusste es genau, so sicher, wie sie nun hier stand. Ihre Mutter musste also einen Schlüssel gehabt haben. So war es gewesen. Nur dass Penelope sich damals nichts dabei gedacht hatte. Wie vieles von dem, was wir sehen, bleibt in dem Augenblick, in dem wir es sehen, bedeutungslos, vielleicht einfach, weil etwas anderes gerade wichtiger ist? Denn alles, was *sie* damals interessiert hatte, waren die Kārums gewesen, die sie in sich hineingestopft hatte, einen nach dem anderen, bis die Tüte leer gewesen war. Als ihre Mutter wiederkam, hatte es zu regnen begonnen.

»Der Hund, sieh mal, der süße Hund«, hatte Penelope gerufen und auf einen dicken kleinen Mops mit krummen Beinen gezeigt, der die Straße entlanggelaufen war. Weil er allein unterwegs gewesen war, hatte sie geglaubt, dass er niemanden auf der Welt hatte. Sie war kurz davor gewesen, aus dem Wagen zu springen und ihn mitzunehmen. Doch dann war er einfach in einen Garten abgebogen.

»Ja, der ist süß«, hatte ihre Mutter geantwortet, ihre Stimme hatte komisch geklungen, aber das war nicht so wichtig gewesen, weil die Enttäuschung darüber, dass der Hund ein Zuhause hatte, überwog. Die Erinnerung pulsierte in ihrem Kopf, während sie dort stand, im Schneeregen, und das dunkle, hohe Haus betrachtete und den Bürgersteig. Wie hatte sie das nicht begreifen, all die Jahre nicht verstehen können, dass die Stimme ihrer Mutter anders geklungen hatte, irgendwie wackelig. Einen Moment lang blieb sie noch stehen, während die Vergangenheit in ihr sich dehnte und sie noch einmal hineinging in jenen Tag. Erst der Zentralmarkt. Das war davor gewesen, später der Park. Dann Memory. Ihre Mutter war noch schlechter gewesen als sonst. Was nichts bedeutete. Alle waren immer schlechter als sie. Später dann der Wutausbruch ihres Vaters wegen des verbotenen Liedes, das sie gesungen hatte. Dann waren ihre Eltern zu der Vernissage aufgebrochen. Und während sie mit Baiba vor dem Fernseher Pizza gegessen und heimlich – ihr Vater durfte davon nichts wissen – *Rennschwein Rudi Rüssel* angeschaut hatte, hatte irgendwann später an diesem Abend das Mädchen Alise tot an einem See im Kaiserwald gelegen.

Am nächsten Morgen kehrte sie zurück. Obwohl schon bald halb neun, war das Licht noch immer trübe, so als wollte der Tag selbst nicht so recht erwachen. In der Nacht hatte es gefroren, und ihre Schritte knirschten auf dem Bürgersteig. Wie schon gestern war die

Straße auch jetzt wieder menschenleer, und ein unwirkliches Gefühl überkam Penelope, so als hätte sie sich in der Adresse geirrt, als hätte sie sich im Ort geirrt und wäre stattdessen irgendwo in der hintersten Provinz gelandet. Eine Weile stand sie vor dem Haus, betrachtete die Klingelschilder, die fremden Namen. Cirule. Pavlova. Freimanis. Welchen Namen Georg damals wohl auf seine Klingeltafel geschrieben hatte? Vielleicht war das Schildchen auch einfach leer geblieben, und er hatte zu seiner Geliebten bei ihrem ersten Rendezvous so etwas wie »die drittoberste Klingel rechts« gesagt. Sie spürte, wie sie vor Anspannung die Luft anhielt. Immer wenn sie daran dachte, dass Georg und ihre Mutter ein Liebespaar gewesen waren, hörte sie kurz auf zu atmen, so als ob der Gedanke ihr auf diese Weise nicht so nah kommen würde. Und plötzlich dachte sie wieder an Alise Vitola. Ob sie auch einmal hier gewesen war? Penelope stieß die Luft aus. Obwohl sie immer noch Schwierigkeiten hatte, sich den vornehm daherkommenden Georg mit seiner Brille als einen Widerling vorzustellen, der sich an ein fünfzehnjähriges Mädchen heranmachte. Auf seine Art schien Georg so empfindsam zu sein, mit seinen Weltverbesserer-Ideen, dem Gewächshaus mit den Kokosquelltöpfen und seinen Plänen für Bürger-Solaranlagen. Obwohl es selbstverständlich naiv war, so zu denken. Denn das eine schloss das andere ja nicht aus. Man konnte ein Priester sein und gleichzeitig ein Pädophiler; man konnte ein verständnisvoller Handballtrainer sein und gleichzeitig ein Missbrauchstäter. Man konnte ein cooler Kompaniechef sein und gleichzeitig einer Untergebenen an die Wäsche gehen. Unwillkürlich zog sich ihr Magen zusammen, als sie an Kornbichler dachte, eine Kameradin, die sie von der Grundausbildung in Mittenwald her kannte und mit der sie sich an der Bundeswehrhochschule in Hamburg angefreundet hatte. Kornbichler gehörte wie sie auch zu den wenigen Studenten, die die Vorlesung in Uniform besucht hatten. Wenn Penelope also eine engagierte Soldatin war, dann war Kornbichler die Steigerung. Als sie sich Jahre später in Mali wiedersahen, hatte Kornbichler verändert gewirkt, wortkarg und in sich gekehrt. Von einem Kameraden hatte Penelope erfahren, dass sie einen Antrag auf Kriegsdienstverweigerung gestellt hatte und die

Bundeswehr so schnell wie möglich verlassen wollte. Erst als Penelope keine Ruhe gegeben hatte, hatte Kornbichler ihr erzählt, dass sie »etwas« mit ihrem Kompaniechef gehabt hatte. Als Penelope das als Grund für einen so krassen Schritt nicht eingeleuchtet und sie weiter und weiter gebohrt hatte, war Kornbichler ganz blass geworden. »Ich hab das eigentlich gar nicht gewollt«, hatte sie gesagt und die Worte »nicht ganz freiwillig« gebraucht. »Wie? Nicht ganz freiwillig?«, hatte Penelope verständnislos und viel zu plump gefragt, woraufhin Kornbichler in Tränen ausgebrochen war. Penelope presste die Lippen zusammen. Jedenfalls hatte sie dafür gesorgt, dass dieser Kerl nie wieder eine Frau antatschen würde.

Sie schüttelte die Gedanken ab. Es brachte sie nicht weiter, in diesen Erinnerungen zu wühlen. Jetzt war sie hier. Jetzt ging es um ihr Leben, ihre Vergangenheit – ihre Zukunft. Sie blickte an der Fassade des braunen Hauses empor, zählte fünf Stockwerke. Dann überquerte sie die Straße, holte ihr Smartphone hervor, öffnete das Foto ihrer Mutter und klingelte.

Jemand meldete sich über die Gegensprechanlage; fast gleichzeitig summte der Türöffner, und Penelope drückte die Haustür auf. Im Treppenhaus roch es nach Stein und ganz leicht nach Gebäck. Sie stieg die erste Treppe hoch und klingelte auch dort. Fast sofort wurde die Tür aufgerissen, und eine etwa sechzigjährige Frau mit kurzem braunem Haar stand da und sah sie zuerst abweisend, und dann, als Penelope ihr das Foto ihrer Mutter zeigte, misstrauisch an. Erst als Penelope ihr mit Hilfe einer Dolmetscher-App auf ihrem Smartphone ihr Anliegen auf Lettisch erläuterte, wurde sie zugänglicher. Auf die Frage, ob sie bereits 1998 in dem Haus gewohnt habe, schüttelte sie den Kopf. Penelope wollte sich gerade abwenden, als die Frau nach oben zeigte und »Irma Filipova« sagte und etwas hinzufügte, das sich wie *trescheijasstava* anhörte. Penelope verstand nicht, was die Frau meinte. Da hielt diese drei Finger in die Höhe, und Penelope glaubte zu verstehen. Filipova wohnte im dritten Stock.

Penelope bedankte sich und stieg die Treppe hinauf. Sie spürte den Blick der Frau in ihrem Rücken. Auf dem Treppenabsatz drehte sie sich noch einmal um. Die Frau nickte ihr zu, mit ernstem Blick, und verschwand dann wieder in ihrer Wohnung. Penelope ging weiter, der Duft nach Gebäck wurde stärker, bis sie im dritten Stock ankam, wo an einer von zwei Wohnungstüren ein Messingschild mit *I. Filipova* und *Klavieru privātstundas* stand. Also war Irma Filipova Klavierlehrerin? Penelope glaubte, ein Geräusch aus der Wohnung zu hören, und klingelte. Sie wartete dreißig Sekunden und probierte es erneut. Kurz hatte sie den Eindruck, als bewege sich der Türspion. Stand die Frau etwa hinter der Tür und beobachtete sie? Ein unbehagliches Gefühl überkam sie, fast rechnete sie damit, dass jeden Moment die Tür aufgerissen werden würde. Doch nichts geschah. Sie klingelte ein zweites und dann noch ein drittes Mal. Doch Irma Filipova machte nicht auf. Enttäuscht trat Penelope einen Schritt zurück und fotografierte das Messingschild. Während sie das Haus verließ und zu ihrem Wagen zurückkehrte, waren ihre Lippen ganz schmal vor Entschlossenheit. Ihre Mutter war in dieses Haus gegangen, das wusste sie nun. Und sie, Penelope, würde wiederkehren und so oft bei dieser Klavierfrau klingeln, bis sie irgendwann die Tür öffnen würde.

2.

Die Hecke war noch immer da. Jetzt als Erwachsene kam sie ihr unwirklich vor, wie aus einem Märchen. Wie hoch mochte sie sein, zehn Meter? Als kleines Mädchen hatte sie die Tatsache, dass eine Schule, dass überhaupt irgendein Gebäude von einer derart hohen Hecke umgeben war, einfach so akzeptiert. So wie man es halt akzeptierte, dass die Hexe ins Feuer gestoßen wurde und der unsympathische Karlsson über die Dächer flog.

Penelope warf einen Blick auf ihre Fitnesswatch. Gleich eins. Seit einer guten Stunde stand sie hier vor dem Haupteingang des Staatlichen Deutschen Gymnasiums und wartete darauf, dass Lilija herauskäme.

Noch einmal ging die Tür auf, und zwei Lehrerinnen traten heraus, eine junge Brünette mit Kurzhaarschnitt und eine ältere Frau mit lindgrünem Daunenmantel. Penelope erkannte sie sofort. Obwohl das rote Haar nun von grauen Strähnen durchsetzt war. Doch ihr Gesicht war noch immer das Gesicht von damals. Zwar hatte sie ein paar Falten mehr, doch die Haut war noch immer die Haut einer Rothaarigen, Nase und Wangen übersät mit Sommersprossen. Die beiden Frauen lachten und gingen quer über den Schulhof in ihre Richtung. Penelope setzte sich in Bewegung, hörte, wie die beiden sich »Ciao, Ciao!« zuriefen und die Brünette davonging. Während Lilija stehen geblieben war und in ihrer Tasche kramte, rief Penelope ihren Namen: »Lilija?«

Sie sah die Frage im Gesicht der anderen, als sie sich umdrehte. Sie erkannte sie nicht, natürlich nicht, wie auch, nach fünfundzwanzig Jahren.

»Ich bin Penelope«, sagte sie, »Rebeccas Tochter.«

Lilija schlug die Hände vor den Mund und sah sie an, mit geweiteten Augen. »Bist du's wirklich?«, fragte sie, lächelte und schaffte es, gleichzeitig erschrocken und erfreut auszusehen.

»Ich wollte Sie nicht erschrecken«, sagte Penelope, und Lilija antwortete: »Warum sagst du *Sie* zu mir?« Einen Augenblick lang sah Lilija sie nur an, dann tat sie einen Schritt auf Penelope zu und umarmte sie. Penelope war ein bisschen überrumpelt, sie konnte nicht gut damit umgehen. Doch als Lilija sich wieder löste, hatte sie Tränen in den Augen, und Penelope durchfuhr es ganz warm. Dann sagte Lilija schlicht: »Komm mit!«

Penelope folgte Lilija zu ihrem Wagen, einem alten roten Polo, der noch einen richtigen Schlüssel hatte, den sie in die Tür steckte. Sie öffnete Penelope die Beifahrertür. Penelope war kurz versucht zu sagen, dass sie ein Auto hier hatte, dass sie hinterherfahren würde, doch dann stieg sie einfach ein. Sie würde schon irgendwie zurückkommen. Es fühlte sich merkwürdig an, neben dieser Frau zu sitzen, die Penelope das letzte Mal vor fünfundzwanzig Jahren gesehen hatte, damals war sie ihr so vertraut gewesen. Kurz hintereinander ploppten die Erinnerungen hoch, an sonnige Sommernachmittage im Garten von Lilijas Datscha in Jūrmala, einem kleinen Holzhaus in Strandnähe. An die Sonntagsessen bei Lilija und Uldis. An Kastanien, die Lilija für sie gesammelt hatte. Penelope betrachtete sie von der Seite, jetzt von Nahem sah sie die Falten deutlicher. Doch die Stimme war noch dieselbe, diese kindliche, ewig junge Stimme. Und da Lilija einfach so vor sich hin plapperte, Fragen stellte, nach ihrer Reise, wo sie untergekommen sei, fühlte es sich auf einmal vollkommen natürlich an, hier zu sein, bei Lilija im Wagen, und Penelope fragte sich staunend, warum sie nicht schon viel früher gekommen war. Sie sah aus dem Fenster, vertraute Straßen zogen an ihr vorbei, sie erinnerte sich an alles, natürlich tat sie das.

Lilija hielt vor einem Mehrfamilienhaus in der Ieroču iela. Wieder Kopfsteinpflaster, ein baumbestandenes Karree, ein brauner, zwei Meter hoher Lattenzaun wie der in der Līksnas iela. Sie stiegen aus, bogen in einen Hinterhof ein, vorbei an dem Lattenzaun. Wieder sah sie sich hier als Kind entlanggehen, als Neunjährige, vor ihrer Mutter, in beiden Händen trug sie einen lettischen Honigkuchen, den sie in einer Konditorei gleich um die Ecke gekauft hatten. Es war Sonntag, der 19. Oktober 1997 gewesen. Einen Augenblick lang blinzelte sie vor Überraschung an diese harmlose Erinnerung aus alten Tagen, während sie hinter Lilija das Haus betrat, die Stufen zu deren Wohnung im zweiten Stock hochging. Für einen winzigen Moment fühlte es sich so an, als sei die Welt hier stehen geblieben, als hätte Lilija sie für sie konserviert, all die Jahre, und nun war sie wieder da, um sie erneut zu betreten, nicht mehr nur in ihrem Kopf, sondern in Wirklichkeit, in der wirklichen Wirklichkeit. Und sie bräuchte sich nur umzudrehen und hinter ihr ginge ihre Mama.

Die Wohnung allerdings hatte sich verändert. Einige der Möbel waren verschwunden, und doch war alles immer noch gleich sympathisch bunt, irgendwie zusammengewürfelt. An der Wand in der Diele hing ein neues Stoffbild, auf dem Telefontisch von damals stand nicht mehr das moosgrüne Telefon mit der Wählscheibe, sondern ein modernes schnurloses Tastentelefon. Die einzelnen Küchenmöbel waren einer blaugrauen Einbauküche gewichen, doch der Tisch in der Mitte, ein runder honigfarbener Holztisch mit vier Stühlen drumherum, war noch derselbe. Und an einer Wand hing das Bild mit den Sonnenblumen; das Bild, das ihre Mutter in ihrer Werkstatt in Engure gemalt hatte, sie erkannte es sofort. Auf einmal hatte Penelope Mühe, die Fassung zu bewahren.

Sie blinzelte und war dankbar dafür, dass Lilija sich sogleich abwandte, um Kaffee zu kochen. Vielleicht hatte sie Penelopes Erstarrung beim Anblick des Bildes bemerkt. Und während Lilija vor sich hin redete, konnte Penelope an nichts anderes denken, als dass hier ein Bild ihrer Mutter hing, dass hier noch immer etwas von ihrer Mutter war, in Lilijas Wohnung in Riga.

Sie unterhielten sich lange, Lilija wollte alles wissen, von Penelopes Leben, wie es ihr damals ergangen war. Lilija selbst erzählte von sich, dass sie noch wenige Jahre bis zur Rente habe, dass sie und Uldis dann nach Jūrmala ziehen würden, in ihr Häuschen am Meer.

»Wir haben alles Geld, was wir hatten, in die Renovierung der Datscha gesteckt.«

Dann sagte sie: »Ich hatte dir damals ein paarmal geschrieben. Aber ich verstehe, dass du nicht zurückgeschrieben hast.«

Penelope sah sie ungläubig an. »Wie meinst du das? Du hast mir geschrieben?«

»Ich habe dir mehrere Briefe geschrieben, die ich deinem Vater gegeben habe, vor seinem Wegzug. Eigentlich hätte ich gerne deine Adresse gehabt, aber irgendwie kam es nie dazu, dass dein Vater sie mir geben konnte. Und dann hat er ja bald die Schule verlassen ...«

»Ich habe nie einen Brief von dir bekommen.«

»Aber ... wie ist das denn möglich?«

Penelope presste die Lippen aufeinander. »Ich habe da so eine Vermutung.«

Immer noch verwirrt, runzelte Lilija die Stirn. »Du denkst, er hat die Briefe einfach behalten? Warum hätte er das tun sollen?« Auf einmal trat ein anderer Ausdruck in ihre Augen. Und dann seufzte sie und schüttelte langsam den Kopf. »Wir fanden das damals alles sehr unpassend, Uldis und ich.« Sie senkte den Blick auf ihre Hände. Betrachtete sie, als sähe sie darauf die Vergangenheit.

Jetzt war es an Penelope, verwirrt zu sein. »Was fandet ihr ... unpassend?«

»Dass er so bald danach mit Tanja nach Japan gezogen ist.«

Unwillkürlich weiteten sich Penelopes Augen, und Lilija kam aus dem Konzept. »Das ... das wusstest du nicht? Aber ... hast du ihn denn nie besucht?«

»Doch, das habe ich. Aber ... sie war nicht da.«

»Sie haben es nicht lange miteinander ausgehalten. Nach einem Jahr war sie wieder zurück.«

Penelope dachte nach. »Das erste Mal habe ich ihn nach eineinhalb Jahren besucht ...«

»Da war sie dann wohl schon weg.«

»Möchtest du noch Kaffee?« Als Penelope nickte, griff Lilija nach der Kanne und schenkte nach. Plötzlich sagte sie: »Diese Frau war schamlos. Sie hat sich deinem Vater förmlich an den Hals geschmissen.«

Penelope zögerte. »Na ja«, sagte sie. »Aber gehören dazu nicht immer zwei? Und so schwer mir das fällt, aber meine Mutter hatte ja wohl auch einen ... Freund?«

Betreten wandte Lilija den Blick ab. »Davon weißt du also?«

»Du musst mich nicht schonen.«

»Wer hat dir davon erzählt?«

»Ich habe es noch als Kind im Fernsehen gesehen.«

»Oh ... diese verdammte Sendung.« Lilija sah sie betroffen an. »Ich hätte mich nie darauf einlassen sollen.« Sie senkte den Blick. »Wie hieß die noch mal?«

»›Ohne jede Spur‹.«

Eine Weile schwiegen sie beide. Dann sagte Lilija stockend: »Ich dachte ... wenn sie das im Fernsehen zeigen ... vielleicht sieht das einer und meldet sich. Ich konnte es nicht ertragen, dass man nie herausgefunden hat ...« Sie verstummte abrupt und fuhr dann mit leiserer Stimme fort: »Dass *sie* sich meldet, hielt ich für ausgeschlossen. Sie hätte dich niemals verlassen. Wenn ich eines weiß, dann das.«

Einen Moment lang sahen sie sich an. Penelope bemerkte, wie jetzt Lilijas Augen feucht wurden. Sie wandte den Blick ab, wollte sich nicht anstecken lassen. Dann fragte sie: »Dieser Freund meiner Mutter. Wusstest du, wer das war?«

Lilija griff nach ihrer Serviette, tupfte sich die Tränen ab, die jetzt ungehindert liefen. Sie brauchte eine Weile, bis sie sich wieder gefasst hatte.

»Ich habe das im Fernsehen nicht gesagt. Es erschien mir ... nicht richtig. Aber ja, ich weiß, wer das war ...« Wieder wandte sie den Blick ab, so als sei ihr dieses Wissen unangenehm. Dann schien sie sich einen Ruck zu geben: »Es war der Vater einer ihrer Schülerinnen.«

»Weißt du noch den Namen?«

»Den werde ich wohl nie vergessen. Er hieß Georg von Prokhoff. Er war der Gesandte der deutschen Botschaft, kam aus einer sehr reichen

Familie. Seine Tochter hieß Xenia, deine Mutter unterrichtete sie in Deutsch und Kunst.«

Penelope atmete tief ein. Natürlich hatte sie das alles schon gewusst. Und doch machte es einen Unterschied, es aus Lilijas Munde zu hören. Und noch während sie diesem Gedanken nachhing, sagte Lilija: »Er sah … ziemlich gut aus, hatte dieses gewisse Etwas. An der Schule wurde viel geredet. Jedenfalls soll es wohl noch andere Frauen gegeben haben, mit denen er was hatte. Ich hab das deiner Mutter auch gesagt. Aber sie wollte nicht hören. Sie war sehr verliebt. Das mit deinem Vater lief ja nicht mehr so gut. Er war …« Sie brach ab. Schien zu überlegen, ob sie weitersprechen sollte.

»Was war mit meinem Vater?«

»Das mit Tanja Ozols war wohl nicht die erste Affäre, die er hatte … In Namibia war da auch mal was gewesen … sogar mit einer …« Wieder brach sie ab, sah auf ihre Hände im Schoß.

»Du musst mich nicht schonen. Ich bin hier, um endlich herauszufinden, was damals war, verstehst du? Du musst mir alles erzählen, was du weißt.«

Lilija blickte auf. Nickte, brauchte aber eine Weile, um sich zu sammeln. »In Namibia hatte er wohl tatsächlich mal was mit einer Schülerin.«

Penelope spürte, wie ihr Hals eng wurde. Warum überraschte sie das? Schließlich war auch ihre Mutter einmal die Schülerin ihres Vaters gewesen, so hatten sie sich schließlich kennengelernt. Sie hatte nichts dabei gefunden, als man es ihr erzählt hatte.

»Woher wusste meine Mutter das? Ich meine, hat sie das nur vermutet? Oder …«

»Sie hat einen Brief gefunden, zufällig beim Saubermachen. Einen eindeutigen Brief, den das Mädchen ihm geschrieben hatte. Deine Mutter war verzweifelt, sie wusste nicht, was sie tun sollte, du warst ja da … sie wollte die Familie nicht auseinanderreißen. Sie hat dann mit ihm gesprochen und ihm noch eine Chance gegeben. Das war wohl auch ein Grund, weshalb ihr aus Namibia weggegangen seid. Für eine Art Neuanfang.«

»Das wusste ich nicht.« Der Kloß in Penelopes Hals fühlte sich hart an. Sie schluckte. Und sagte dann tonlos: »Und dann hat er was mit dieser Tanja Ozols angefangen. Ich erinnere mich an sie.«

»Du kanntest sie?«

Penelope nickte. »Ja. Das war die, die ständig die Tasse meiner Mutter genommen hat.«

Verblüfft blickte Lilija sie an. »Das hatte ich schon ganz vergessen.«

»Ja«, fuhr Penelope fort. »Und am Abend des Johannisfeuers stand sie neben meinem Vater, und als alle um das Feuer herumtanzten, hielten sie sich an den Händen.«

»Das alles weißt du noch?« Lilija sah sie mit runden Augen an. »Du hast ja ein gutes Gedächtnis!«

Penelope erwiderte nichts darauf. Eine Weile schwiegen sie, jede versunken in eigene Gedanken. Als Lilija unvermittelt fortfuhr: »Deine Mutter fand sie irgendwie unheimlich.«

Penelope blickte auf. »Was meinst du damit?«

»Das muss im Winter gewesen sein, bevor sie verschwand. Ich weiß es nicht mehr genau ... kann aber, wenn du willst, mal in meinen Tagebüchern nachlesen ... Jedenfalls erinnere ich mich, dass deine Mutter mir erzählt hatte, dass es da ... Vorfälle gab. So komische Anrufe ... Und irgendwann hat Tanja Ozols deine Mutter nach der Schule abgepasst und von ihr verlangt, sie solle sich scheiden lassen. Ein paar Wochen, bevor deine Mutter verschwand, war das. Sie hat behauptet, schwanger zu sein, von deinem Vater.«

Penelope starrte Lilija an. »Aber ... hat sie denn ein Kind bekommen?«

Lilija zuckte die Achseln. »Die Stille Post hat mir erzählt, dass sie das wohl nur vorgetäuscht hat.« Kopfschüttelnd griff Lilija nach ihrer Tasse und trank einen Schluck. Dann sagte sie: »Einmal hat jemand deiner Mutter die Reifen zerstochen.«

»Ja ...«, sagte Penelope gedehnt, »daran erinnere ich mich. Das war am 16. Januar 98.«

»Du erinnerst dich an das *Datum*?« Lilija sah sie nun vollkommen perplex an. »Dein Gedächtnis möchte ich haben.«

Als Penelope nicht darauf reagierte, fuhr Lilija fort: »Ich hab zu ihr gesagt, sie soll das anzeigen. Aber sie wollte nicht. Sie habe ja keine Beweise, hat sie gesagt.«

»Gab es hier eigentlich so etwas wie eine Ermittlung? Nach ihrem Verschwinden, meine ich.«

»Nein, tatsächlich nicht so richtig. Man hatte den Wagen ja in Deutschland gefunden. Aber auch das kam mir so komisch vor. Ich konnte einfach nicht glauben, dass sie nach Süddeutschland gefahren sein soll, ohne jemandem davon zu erzählen. Sonst hatte sie ja immer gesagt, wenn sie zum Beispiel zu ihren Eltern gefahren ist. Warum hätte sie das jetzt verschweigen sollen? Das alles hat für mich hinten und vorne nicht zusammengepasst.«

Penelope rieb sich über die Stirn. Sie dachte an die Worte des anonymen Briefeschreibers. *Rebecca Maywald ist nicht in Deutschland verschwunden.*

Lilija fuhr fort: »Na ja … jedenfalls haben ein paar Kollegen und ich Plakate aufgehängt, auf denen wir sie beschrieben haben. Blondes Haar, rosaroter Wintermantel mit gelbem Schal und so. Wir mussten einfach irgendwas tun … an Straßenlaternen und Schaufenstern. Daraufhin haben sich tatsächlich ein paar Leute gemeldet. Wir haben das auch an die Polizei weitergeleitet.«

»Was waren das für Leute?« Penelope richtete sich kerzengerade auf.

»Es gab insgesamt vier Zeugen, die uns glaubhaft erschienen. Ein Handwerker, dem sie wohl den Rückspiegel abgefahren hat. Dann hatten sich noch zwei Frauen gemeldet … ach ja, und dann war sie ja an dem Tag noch in Engure gewesen, in ihrer Werkstatt, das hat eine der Künstlerinnen dort gesagt; aber das weißt du ja sicher längst.«

»Nein. Ich weiß gar nichts.«

»Aber … hat dein Vater dir denn nichts erzählt?«

»Ich … nein … damals nicht. Ich war ja noch klein. Und später dann … wir haben nie mehr darüber gesprochen.«

Wenn Lilija das merkwürdig fand, so zeigte sie es nicht. »Wenn du es genauer wissen willst, ich kann nachschauen. Ich habe alles aufgeschrieben.«

»Ja. Das würde mir sehr helfen. Aber damit ich das richtig verstehe: Diese vier Leute haben sie alle am gleichen Tag gesehen?«

»Jaja, alle vier haben sie am Gründonnerstag gesehen beziehungsweise mit ihr gesprochen.«

»Und diese beiden Frauen? Wer waren die?«

»Die eine hatte einen Blumenladen. Und die andere … da muss ich mal überlegen, ja, jetzt fällt es mir wieder ein. Die andere war Pianistin … ach nein, Klavierlehrerin.«

Penelope spürte, wie das Blut in ihren Schläfen zu pochen begann.

»Weißt du noch, wo die Frau wohnte?«

»Ja. In der Moskauer Vorstadt war das.«

Der Mietwagen stand allein am Straßenrand, als Lilija sie zum Deutschen Gymnasium zurückbrachte. Bevor sie aus dem Wagen stieg, sagte Lilija: »Wenn du nichts weiter vorhast, komm doch zum Abendessen zu uns. Uldis wird sich auch freuen, dich zu sehen. Und es gibt Ligsdinas. Die hast du doch als Kind so gern gemocht. Weißt du noch?« Mit einem halb traurigen, halb hoffnungsvollen Lächeln sah Lilija sie an.

Natürlich wusste Penelope noch. Sie hatte Lilijas »Spezialfrikadellen« zusammen mit Kartoffeln und Schmand geradezu verschlungen. Ihre Mutter hatte sich von Lilija das Rezept geben lassen und sie mindestens einmal in der Woche zubereitet.

»Ich komme gerne«, sagte sie. Einen Moment lang blieben sie so sitzen. Im Licht der Straßenlaterne sah Lilijas Gesicht auf einmal jung aus, ihre Haut sehr blass. Da legte Lilija ihre Hand auf Penelopes und drückte sie kurz.

»Ich habe in den Jahren oft an dich gedacht und mich gefragt, wie es dir geht.«

Penelope schwieg. Sie konnte nichts sagen, sondern nur nicken, als Lilija fortfuhr: »Dann sehen wir uns also heute Abend. Um acht Uhr?«

Als Penelope aus Lilijas Polo stieg und die roten Rücklichter davonfahren sah, blieb sie einen Moment lang stehen, bevor sie zu ihrem Wagen ging, der vor einem Schaufenster mit der Leuchtschrift *Veikals* stand. Vereinzelte Flocken schwebten von einem dunklen Winterhimmel. Sie dachte an ihre Mutter, an das letzte Mal, als sie hier vor der Schule ankamen, weil ihre Mutter etwas aus ihrem Fach im Lehrerzimmer holen musste. Es war der 31. März 1998 gewesen, ein genauso kalter Tag wie dieser hier, nur ohne Schneeflocken. Penelope hatte ihre Hand in die Hand ihrer Mutter geschoben und war an ihrer Seite über den Schulhof gestapft. In ihrer roten Winterjacke war sie auf den Schneeresten herumgetrampelt, mit den neuen braunen Stiefeln, die alten waren zu klein geworden, noch vor dem Ende des Winters. Auf dem Weg durch den Schulkorridor hatten sie Pläne gemacht, fürs Abendessen, fürs Kuchenbacken am Freitag, fürs Vorlesen. Ihre Mutter hatte an diesem Tag ein neues Buch geschickt bekommen, aus Deutschland, es waren die Märchen von Astrid Lindgren gewesen. Und am Abend hatte sie ihr daraus vorgelesen, ihre Mutter hatte immer Wort gehalten. Nie hatte sie etwas, das sie zuvor angekündigt hatte, einfach mit saloppen Worten (»Ich muss doch noch mal weg, entschuldige« oder »Ich muss leider noch ein paar Mathearbeiten korrigieren«) weggewischt, so wie ihr Vater das oft getan hatte. Immer mehr Bilder flackerten auf, und sie hatte Mühe, die Erinnerungen zu ordnen. Ich habe all das in diesem Kopf, dachte sie, es ist wie ein endloser Film, zerhackt in einzelne Sequenzen, die ich ordnen muss, in eine Reihenfolge bringen, damit der Film übersichtlich und verständlich wird. Und auf einmal war sie sich sicher, dass sie *hier* die Wahrheit finden würde, dass sie hier in Riga auf irgendetwas stoßen würde, etwas, das sie bisher noch nicht beachtet hatte, einfach weil es sich irgendwo inmitten dieser Masse ungeordneten Rohmaterials befand.

3.

Das Haus, in dem Sieglinde König gewohnt hatte, war ein gesichtsloser Kasten aus den Sechzigerjahren in einer Seitenstraße von Moabit.

»Ich weiß nicht, wie lange es dauert«, sagte Falk zu Brammer und tastete in der Manteltasche nach dem Hausschlüssel, den der Hausmeister ihm gegeben hatte.

»Es wäre wirklich besser, ich würde mitkommen«, sagte Brammer. Doch Falk schüttelte den Kopf. Energischer diesmal. Dieses Gespräch hatten sie schon auf der Herfahrt geführt.

»Nein, lassen Sie mal … Ich komm schon klar.«

Trotzdem ließ Brammer es sich nicht nehmen, seinen Chef zur Haustür zu begleiten.

Im Treppenhaus roch es unerwartet angenehm, nach frischer Wäsche, und einen Augenblick lang dachte Falk, dass das Leben weiterging, für alle, nur nicht für Sieglinde König. Beklommen stieg er nach oben. Er wusste, dass sie im dritten Stock gewohnt hatte. Das hatte in ihrem letzten Brief gestanden. Das und jede Menge kryptischer Botschaften, von denen er nun wusste, dass sie keineswegs die Ausgeburt einer kranken Fantasie gewesen waren. Sieglinde König hatte mit allem recht gehabt. Aber er hatte ihr nicht geglaubt. Unter anderem wegen der vielen Pfeile und Ausrufezeichen, das wirkte auf den ersten Blick tatsächlich sehr wirr. Doch weil sie in allem recht gehabt hatte, hielt er sich jetzt an ihre Warnung. *Trauen Sie niemandem,* hatte sie damals geschrieben. Und deshalb hatte er mit niemandem mehr darüber gesprochen. Auch nicht mit Mathilda. Gerade nicht mit ihr. Denn irgendetwas gab es da, etwas, das sie ihm verschwieg. Auch wenn er nicht glauben wollte, dass sie irgendetwas tun würde, um ihm zu schaden. Und doch hatte Brammer ihn auf diese eine Sache aufmerksam gemacht. Und da

Brammer ein wortkarger Mensch war und nicht dazu neigte, die Flöhe husten zu hören, nahm er ernst, was sein Leibwächter ihm noch in der Nacht nach der Charity-Veranstaltung im Ritz über Mathilda gesagt hatte. Dass irgendetwas an dieser Frau nicht stimmte. Und dass er, Brammer, *seinen Arsch darauf verwetten würde, dass sie gedient hatte.* Daraufhin war auch Falk mit der Sprache herausgerückt und hatte von Noah, dem Gebirgsjäger, erzählt. Doch Brammer hatte ihn nur skeptisch angesehen. Er habe beim Bund ja viele Soldatenbräute kennengelernt. »Aber dass eine das NATO-Alphabet so rauspfeift. Da muss man schon selbst bei der Truppe gewesen sein.« Falk hielt viel von Brammer und legte großen Wert auf dessen Meinung. Doch in diesem Fall glaubte er eher an eine andere Variante, die seitdem wie ein Stachel in seinem Fleisch saß: dass Mathilda mit diesem Noah eine Art Symbiose gebildet haben musste.

Im dritten Stock blieb er kurz stehen. Las auf dem Klingelschild »Warnikowa« und ging zu der anderen Tür, von der das Namensschild entfernt worden war. Auf der Matte stand »Welcome«, und kurz dachte er an Jo, wie sie sich über die *Unsitte*, Dinge mit einem Schriftzug wie »Home«, »Love« oder »Welcome« zu verzieren, lustig gemacht hatte, und verdrängte den Gedanken angesichts der Situation als geradezu unmoralisch. Mit einem Gefühl der Beklommenheit öffnete er die Tür.

Die Luft in der kleinen Diele war abgestanden. Er sah sich um, ein schmales, hohes Telefontischchen, eine Hakenleiste mit einer Jacke, zwei geschlossene Türen. An einer Tür ein Poster der ROD-Familienstiftung über nachhaltigen Konsum. Er öffnete die rechte Tür, die in ein Schlafzimmer führte, das ausgestattet war wie eine Mönchszelle. Ein Bett mit einer weißen Tagesdecke, ein Schrank, ein Stuhl. Wie unbewohnt, dachte er und öffnete die zweite Tür. Überrascht blickte er in einen lichten Raum, der eher an ein Gewächshaus erinnerte als an ein Wohnzimmer. Auf der Fensterbank, auf einem Konsoltisch hinter dem blauen Sofa sowie auf jeder freien Fläche standen Farne und Efeu und andere Grünpflanzen. Auf dem Boden zwei große Töpfe mit Palmen, auch ein Olivenbaum war da. Sieglinde König musste einen sehr grünen Daumen gehabt haben. Ansonsten war alles sehr schlicht gehalten.

Kein Fernseher, kein Firlefanz, kein Nippes, der sinnlos herumstand. Zögernd ging er auf eine Schrankwand zu, betrachtete die Buchrücken. Alles Sachbücher, hauptsächlich über Umweltthemen, aber auch politische Sachbücher. Eine eigenartige Mischung aus linker und konservativer Literatur. Sieglinde König schien bestrebt, sich selbst eine Meinung zu bilden. Auf einem Stapel Zeitschriften ein Buch *Richtig Auswandern*. Darunter eine Ausgabe des Magazins COMPACT mit Sahra Wagenknecht auf dem Cover. Gedankenverloren nahm er ein paar der Hefte in die Hand. Auf einem Cover ein Foto von Pierre Brice in voller Montur mit der Schlagzeile »Staatsfeind Winnetou«. Darunter ein altes *COMPACT-Spezial* mit dem Titel: »Heil Hillary – Kandidatin des US-Faschismus«. Falk verzog das Gesicht. Er hielt nichts von Extremen, egal, ob von links oder von rechts.

Jetzt stand er vor der Wohnzimmerwand und musste wieder an Jo denken, die diese Art von Möbel immer als Albtraumwand bezeichnet hatte. Und wieso fiel ihm jetzt eigentlich ständig Jo ein? Wahrscheinlich eine Übersprungshandlung, weil er hier in der Wohnung einer toten Frau stand und versuchte, in ihren Kopf zu gucken, nachdem er sie zu Lebzeiten erfolgreich ignoriert hatte.

Mit einem Ruck klappte er die Platte des integrierten Schreibtischs herunter und öffnete die Fächer. Blätterte durch ein paar Ordner, in denen sie ihre Selbstverwaltung aufbewahrte. In einer Schublade fand er Büromaterial, in einer anderen ein paar Briefe, alles Behördenkram. Enttäuscht klappte er den Schreibtisch wieder zu und betrat die kleine Küche. Hinter der Tür entdeckte er ein mannshohes Pinboard, auf dem verloren der Abfuhrkalender für den Müll hing. Er durchsuchte die Einbauschränke, durchforstete die Schubladen und machte sich am Ende die Mühe, ein paar ihrer Bücher herauszuziehen und auszuschütteln, in der Hoffnung, irgendetwas, das ihm weiterhelfen würde, zu finden. Aber da war nichts.

Enttäuscht verließ er die Wohnung, kaum eine halbe Stunde später. Er steckte gerade den Schlüssel ins Schloss, um abzusperren, als er ein Geräusch hinter sich hörte. Er drehte sich um und sah eine Frau mit kurzem grauem Haar und auffallend hellen Augen in der offenen Tür der

Nachbarwohnung stehen. In der Hand hielt sie ein Smartphone und sah ihn skeptisch und auch ein wenig furchtsam an.

»Sind Sie der Nachlasspfleger?«

Falk stutzte. »Wenn man so will. Ich bin ... Wir waren ... Kollegen bei derselben Stiftung. Frau König hat ja keine Angehörigen. Deshalb kümmern wir uns jetzt darum.«

Die Frau stieß geräuschvoll die Luft aus. »Es ist so schrecklich. Ich kann Ihnen gar nicht sagen, wie ...« Sie brach ab. Schüttelte stumm den Kopf.

»Sie sind die Nachbarin, die sie gefunden hat.«

»Ja. Das bin ich.« Wieder schüttelte sie den Kopf. »Ich war noch bei ihr, am Tag davor. Seit sie aus der Klinik raus war, hab ich jeden Tag nach ihr gesehen. Ich verstehe das nicht. Ich hatte nicht den Eindruck, dass es ihr schlechter ging. Ganz im Gegenteil. Nachdem sie draußen war, hat sie Pläne gemacht. Wollte auswandern.«

Obwohl Falk gerade noch das Buch in der Hand gehabt hatte, fragte er überrascht: »Ach ja? Wohin wollte sie denn?«

»Das hat sie mir nicht verraten. In letzter Zeit war sie sehr wortkarg.« Sie seufzte. »Und überängstlich, könnte man sagen. Sie hat sich ständig verfolgt gefühlt. Ich weiß nicht, was ich von alldem halten soll. Und dabei war sie früher so eine ganz rechtwinklige.«

»Rechtwinklig?«

»Na ja ... sie hat ja Finanzwesen studiert. Und im Nebenfach Jura. Das hat man ihr einfach angemerkt. Sie war extrem organisiert. Aber manchmal sind es ja gerade solche Typen, die dann ...« Sie verstummte. »Ich will nicht respektlos über sie reden. Ich mochte sie sehr. Sie war sehr nett. Sie hat mir einmal mit dem Finanzamt geholfen.«

»Sie glauben also nicht, dass an ihrem Tod irgendwas ... faul war?«

Jetzt riss die Frau ihre auffällig blauen Augen auf. Sie sah verunsichert aus, als sie nun fragte: »Wie meinen Sie denn das? Ist es nicht schlimm genug, wenn ein Mensch sich selbst tötet?«

Falk räusperte sich. Er wollte die Frau nicht verunsichern, aber er musste das einfach wissen. »Ich bin mir nicht sicher. Aber ich frage mich, ob sie sich vielleicht nicht alles nur eingebildet hat.« Er musste der Frau ja nicht sagen, dass er genau wusste, dass Sieglinde König sich vermutlich überhaupt nichts eingebildet hatte, dass sie einer ganz großen Sache auf der Spur gewesen war, dass zwei Männer versucht hatten, sie vor einen Zug zu stoßen. Und dass diese Männer sie jetzt vielleicht tatsächlich umgebracht hatten.

Auf einmal trat ein anderer Ausdruck in ihre Augen. Ihr Blick huschte über seinen maßgeschneiderten Anzug bis hin zu seinen handgenähten Schuhen. Und als verliehen der Anzug und die Schuhe ihm eine irgendwie schwerere Gewichtung, fragte sie plötzlich verunsichert: »Sie denken jetzt aber nicht wirklich, dass …« Sie verstummte. Und fuhr dann mit gedämpfter Stimme fort: »Dann haben Sie sich eben wahrscheinlich Ihre Pinboards angeschaut?«

Falk runzelte die Stirn. »Welche Pinboards?«

»Aber die müssen Sie doch gesehen haben, wenn Sie da drin waren.« Sie machte eine Bewegung mit dem Kopf in Richtung der Tür.

»Da war nur ein Pinboard. Das mit dem Müllkalender.«

Jetzt war es an der Frau, ihn verwirrt anzusehen.

»Ich zeige sie Ihnen. Machen Sie mal auf.«

Falk schloss die Tür wieder auf und folgte der Frau in die Wohnung. Im Wohnzimmer blieb sie stehen und sah sich suchend um.

»Das ist ja komisch. Als ich vorgestern die Pflanzen gegossen hab, waren sie noch da.« Sie deutete auf eine leere Wand. Kurz darauf verschwand sie in der Küche und kam mit zwei Pinboards zurück.

»Die hier meine ich«, sagte sie und lehnte sie an die Wand. »Die standen vor zwei Tagen noch genau hier. Mit jeder Menge Fotos und Zetteln drauf! Wo ist denn das ganze Zeug jetzt?« Falk folgte ihrem Blick und betrachtete die leeren Pinnwände.

»Aber das hieße ja, dass jemand in der Wohnung gewesen sein muss«, sagte er.

Als ihre Blicke sich trafen, wirkte die Frau erschrocken.

»Außer mir und dem Hausmeister hat doch keiner einen Schlüssel.« Sie verstummte. Schien zu überlegen und sagte nach einer Weile mit einer Handbewegung in Richtung der Pinnwände: »Das ganze Zeug war ihr so unglaublich wichtig … Vor ein paar Wochen hat sie mir davon sogar Fotos geschickt. Sie wollte, dass ich die Fotos *als Beweis* aufbewahren sollte. Falls sie sie mal verlieren sollte.«

Falk spürte, wie das Adrenalin durch seinen Körper schoss. »Falls sie sie verlieren sollte? Aber wieso das denn?«

»Das hab ich sie auch gefragt. Da hat sie gesagt: ›Ja, oder wenn mir die einer klaut. Man weiß ja nie.‹ Da hab ich ehrlich gesagt gedacht, dass sie ganz schön abdriftet ... so in Richtung Verschwörungstheorie. Sie ist ... war ja auch 'ne krasse Impfgegnerin.«

Falk fixierte die Frau. »Haben Sie die Fotos noch?«

»Klar. Ist ja noch nicht lange her. Ich kann sie Ihnen zeigen, wenn Sie wollen.«

»Das wäre sehr nett.«

Die Frau wischte und tippte auf ihrem Smartphone herum. »Wo sind die denn?«, murmelte sie. Und zeigte ihm schließlich einige Fotos einer dicht mit Papieren und Fotos bestückten Pinnwand.

»Können Sie mir die schicken?«

»Klar doch.« In dem Moment zögerte sie. Als bekäme sie plötzlich Zweifel an seiner Geschichte. Da griff er in seine Jacketttasche und zog eine Visitenkarte heraus. Fast vorsichtig nahm die Frau die Karte und musterte sie kurz. Dann nickte sie, und wenig später hörte Falk, wie die Fotos nacheinander auf seinem Smartphone eingingen.

Er verabschiedete sich und war schon ein paar Stufen nach unten gegangen, als sie ihm hinterherrief: »Was passiert denn nun mit den ganzen Pflanzen? Die sterben ja alle, wenn ich sie nicht gieße.«

»Können Sie sie nicht nehmen?«, fragte Falk. »Oder sie jemandem schenken, der sie will?«

»Das kann ich schon machen«, sagte die Frau zögerlich. Und fügte hinzu: »Falls Sie etwas herausfinden ... Sagen Sie mir Bescheid?«

Falk fand, dass ihre Stimme auf einmal ängstlich klang. Und auch er spürte nun, wie sich in ihm die Furcht ausbreitete.

4.

Der Wind hatte aufgefrischt und wehte die wenigen dünnen Schneeflocken über die Windschutzscheibe. Sie sah hinauf zu den erleuchteten Fenstern des schmutzig braunen Hauses und fragte sich, welche die Fenster der Klavierlehrerin waren.

Als sie aus dem Wagen stieg, pfiff ihr eine Bö um die Ohren, und sie beeilte sich, die Straße zu überqueren und die Klingeltafel mit der Taschenlampe ihres Smartphones nach dem Namen Filipova abzusuchen. Lilijas Worte klangen ihr noch in den Ohren. Vier Zeugen hatten ihre Mutter am Tag ihres Verschwindens gesehen, darunter eine Klavierlehrerin. Als sie klingelte, tat sich zuerst nichts, doch nachdem sie den Knopf noch einmal gedrückt hatte, knackte die Gegensprechanlage und eine weibliche Stimme sagte etwas für sie Unverständliches.

Penelope war auf diesen Moment vorbereitet. Mithilfe einer Dolmetscher-App hatte sie sich die Sätze notiert und ein paarmal nachgesprochen.

Eine ganze Weile blieb es still. Doch dann summte der Türöffner.

Im Treppenhaus roch es jetzt anders, nicht mehr nach Frischgebackenem, sondern nach Waschmittel. Penelopes Magen zog sich reflexartig zusammen. Manchmal kam ihr ihr eigenes Leben wie ein Lauf über ein Minenfeld vor. Sie musste jederzeit darauf gefasst sein, dass eine explodierte. Diese Mine hier erinnerte sie an Noah, an den Tag, an dem er das erste Mal vor ihrer Tür in Mittenwald gestanden hatte. Sie schob den Gedanken beiseite, erreichte den zweiten Treppenabsatz und stieg die letzten Stufen hoch.

Die Klavierlehrerin, eine mittelgroße, in der Taille füllige Frau mit kinnlangem grauem Haar, das in Wellen um ihr winterblasses Gesicht lag, wartete in der offenen Tür, eine Strickjacke am Hals festhaltend, als befürchtete sie, die Jacke könne ihr entrissen werden. Aus der Wohnung hinter ihr drang dramatische Klaviermusik. Das Auffällige an Irma Filipova aber war, dass Penelope um nichts in der Welt hätte sagen können, was diese Frau gerade dachte oder fühlte, denn ihre dunkelbraunen Augen und ihre Miene waren völlig ausdruckslos.

Penelope wiederholte ihre Sätze, holte ihr Smartphone aus der Anoraktasche und zeigte der Frau das Foto ihrer Mutter. Auf Englisch sagte sie nun: »Ich versuche herauszufinden, was damals mit meiner Mutter passiert ist. Ich habe gehört, dass Sie zu den letzten Personen gehören, die sie gesehen haben, an dem Abend, bevor sie verschwand.«

Die Frau nickte unmerklich, immer noch mit diesem Maskengesicht. Doch dann trat sie zur Seite und sagte in ungelenkem Deutsch: »Bitte. Kommen.«

Penelope atmete innerlich auf. Sie hatte damit gerechnet, dass die Frau sie wegschicken würde.

Beim Betreten der Wohnung schwoll die Klaviermusik noch einmal an, bevor Irma Filipova zu einem Schallplattenspieler ging und ihn ausschaltete. Mit einem Schlag war es still.

»Bitte Platz nehmen«, sagte Irma Filipova förmlich und deutete auf ein altmodisches Sofa mit hellgrünem Bezug, das neben einem Flügel stand. Durch ihre Daunenjacke spürte Penelope die Kälte. Irma Filipova musste eine robuste Person sein, wenn dies ihre gewöhnliche Zimmertemperatur war. Unwillkürlich dachte sie an Claire, die überheizte Räume liebte.

»Kann ich Ihnen einen Tee anbieten?«, fragte Irma Filipova nun, immer noch förmlich, und setzte sich, nachdem Penelope dankend abgelehnt hatte, die Beine akkurat nebeneinander, in einen Sessel. Penelopes Blick streifte das Metronom auf dem Flügel und die kleine Stehlampe auf der Fensterbank, die einzige Lichtquelle im Raum. Dann sagte sie: »Sie haben meine Mutter an dem Tag gesehen, bevor sie verschwand. Können Sie mir bitte alles erzählen, woran Sie sich erinnern?«

Irma Filipova nickte steif. Dann sagte sie auf Englisch: »Das ist lange her. Aber ich will es versuchen. Es war am Morgen. Ich kam gerade vom

Bäcker. Sie lief an mir vorbei, die Treppe hoch. Aber das Komische war, dass sie mich nicht gegrüßt hat.« Irma Filipova verstummte und sah Penelope erwartungsvoll an. Als diese nicht reagierte, fuhr sie fort: »Das hat sie sonst immer getan! Ich hatte den Eindruck, dass es ihr nicht gut ging. Sie sah anders aus als sonst … blass. Ungeschminkt. Ich stand noch vor meiner Tür, suchte in meiner Tasche nach dem Schlüssel. Ich hörte sie oben klingeln, und als niemand aufmachte, hämmerte sie an die Tür. Ich weiß noch, dass ich mich sehr gewundert habe. Kurze Zeit später kam sie wieder herunter. Ich fragte: ›Ist etwas passiert? Kann ich Ihnen irgendwie helfen?‹ Da blieb sie stehen und fragte nach ihm.«

»Nach wem?«

»Nach dem Deutschen, der die obere Wohnung gemietet hatte. Prokhoff.«

»Was hat sie gefragt?«

»Sie wollte wissen, wann ich ihn das letzte Mal gesehen habe.«

Penelope stutzte. »Wann Sie ihn zuletzt gesehen hatten?«

»Ja«, antwortete die Klavierlehrerin. »Das fand ich komisch.«

»Warum war das komisch?«

»Na, weil sie doch gewusst haben muss, dass er ausgezogen war.«

Penelope brauchte einen Moment, um das Gehörte sacken zu lassen. »Sie hatten also den Eindruck, dass er ausgezogen war und ihr das nicht gesagt hatte?«

Irma Filipova zuckte die Achseln. »Offensichtlich nicht. Sie wurde jedenfalls ganz bleich. Ich hab sie gefragt, ob sie einen Moment hereinkommen will und etwas trinken. Aber sie wollte nicht. Ich hab mich ehrlich gesagt sehr gewundert, sie überhaupt noch mal wiederzusehen.« Bei der Erinnerung schüttelte Irma Filipova missbilligend den Kopf. »Ich dachte, sie hätte die Beziehung beendet.«

»Wie kamen Sie darauf?«

»Ich hatte sie schon länger nicht mehr gesehen. Nicht mehr seit dem Mal, als ich ihr … na ja … gesagt hatte, dass er da oben noch andere Frauen trifft.«

»*Das* haben Sie ihr erzählt?«

»Ja. Das habe ich.« Irma Filipova sah jetzt fast trotzig aus. Und dann nickte sie, wie um ihre eigenen Worte noch einmal zu bekräftigen.

Penelope wartete noch einen Moment, und als Irma Filipova weiter schwieg, bedankte sie sich und stand auf. Penelope öffnete die Wohnungstür und trat hinaus. Penelope streckte die Hand aus, als die Klavierlehrerin sagte: »Da war noch etwas.«

Sie ließ die Hand sinken und sah Irma Filipova erwartungsvoll an.

»Ich weiß nicht, ob das wichtig ist. Aber ... einmal habe ich ihn mit einer Frau streiten hören. Ich hab nicht viel von dem verstanden, was sie gesagt haben, mein Deutsch ist nicht sehr gut. Aber was ich *sicher* verstanden habe, war, dass die Frau mehrere Male *Rebecca* gesagt hat.«

Penelope runzelte die Stirn. »Er hat sich mit dieser Frau wegen meiner Mutter gestritten?«

»So wirkte es, ja.«

Claires Gesicht tauchte vor ihrem geistigen Auge auf. »War das vielleicht seine Frau? Sie wissen, dass er verheiratet war?«

»Ich weiß ja nicht, wie die aussah. Hatte sie rotes Haar?«

Penelope dachte an die Familienbilder in den schweren Silberrahmen. Claire hatte ihres Wissens nie eine andere Haarfarbe getragen als blond. »Nein. Die Ehefrau war blond. Aber woher wissen Sie, welche Haarfarbe sie hatte?«

»Weil sie gleich darauf an mir vorbeigerauscht ist.«

Penelope spürte, wie ihr Körper sich anspannte. War das möglicherweise Alise gewesen? »Wissen Sie noch, wann das war, der Streit mit der Rothaarigen?« Ohne es zu wollen, hielt Penelope den Atem an, während sie auf Irma Filipovas Antwort wartete.

»Hm ...«, sagte diese und klang etwas ratlos. »Es wird im Herbst gewesen sein.«

Penelopes Aufregung wuchs. »Wissen Sie noch, wie alt die Frau war?«

»Keine Ahnung, ich hab sie nicht richtig gesehen.«

Penelope wusste nicht, ob sie enttäuscht sein sollte. Sie wusste ja noch nicht einmal, was das bedeuten sollte.

Da sagte Irma Filipova: »Jetzt weiß ich es wieder ... es muss im

Dezember gewesen sein. Ich hatte mein Abendkleid an und war auf dem Weg zu einem Adventskonzert.«

Penelopes Gedanken rasten hin und her. Dezember 1997. Alises Leiche wurde am 20. Oktober 1997 im Kisch-See gefunden. Wenn Irma Filipova sich also richtig erinnerte, dann konnte die Rothaarige nicht Alise gewesen sein.

Penelope fuhr in der Gegend herum, auf der Suche nach einem Gastgeschenk für Lilija. Schließlich stellte sie den Wagen auf dem Parkplatz eines Restaurants ab, auf dessen Dach die riesige Leuchtschrift *Stargorod* prangte, und ging von hier aus zu Fuß in die Altstadt, vorüber am Präsidentenpalast, wo gerade Wachablösung war. Zu einem anderen Zeitpunkt hätte sie sich das Spektakel angesehen, doch nun dachte sie die ganze Zeit darüber nach, was Irma Filipova ihr erzählt hatte. Die Rothaarige, mit der Georg sich im Treppenhaus gestritten hatte, im Dezember 1997, wer konnte das gewesen sein? Sie wechselte die Straßenseite. Und wie war es zu verstehen, dass Georg im April 1998, an jenem Gründonnerstag, die Wohnung im Moskauer Viertel schon aufgegeben hatte? Jedenfalls schien ihre Mutter davon nichts gewusst zu haben, was wiederum darauf hindeutete, dass sie längere Zeit keinen Kontakt zu ihm gehabt hatte. Also war die Beziehung zu ihm längst beendet gewesen.

Nachdem Penelope eine Viertelstunde später feststellen musste, dass sämtliche Geschäfte in der Innenstadt bereits geschlossen hatten, fuhr sie in die Außenbezirke, auf der Suche nach einer Shopping-Mall. Sie landete auf einer vierspurigen Ausfallstraße, der sie eine Weile folgte, bis sie auf den Parkplatz eines Einkaufszentrums bog. Dort streifte sie eine Weile durch ein Einrichtungsgeschäft, betrachtete die Deko-Artikel, doch statt sich auf die Vasen und Briefbeschwerer und Schüsselchen zu konzentrieren, sah sie immer nur ihre Mutter vor sich, bleich und ungeschminkt, wie Irma Filipova sie geschildert hatte, und spürte eine wachsende Traurigkeit darüber, dass sie als Kind so ahnungslos gewesen war. Warum hatte sie es nicht gemerkt, dass es ihrer Mutter nicht gut ging?

Ohne etwas zu kaufen, verließ sie das Einrichtungsgeschäft und betrat den nächsten Supermarkt, kaufte eine Flasche teuren Rotwein und Pralinen und eine Rolle Geschenkband und fuhr zurück in die Ferienwohnung, wo sie lange unter der Dusche stand und damit zu tun hatte, ihre Gedanken zu ordnen.

Es war Punkt acht Uhr, als sie an Lilijas und Uldis' Haus klingelte. Die beiden begrüßten sie mit einem warmherzigen Lächeln, und nachdem Penelope die mit einem Goldband umwickelten Mitbringsel übergeben hatte, verschwand Lilija in ihrer blauen Schürze mit Sonnenblumen wieder in der Küche. Von dort klang Musik aus dem Radio und kurz darauf die munter drauflosplappernde Stimme eines Moderators.

»Gib mir deine Jacke«, sagte Uldis und half ihr aus dem Daunenanorak. Im Gegensatz zu Lilija hatte Uldis sich stärker verändert. Sein Haar war wattig und hellgrau, fast weiß, und er war rundlicher als damals. Aber sein breites Lachen war genau das Lachen, das sie in Erinnerung hatte. Sogar der Goldzahn ganz rechts blitzte noch auf. Als Kind hatte sie ihn fasziniert betrachtet. Ist Uldis reich?, hatte sie ihre Mutter voller Ehrfurcht gefragt.

»Komm herein, komm herein«, sagte er nun und führte sie ins Esszimmer, in dem der Tisch für drei Personen gedeckt war, mit hübschen blauen Tellern und braunen Leinenservietten. Sie hätte Lilija doch etwas aus dem Einrichtungsladen mitbringen sollen statt des langweiligen Rotweins.

Wie Lilija angekündigt hatte, gab es Ligsdinas, und zu den Ligsdinas grünen Salat mit Dill und hinterher selbst gemachte Kārums.

»Die hast du früher so gerne gemocht«, sagte sie mit einem beinah schüchternen Lächeln, und Penelope hatte Mühe, die Fassung zu bewahren. Sie schluckte, kämpfte wieder gegen die Gespenster der Vergangenheit, die vielen Bilder, die direkt hinter der Tür standen, sie musste sie nur öffnen. Doch der Moment ging vorüber, und Penelope gelang ein Lächeln.

»Dass du das noch weißt«, sagte sie und nahm eine Süßigkeit. Sie schmeckte köstlich, nach Kindheit und Sorglosigkeit, nach früher. Ihre Mutter hatte sich auch dieses Rezept geben lassen und die Kārums zu ihrem Geburtstag gemacht. Penelope hatte so viele Kinder wie Jahre einladen dürfen, das war die Regel gewesen. Die Kārums hatte Penelope zuerst nicht teilen wollen. Sie hatte sie in ihrem Zimmer versteckt, bevor die Gäste kamen. Doch dann hatte ihre Mutter von irgendwoher noch einen Teller hervorgeholt und dazu noch einen Apfelkuchen und Windbeutel.

»… habe das Tagebuch gefunden«, sagte Lilija in ihre Gedanken hinein. »Was wolltest du noch mal wissen?«

Während Uldis aufstand und anfing, den Tisch abzuräumen, antwortete Penelope: »Alles, was du mir sagen kannst. Über damals. Über sie. Aber ganz konkret ging es um die Leute, die meine Mutter zuletzt gesehen hatten. Du weißt schon … eine war die Klavierlehrerin. Bei ihr war ich heute schon.«

»Du bist ja schnell«, sagte Uldis, der gerade wieder aus der Küche kam, um den Rest des Geschirrs auf das Tablett zu stellen.

Penelope verzog das Gesicht. »Dafür habe ich mir wirklich viel Zeit gelassen. Ich hätte schon viel früher kommen sollen.«

»Jetzt bist du ja da«, sagte Lilija und nahm eine Lesebrille aus einem mit Stiefmütterchen bestickten Etui. Sie schlug das Tagebuch, aus dem etliche bunte Post-its ragten, auf. »Die anderen Zeugen also … da war zunächst dieser Handwerker, das war der Mann mit dem Unfall, dem hat sie den Außenspiegel abgefahren am Gründonnerstag 1998 … und dann … warte mal … Karina Liepina, die Blumenhändlerin. Sie war damals gerade beim Herausräumen der Blumenkübel, als sie zwei Frauen miteinander sprechen sah. Und eine davon war deine Mutter.«

Penelope richtete sich auf ihrem Stuhl auf: »Hat sie mitbekommen, worum es ging?«

»Nein. Die beiden haben, das sagte sie aus, *in einer Sprache miteinander geredet, die sie nicht verstand.* Das war wohl auch der Grund dafür, warum sie sich überhaupt an deine Mutter erinnerte. Weil in unserem Aufruf später die Rede davon war, dass eine Deutsche vermisst wurde.«

»Und diese Frau, mit der meine Mutter gesprochen hat … weiß man, wer sie war?«

»Nein, die hat man nie gefunden. Wir haben die Informationen an die Polizei weitergeleitet, aber ehrlich gesagt glaube ich nicht, dass die irgendwas damit gemacht haben. Uldis und ich haben auch in der Gegend herumgefragt. Aber das war natürlich ein Fass ohne Boden. Ich schreibe dir die Namen auf.« Lilija erhob sich, um Zettel und Kugelschreiber zu holen, und notierte Namen und Adressen untereinander. »Hier ...«, sagte sie und zeigte auf den oberen Namen, »... das ist Jons Andersone, der Handwerker, das ist die Firma, bei der er gearbeitet hat, und die Straße, wo es passiert ist. Und seine Telefonnummer von damals. Das hier sind Name, Adresse und Telefon des Blumenladens. Aber ob es den noch gibt?« Lilija reichte Penelope einen gelben Post-it. »Und dann hat sich ja auch noch diese Freundin deiner Mutter gemeldet, Taisija. Die hat mich in der Schule angerufen.«

»Die kenne ich. Aber warum hat sie sich an die Schule gewandt?«

»Sie wollte mit jemandem sprechen, der Rebecca gut gekannt hat. Aber nicht mit deren Mann.«

Penelope stutzte. »Nicht mit meinem Vater?«

Lilija schüttelte den Kopf. »Sie hat mir erzählt, dass deine Mutter an jenem letzten Tag in Engure war, in ihrer Künstlerwerkstatt ...«

»Ach, dort war sie also auch ...«, sagte Penelope nachdenklich. Erinnerungen an die Werkstatt blitzten auf. September 1997. Ein Tag der offenen Tür. Ihr Vater war mit ihr durch die Ateliers geschlendert und hatte Kommentare abgegeben, aber nur, wenn ihre Mutter nicht dabei war. Ein bärtiger Künstler war auch dort gewesen, der merkwürdige Metallskulpturen herstellte und nach Meinung ihres Vaters »besser einen Schrottplatz betrieben hätte«. Und eine Frau in einem wallenden Kleid, die Sachen aus Wolle knüpfte und die er hartnäckig »die Strickliesel« nannte. Das war Taisija Rutka gewesen.

»Ich schreibe dir auch *ihre* Kontaktdaten auf ... vielleicht sind sie ja noch aktuell.«

Eine Pause entstand, unterbrochen durch Uldis, der nun ein Tablett mit einem Mokkakännchen und kleinen irdenen Tassen auf dem Tisch abstellte. »Was hast du nun vor?«, fragte er.

Penelope nahm ein Tässchen entgegen. »Danke«, sagte sie und dann: »Na ja, zuerst einmal werde ich versuchen, diese Leute irgendwie aufzutreiben.«

Während Uldis den Mokka eingoss, ihr die Zuckerdose hinstellte und sich setzte, hielt Penelope den Zeitpunkt für gekommen. Sie rührte Zucker in ihr Tässchen, räusperte sich und sagte dann, als ihr keine besonders elegante Einleitung einfiel, geradeheraus: »Ich wollte euch noch etwas anderes fragen. Bestimmt erinnert ihr euch an eine Schülerin an eurem Gymnasium, die im November 1997 ums Leben kam? Ihr Name war Alise Vitola.«

Lilija und Uldis wechselten einen Blick.

»Wie kommst du denn jetzt auf Alise?«, fragte Lilija.

Und Uldis sagte: »Du denkst, dass das etwas mit …«, verstummte aber sofort wieder.

»Es ist so, dass ich mich schon seit Längerem mit den Ereignissen von damals beschäftige. Angefangen hat alles mit einem anonymen Brief, den ich vor über einem Jahr bekommen habe.«

Penelope erzählte von ihren Nachforschungen im Umfeld der Prokhoffs, ohne jedoch zu verraten, dass sie inzwischen selbst Teil der Familie war. Sie erzählte von Xenias Graphic Novel, und dass es sich dabei um eine Art Aufarbeitung ihrer Jugend handeln musste.

»Sie hat da ganz viel reingepackt, was wirklich so stattgefunden hat. Das Johannisfeuer zum Beispiel. Und etliche Figuren in dem Buch sind auch real. Ihr kommt übrigens auch darin vor.«

Die beiden blickten Penelope ungläubig an.

»*Wie* heißt diese … Graphic Novel?«, fragte Uldis noch einmal nach.

»*Kaiserwald I*«, antwortete sie, stand auf, ging zu ihrem Rucksack, den sie in der Diele abgestellt hatte, und holte das Buch heraus. Sie reichte es Uldis, der darin herumzublättern begann.

»Ich hatte Xenia in Englisch«, warf Lilija ein, ihr Tonfall eine Frage, während sie ungläubig auf das Buch in Uldis' Händen blickte.

»Und ich die Brüder in Mathe.« Auch Uldis klang, als könnte er das, was er da sah, gerade nur schwer glauben. Dann sagte er in demselben Ton: »Das sind tatsächlich wir!«, und hielt eine Zeichnung in die Höhe, auf der unverkennbar er und Lilija zu sehen waren.

»Ja«, sagte Penelope und deutete mit dem Kinn auf die Zeichnung. »Irre, nicht wahr! Jedenfalls erzählt sie darin von einem Mädchen namens Elise, die etwas mit dem Vater der Ich-Erzählerin hat. Eines Tages beobachtet sie, also die Ich-Erzählerin, wie Elise bei einer Freizeit mitten in der Nacht aus dem Zelt ihres Vaters kommt. Die Geschichte endet mit dem Abend der Vernissage und dass Elise in der Dunkelheit verschwindet.«

Lilija starrte sie an. »Wie bitte? Also nur um das richtig zu verstehen: Xenia schreibt … oder malt … dass ihr eigener Vater mit ihrer besten Freundin, einem … wie alt waren die damals, doch höchstens fünfzehn … ein sexuelles Verhältnis hatte? Ich glaube, ich muss mich gleich übergeben.« Lilija verzog das Gesicht.

Uldis hingegen schien etwas anderes zu beschäftigen. »Und dieser Comic endet einfach so? Aber was gibt das für einen Sinn? Warum hat sie das dann geschrieben?«

»Das ist es ja gerade. Es gibt einen Teil II. Zumindest hatte sie vor, den zu schreiben. Denn das Buch endet mit dem Hinweis ›Fortsetzung folgt‹. Nur dass dieser zweite Teil nirgends zu finden ist.«

»Das klingt alles …« Lilija verstummte, ohne den Satz zu beenden. Dann nahm sie ihr Tagebuch wieder zur Hand, blätterte darin herum und hielt es Penelope aufgeklappt hin. Ihr Blick fiel auf einen Artikel aus einer lettischen Zeitung, den sie in ihr Tagebuch geklebt hatte.

»Was steht da?«, fragte Penelope, doch statt einer Antwort blätterte Lilija eine Seite weiter, wo noch ein Artikel klebte.

Sie sagte: »Sie haben den …«, sie zögerte, suchte kurz Uldis' Blick. »Sie haben den Täter damals gefunden. Es war ein Lehrer an unserer Schule.«

Es dauerte einen Moment, bis die Bedeutung von Lilijas Worten in Penelopes Bewusstsein ankam.

»Was? Aber dann ist der Fall ja geklärt …«, sagte sie fassungslos wie zu sich selbst und hörte auf einmal wieder Falks Stimme auf den Aufzeichnungen des Psychotherapeuten. Wie er geglaubt hatte, die tote

Alise am Seeufer gesehen zu haben, in der Nacht ihres Verschwindens, und selbst irgendwie an ihrem Tod schuld zu sein. Also hatte er sich das in seinem Suff tatsächlich nur eingebildet? Sie sah zu Uldis und dann wieder zu Lilija. Ihr Herz schlug ihr bis zum Hals.

»Wir haben es auch lange nicht geglaubt«, hob Lilija stockend an. »Denn wir kannten ihn ja, er war unser Freund.«

Eine Pause entstand, in der jeder nach Worten zu suchen schien. Irgendwann sagte Uldis: »Die Beweise damals waren eindeutig.«

»Aber du hast es nie geglaubt«, sagte Lilija nun, an Uldis gewandt.

Statt einer Antwort zuckte er nur hilflos die Achseln.

»Wie heißt er denn, der …« Penelope brachte den Satz nicht zu Ende.

»Andris Balodis. Er unterrichtete Mathe und Physik.«

Ein Gesicht tauchte auf. Das Johannisfeuer. Ein Mann mit hoher Stirn, dunklem, zurückweichendem Haaransatz, dunkle Augen hinter einer eckigen Brille. Er hatte Fotos gemacht, an jenem Nachmittag. Auch sie hatte er fotografiert, zusammen mit ihrer Mutter. Er war nett gewesen, hatte sie zum Lachen gebracht, obwohl sie müde gewesen war und keine Lust gehabt hatte, fotografiert zu werden. Da hatte er sich von einer anderen Lehrerin, die gerade vorbeilief, den Blumenkranz geschnappt und ihn sich selbst aufgesetzt. Penelope hatte dann doch lachen müssen, beim Anblick dieses Männergesichts mit der eckigen Brille und dem Blumenkranz. »Du bist und bleibst ein Kindskopf, Andris«, das hatte ihre Mutter zu ihm gesagt.

Beklommen fragte sie: »Und … was wurde aus ihm?«

»Er wurde verurteilt. Zu lebenslanger Haft. Vor etwa drei Jahren ist er im Gefängnis gestorben.«

Auf einmal fühlte Penelope sich wie eingefroren. Auch Lilija und Uldis rührten sich nicht. Schließlich sagte Lilija: »Also was du da sagst … dass dieser Prokhoff etwas mit Alise gehabt haben soll … davon war damals nie die Rede. Das hat, glaube ich, keiner gewusst.«

Da beugte Uldis sich vor. »Warum fragst du nach Alise? Ich meine, das alleine … ein Mädchen verschwindet am Ende eines Comics … kann doch nicht alles sein?«

Penelope atmete ein, versuchte, ihre durcheinanderwirbelnden Gedanken zu ordnen, hörte im Geiste wieder Falks gebrochene Stimme auf den Tonaufzeichnungen des Therapeuten. Sollte sie Uldis und Lilija alles sagen? Aber was würde das bringen? Ihnen von den Erinnerungen eines betrunkenen Jungen zu erzählen? Doch dann entschied sie im Bruchteil einer Sekunde, dass sie es tun würde. Und so erzählte sie die ganze Geschichte. Wie sie es darauf angelegt hatte, Falk kennenzulernen, wie sie sich zu seiner Familie Zugang verschafft hatte. Wie sie ihn beschattet und schließlich einen Teil der Patientenakte in ihren Besitz gebracht hatte. Sie erzählte sogar von dem, was Falk über die Nacht von Alises Tod gesagt hatte.

Am Ende saßen Uldis und Lilija da und wirkten wie betäubt. Uldis schüttelte den Kopf und blickte ins Leere. Lilija war die Erste, die sich fasste: »Wenn der Junge sie damals wirklich auf dem Grundstück der Prokhoffs gesehen hat, dann kann es Andris nicht gewesen sein.«

Da erwachte auch Uldis aus seiner Erstarrung. »Und du denkst jetzt, dass alles zusammenhängt, Alises Tod und das Verschwinden deiner Mutter?«

»Ich … ich weiß langsam nicht mehr, was ich glauben soll. Ich weiß nur, dass irgendjemand mir diesen Brief geschickt hat, völlig aus dem Nichts heraus. Und diese Person muss einen beträchtlichen Aufwand betrieben haben, um mich zu finden. Und irgendwie ist es tatsächlich so, dass alles immer wieder zu den Prokhoffs führt.«

»Ich hatte die beiden Jungen in Mathe«, sagte Uldis nun fast gedankenverloren. »Sie waren … eine einzige Katastrophe. Sie hätten das Schuljahr auf keinen Fall geschafft. Sie fehlten im Unterricht, und wenn sie da waren, flogen sie permanent raus. Ich hatte einige Elterngespräche. Und die haben dann ja auch die Reißleine gezogen … das dachte ich jedenfalls, als sie ihre Jungs noch vor dem Ende des Halbjahres von der Schule nahmen. Die beiden wurden in die USA geschickt, in so eine Art Paukinternat, hieß es. Damals dachte ich nur: Gut, dass ich die los bin.« Uldis redete immer schneller, seine Gedanken schienen sich zu überschlagen. »Also was ich sagen will: Ich bin mir sicher, dass die an Ostern '98 gar nicht mehr an unserer Schule waren. Und soweit ich gehört habe, ist dann ja die ganze Familie in die USA gezogen.«

Penelope musste an Irma Filipovas Worte denken. Auch sie hatte ja gesagt, dass Georg an Ostern 1998 schon weggezogen war.

»Also hatten die Prokhoffs Lettland im April '98 wirklich schon verlassen …« Penelope spürte, wie die Enttäuschung sich wie ein schweres Tuch auf ihren Körper legte. »Und Falk und Tristan hatten die Schule vor Ablauf des Halbjahres verlassen. Weißt du noch, wann genau das war?«

Uldis lehnte sich zurück, er wirkte immer noch in Gedanken, saß da, so aufrecht, als hätte er ein Buch auf dem Kopf. »Das Halbjahr endet im Februar. Aber so lange haben die nicht durchgehalten. Die sind mittendrin gegangen, auf jeden Fall vor Weihnachten. Ja, jetzt fällt es mir wieder ein, es war nicht lange nach Alises …« Unvermittelt verstummte er, erschrocken über seine eigenen Worte, den Zusammenhang, der plötzlich aufschien. Er wechselte einen raschen Blick mit seiner Frau.

Die sagte: »Ich erinnere mich an nichts Ungewöhnliches … Ich denke, dass das Mädchen … also Xenia … das Halbjahr auf jeden Fall zu Ende gemacht hat. Sie und Alise hatten ja diesen schlimmen Streit auf der Vernissage, wo Xenia gewonnen hat. Ich dachte damals, es ginge um den Förderpreis. Dass Alise ihr das neidete und sie deshalb gestritten haben.« Sie verstummte, schien eine Weile nachzudenken und fuhr dann fort: »Ich erinnere mich an ein Gespräch mit deiner Mutter darüber … über den Wegzug der Prokhoffs. Ich habe sie gefragt, was jetzt mit *ihm* sei. Ob er auch geht. Weil sie ja … ein Verhältnis hatten. Genauer gesagt habe ich deine Mutter gefragt: ›Dann ist er jetzt also hier ohne seine Familie?‹ Da hat sie ganz grimmig geguckt und gesagt: *Ja. Aber das ist jetzt egal. Es ist aus zwischen uns.*«

»Um das also richtig zu verstehen«, sagte Penelope und sah von Lilija zu Uldis und wieder zurück: »Die Zwillinge sind bald nach Alises Tod gegangen. Claire und Xenia im Februar. Und Georg von Prokhoff blieb alleine in Riga zurück. Ich frage mich, wann er umgezogen ist? Die Klavierlehrerin war sich sicher, dass Georg am Gründonnerstag schon ausgezogen war ...« Jetzt zeigte Penelope auf das Tagebuch. »Könntest du mir die beiden Zeitungsartikel wohl kopieren?«, fragte sie.

Lilija nickte. »Natürlich. Ich werde sie für dich übersetzen.«

Eine Weile saßen alle drei so da, jeder in seine Gedanken versunken. Da fiel Penelope noch etwas ein. »Die Klavierlehrerin hat noch was gesagt.« Sie berichtete von der Frau, die sich mit Georg im Treppenhaus gestritten hatte, im Dezember 1998, und mehrere Male den Namen ihrer Mutter ausgesprochen hatte. »Die Frau soll rote Haare gehabt haben. Ich dachte natürlich gleich an Alise. Aber die war ja im Dezember '98 schon tot. Ich frage mich wirklich, wer das gewesen sein könnte.«

Sie blickte auf, hin zu Lilija, deren graues Haar, das noch immer von roten Strähnen durchzogen war, sich von ihrem smaragdgrünen Wollpullover abhob. Und es war in dem Moment, da sich Lilijas Gesicht mit einer flammenden Röte zu überziehen begann. Penelope starrte sie an, und Lilija starrte zurück. »Du warst das ...«, sagte sie fassungslos.

Auf Lilijas Gesicht spiegelte sich ein kurzer innerer Kampf ab, bevor sie schließlich nickte. »Ja«, sagte sie. »Das war ich.«

5.

Auf der Rückfahrt von Lilija und Uldis konnte Penelope an nichts anderes denken als an Andris Balodis und dass er wegen des Mordes an Alise verurteilt worden und im Gefängnis gestorben war. Warum hatte Xenia das in ihrem Buch mit keinem Wort erwähnt? Weil sie es besser wusste? Weil sie wusste, dass Andris es nicht gewesen sein konnte? Weil, wenn es stimmte, was sie geschrieben hatte, Alise auf dem Grundstück der Prokhoffs umgekommen war?

In der Ferienwohnung schaltete Penelope die Lampe über dem Esstisch ein und holte den großen Zeichenblock, den sie im gleichen Geschäft wie die Flasche Wein gekauft hatte, und setzte sich hin, um die neuen Informationen irgendwie zu sortieren. Tatsächlich gelang es ihr nach einer Weile, sich erneut auf den Ansturm der Möglichkeiten und Mutmaßungen einzulassen, allem voran auf die Frage, was ihre Mutter an jenem letzten Gründonnerstag in dem Haus im Moskauer Viertel eigentlich gewollt hatte, wenn sie doch das Verhältnis zu Georg zu diesem Zeitpunkt längst beendet hatte? Oder war das vielleicht eine Lüge gewesen? Hatte sie sich Lilija gegenüber geschämt, dass sie noch immer in dieser Affäre festhing, in diesem toxischen Geflecht aus Heimlichtuerei und Betrug, obwohl ihr Liebhaber schon längst dabei war, die Segel zu streichen? Oder war alles ganz anders gewesen? Hatte Georg sie vielleicht in dem Glauben gelassen, selbst in Riga bleiben zu wollen, während seine Familie einen Neuanfang in den USA wagte? Warum sonst hätte sie so schockiert sein sollen, als Irma Filipova ihr sagte, dass Georg von Prokhoff die Wohnung aufgegeben hatte? Als Xenias Lehrerin musste sie jedenfalls gewusst haben, dass Xenia und ihre Mutter Riga schon im Februar verlassen hatten. Was Penelope auch beschäftigte: Warum ihre Mutter schon, als sie *kam*, einen mitgenommenen Eindruck auf Irma Filipova gemacht hatte, noch *bevor* sie erfahren hatte, dass Georg ausgezogen war, immer vorausgesetzt, man konnte den Erinnerungen der Filipova trauen.

Am 24. April 1998 hatte die Polizei den Landrover auf dem Autobahnrastplatz zwischen Bayreuth und Nürnberg sichergestellt. Am 9. April war ihre Mutter das letzte Mal in Lettland gesehen worden, in Riga und in Engure. Penelope malte einen Kreis um die beiden Daten und schrieb dann Irma Filipovas Namen dazu, den sie ebenfalls umkreiste sowie die Namen der anderen Zeugen, die ihre Mutter an jenem Gründonnerstag gesehen hatten, wobei sie sich plötzlich fragte, wer von den vier Leuten – der Handwerker, die Blumenhändlerin, Irma Filipova oder Taisija – sie eigentlich zuerst gesehen hatte und wer zuletzt. Das hatte Lilija nicht erwähnt. Und sie hatte nicht danach gefragt. Weil dann die andere Frage aufgekommen war. Die Frage, was Lilija dort im Haus im Moskauer Viertel gemacht hatte.

Sowohl Penelope als auch Uldis hatten Lilija sprachlos angesehen, als sie mit hochrotem Kopf zugab, eine Auseinandersetzung mit Georg gehabt zu haben. Die großen dunklen Augen schwammen hilflos in Lilijas Gesicht, während sie erklärte, wie sie Rebeccas Aufgeriebenheit eine ganze Weile lang verfolgt hatte. Als die Situation sich immer mehr zugespitzt und Rebecca eines Tages sogar von gemeinsamen Zukunftsplänen mit Georg von Prokhoff gesprochen und ihr erzählt hatte, dass er schon eine Wohnung in Deutschland für sie und Penelope gemietet habe, dass sie sofort umziehen könne, dass er später nachkäme, da hatte Lilija zuerst versucht, Rebecca davon abzuhalten. Lilija hatte die Freundin beschworen, sich doch nicht in die Hände dieses Mannes zu begeben – denn darauf wäre es unweigerlich hinausgelaufen – und lieber das Schuljahresende abzuwarten. Wenn sie sich schon von Robert trennen wolle, dann sei sie als Lehrerin finanziell ja doch wohl allein in der Lage, das durchzuziehen, ohne einen reichen Gönner. Denn so hatte er sich Lilijas Meinung nach aufgespielt.

»An dem Tag ist mir die Hutschnur gerissen«, hatte Lilija gesagt. »Ich weiß, ich hätte mich da nicht einmischen dürfen. Es ist mir auch peinlich, aber so war es nun mal. Ich bin dorthin gefahren, um ihm so richtig die Meinung zu geigen. Ich habe ihm gesagt, dass ich von seinen diversen Affären weiß und dass er deine Mutter verdammt noch mal in Ruhe lassen soll. Ich war so richtig in Fahrt, und er hat sich das angehört und im ersten Moment habe ich geglaubt, er sei … betroffen oder so. Aber dann …« Lilija verstummte abrupt und sah von Penelope zu Uldis, mit einem veränderten Gesichtsausdruck. Sie atmete tief ein und wieder aus und fuhr dann unnatürlich ruhig fort: »Und dann hat er mir gedroht. Es war nicht so sehr das, was er gesagt hat, es war mehr sein Blick und dieser Ton, in dem er mit mir geredet hat. Wie nebenbei und so ganz sanft, dass mir angst und bange wurde.«

Lilija hatte sich wieder vollkommen gefasst. Die Röte war verschwunden, die Unsicherheit auch, als sie fortfuhr: »Ich habe das deiner Mutter dann gesagt, es ihr sozusagen gebeichtet, dass ich bei ihm war und so. Ich habe sie noch einmal gebeten, mit ihm Schluss zu machen und ihr auch erzählt, dass er mir gedroht hat. Und da hat sie mich ganz bestürzt angesehen und Tränen in den Augen gehabt. *Ich bin dir dankbar, dass du das für mich getan hast,* hat sie gesagt. *Aber du weißt noch lange nicht alles.*«

6.

Es war nach sechs, als er an diesem Abend in der Villa in Zehlendorf ankam und Veronika mit den beiden jüngeren Kindern in die Arme lief. Offensichtlich hatte sie ihren Schwiegereltern einen ihrer seltenen Besuche abgestattet. Er wusste, dass sein Vater und seine Mutter desinteressierte Großeltern waren, denen es genügte, ihre Enkel hin und wieder bei einem Geburtstag zu Gesicht zu bekommen. Außerdem hatte Falk den Eindruck, dass sie die Kinder nicht besonders mochten. Wenn seine Mutter von ihnen sprach, nannte sie sie nur *Veronikas Kinder*, und sein Vater war ohnehin der Meinung, dass *die Gören* – zumindest die beiden kleineren – schon jetzt völlig aus dem Ruder gelaufen waren.

Als Brammer ihn aussteigen ließ, um den Mercedes in die Garage zu fahren, stand Veronika gerade in ihren Wagen gebeugt da und versuchte, ihren sich aufbäumenden Sohn Jonathan im Kindersitz anzuschnallen. Das Baby in seinem Maxi-Cosi daneben schrie ebenfalls. Als Veronikas tiefrotes Gesicht wieder auftauchte und sie die Tür viel zu heftig zuschlug, zuckte sie zusammen, als sie ihn erblickte.

»Hast *du* mich erschreckt. Hallo, Falk!«

Sie begrüßte ihn nicht wie sonst mit einem Küsschen rechts und links, sondern blieb stehen, neben dem Wagen. Sie wirkte verändert. Die sonst so laxe Ausstrahlung, die seinen Vater gewöhnlich zur Weißglut trieb, war einem verkniffenen Gesichtsausdruck gewichen.

»Wie geht es dir?«, fragte er.

Sie antwortete nicht gleich, sah ihn einen Moment lang stumm an. Dann sagte sie völlig unvermittelt: »Als ob dich das je interessiert hätte.« Im nächsten Augenblick wandte sie sich abrupt ab, ging um den Wagen herum und stieg ohne ein weiteres Wort ein. Falk, der perplex zusah, wie der Kies aufspritzte, während sie zurückstieß, fragte sich, ob Tristan es mit seiner neuesten Gespielin in Sankt Moritz eventuell etwas zu offen getrieben hatte. Oder was sonst der Grund für Veronikas Besuch bei den ungeliebten Schwiegereltern sein mochte. Und so ging er – statt direkt in seinen Teil der Villa – ins Haupthaus, wo seine Eltern im Salon saßen, beide mit einem Drink in der Hand.

Er deutete nach draußen. »Ich habe gerade Veronika getroffen. Ist irgendwas passiert?«

Seine Mutter stieß geräuschvoll die Luft aus, und sein Vater antwortete mit einem Staunen in der Stimme, als würde er sich gerade selbst reden hören: »Sie will sich scheiden lassen.«

Falk sah von einem zur anderen. »Warum überrascht mich das nicht?« Tatsächlich wunderte ihn eher, dass Veronika den Gedanken erst jetzt gefasst hatte. Die Ehe seines Bruders war vom ersten Tag an eine Farce gewesen, standesgemäß, das ja. Aber das war eben auch schon alles. Falk war von Anfang an klar gewesen, dass Tristan im Gegensatz zu ihm nicht auf sein Vermögen hatte warten wollen. Im Gegensatz zu ihm hatte Tristan damals so schnell wie möglich an die Kohle seines Großvaters kommen wollen, um sein eigener Herr zu sein. Er sah, wie seine Eltern missmutig vor sich hin starrten. Als seine Mutter plötzlich sagte: »Das geht natürlich auf gar keinen Fall.«

»Warum soll das nicht gehen?«

»Man lässt sich nicht einfach so scheiden!« Auf diese Worte nahm seine Mutter einen großen Schluck. Die Eiswürfel klirrten in ihrem Glas.

Falk runzelte die Stirn. »Ist euch eigentlich klar, wie das bei den beiden so lief?«

»Ich nehme an, auch nicht anders als in anderen Ehen. Mit der Zeit muss man sich eben arrangieren.« Die Stimme seiner Mutter klang kühl. Sein Vater sagte nichts.

Falk seufzte. Er kannte die Haltung seiner Eltern zum Thema Scheidung. So etwas tat man nicht. Auch wenn man sich gegenseitig Pest und Cholera an den Hals wünschte. Sie selbst gingen da mit bestem Beispiel voran. Es war ein offenes Geheimnis, dass sein Vater über die Jahre zahllose andere Frauen gehabt hatte. Und nebenbei eine Art Zweitehe mit Waltraud geführt hatte. Oder vielleicht noch führte. Gott allein wusste, warum seine Mutter sich damit arrangiert hatte. Und wie zur Bekräftigung seiner Gedanken, wiederholte sie: »Sie kann sich nicht scheiden lassen. Das kann sie Tristan nicht antun.«

Falk traute seinen Ohren nicht. »Sie kann WAS nicht? Sag mal, weißt du eigentlich, was Tristan die ganze Zeit so treibt?«

»Na, so schlimm wird es schon nicht sein!«

Falk spürte, wie sein Blutdruck nach oben schoss. So war es schon immer gewesen. Tristan hatte nie etwas falsch gemacht. Und wenn doch, dann zauberte seine Mutter flugs eine Rechtfertigung aus dem Hut. *Aber das hat er doch nicht gewollt*, als Tristan als Zehnjähriger in Dreilinden einmal beinahe den Pavillon im Park abgefackelt hatte. Oder im Institut auf dem Rosenberg das Auto seines Geschichtslehrers bei einem Night Drive zu Schrott gefahren hatte. *Guter Gott, waren Sie niemals jung?* Das hatte sie dem damaligen Direktor um die Ohren gehauen und ihm dann einen dicken Scheck überreicht. Tristan war trotzdem vom Internat geflogen. Und er gleich mit, weil er es gewusst und die Klappe gehalten hatte. Er seufzte. »Ich kann es mir nur so vorstellen, dass Veronika es leid ist, sich ständig alleine um alles zu kümmern.«

»Zu kümmern?«, zischte seine Mutter jetzt eine Spur zu laut, sodass Falk sich fragte, beim wievielten Drink sie an diesem Abend schon angekommen war. Etwas gedämpfter fuhr sie fort: »Davon merkt man reichlich wenig. Ihre Kinder sind doch außer Rand und Band. Veronika ist eine so unfähige Mutter!«

Falk spürte, wie der Ärger in ihm größer wurde. »Es sind auch Tristans Kinder«, sagte er, um Ruhe in seiner Stimme bemüht. »Aber wenn er sich dauernd verdrückt ...«

In einer theatralischen Geste hob seine Mutter nun die linke Hand, die, die nicht das Glas hielt, und sagte: »Aber was soll der arme Junge denn machen! Irgendwann muss er ja auch mal zur Ruhe kommen.«

Sein Vater, der sich wie immer heraushielt, wenn es um solche Fragen ging, konzentrierte sich auch jetzt lieber auf seinen Drink. Aber Falk wusste, dass er in diesem Punkt mit seiner Frau übereinstimmte. Bald wird das alles hier hinter mir liegen, schoss es Falk in dem Moment durch den Kopf. Dann werde ich mit Mathilda ein neues Leben beginnen.

7.

Als Penelope am nächsten Morgen in die Miera iela einbog, hatte sie sofort das Gefühl, hier schon einmal gewesen zu sein. Ja, sie kannte diese baumbestandene Straße mit dem Kopfsteinpflaster und den Gleisen in der Mitte. Als der Blumenladen in Sicht kam, wurde aus dem vagen Gefühl bestürzende Gewissheit: Es war der 28. Juni 1997, der Samstag nach dem Johannisfeuer. Ihre Mutter war in ihr Atelier nach Engure gefahren, um zu malen, und Penelope war mit ihrem Vater auf dem Zentralmarkt gewesen, wo sie den Wocheneinkauf erledigt hatten. Aber auf dem Rückweg war er dann geradeaus gefahren, obwohl er eigentlich hätte links abbiegen müssen.

»Wohin fährst du?«, hatte sie nach vorne gerufen, und er hatte geantwortet: »Ich muss noch schnell bei einer Kollegin vorbei, was abgeben.«

Sie hatte ihn gefragt: »Bei welcher Kollegin?« Aber er hatte nicht mehr geantwortet.

Er hatte am Straßenrand gehalten, neben einem alten Holzhaus mit abblätternder Farbe, und war dann in ein hohes Gebäude gegangen und lange weggeblieben. Und neben dem hohen Gebäude, in dem er verschwunden war, war genau dieser Blumenladen gewesen, nur dass er damals noch ein anderes Schild über dem Schaufenster gehabt hatte.

Penelope fuhr rechts ran. Sie hielt an derselben Stelle, an der ihr Vater damals gehalten hatte. Ihr Herz schlug jetzt ganz schnell. Sie sah alles genau vor sich. Wie sie ungeduldig geworden und ausgestiegen war, die Seitenstraße überquert hatte, wie sie zu der hohen braunen Haustür gegangen war und versucht hatte, sie zu öffnen. Aber die Tür war verschlossen gewesen. Da hatte sie die Klingelschilder gelesen und einen Namen darauf wiedererkannt: Tanja Ozols. Und da sie wusste, wer Tanja Ozols war, dass Tanja Ozols die blonde Frau vom Johannisfeuer war, die immerzu gelacht hatte, aber nur, wenn ihr Vater in der Nähe gewesen war, drückte sie den Klingelknopf. Es hatte eine Weile gedauert, und sie hatte noch einmal klingeln müssen, bis Tanja Ozols' Stimme aus der Sprechanlage drang.

»Ich will zu meinem Papa«, hatte Penelope gesagt, und wieder war es eine Weile still gewesen.

Kurz darauf war ihr Vater heruntergekommen, und sie waren zusammen nach Hause gefahren.

Penelope stieg aus dem Wagen und überquerte die Seitenstraße. Der Blumenladen sah anders aus als damals, jetzt hatte er eine grün-weiß gestreifte Markise, an der der Wind zerrte. Auch säumten an diesem Wintertag keine Blumeneimer den Bürgersteig. Nur ein paar vereinzelte winterharte Kränze hingen an einem Gestell neben der Eingangstür.

Eine Glocke bimmelte, als Penelope eintrat, und ein satter Duft nach Grün schlug ihr entgegen. Eine junge Floristin in grüner Schürze kam ihr entgegen, einen Strauß mit kohlkopfartigen Blumen und orangeroten Rosen in der rechten Hand. Rasch umwickelte sie den Strauß mit einem Band und begrüßte Penelope auf Lettisch.

Penelope stellte sich auf Englisch vor und sagte: »Ich suche Karina Liepina. Sie hat früher einmal hier gearbeitet«, woraufhin die Blumenhändlerin sie einen Moment irritiert ansah, sich dann umdrehte und etwas nach hinten rief.

Es dauerte keine drei Sekunden, bis eine etwa sechzigjährige Frau mit nachlässig hochgestecktem grauem Haar auftauchte. Unter ihrer Gärtnerschürze trug sie eine dunkelblaue Blümchenbluse mit hochgeschlossenem Rüschenkragen und einer dicken moosgrünen Blüten-Brosche. Ohne Penelope aus den Augen zu lassen, sagte sie auf Englisch: »Ich bin Karina. Was kann ich für Sie tun?« Zum Glück sprach auch sie Englisch.

Penelope zeigte ihr das Foto des Steckbriefs, den Lilija und ihre Kollegen 1998 verteilt hatten.

»Die Frau auf dem Steckbrief ist meine Mutter. Sie sagten damals, Sie hätten sie gesehen.«

Karina Liepina sah sie aus dunkelbraunen Augen ruhig an. »Das ist lange her.«

»Das ist es. Aber vielleicht können Sie sich trotzdem noch an etwas erinnern?«

Die Floristin hob die Hände, in denen sie die gleichen Kohlkopfblumen hielt wie ihre Kollegin.

»Ich hoffe, es macht Ihnen nichts aus, wenn ich währenddessen weiterarbeite ... Wir haben einen Großauftrag.«

»Lassen Sie sich von mir nicht aufhalten. Ich möchte nur gerne von Ihnen persönlich hören, was Sie damals gesehen haben.«

Die Blumenhändlerin kehrte ins Hinterzimmer zurück, zog ein paar Rosen aus einem Kübel.

»Was ich damals gesehen habe ...«, sagte sie und umwickelte den Strauß mit einem Band. Sie arbeitete rasch und routiniert. »Das Einzige, was ich Ihnen erzählen kann, ist, dass ich die Frau, nach der damals gesucht wurde, mit einer anderen Frau habe sprechen sehen. Die beiden standen nicht weit entfernt ... gleich neben den Blumenkübeln, die wir sonst draußen stehen haben.«

»Diese andere Frau, wissen Sie noch, wie sie aussah?«

»Ja. So eine hübsche Rotblonde war das. Die habe ich öfters in das Haus nebendran gehen sehen, ich glaube, dass sie dort gewohnt hat.«

»Wissen Sie zufällig, worüber die beiden sich unterhalten haben?«

»Nein, die haben sich ja in einer anderen Sprache unterhalten. Später habe ich dann erfahren, dass die Frau, also die Vermisste, eine Deutsche war.«

»Sie haben damals gesagt, dass die beiden ... nicht sehr freundlich miteinander umgegangen sind«, sagte Penelope vorsichtig. Sie wollte der Frau keine Worte in den Mund legen.

Die Floristin nahm eine Schere und schnitt die Stängel des Blumenstraußes auf gleicher Länge ab.

»Das kann man wohl sagen. Die sind ja fast aufeinander losgegangen.«

»Ach wirklich? Wie meinen Sie das?«

»So wie ich es sage. Die eine hat plötzlich einen Schritt nach vorne getan und die andere an den Oberarmen gepackt.«

Penelope spürte, wie ihr das Adrenalin durch den Körper schoss. »Also die Rotblonde, die nebenan gewohnt hat, ist auf die andere losgegangen?«

Die braunen Augen der Floristin blickten einen Moment lang verwirrt.

»Nein, nein, es war andersherum. Die Blonde mit dem rosa Mantel vom Foto ist auf die andere losgegangen, auf die, die nebenan gewohnt hat. Das war ein komischer Anblick. Zwei so gepflegte Frauen … Wahrscheinlich habe ich mich deshalb so gut an sie erinnert.«

Der Wind zerrte an ihrem Schal, als Penelope den Blumenladen verließ und zu ihrem Wagen ging. Während der Fahrt zurück ins Moskauer Viertel konnte sie an nichts anderes denken als daran, dass ihre Mutter auf Tanja Ozols losgegangen war.

Sie hielt schon vor dem Gardinengeschäft, als ihr plötzlich ein Gedanke kam. Sie hätte die Blumenhändlerin fragen sollen, wann sie die beiden gesehen hatte, zu welcher Tageszeit. Auf einmal begann ihr Herz schneller zu schlagen. Was, wenn Tanja Ozols die letzte Person gewesen war, die ihre Mutter lebend gesehen hatte? Sie sah auf die Uhr, halb eins, und fragte sich, ob das Blumengeschäft über Mittag geschlossen hatte. Sie rief trotzdem im Laden an, aber niemand nahm ab. Rasch löste sie den Sicherheitsgurt, schloss den Wagen ab, ging in die Wohnung und wählte, noch in der Daunenjacke, ihren Vater über Facetime an. Eigentlich hatte sie eine Abneigung gegen Facetime. Aber es gab Momente, in denen es hilfreich war, dem anderen ins Gesicht zu sehen.

»Wann hattest du eigentlich vor, mir zu sagen, dass du damals nicht allein nach Japan gegangen bist?«

Penelope fixierte das Gesicht ihres Vaters auf dem Smartphone. Er stand in seiner Küche und hielt mal wieder das Baby im Arm, während die beiden anderen Kinder im Hintergrund ihr Unwesen trieben. »Du bist so scheiße«, hörte sie Nele schreien und kurz darauf Geheule, ebenfalls von Nele. Offenbar hatte der ungerührte Friedolin diese Beleidigung nicht auf sich sitzen lassen.

»Ich koche gerade«, entgegnete ihr Vater vorwurfsvoll.

Penelope ging nicht darauf ein. »Kannst du die Lautsprecher in deiner Küche mal einen Moment runterdrehen?« In der Vergangenheit hatte sie immer Verständnis gezeigt, ja oft sogar ein bisschen Mitleid mit ihrem Vater gehabt, wenn der mal wieder dazu verdammt war, seine Kinder in Schach zu halten. Aber nicht heute. Nicht nach dem, was sie in den letzten Tagen erfahren hatte.

»Moment«, sagte ihr Vater nun, und sein Gesicht verschwand, etwas Weißes, wahrscheinlich die Zimmerdecke wurde sichtbar. Sie hörte ihren Vater etwas brüllen, dann eine seltsame Konservenstimme, bis sie begriff, dass er den Fernseher eingeschaltet hatte. Kurz darauf war das Gesicht ihres Vaters wieder da. Er saß an seinem Schreibtisch im Arbeitszimmer.

»Jule macht grad Yoga«, sagte er.

»Aha«, sagte Penelope. Wenn sie anrief, machte Jule eigentlich immer Yoga. Oder sie arbeitete an ihrem Yoga-Podcast oder gab Unterricht in Ayurveda, obwohl sie Penelopes Meinung nach schon mit dem Kochen von Eiern überfordert war. »Die Jule braucht das als Ausgleich«, hatte ihr Vater einmal zu ihr gesagt, als Penelope ihn gefragt hatte, ob es gelegentlich auch vorkäme, dass *die Jule* sich mal mit ihren Kindern beschäftigte.

»Warum hast du mir damals nicht gesagt, dass Tanja Ozols mit dir in Japan war?«

Penelope sah, wie sich die Anspannung auf dem Gesicht ihres Vaters abzeichnete. Wahrscheinlich denkt er darüber nach, wie er aus dieser Nummer wieder rauskommt, dachte sie und schwieg. Sie würde ihm das hier nicht ersparen.

Da seufzte er und sagte: »Du warst ja damals total durch den Wind. Da wollte ich dich damit nicht auch noch belasten.«

»Ach so? Also allein aus Rücksicht auf mich? Das kannst du dem kleinen Balthasar erzählen.«

»Jetzt werd mal nicht frech.«

Penelope atmete tief ein und wieder aus. Sie musste sich zwingen, sachlich zu bleiben. Ruhig fuhr sie fort: »Können wir zur Abwechslung mal offen miteinander sprechen? Und reden wie zwei erwachsene Menschen? Ich mache dir keinen Vorwurf, dass du eine … Beziehung zu Tanja Ozols hattest.« Was nicht stimmte. In Wirklichkeit machte sie ihm jeden nur erdenklichen Vorwurf.

An seinem Gesichtsausdruck sah sie, dass es in ihm arbeitete. Schließlich sagte er: »Es war wohl eine Mischung aus vielem. Ich hatte einfach das Gefühl, dass du das nicht auch noch verkraften würdest. Und dann …« Er stockte, blickte nach unten, als ob die Antwort dort zu finden wäre. »… hat es ja auch nicht lange gehalten. Außerdem … Du kannst dir ja nicht vorstellen, wie mich alle angesehen haben. Es ist doch immer zuerst der Ehemann …«

»Die haben dir also unterstellt, dass du was mit Mamas Verschwinden zu tun hattest? Aber wer denn?«

»Natürlich hat niemand das direkt ausgesprochen. Aber es war schon so, dass mich die Kollegen anders angeguckt haben. Drum wollte ich dort so schnell wie möglich weg. Es war die Hölle. Und schließlich stand auch noch die Polizei vor meiner Tür und hat Fragen gestellt. Du glaubst nicht, wie das ist, wenn …« Er verstummte.

»Hast du deshalb diese Leute vom Fernsehen kontaktiert?«

Seine Lippen waren jetzt nur mehr ein schmaler Strich. »Was denkst *du* denn? Das hat mich doch verfolgt.«

Penelope betrachtete das Gesicht ihres Vaters auf dem kleinen Bildschirm und dachte darüber nach, wie sie die nächste Frage stellen sollte, ohne dass er gleich wieder dicht machte. Vorsichtig fragte sie: »Und … wie war das so mit Tanja Ozols?«

»Ach … das war … Sie war … hat mich total eingeengt. Ich konnte keinen Schritt mehr ohne sie machen. Sie war wie … besessen von mir. Klingt peinlich, ich weiß. War aber so.«

Penelope fand den Moment gekommen, ihm die eigentliche Frage zu stellen: »Wusstest du, dass Tanja Ozols und Mama sich gestritten haben, an dem letzten Tag, bevor Mama … verschwand?«

Jetzt sah ihr Vater verblüfft aus. »Wie kommst du denn darauf?«

»Ich habe mit einer Zeugin gesprochen, die die beiden gesehen hat. Sie hatten eine heftige Auseinandersetzung.«

»Du hast mit einer Zeugin gesprochen? Aber ... wo bist du denn?«

»Ich bin in Riga.«

»Was? Wieso ... aber was machst du denn dort? Ich verstehe nicht ...«

Ungeduldig wischte Penelope die Frage weg. »Es hat sich so ergeben«, sagte sie, ohne weiter darauf einzugehen, und wiederholte ihre Frage: »Also wusstest du das? Dass Tanja Ozols zu den letzten Menschen gehört, die Mama ...«

»Nein. Das wusste ich nicht. Aber ... warum stellst du mir diese ganzen Fragen? Was soll das jetzt noch bringen?«

Auch diese Frage ignorierte Penelope. Stattdessen sagte sie: »Ich wollte dich bitten, mir zu sagen, woran du dich erinnerst. Was ihr an jenem letzten Tag gemacht habt.«

Sie betrachtete das Gesicht ihres Vaters, das nun völlig reglos wirkte. Um nichts in der Welt hätte sie sagen können, was er gerade dachte oder fühlte. Und jetzt waren im Hintergrund auch wieder Geräusche zu hören, Geplärre, das lauter wurde. Im nächsten Moment sah Penelope im Hintergrund die Tür aufgehen und Yoga-Jule mit dem kleinen Balthasar hereinkommen. Und dann nichts mehr. Dafür hörte sie Jules ein wenig leiernden Ton: »Wir hatten doch gesagt, dass die Kleinen tagsüber nicht fernsehen sollen.« Dann eine kurze Pause und schließlich: »Kannst du den Balthi jetzt *bitte* mal nehmen. Ich muss mich *wirklich* konzentrieren.«

Dann redeten sie hin und her, es ging um Friedolins musikalische Früherziehung und um die Frage, ob Robert den Otto auch noch mitnehmen könne, weil die Mama von ihm nicht könne. Da sagte Penelope: »Jule?« Als niemand reagierte, wiederholte sie den Namen ihrer Stiefmutter lauter und schärfer als beabsichtigt, vierzehn Jahre Bundeswehr ließen sich eben nicht leugnen. Als schließlich Jules Gesicht auf dem Smartphone erschien, die rosigen Wangen und das zu einem schrägen Pferdeschwanz gebundene Blondhaar, sagte Penelope ohne Umschweife: »Bitte nimm deinen Sohn und geh aus dem Zimmer.«

Jules reizendes Lächeln erstarb. »Sag mal, wie redest du denn mit mir?«

»Ich rede Klartext mit dir. Und deshalb bitte ich dich, uns für einen Moment allein zu lassen.«

Jetzt machte auch ihr Vater Anstalten, sich zu entrüsten. »Also sag mal«, doch auch das kürzte Penelope ab mit den Worten: »Lass das jetzt. Wir haben etwas Wichtiges zu besprechen.« *Und dieses eine Mal ohne deine Gören im Hintergrund,* hätte sie am liebsten hinzugefügt, verkniff es sich aber. Tatsächlich wurde das Gekreische jetzt leiser und erstarb dann ganz. Immer noch beherrscht sagte Penelope: »Also, kannst du mir jetzt bitte sagen, wie das an dem Tag war, als du Mama zum letzten Mal gesehen hast. Bitte versuch, dich an alles zu erinnern.«

Ihr Vater sah einen Moment lang perplex aus, doch er schien begriffen zu haben, dass dies nicht der Moment für Ausweichmanöver war. Dann antwortete er: »Alles war ganz normal. Ich weiß nicht, was du hören willst.«

Wieder musste Penelope sich zusammenreißen, ihren Vater nicht anzubrüllen. »Wann hast du sie zum letzten Mal gesehen: War das vor dem Mittagessen oder danach? Vor dem Abendessen oder danach? Das wirst du doch wohl noch wissen, schließlich ist an dem Tag deine Frau für immer verschwunden.« Sie hörte selbst, wie scharf ihr Tonfall war. Sie biss die Zähne zusammen, während sie auf seine Antwort wartete.

Endlich sagte er: »Es war am Morgen, wir haben ganz normal gefrühstückt. Dann ist sie gegangen. Das ist alles.«

»Worüber habt ihr euch unterhalten?«

»Über alles Mögliche.«

Penelope fixierte das Gesicht ihres Vaters. »Geht's noch etwas ungenauer?«

Da seufzte ihr Vater und sagte: »Ich habe ihr gesagt, dass ich mich scheiden lassen will. Da ist sie ausgeflippt. Sie hat mich angeschrien. Hat mich und Tanja beleidigt. Und ist dann abgerauscht.«

8.

Später bereitete Waltraud Falk ein schlichtes Abendessen. An der Küchenarbeitsfläche stehend, wechselten sie ein paar Worte. Wie zu erwarten war, ähnelte Waltrauds Haltung Tristan gegenüber seiner eigenen. Im Gegensatz zu seiner Mutter hatte Waltraud sich nie von Tristans Charme einwickeln lassen und ihn so gesehen, wie er wirklich war. Während sie das Risotto in die Mikrowelle stellte, blickte sie ihn an und sagte: »Dein Vater weiß sehr wohl, dass du es bist, der für deinen Bruder ständig die Kohlen aus dem Feuer holt.«

Überrascht sah er sie an. »Wie meinst du das?«

»So wie ich es sage. Die Arbeit in der Firma ... und jetzt auch noch die Arbeit in der Stiftung. Meinst du nicht, dass Tristan langsam mal die Verantwortung für sein Leben übernehmen sollte?«

Die Mikrowelle klingelte, Waltraud holte den Teller mit dem Risotto heraus und stellte ihn auf die Arbeitsfläche. Wie früher als Kind sah er zu, wie sie das Besteck aus der Schublade holte und den Tisch für ihn deckte. Plötzlich konnte er nicht mehr an sich halten. »Und was ist mit meinem Vater?«, fragte er. »Wann übernimmt mein Vater die Verantwortung für sein Leben?«

Einen kurzen Moment sah Waltraud ihn an, lächelte gleichmütig, schenkte ihm ein Glas Mineralwasser ein und stellte es zusammen mit dem Salat und dem Risotto auf den Tisch. Sie holte eine weiße Stoffserviette aus dem Schrank und reichte sie ihm.

»Ach, Falk«, sagte sie und berührte seinen Arm. »Jetzt iss erst mal in aller Ruhe. Du siehst erschöpft aus.«

Dann verabschiedete sie sich und zog die Tür so leise hinter sich ins Schloss, dass er schon glaubte, er hätte sich ihre Anwesenheit nur eingebildet.

Nach dem Essen fuhr er ins Stadtpalais und rief Mathilda über Facetime an. Er wusste, dass sie das nicht mochte, sie telefonierte lieber »ohne Bild«. Aber heute musste er sie sehen, nach diesem unerfreulichen Gespräch mit seinen Eltern. Und dann gab es noch einen weiteren Grund. Er musste sich mit eigenen Augen vergewissern, dass es ihr gut ging. Vor ein paar Wochen hätte er dieses Gefühl als paranoid abgetan. Das tat er nun nicht mehr. Inzwischen hielt er alles für möglich. Nur nicht, dass mit seiner Frau *irgendetwas nicht stimmte*, wie Brammer versucht hatte, ihm weiszumachen. Als Brammer ihn am Tag nach der Charity-Veranstaltung ins Büro gefahren hatte, hatte er ihm davon erzählt, wie Mathilda etwas mit dem NATO-Alphabet buchstabiert hatte und ihn daraufhin vorsichtig gefragt, ob er seine Frau vor der Heirat hatte überprüfen lassen. Brammer sollte sich mit seiner Mutter zusammentun. Die litt, was Mathilda anging, unter derselben Paranoia. Allerdings hatte Brammers Bemerkung etwas anderes in ihm ausgelöst – die Bestätigung dessen, was er schon längst gewusst hatte: dass die Sache zwischen Mathilda und ihrem Landser viel ernster gewesen war, als sie ihm weismachen wollte. Und dass die beiden sich verdammt nahe gewesen waren.

»Wie war dein Tag? Was hast du heute gemacht?«, fragte er und schob den Gedanken an diesen Noah weit von sich. Er musste damit aufhören! Sie gab ihm doch nicht den kleinsten Anlass zu denken, dass da noch irgendetwas zwischen ihnen lief. Er betrachtete ihr frisches, offenes Gesicht auf dem Bildschirm seines Smartphones.

»Ich hab mir die Stadt angesehen«, antwortete sie.

»Was denn genau?«, fragte er, obwohl er es eigentlich gar nicht so genau wissen wollte. Die Erinnerungen, die er mit dieser Stadt verband, gehörten zu den dunkelsten in seinem Leben. Wenn er an Riga dachte, fühlte er sich wie ein Holzhaus nach einem Termitenüberfall. Mürbe und brüchig.

»Ach, die Altstadt, ein bisschen spazieren im Park, dies und das … Und ich habe Ligsdinas gegessen.«

»Was ist das denn?«

Jetzt wurde ihre Stimme lebhaft. »Das weißt du nicht? Wer von uns hat in Riga gewohnt?«

»Ja, aber wir hatten …«

»*Unsere eigene Köchin*, ich weiß«, sagte sie und zog die Augenbrauen hoch. Dann erklärte sie ihm, was Ligsdinas waren und dass sie als Nachtisch irgendwas, das sich wie *Kawumms* anhörte, gegessen hatte. Nie zuvor hatte er sie so begeistert übers Essen sprechen hören.

Eine Weile unterhielten sie sich, und Falk spürte, wie er sich ein wenig entspannte. Mathildas Stimme zu hören, ihr wunderschönes Gesicht zu sehen, tat gut. Die Gespenster der Vergangenheit und der Gegenwart zogen sich in die Zimmerecken zurück. Wenn er mit ihr sprach, wenn er sie ansah, wenn er mit ihr zusammen war, war auf einmal alles gut.

»Was hast du an?«, fragte er, als sie gut zehn Minuten geplaudert hatten.

Sie grinste. »Das willst du nicht sehen.«

»Oh doch, das will ich. Du siehst in allem wunderschön aus.«

Sie verzog das Gesicht zu einer Grimasse und ließ das Smartphone für einen Moment nach unten gleiten. Dabei streifte die Kamera einen Schreibblock und einige lose Blätter Papier, die auf dem blauen Sofa lagen, auf dem sie offensichtlich saß.

»Ich sag's ja. Jogginghose meets Schlabbershirt.«

»Was machst du gerade?«, fragte er.

»Ich telefoniere.«

»Ha, ha … Nein, ich meine, was hast du gemacht, bevor ich dich angefunkt habe?«

»Nichts Besonderes … ein bisschen gelesen …«

Auf einmal hatte er das Gefühl, dass sie ihm auswich. Warum sagte sie ihm nicht, dass sie gerade etwas geschrieben hatte?

»Wie ist eigentlich die Ferienwohnung?«

»Die ist o. k. Klein. Aber das gefällt mir.«

»Führ mich doch mal ein bisschen herum.«

»Die ist nichts Besonderes.«

»Ich will sie trotzdem sehen.«

»Warum denn?«

»Dann kann ich mir dich besser vorstellen. Also los … gib mir eine Führung.«

Kurz darauf tauchten auf dem Bildschirm ein Holztisch auf, eine schlichte Küchenzeile, ein kleines Bad, und schließlich wieder das blaue Sofa, auf dem der Block und die losen Blätter lagen.

»Was schreibst du da?«, fragte er und sah sie aufmerksam an, als ihr Gesicht wieder auf dem Smartphone erschien.

Er sah, wie sie den Blick abwandte: »Ach, nichts weiter ... Ich bereite mich ein bisschen auf Trīs Liepas vor.«

Auf einmal war er sich ganz sicher, dass sie ihn gerade angelogen hatte.

»Lass doch mal sehen. Ich will wissen, was dir da so durch den Kopf geht.«

»Warum so neugierig? Ich kriege das schon hin.« Ihre Stimme hatte sich verändert. Sie klang jetzt ein wenig gereizt.

»Du weißt doch, dass ich *alles* von dir wissen will.« Erst nachdem er die Worte ausgesprochen hatte, merkte er, wie befremdlich das in ihren Ohren klingen musste. Als sei er ein Kontrollfreak. Oder der Stalker in einem Psychothriller.

Und da hörte er sie sagen: »Nö!« Einfach nur dieses Wort.

Er lachte ungläubig. »Das sagst du zu deinem dir angetrauten Ehemann? Nö?«

Sie stimmte in sein Lachen ein. Und doch war er sich in diesem Moment sicher, dass keiner von ihnen die Situation als besonders lustig empfand. Vor allem aber fragte er sich, warum er partout nicht wissen sollte, was sie geschrieben hatte. Und dann dachte er an sich selbst, an seine eigenen Geheimnisse, an all die vielen Dinge, die er vor ihr verbarg, und dass er gleich nach diesem Gespräch die Fotos von Sieglinde Königs Pinnwänden auf seinen Monitor holen und sie sich genau ansehen würde in der Hoffnung, darauf irgendeinen Hinweis zu finden, warum sie hatte sterben müssen.

Er war auf dem Sofa eingeschlafen, in voller Montur und mit ungeputzten Zähnen. Ein Blick auf sein Smartphone zeigte, dass es kurz nach halb fünf war. Nach dem Facetime-Anruf bei Mathilda hatte er sich eigentlich nur kurz hinlegen wollen, um darüber nachzudenken, was da zwischen ihnen eigentlich abgegangen war: ob sie ihm ihre Notizen deshalb nicht hatte zeigen wollen, weil sie etwas vor ihm verbarg. Oder ob das nur eine Art Trotzreaktion auf seine Aufdringlichkeit gewesen war, die er ihr mehr schlecht als recht als Scherz zu verkaufen versucht hatte. So wie sie nach seiner Eifersuchtsattacke zum Abschluss ihres Flitterwochenendes einfach davongefahren war. Im Gegensatz zu Jo, die aus allem ein großes Drama gemacht hatte, klappte Mathilda einfach zu und entzog sich.

Immerhin hatte er die Nacht durchschlafen können. Mühsam schälte er sich jetzt hoch und ging ins Bad, duschte, putzte sich die Zähne und schlüpfte in einen Pullover und eine bequeme Jeans. Er schloss das Fenster, das er zuvor zum Lüften geöffnet hatte, sperrte das Geräusch des Winterregens aus, der gnadenlos auf die Steinplatten des Balkons prasselte. In der Küche ließ er sich einen Mug Kaffee aus der Maschine. Während der Automat brummte, ging er ins Arbeitszimmer, wo er die Schreibtischlampe einschaltete und den Rechner hochfuhr. Falk mochte diese frühen Stunden, wenn die Gedanken in der Welt noch schwiegen. Er hatte dann immer das Gefühl, einen Vorsprung zu haben. An Tagen, an denen er viel zu tun hatte, stand er deshalb oft um diese Uhrzeit auf, und auch wenn es ihm zunächst schwerfiel, war die Müdigkeit doch sofort verschwunden, wenn er den ersten Schluck Kaffee intus hatte.

Mit dem Becher in der Hand öffnete er die Desktop-Version von WhatsApp. Die Nachbarin hatte ihm etliche Fotos geschickt, Gesamtaufnahmen der Pinnwände, aber auch Ausschnitte daraus. Auf einer Pinnwand hatte Sieglinde eine Landkarte platziert, die mit etlichen Nadeln und Wollfäden markiert war. Sein Blick aber wanderte zuerst zu der zweiten Pinnwand, die mit einer Mischung aus Porträt- und Pressefotos bestückt war: Auf dem ersten Bild erkannte er Bohnau und Kappler bei einer Straßenblockade von Last Exit. Daneben ein anderes Bild, das Wolf Schreiber, den Ortsvorsteher von Trīs Liepas, zeigte. Er betrachtete den Mann, den er von den unliebsamen Jugendlagern her kannte. Er wusste, dass Wolf sich über die Jahre zu einem Frontmann für die Stiftung entwickelt hatte und sich in regelmäßigem Austausch mit seinen Eltern befand. Falks Meinung nach hatte Wolf allerdings nicht mehr alle an der Glocke. Mit seinem Rauschebart, den Leinenklamotten und Jesuslatschen, die er auch im Winter trug, sah er aus, als hätte er sich auf dem Weg nach Jerusalem verirrt. Seltsamerweise konnte besonders seine Mutter gut mit ihm. Was ihn wunderte, weil sie Leute wie ihn gewöhnlich als *Weihnachtsmann* bezeichnete. Soweit Falk informiert war, waren Wolfs Söhne inzwischen auch für die Stiftung tätig. Er glaubte sich zu erinnern, dass einer von ihnen im letzten Jahr sogar die Leitung eines Dorfprojekts in Thüringen übernommen hatte. Sein Blick wanderte weiter zu einem Pressefoto aus der *taz*, das bei einer Aktion von Last Exit aufgenommen worden war, als die Gruppe im letzten Jahr auf das Brandenburger Tor geklettert war und dort ein Transparent mit der Aufschrift *Last Exit aus der Klimakatastrophe. Stoppt die Regierung* ausgerollt hatte. Das Bild daneben zeigte einen Protestmarsch von Frauenrechtlerinnen, die gegen sexuelle Gewalt protestierten; wieder ein anderes eine Demo von durchgeknallten Impfgegnern und QAnon-Anhängern. Und dann gab es noch ein paar Porträtfotos von einzelnen Leuten, von denen Falk niemand bekannt vorkam. Er ließ den Blick über die Gesichter gleiten. Da waren Frauen mittleren Alters, ein Soldat in Uniform, drei Männer in Anzügen und einer, der aussah wie ein Yogalehrer. Dann fiel sein Blick auf das letzte Bild, ein Schnappschuss, der in der U-Bahn aufgenommen worden war und der zwei arabisch aussehende Typen mit Bart zeigte. Er sah genauer hin. Und erstarrte. Aber das war ja ... Seine Augen weiteten sich, als er den Mann rechts auf dem Foto erkannte. Mit fahrigen Fingern vergrößerte er den Bildausschnitt. Nein, dachte er wie gelähmt. Es gibt keinen Zweifel. Das ist der Typ aus dem Grunewald, der mit dem Messer auf ihn losgegangen war! Aber wieso hatte die König diesen Typen an ihrer Pinnwand? Und wie kam sie an das Bild? Und plötzlich glaubte er zu verstehen. So musste es sein. Das Foto war in der U-Bahn aufgenommen worden. Zeigte es etwa die beiden Männer, die versucht hatten, die König vor die U-Bahn zu stoßen?

In dem Moment klingelte es. Das Adrenalin pumpte noch immer durch seinen Körper, während er sich orientierungslos umsah. Ein fahriger Blick auf die Uhr zeigte, dass es gleich sechs war. Wie ferngesteuert stand er auf und ging zur Überwachungskamera in dem kleinen Technikraum neben dem Eingang. Und erkannte Brammer, der draußen vor dem Haupteingang stand und ihn direkt anzuschauen schien. Er hielt etwas in der Hand, das aussah wie eine Dokumentenmappe. Falk drückte den Türöffner. Ein paar Sekunden später sah er Brammer die Treppe hochsprinten, immer zwei Stufen auf einmal nehmend. Falk machte einen Schritt zur Seite und ließ seinen Leibwächter eintreten. »Ist was passiert?«, fragte er mit einem angespannten Blick in das Gesicht seines Leibwächters und schloss die Tür.

»Ich muss Ihnen was zeigen«, sagte Brammer nüchtern. Wie immer verriet dessen Stonehenge-Miene nichts von dem, was er dachte.

Sie gingen ins Wohnzimmer, wo Falk ihm einen Platz anbot. Aber Brammer rührte sich nicht. Er blieb an der Küchentheke stehen. Und jetzt merkte Falk ihm das Unbehagen doch an.

»Es geht um Ihre Frau.«

Er spürte die Worte in der Körpermitte. Er hatte alles erwartet, nur nicht das.

»Um meine Frau?«, fragte er und hörte selbst, wie erschrocken er klang. »Was ist mit ihr? Ist ihr etwas passiert, ich habe gestern noch ...?«

Brammer stieß die Luft aus. »Nein, nein ... das ist es nicht.«

Die Erleichterung in Falks Gliedern fühlte sich mürbe an, so als wären seine Muskeln und Sehnen perforiert und würden jeden Moment in sich zusammensacken. Schärfer als beabsichtigt sagte er: »Jetzt kommen Sie mir aber nicht wieder mit dem NATO-Alphabet!«

Brammer sah ihn nun an. »Ich habe Erkundigungen eingezogen.«

Falk traute seinen Ohren nicht: »*Was* haben Sie?«

»Nach meiner Beobachtung im Ritz habe ich Nachforschungen über Ihre Frau angestellt.« Er hielt Falks Blick stand.

Falks Augen wanderten zu der Mappe, die Brammer immer noch in der Hand hielt. Wie betäubt sah er zu, wie sein Leibwächter den Spanngummi löste und die Mappe aufklappte.

»Vielleicht sollten wir uns wirklich setzen«, sagte Brammer jetzt. Aber seine Stimme kam wie von weit her, während Falk fassungslos auf das Foto einer Frau in Uniform starrte, die genauso aussah wie Mathilda.

9.

Früh am nächsten Morgen klingelte der Wecker. Verschlafen tastete Penelope nach ihrem Smartphone und brachte es zum Schweigen. Ganz gegen ihre Gewohnheit war sie gestern Abend spät eingeschlafen, nach der Lektüre von Lilijas Übersetzung der beiden Zeitungsartikel. Der erste war am Mittwoch, dem 22. Oktober 1997, in der *Latvijas Avīze* erschienen mit dem Titel *Wasserleiche am Ufer des Kisch-Sees entdeckt: Todesumstände rätselhaft.* Eine Spaziergängerin hatte am Montagabend, den 20.10.1997 gegen 17.30 Uhr, am öffentlich zugänglichen Badestrand an der Roberta Feldmaņa iela im Stadtteil Kaiserwald die Leiche einer jungen Frau entdeckt und daraufhin die Polizei informiert. Die junge Frau sei zuletzt am Freitagabend, den 17.10.1997, bei einer schulischen Veranstaltung in der Ezermalas iela gesehen und von ihren Eltern als vermisst gemeldet worden. Weiter hieß es, über die Umstände ihres Todes gäbe es noch keine weiteren Erkenntnisse, die Ermittlungen dauerten an.

Der zweite Artikel war ein Jahr später erschienen und handelte von der Verurteilung des Lehrers Andris B. zu einer lebenslangen Haftstrafe.

Nach der Lektüre hatte Penelope sich herumgewälzt und war schließlich in einen wirren Film eingetaucht, in dem es um eine tote Alise ging, die mit starren Augen in den Regen blickte, ihr Haar um sie herum ausgebreitet wie rote Schlangen. Das Unbehagen, das dieser Traum in Penelope ausgelöst hatte, machte es ihr am nächsten Morgen unmöglich, mehr als nur eine Tasse Kaffee hinunterzubekommen.

Es war noch dunkel, als Penelope später das Haus verließ. Der Morgen empfing sie mit klirrender Kälte, als sie hinaustrat und über einen vereisten Bürgersteig zu ihrem Wagen ging. Sie gab ihr Ziel ins Navi ein, stellte das Gebläse auf volle Pulle und fuhr los, die vor Kälte steifen Finger auf dem beheizten Lenkrad, das langsam wärmer wurde. Und während sie durch die verwaisten Straßen fuhr, war ihr bewusst, dass das eine Schwachsinnsidee war, so früh aufzustehen nach einer schlechten Nacht und durch die Gegend zu gurken, und doch fuhr sie einfach weiter, gegen die Unruhe in ihrem Körper an, dieses summende Gefühl, das sie in dieser Nacht nicht hatte zur Ruhe kommen lassen. In der Roberta Feldmaņa iela im Stadtteil Kaiserwald, wo Alises Leiche gefunden worden war, hielt sie an und stieg aus.

Die Feldmaņa iela, die unmittelbar am Wasser verlief, war eine stille Seitenstraße, die von zu Krüppeln gestutzten Linden gesäumt war. Links der Straße lag ein lang gestrecktes Gebäude, das damals sicher noch nicht hier gestanden hatte. Im Wasser lagen im Abstand von wenigen Metern schwimmende Stege, die zu irgendwelchen Kneipen auf Flößen zu führen schienen. Die hatte es damals sicher auch noch nicht gegeben, dachte Penelope und folgte, als die Straße einen Knick nach links machte, dem direkt am Wasser entlangführenden Fußweg, der sich nach einer Weile in der Dunkelheit verlor. Hier irgendwo in dieser Gegend war Alise von einer Spaziergängerin gefunden worden.

Wieder zurück im Wagen, gab Penelope die Ezermalas iela ein, wo einige Tage zuvor, am 17. Oktober 1997, die Preisverleihung stattgefunden hatte, und fuhr los. Der Charakter der Gegend veränderte sich, wurde zu einem Gewerbegebiet. Nachdem sie eine Weile unterwegs war, wurde ihr klar, dass die Straße recht lang war. Das Veranstaltungsgebäude würde sie so nicht wiederfinden. Sie hielt am Straßenrand und holte *Kaiserwald I* aus ihrem Rucksack. Sie betrachtete das Fabrikgebäude, in dem die Vernissage stattgefunden hatte, blätterte weiter und sah sich das letzte Bild an, auf dem ein Wäldchen zu sehen war, auf das Elise zu rannte. Penelope griff nach ihrem Smartphone und sah sich die Gegend in Google Maps an. In der Nähe der Ezermalas iela gab es heutzutage nur zwei Wäldchen, die infrage kamen. Und beide grenzten an den Kisch-See – den See, an dessen Ufer Alises Leiche gefunden worden war. Sie startete den Wagen, bog in diverse Stichstraßen, die zum See hinunterführten, ein. Bis sie abrupt bremste. Alles sah noch genauso aus wie in Xenias Buch. Die menschenleere Stichstraße zum See, die auf das Wäldchen zuführte. Hier also war Alise entlanggelaufen. Und Xenia hatte sie gesehen.

Den restlichen Vormittag lief sie durch die Stadt, besuchte die Orte, die in ihrer Kindheit eine Bedeutung gehabt hatten, und musste feststellen, dass vieles anders geworden war. So existierte ihr alter Kindergarten nicht mehr, und die Grundschule hatte einem Seniorenwohnheim Platz gemacht. Hinter den Fenstern sah sie die Alten ihre Rollatoren durch die Gänge schieben und eine Frau in einem hellblauen Arbeitsanzug einen Essenswagen aus dem Fahrstuhl ziehen.

Für ein spätes Mittagessen ging sie in eine Cafeteria mit Selbstbedienung. Sie fühlte sich überfordert, konnte sich kaum zwischen verschiedenen Suppen und Salaten und Hauptgerichten entscheiden. Schließlich schleppte sie ein übertrieben volles Tablett an einen Fensterplatz. So war es immer mit ihr und den Büfetts. Man hätte meinen können, sie hätte als Kind hungern müssen und würde nun alles nachholen, was ihr damals verwehrt geblieben war.

Nach dem Mittagessen fühlte sie sich voll und schläfrig. Einen Moment lang war sie versucht, zur Wohnung zurückzufahren und sich einfach hinzulegen. Doch sie vermutete, dass sie trotz lähmender Müdigkeit nicht zur Ruhe kommen würde, und so entschied sie sich für zwei doppelte Espressi. Während sie so dasaß und das Koffein langsam seine Wirkung entfaltete, gingen ihre Gedanken wieder zu den Adressen der Zeugen, die Lilija ihr aufgeschrieben hatte.

Sie zog den Zettel und den Stadtplan aus ihrer Anoraktasche, schob die Kaffeetasse zur Seite, breitete den Stadtplan von Riga vor sich aus und zeichnete ihr ehemaliges Zuhause in der Antonijas iela mit einem Kreuz ein. Hier war ihre Mutter an jenem letzten Morgen nach einem Streit mit ihrem Vater aufgebrochen.

Als Nächstes markierte sie mithilfe von Google Maps und den Hausnummern im Stadtplan die anderen Adressen, an denen ihre Mutter im Laufe des Tages gesehen worden war: Irma Filipovas Haus in der Moskauer Vorstadt, in dem gleichzeitig Georgs Wohnung gewesen war; den Blumenladen in der Miera iela. Als sie schließlich nach der Annas Sakses iela suchte, wo ihre Mutter das Fahrzeug des Handwerkers gestreift und ihm den Außenspiegel abgefahren hatte, stutzte sie plötzlich. Aber das hieße ja … verblüfft lehnte sie sich zurück und betrachtete die Adresse.

Im nächsten Moment griff sie nach ihrem Smartphone und wählte Lilijas Nummer. Sie meldete sich nach dem ersten Klingeln.

»Hallo, Lilija. Ich möchte dich gar nicht weiter stören. Aber kannst du bitte in deinen Unterlagen nachsehen und mir sagen, in welcher Reihenfolge meine Mutter damals unterwegs war. Ich meine, wo wurde sie zuerst und wo zuletzt gesehen?«

Zu Penelopes Überraschung antwortete Lilija prompt: »Ach, da brauch ich nicht nachzusehen, das weiß ich auch so. Das mit der Floristin war morgens gegen neun, gleich nach Ladenöffnung. Im Moskauer Viertel war sie unmittelbar danach. Dann ist sie nach Engure rausgefahren … ist dort am späten Vormittag angekommen und bis zum späten Nachmittag geblieben. Und der Unfall mit dem Handwerker muss so gegen sechs Uhr abends gewesen sein.«

Penelope legte auf, nicht ohne sich knapp bedankt zu haben, und blickte wieder auf den Stadtplan, der noch immer ausgebreitet vor ihr auf dem Tisch lag. Ihr Blick wanderte zwischen der Annas Sakses iela und der Brēmenes iela hin und her. Das konnte kein Zufall sein. Die beiden Adressen lagen keine achthundert Meter voneinander entfernt. Mit einem Mal begann ihr Herz schneller zu schlagen. Konnte es ein Zufall sein, dass ihre Mutter zuletzt im Kaiserwald gesehen wurde, in unmittelbarer Nähe der Prokhoff'schen Villa?

Irgendwann verschluckte sie der Kaiserwald. Auf dem Weg zur Brēmenes iela fuhr sie langsam, in der Hoffnung, wider Erwarten irgendetwas wiederzuerkennen, eine bisher verborgene Nische in ihrem doch so gut funktionierenden Gedächtnis aufzutun, einen Hinweis darauf zu finden, dass sie schon einmal hier gewesen war, auf dem Rücksitz im Auto ihrer Mutter. Aber da war nichts. Die Straßen blieben fremd und stumm. Durch die Windschutzscheibe sah sie eine moderne Skulptur, eine Art Trichter. Neugierig geworden, stieg sie aus, las auf der kleinen Tafel, dass es sich um eine Gedenkstätte für das ehemalige Konzentrationslager Kaiserwald handelte. Einen Moment lang stand sie so da und fragte sich irritiert, ob es eigentlich irgendeine Ecke in Europa gab, in der die Nazis nicht gewütet hatten, und dachte dann im nächsten Moment, dass das ja auch *ihre* Vorfahren waren, diese Nazis, und was eigentlich aus den Genen geworden war, die diese Verbrecher der Nachwelt hinterlassen hatten. Als ein Wagen sich näherte und kurz darauf vorbeifuhr, stieg sie wieder ein und drückte den Startknopf, woraufhin der Elektromotor des BMW sich geräuschlos in Bewegung setzte, was sie nach wie vor irritierend fand. Wenn ihr alter Landrover lief, dann hörte man das mehr als deutlich.

Inzwischen dämmerte es bereits. Sie bog von der Durchgangsstraße ab. Wie schon zuvor hatten auch diese Grundstücke etwas aus der Zeit Gefallenes. Zwischen alten Kiefernbäumen standen großzügige Häuser, manche von ihnen lagen so weit von der Straße entfernt, dass das milchige Licht der Straßenlaternen sie nicht erreichte und sie nur als Schatten zu erahnen waren. Sie wusste nicht, wie das Ganze im Frühjahr oder Sommer aussah, aber nun im fahlen Licht des endenden Wintertages wirkte es beinahe so, als habe ein Riese die Häuser völlig willkürlich in einen Kiefernwald gestellt. Und dann meldete ihr Navi: *Sie haben das Ziel erreicht.*

Penelope hielt am Straßenrand, hinter einem vorübergehenden Halteverbotsschild, das in einem Betonfuß steckte und für sie überhaupt keinen Sinn ergab, da hier so viel Platz und außer ihrem kein anderes Fahrzeug zu sehen war. Durch die Windschutzscheibe sah sie ein Pförtnerhaus, das zu dem Anwesen auf der anderen Seite gehörte. Kurz überlegte sie, ob sie nicht lieber außer Sichtweite des kleinen Häuschens parken sollte, doch da niemand zu sehen war, schaltete sie den Motor aus, und die Scheinwerfer erloschen. Im Dämmerlicht stand sie da und betrachtete die prächtige Villa, die ein gutes Stück entfernt von dem Metallzaun lag, der das parkartige Grundstück umgab. Im grauen Licht der Abenddämmerung erkannte Penelope einen Turm und Dachgauben und einen Portikus vor dem Eingang. Hier also hatten sie gelebt. Sie dachte an eines der Fotos, die in der Zehlendorfer Villa auf dem Kaminsims standen. Es war ein Foto von Claire und den drei Kindern, in einem schweren Silberrahmen; es musste Jahre vor ihrer Ankunft im Kaiserwald aufgenommen worden sein, und dennoch musste Penelope jetzt daran denken. Die Jungen waren vielleicht zwölf gewesen, als das Foto gemacht worden war, Xenia vielleicht zehn. Das Bild war von einer fast schmerzhaften Ästhetik, so sorgfältig komponiert, als handelte es sich um eine Auftragsarbeit für eine von diesen Hochglanzzeitschriften; jedes Detail schien sorgfältig durchdacht, Claires bis knapp unter die Ohren gehendes, in Wellen gelegtes Haar, ihr weißes Sommerkleid mit dem raffinierten Halsausschnitt, schulterfrei, die weißen Hemden der Jungen, die sie wie künftige CEOs aussehen ließen, Xenias blassrosa Kleid, die Schleife in ihrem Haar, das verwaschene Treibhausgrün im Hintergrund. Die Kinder wirkten auf eine freudlose Art natürlich, wie sie um ihre Mutter herumsaßen, und jedes in eine andere Richtung blickte. Sie lachten nicht, niemand von ihnen lachte. Als sei der Augenblick eine Momentaufnahme ihrer Zukunft.

Penelope riss sich los von dieser Erinnerung und stieg aus dem Wagen. Es war so still hier, der Abend wie eingefroren. Sie blickte sich um. In dem Pförtnerhaus gegenüber regte sich nach wie vor nichts. Und auch die ehemalige Prokhoff-Villa wirkte, als hielte sie den Atem an. Penelope bemerkte, dass keinerlei Fußspuren zu dem Haus führten. Offensichtlich waren die Bewohner gerade in Urlaub. Sie setzte sich in Bewegung, schritt den wie überzuckerten Zaun entlang, bis zum Ende des Grundstücks, dann wieder zurück. Und während sie dort entlangging, über den Zaun spähte und ihre Schritte im vereisten Schnee knirschten, hatte sie auf einmal das Gefühl, dass dieses Haus verlassen war, dass hinter den dunklen Fensterhöhlen niemand mehr lebte. Sie drückte die Klinke der metallenen Pforte herunter. Verriegelt. Sie sah sich noch einmal um und stieg kurzentschlossen über den Zaun, lief quer über den schneebedeckten Rasen, wobei sie ihre Schuhabdrücke im Schnee registrierte. Rasch bog sie um die Hausecke, um so schnell wie möglich aus dem Sichtfeld der Straße zu gelangen.

Hinterm Haus waren die Zeichen des Verfalls nun deutlich zu erkennen. Hier wohnte niemand mehr. Sie stieg die Stufen zu einer Terrasse hoch, sah sich um. Eine flechtenbewachsene Balustrade mit weißer Schneehaube. Riesige Pflanzkübel aus Stein, einer davon zerbrochen. Die Hausfassade war schmutzig geworden. Farbe, die von einstmals weißen Läden abblätterte. Eine der Fenstertüren war diagonal mit Brettern vernagelt, die Scheibe dahinter eingeschlagen. Sie drehte sich um, ließ den Blick über das Grundstück schweifen. Auch der Garten zeigte auf dieser dem See zugewandten Seite deutliche Spuren der Verwahrlosung. Ein Stück entfernt lag ein abgewrackter Swimmingpool, in dem altes Laub vor sich hin faulte. Und dann fiel ihr Blick auf das Seeufer. Bevor ihr Geist reagierte, reagierte ihr Körper. Ihr Magen zog sich zusammen, ein Frösteln legte sich über ihre Arme, ihren Nacken. Und obwohl jetzt Winter war und alles so ganz anders aussehen musste, war dies doch das Seeufer aus Falks Albträumen. Hier, so glaubte er, hatte die tote Alise gelegen, die dann doch – Tage später – am Strand der Feldmaņa iela gefunden worden war. Zunächst zögerlich, dann zunehmend sicherer ging sie auf das Ufer zu und blieb dort stehen. Irgendwo hier hatten ihre Mutter und Georg gestanden und sich tief in die Augen gesehen.

Penelope sah sich zu beiden Seiten um. Tatsächlich war der Garten so groß, dass man auch von hier aus keine Grundstücksgrenze erkennen konnte. Sie ging zurück zum Haus, stieg die Stufen zur Terrasse hoch und rüttelte an den Brettern, mit denen die Fenstertür vernagelt worden war. Nach einigem Rütteln lösten sich die Bretter. Sie legte sie in den Schnee und trat durch die Tür, wobei sie darauf achtete, nicht an eine der herausstehenden Glasscherben zu kommen.

Penelope schaltete die Taschenlampe ihres Smartphones ein und begann den Rundgang durch den unteren Stock. Dumpf hallten ihre Schritte auf dem Marmorboden, durch die leeren Räume, während sie dem Lichtstrahl folgte, der im Dunkel hin und her waberte. Das angrenzende Zimmer glich einer Halle. Erinnerungen an das Sommercamp in Trīs Liepas wurden wach, sie sah die beiden großen Jungen von damals vor sich, versuchte, sie sich in diesem Raum, der vielleicht das Wohnzimmer gewesen war, beim Fernsehen mit den Eltern vorzustellen: das abweisende Gesicht des einen, das musste Falk gewesen sein, den anderen, Tristan, der vor lauter Lässigkeit kaum geradeausgehen konnte. Aber die Bilder blieben blass und leblos.

Im oberen Stock wanderte Penelope durch die Räume, öffnete die Läden, bis sie glaubte, das richtige Zimmer, Xenias Zimmer, gefunden zu haben. Sie staunte auch jetzt wieder, wie naturgetreu Xenia die Umgebung in ihrem Comic gezeichnet hatte. Ja, dachte sie, das war der Ausblick aus ihrem Fenster. Von hier aus hatte sie die tote Alise am Ufer liegen sehen. Penelope spürte, wie ein unheimliches Gefühl in ihr hochkroch.

Rasch schloss sie die Fensterläden und machte sich auf den Rückweg zum Ausgang. Sie wollte jetzt nur noch raus hier, aus diesem Geisterhaus, mit dem Geruch nach Kälte und Stein und den Erinnerungen, die zwischen diesen Mauern herumwaberten. Draußen auf der Terrasse nahm sie die beiden Bretter, steckte die Nägel in die vorhandenen Löcher und klopfte sie mit dem steinernen Bruchstück des Pflanzkübels fest. Sie war schon die Treppe hinuntergelaufen, als sie sich noch einmal umdrehte und einen letzten Blick auf das Haus mit den geschlossenen Läden warf. Wie verbundene Augen, dachte Penelope und schauderte. Und fragte sich plötzlich, warum dieses Haus eigentlich leer stand.

Sie saß schon hinter dem Steuer und wollte gerade den Zündknopf drücken, als sie einen kräftigen, etwa sechzigjährigen Mann durch die Pforte gegenüber kommen sah. Zielstrebig hielt er auf sie zu und blieb direkt vor der Motorhaube stehen, sodass sie nicht losfahren konnte. Mit einer wütenden Geste zeigte er auf das Halteverbotsschild.

Sie ließ die Scheibe herunter, beugte sich aus dem Wagen und sagte auf Englisch: »Sie haben mich erwischt. Es tut mir leid. Wird nicht wieder vorkommen.«

Der Mann rührte sich nicht, stand nur weiter so da, dicht vor ihrer Motorhaube, und sah sie weiter durch die Windschutzscheibe an. Penelope seufzte und stieg aus: »Es tut mir leid. Ich hatte nur kurz etwas zu erledigen. Ich dachte nicht, dass ich jemandem im Wege sein könnte.«

Da hob der Mann zu einer Schimpftirade an, die kein Ende zu nehmen schien. Seit dreißig Jahren erlebe er das jetzt. Dass hier immer wieder Sonntagsspaziergänger oder sonst wer vor dem Haus der Botschafterresidenz hielten. Und *er* müsse dann wieder die Nummer notieren, eine Aktennotiz schreiben und die Polizei rufen, um die Straße räumen zu lassen. Ob sie überhaupt verstehe, warum das Schild da stünde? Es gehe hier um Sicherheit, nicht um eine volle oder leere Straße, das hier sei die Residenz des britischen Botschafters!

Penelope entschuldigte sich noch einmal betont kleinlaut. Auf keinen Fall wollte sie, dass der Mann sie fragte, was sie überhaupt auf dem Nachbargrundstück verloren hatte. Penelope ließ ihn noch ein bisschen weiter maulen, als ihr ein Gedanke kam: Es war *eine* Möglichkeit, eine winzige zwar, aber sie musste es versuchen.

»Bitte warten Sie einen Moment. Ich möchte Sie etwas fragen.«

Sie ging zurück zum Wagen, holte ihr Smartphone und hielt dem Mann das Foto ihrer Mutter entgegen.

»Vor fünfundzwanzig Jahren ist meine Mutter verschwunden. Zuletzt wurde sie 1997 hier im Kaiserwald gesehen.«

Der Mann sah sie an, als wollte sie ihm einen Stapel *Wachtturm*-Hefte andrehen. Nur widerwillig warf er einen Blick auf das Foto. Penelope sah, wie er kurz die Stirn runzelte, wie sein Blick von dem Foto zu ihr wanderte und noch einmal zurück.

»Das ist lange her«, brummte er. »Wie soll sich ein Mensch da erinnern?«

»Sie haben vielleicht von ihrem Verschwinden in der Zeitung gelesen. Bitte versuchen Sie es doch wenigstens. Sie trug damals einen rosaroten Wintermantel und einen gelben Schal.«

In dem Moment hatte Penelope das Gefühl, als ob ein Wiedererkennen über das Gesicht des Mannes zuckte.

»Einen rosa Mantel und einen gelben Schal, sagen Sie? Da erinnere ich mich tatsächlich an jemanden … Wann genau soll das gewesen sein?«

Penelope atmete aus.

»Ostern 1997. Gründonnerstag, um genau zu sein.«

Er schwieg einen Moment, den Blick nach oben gewandt, so als hoffte er, die Antwort in den Baumkronen zu lesen.

»Ja«, murmelte er plötzlich nachdenklich. »Das könnte sein. Das war vor unserem alljährlich stattfindenden Osterempfang. Da müssen wir hier immer dafür sorgen, dass die Straße leer bleibt. So wie heute auch. Morgen hat der Botschafter nämlich wieder eine Veranstaltung.«

»Und da haben Sie sie gesehen?«

»Ob das nun '97 oder '98 oder '99 war ... das kann ich Ihnen nicht sagen. Aber dass es um Ostern herum war, das weiß ich sicher!« Er sprach nun mit großer Bestimmtheit. »Ja, da hat sie hier unerlaubterweise geparkt. Ich hab das gleich gesehen und bin sofort raus, in den Regen, hab ihr gesagt, sie soll wegfahren. Aber sie ist einfach an mir vorbei. *Es dauert nicht lang, bin gleich wieder zurück*, so was in der Art hat sie mir zugerufen und ist da drüben auf das Grundstück. Ich hab ihr hinterhergerufen, dass da gar niemand mehr wohnt. Aber das schien sie nicht zu interessieren. Da dachte ich, dass sie möglicherweise mit einem Makler verabredet war. Weil die da drüben ja ausgezogen waren.« Er verstummte, kratzte sich am Kopf.

»Und dann?«, fragte Penelope und starrte ihn an, ihre Nerven aufs Äußerste angespannt. »Was war dann?«

»Sie war ewig weg. Ich hab mir dann die Nummer aufgeschrieben. Verarschen lass ich mich nicht. Irgendwann war ich so geladen, dass ich rüber bin und Sturm geklingelt habe. Was dann aber komisch war: dass da gar niemand war.«

Penelope stockte der Atem. »Haben Sie sich da nicht gewundert?«

»Natürlich hab ich mich gewundert«, raunzte er. »Aber was hätte ich denn machen sollen? Wahrscheinlich war die mit dem Makler auf Häusertour und hat hier einfach ihren Wagen stehen lassen. Ich schau ja nicht unentwegt aus dem Fenster.« Er funkelte sie wütend an, so als sei Penelope persönlich verantwortlich für das Fehlverhalten ihrer Mutter vor fünfundzwanzig Jahren. Als er fortfuhr, klang seine Stimme immer noch wütend: »Als sie dann endlich auftauchte, war ich schon auf dem Weg ins Bett. Ich wollte noch rausrennen, aber ich war schon im Schlafanzug. Also hab ich nur das Fenster aufgemacht und rausgerufen. Manche haben echt Nerven!«

»Also war das in der Nacht?«, fragte Penelope und dachte im selben Moment, dass das nun also die letzte Spur ihrer Mutter war. Dass dieser Mann sie als Letzter gesehen hatte, von allen Menschen.

»Natürlich war das in der Nacht! Und die ist in aller Seelenruhe auf ihr Auto zumarschiert, hat mich keines Blickes gewürdigt und ist einfach davongefahren, ohne Entschuldigung, ohne nix.«

»Wissen Sie zufällig noch, wie spät es da war?«

»Ich geh immer so um elf, halb zwölf ins Bett.«

»Und wann sie ankam, wissen Sie das auch noch?«

Er musste nicht überlegen. »Das muss nach sechs gewesen sein«, sagte er. »Vor einer Veranstaltung stellen wir hier ab sechs die Schilder auf.«

Penelope bedankte sich bei dem Mann und wollte sich gerade abwenden, als ihr noch etwas einfiel: »Wissen Sie vielleicht, warum das Haus leer steht?«

Einen Moment lang sah er sie verständnislos an. Dann brummte er: »Was denken Sie eigentlich, wer ich bin? Der Chef-Informant vom Kaiserwald, oder was?«

Das Gespräch mit dem Pförtner ließ sie verwirrt zurück. Im Davonfahren spürte sie eine Berührung aus der Vergangenheit, als hätte die Anwesenheit ihrer Mutter sie für den Bruchteil einer Sekunde gestreift. Tränen traten ihr in die Augen, die sie ungeduldig wegwischte, noch bevor sie ihr über die Wangen rollen konnten. Also war sie bei den Prokhoffs gewesen, dachte Penelope, sie war dort gewesen. Aber die Prokhoffs waren zu dem Zeitpunkt schon außer Landes, das wusste sie inzwischen. Mit wem also hatte sie sich dort getroffen? Oder war sie allein dort gewesen, hatte sie etwas gesucht? Aber was hätte das sein sollen? Und woher hatte sie überhaupt den Schlüssel? Oder war sie nur im Garten gewesen?

Wie betäubt sah Penelope zu, wie die Scheinwerfer ihres Wagens sich durch die stillen Straßen tasteten, an Zäunen entlangstreiften, über Kiefernstämme und altehrwürdige Villen. Hier also war sie entlanggefahren, ihr geliebte Mutter, ihre liebe Mama, an jenem letzten Tag im April nachts um elf. Hier verlor sich ihre Spur. Mit aller Macht kämpfte Penelope gegen das Grauen an, das sich über ihren Körper legte wie ein Leichenhemd. Wohin war ihre Mutter danach gefahren, mitten in der Nacht? Nach Hause war sie nicht zurückgekehrt, wenn sie ihrem Vater glauben konnte. Aber konnte sie das?

Sie bog links ab auf den Meža Prospekts. War sie von hier aus etwa doch nach Deutschland aufgebrochen? War sie doch auf dem Weg zu *ihr* gewesen, zu ihrer Tochter, nach all den Enttäuschungen und Erschütterungen an diesem letzten Tag? Ihr Mann, Penelopes Vater, hatte die Scheidung verlangt. Ihr Geliebter, Georg, war längst über alle Berge. Wie allein sie sich gefühlt haben musste. Also war es doch so gewesen, wie die Polizei angenommen hatte, dass ihre Mutter Opfer eines Zufallsverbrechens geworden war, auf einem Rastplatz in der deutschen Provinz? War sie dort auf ihren Mörder gestoßen, auf einen Mann, der sie in den Wagen gezerrt und … »Oh Gott, oh Gott«, flüsterte sie und spürte, wie ihr erneut die Tränen kamen. Mit aller Macht schob sie den Gedanken von sich. Noch wusste sie nichts, noch konnte es eine andere Erklärung geben. Sie zwang sich, an etwas anderes zu denken. Das Haus der Prokhoffs. Das war es, was sie sicher wusste. Dort war sie zuletzt gewesen. Alles andere war Spekulation. Also lieber weiterforschen, andere Dinge in Erfahrung bringen. Zum Beispiel die Antwort auf die Frage, warum das Haus leer stand. Irgendetwas daran war faul. Das spürte sie. Sie griff nach ihrem Smartphone und wählte Lilijas Nummer: »Ich hätte eine Frage«, sagte sie. »Ich wüsste gerne, wem das Haus der Prokhoffs heute gehört. Kannst du mir sagen, an wen ich mich da wenden kann?«

»Na ja, das müsste dann ja wohl das Katasteramt sein. Aber ob du da einfach so Auskunft bekommst? Noch dazu als Non-Resident …« Lilija schien zu überlegen. Dann sagte sie: »Warte, der Mann einer Freundin arbeitet beim Kataster … Lass mich ihn fragen. Ich gebe dir Bescheid.«

Taisija Rutka wohnte in einem kleinen Haus am Strand von Upesgriva. Im Sommer musste es hier zauberhaft sein, dachte Penelope, als sie aus dem Wagen stieg und dem Pfad durch ein Kiefernwäldchen folgte. Taisija hatte ihr eine kurze Wegbeschreibung auf ihr Smartphone geschickt. Hier am Meer lag kaum Schnee.

Sie klopfte an die Tür des kleinen Holzhäuschens. Fast augenblicklich wurde geöffnet, und eine Frau mit einem langen grauen Zopf und auffallend blauen Augen lächelte sie an. Penelope registrierte den dicken Strickpullover mit dem komplizierten Muster und die verwaschene Jeans. Und wieder einmal hielten die Erinnerungen Einzug, die beiden Male, an denen sie Taisija Rutka gesehen hatte. Das eine Mal im Fernsehen, in jener Sendung, die sie als Kind im Haus ihrer Großeltern angeschaut hatte, heimlich, auf dem Fernseher im Nähzimmer ihrer Großmutter. Und das andere Mal bei jenem Tag der offenen Tür, als ihr Vater Taisija hartnäckig »die Strickliesel« genannt hatte. »Hör nicht auf ihn. Er kennt sich mit Mathematik aus. Aber von Kunst hat er keine Ahnung«, hatte ihre Mutter zu ihr gesagt, als sie sie gefragt hatte, was eine Strickliesel sei und Penelope ihren Vater gewissermaßen verpetzt hatte, wenn auch unwissentlich. Auf der Rückfahrt von Engure hatten ihre Eltern dann konsequent geschwiegen, und zu Hause hatte Penelope durch die Wand mal wieder einen Streit mitanhören müssen, als ihre Mutter ihrem Vater vorgeworfen hatte, »unerträglich arrogant« zu sein und alles, was er nicht verstand, »in den Dreck zu ziehen«. Ihr Vater, der Naturwissenschaftler, hatte gekontert, »was es denn da bitte zu verstehen gebe, wenn eine Frau mit ein paar Stricknadeln herumhantiert«.

»Was für ein wunderschöner Pullover«, sagte Penelope später, als sie am Tisch saßen und Taisija, weil es Mittagszeit war, Erbsensuppe in den Teller schöpfte. Penelope, die sowieso immer hungrig war, freute sich über die unerwartete Essenseinladung.

Als Antwort auf das Kompliment lächelte Taisija nur und sagte dann: »Ich hätte nicht gedacht, dich noch einmal wiederzusehen.«

Während des Essens redeten sie nicht viel, was Penelope zuerst irritierend fand, im Laufe der Mahlzeit dann aber zunehmend beruhigend. Überhaupt hatte Taisija eine friedvolle Ausstrahlung. Ihre langsame Art zu sprechen und sich zu bewegen, erzeugten in Penelope ein irgendwie wattiges Gefühl und das Bedürfnis, selbst langsamer zu werden. Und während sie so dasaßen und aßen, war das einzige Geräusch der Winterwind, der vom Meer her blies und das kleine Häuschen ächzen ließ.

Nach dem Essen fragte Penelope nach Taisijas Arbeiten, woraufhin Taisija sie ohne weitere Worte durch einen verglasten Korridor in einen Anbau führte, der als Atelier und Werkstatt diente und fast genauso groß wie das Häuschen selbst war. In einer Ecke stand ein alter Kanonenofen, der an diesem Tag aber offenbar noch nicht beheizt worden war. Taisija zeigte Penelope Bilder aus Stoff und Wolle, die allesamt bunt und fröhlich wirkten und auf den ersten Blick naive Darstellungen vom Landleben zu sein schienen. Erst auf den zweiten Blick entdeckte Penelope die Brüche: das Kind, das von einem anderen Kind getreten wurde; die Frau, die hinter einem Fenster stand, das vergittert war; die bunten Hühner, die so dicht gedrängt in ihrem Stall standen, dass viele von ihnen schon tot auf dem Boden lagen. Da sagte Taisija: »Deine Mutter war nicht glücklich mit deinem Vater.«

Penelope blickte auf. »Ich weiß.«

Sie betrachtete Penelope ernst und aufmerksam und hob dann vorsichtig, beinahe tastend, an: »Dann weißt du auch, dass sie …«

»… einen Liebhaber hatte, ja.« In dem Moment frischte der Wind auf, als wollte er einen Kommentar dazu abgeben.

»Ich habe das damals zuerst nur am Rande mitbekommen«, sagte Taisija. »Sie hatte sich verändert. War, wenn sie malte, nicht mehr richtig bei der Sache. Sie war da … und doch nicht da. Und dann waren da diese Leute in dem Dorf, bei denen sie manchmal war. Die haben sie stark beeindruckt.« Bei diesen Worten blickte Taisija durchs Fenster, nach draußen, wo in einiger Entfernung das bleigraue Meer zu sehen war.

Irritiert runzelte Penelope die Stirn. Ein merkwürdiges Gefühl kroch in ihr hoch: »Was für ein Dorf denn?«

»Ich weiß nicht mehr, wie das hieß ... Aber von denen hat sie oft erzählt. Das muss so eine Art Aussteiger-Gemeinschaft gewesen sein. Selbstversorger oder so, mit Menschen, die lebten wie vor hundert Jahren.«

Penelope spürte, wie das Gefühl in ihr stärker wurde: »Trīs Liepas«, sagte sie, und Taisija blickte sie verwundert an.

»Ich glaube, so hieß es.«

»Und da war sie manchmal, statt zu malen?«

»Ja ... ja. Ich meine mich zu erinnern, dass es im Herbst anfing ... dass sie weniger hier war. Sie ist da über Monate immer mal wieder hingefahren. Ich hab sie mal gefragt, was los sei. Ob sie ihr Atelier hier aufgeben wolle, weil sie gar nicht mehr hier sei. Da erzählte sie mir davon. Auch dass die Leute von dieser Gemeinschaft ihr eine Stelle als Lehrerin angeboten hatten. Aber das hat sie, glaube ich, nicht so ernst genommen. Irgendwann ist ihre Begeisterung für diese Leute wieder abgeflaut. Jedenfalls kam sie dann wieder regelmäßig zum Malen hierher. Und doch hatte sich etwas verändert.«

»Inwiefern?«

»Ich weiß auch nicht. Sie kam mir bedrückt vor. Als ob etwas in ihr arbeitete.«

»Weißt du noch, wann das in etwa war?«, fragte Penelope. »Dass sie wieder regelmäßig in die Werkstatt kam?«

Taisija wandte den Blick ab. Sie legte leicht den Kopf in den Nacken und schien zu überlegen. Doch dann zuckte sie die Achseln. »Nein. Das weiß ich beim besten Willen nicht mehr.«

Einen Moment lang fragte Penelope sich, was das bedeutete. Dass ihre Mutter öfters in Trīs Liepas gewesen war. Ob das mit Georg zusammenhing? Dann sagte sie: »Ich bin gekommen, um dich etwas ganz Bestimmtes zu fragen.«

Taisija nickte auf ihre bedächtige Art, so als habe sie diese Frage erwartet.

»Lass uns wieder nach drüben gehen. Dir ist kalt.«

Tatsächlich war das Seltene geschehen: Penelope fror. Sie fror so sehr, dass sie, kaum zurück im Haupthaus, in ihre Daunenjacke schlüpfte. Indessen nahm Taisija Holz aus einem Korb, öffnete die Klappe ihres vorsintflutlichen Küchenherdes und warf ein paar Scheite nach.

»Ich koche uns Tee.«

Penelope trat an das Fenster, das zum Meer hinausging, sah den verlassenen, wintermüden Strand und die stahlgraue Ostsee, die in einem wiederkehrenden Rhythmus ihren Schleier über den Sand breitete. Penelope zog den Reißverschluss bis zum Hals hoch und musste an den 15. Juli 1996 denken, kurz nachdem sie nach Lettland gezogen waren. An jenem Tag hatte sie das erste Mal die Ostsee gesehen. Es war ein heißer Tag gewesen, sie hatte Wassermelone am Strand gegessen, und ihre Hände und Handgelenke und das halbe Gesicht waren klebrig gewesen von dem roten Saft. Und dann war sie einfach ins Meer gelaufen und hatte sich den Wassermelonensaft abgewaschen. Ihre Eltern hatten vom Strand aus zugesehen und gelacht, und in diesem Moment war sie glücklich gewesen. Penelope kuschelte sich tiefer in ihre Daunenjacke. Die Erinnerung war einfach zu schmerzhaft.

Als sie zehn Minuten später wieder am Küchentisch saßen und Penelope den ersten Schluck Tee aus einer dickwandigen Tontasse trank, wurde ihr langsam wieder warm, sodass sie die Jacke ausziehen konnte.

Taisija betrachtete sie. »Was wolltest du mich fragen?«

Penelope stellte die Tasse ab. »Erinnerst du dich an den Tag, bevor meine Mutter verschwand? Da war sie bei euch im Atelier in Engure.«

»Ja. Ich erinnere mich.«

»Kannst du mir bitte alles erzählen, was du davon noch weißt?«

Taisija nahm einen Schluck Tee, stellte die Tasse bedächtig ab und hob an: »Du weißt vermutlich, dass sie einmal im Monat kam, um zu malen, meist gleich in der Früh, um acht, halb neun. Damit sich der weite Weg auch lohnte. Doch an dem Tag muss es schon elf, vielleicht auch später gewesen sein. Ich hab ihr gleich angesehen, dass etwas nicht in Ordnung war. Aber ich ließ sie in Ruhe.«

Taisija verstummte, stand auf, regulierte die Klappe am Herd, setzte sich wieder. Ohne Eile knüpfte sie dort an, wo sie zuvor unterbrochen hatte: »Ich ließ sie deshalb in Ruhe, weil es ihr schon seit Längerem nicht gut ging. Sie hatte sich ja so verändert, schien in einem ständigen inneren Kampf zu sein. Ich denke wirklich, dass das mit diesem Mann zusammenhing. Er hat sie in Unruhe versetzt. Sie war innerlich ganz zerrissen.«

Taisija nickte, wie um ihren Worten Nachdruck zu verleihen. Und Penelope saß da mit einem Kloß im Hals und konnte nichts erwidern. Sie wandte den Blick ab, zählte innerlich bis zehn und war froh, als Taisija schließlich fortfuhr: »Sie kam also später als sonst und machte sich gleich an die Arbeit. Einige Stunden später traf ich sie in der Küche. Sie käme mit ihrem Bild nicht weiter, sagte sie, sie käme überhaupt und ganz generell nicht weiter. Ob ich es mir mal ansehen dürfe, fragte ich sie. Wir sprachen eine Weile über das Bild, aber sie war überhaupt nicht bei der Sache. Irgendwann sprach ich sie dann direkt darauf an. Ich fragte sie, was los sei, ob es um diesen Mann ginge, aber sie schüttelte den Kopf. Da fing sie an zu weinen. Ich nahm sie in den Arm, und als sie sich beruhigt hatte, sagte ich zu ihr, dass sie so nicht weitermachen könne. Da holte sie tief Luft und sagte, dass dieser Mann im Moment ihr kleinstes Problem sei. Dass sie in einem Dilemma stecke. Dieses Wort verwendete sie, das weiß ich noch genau. Jedenfalls fragte ich sie dann, was für ein Dilemma, aber sie wollte mir nichts sagen. Ich sagte ihr, sie solle doch in sich hineinspüren und sich für das entscheiden, was sich richtiger anfühlt. Und sie müsse das so schnell wie möglich tun, um ihrer selbst willen. Und da ist etwas in ihr passiert, das konnte ich förmlich sehen. Sie fragte ganz plötzlich, ob sie das Telefon benutzen könne. Und das tat sie dann auch. Ich habe sie durch die Glasscheibe reden sehen. Sie war sehr aufgebracht.«

Penelope versuchte, sich ihre Mutter vorzustellen, wie sie da in dem Büro gestanden und telefoniert hatte. Beklommen fragte sie: »Wie lange hat das Telefonat denn gedauert?«

»Vielleicht zehn Minuten? Auf jeden Fall war es kein erfreuliches Gespräch. Ich würde sagen, sie hatte eine Auseinandersetzung.«

Gespannt sah Penelope sie an. »Und mit wem hat sie telefoniert?«

»Das weiß ich nicht. Ich wollte nicht fragen. Und direkt nach dem Telefonat ist sie dann auch gefahren.«

»Wie spät war es da ungefähr, wissen Sie das vielleicht noch?«

»Vielleicht fünf?«

»Und Sie wissen wirklich nicht, mit wem sie telefoniert hat?«

Taisija zögerte mit der Antwort. »Nein«, sagte sie, doch Penelope hatte den Eindruck, als wollte sie etwas hinzufügen. Und dann fuhr sie tatsächlich fort: »Eine Sache war merkwürdig damals … Als wir Wochen später die Telefonrechnung bekamen, war das eine ziemliche Überraschung. Denn die war absurd hoch. Wir konnten uns das nicht erklären, also haben wir uns die Einzelverbindungsnachweise angeschaut und festgestellt, dass jemand am 9. April mit den USA telefoniert hatte. Wir hatten erst mal keine Ahnung, wer das gewesen sein könnte. Da gab es deshalb sogar Zoff hier in der Werkstatt …« Sie lächelte bei der Erinnerung. »Jedenfalls kamen wir dann auf die Idee, bei der Nummer anzurufen und hatten die Deutsche Botschaft in Washington, diesen Preuschoff oder so … am Telefon. So sind wir drauf gekommen, dass deine Mutter das Telefonat geführt haben muss.« Sie verstummte, suchte Penelopes Blick und fügte dann hinzu: »Na ja … aber da dieser Preuschoff, als sie verschwand, in Amerika war, kann er mit ihrem Verschwinden ja nichts zu tun gehabt haben. Deshalb hab ich das damals dann auch nicht weiter für wichtig gehalten.«

10.

Er starrte auf das Gesicht. Die Frau, die genauso aussah wie seine, hieß Penelope Maywald. Sie war Major bei den Gebirgsjägern in Mittenwald. Zumindest bis zu ihrem Ausscheiden aus der Truppe.

»Aber das kann ja nicht sein«, sagte er matt und stützte sich mit beiden Händen auf der Tischplatte ab. Er konnte seinen Blick nicht von ihr abwenden. Dann erst sah er auf, zu Brammer, der immer noch dort stand, wo er zuvor gestanden hatte, in dieser aufrechten und zackigen Haltung, die geradezu nach Militär schrie. Und wieso war *ihm* das eigentlich nie aufgefallen?

Mit einem letzten Aufbäumen gegen das, was gleich auf ihn zukäme, herrschte Falk seinen Bodyguard an: »Wie kommen Sie überhaupt dazu, meiner Frau hinterherzuspionieren?«

Es dauerte ein paar Sekunden, bis Brammer antwortete: »Das NATO-Alphabet, Chef. Das konnte ich nicht auf sich beruhen lassen. Es geht auch um Ihre Sicherheit. Das ist mein Job.«

Einen Moment lang stand Falk noch immer so da, als würde er sich die Fingerkuppen verbrennen, wenn er das Papier berührte. Dann sank er auf den Stuhl und begann zu blättern. Während er las, wurden seine Augen immer größer. Etwas in ihm wollte schreien: Das ist nicht meine Frau, das da ist eine Doppelgängerin! Das ist ein unbekannter Zwilling, das ist ein Klon, ein schlechter Scherz oder ja, besser noch, das ist KI. Jemand, der Midjourney bedienen konnte, wollte seine Ehe zerstören, sein Leben! Jedenfalls ist das auf keinen Fall echt, das da ist auf keinen Fall die Frau, die mir das Leben gerettet hat. Die neben mir auf einer Decke im Spreewald lag und mich mit ihren hellen Augen angesehen und mir gesagt hat, dass sie mich liebt. Die in der Hochzeitsnacht meine Kotze aufgewischt hat. Die mich in meinen dunkelsten Nächten hält.

Seine Augen flogen über die Seiten, sogen den Lebenslauf der Frau, die er zu kennen geglaubt hatte, auf. Kindheit in Namibia und Riga. Er schnappte nach Luft, las weiter in einem abenteuerlichen Tempo, jetzt konnte er gar nicht schnell genug lesen. Abitur in Röthenbach, Freiwilliger Wehrdienst bei den Gebirgsjägern in Mittenwald, dort Grundausbildung, versetzt in Kampfkompanie. Eintritt in die Bundeswehr als Offiziersanwärterin, Beginn Offiziersausbildung, Studium der Erziehungswissenschaften an der Helmut-Schmidt-Universität in Hamburg. Ausbildung Winterkampfschule, Zugführerin, Lehrgangsbeste Einzelkämpferausbildung, Nahkampfausbildung. Einsatz im Kosovo. Zwei Einsätze in Mali. Pilotin für Einsatzgeschädigte. Kompaniechef in Mittenwald. Und dann der Bruch: *Bewerbung als Berufssoldatin zurückgezogen. Ausgeschieden aus der Bundeswehr als Major.*

Und doch wusste er im nächsten Moment, dass all das im Gegenteil auf eine geradezu unheimliche Art zusammenpasste: Mathilda, wie sie auf diesen Jogger losgegangen und ihn entwaffnet hatte. Ihre erstaunliche Fitness. Dass er beim Laufen mit ihr immer das Gefühl hatte, sie würde nur zwanzig Prozent geben. Die Klamotten, in denen sie ständig herumlief. Ihre Ausdrucksweise. War ihm nicht auch aufgefallen, dass sie ständig »zwo« sagte oder »aufsitzen«, wenn es losging. Und wie sie Ski fuhr! In welcher Geschwindigkeit sie vor ihm den Berg hochgezogen war. Und dann hatte sie sich in der Landschaft im Nullkommanichts orientiert.

Als er am Ende angekommen war, blätterte er noch einmal zum Anfang zurück. Kindheit in Namibia. Das war das einzige Bruchstück ihrer Geschichte, das halbwegs der Wahrheit entsprach! Und dann blieben seinen Augen an dem einen Wort hängen, von dem er sich mehr als alles andere wünschte, es würde dort nicht stehen: Riga. Die Stadt, in der sie sich jetzt gerade befand. Und plötzlich fiel ihm der Facetime-Anruf wieder ein, als sie sich geweigert hatte, ihm ihren Schreibblock zu zeigen. Er spürte, wie eine Welle der Übelkeit ihn erfasste.

»Wo haben Sie das alles her?«

Brammer räusperte sich. »Verbindungen«, sagte er knapp.

Falk presste die Lippen zusammen. Er blickte nicht auf, als er nun sagte: »Alte Kameraden, nehme ich an? Aber wie sind Sie darauf gekommen? Auf diesen Ort, auf Mittenwald, meine ich?«

»Sie haben mir von dem Zwei-Meter-Typen erzählt. Noah. So heißen nicht viele in Mittenwald. Da hab ich ein wenig herumgefragt. Mit einem Foto Ihrer Frau. Die haben sie gleich erkannt. Es gab da nicht viele wie sie.«

»Also keine KI.«

Kaum merklich zog Brammer die Augenbrauen hoch. »Keine KI«, sagte er. »Da sind noch mehr Fotos.« Er beugte sich vor und zog ein paar Bilder heraus, auf denen Mathilda als Zugführerin zu sehen war. Eines, auf dem sie kaum zu erkennen war, mit einem Riesenrucksack in Tarnfleck und Helm, das Gesicht dunkel vor Tarnschminke.

Ohne aufzublicken, sagte Falk: »Ich weiß nicht, was ich dazu sagen soll. Ich muss jetzt erst mal allein sein.«

»O.k., Chef«, sagte Brammer und zog sich nahezu geräuschlos zurück. »Wenn Sie mich brauchen ...« Falk hörte nicht, wie er die Tür leise hinter sich schloss.

Minutenlang starrte er auf die Bilder, auf das fremde und doch vertraute Gesicht. Das war *sie*. Und er hatte nichts davon gewusst. Sie hatte ihm etwas vorgespielt, die ganze Zeit. Und doch war da, wenn er ganz ehrlich zu sich selbst war, etwas gewesen, ein kaum merkliches Gefühl tief in seinem Körper, ein Staunen darüber, *wie* anders sie war. *Habe den Mut, dich deines eigenen Verstandes zu bedienen.* Er lachte bitter. Das hatte er definitiv nicht getan. Er hatte einfach alles, was ihm merkwürdig vorkam, auf Namibia geschoben. Auf Namibia und auf diesen Noah. Sie war selbst eine Soldatin. Es war unfassbar.

Und plötzlich fielen ihm die Worte der König ein. *Sprechen Sie mit niemandem über diesen Brief*, hatte sie geschrieben. *Trauen Sie niemandem. Und damit meine ich NIEMANDEM.* Ihm wurde schlecht. Hatten sich ihre Worte etwa auch auf sie bezogen? Auf Mathilda, ach nein, falsch, auf eine Frau Major, die Penelope Maywald hieß und ihn nach Strich und Faden verarscht hatte. Seine Mutter hatte ihn gewarnt. Als Einzige war sie von Anfang an misstrauisch gewesen. Und hatte ihr Misstrauen bis heute nicht abgelegt.

Er stand auf, ging im Zimmer herum, versuchte, klar zu sehen. Hinter ihm die letzte halbe Stunde, die alles verändert hatte, wie gerne würde er sie herausschneiden aus seinem Leben. Und vor ihm klaffte der Tag, mit diesem Wissen, dass sie nicht die war, für die er sie gehalten hatte. Wie sollte er jetzt weitermachen? Was sollte er jetzt tun? Er musste handeln, irgendwie. Aber wie handelte man, wenn alles gerade durch den Papierschredder gefahren war, seine Ehe, die Gefühle, die er für seine Frau hatte, sein ganzes Leben? Und die Zukunft, die er sich erhofft hatte, gleich noch dazu. Er tigerte wie ein Fremder durch die eigene Wohnung. Als ihm plötzlich die Pinnwand einfiel, die Gesichter der Leute, die Sieglinde König aufgehängt hatte. Zwei von ihnen waren Soldaten gewesen. Es war doch wohl nicht möglich, dass es da einen Zusammenhang gab?

Er kehrte zurück zu seinem Rechner, holte noch einmal die Bilder auf den Monitor. Betrachtete die beiden Männer in Uniform. Er hatte keine Ahnung, welcher Truppengattung sie angehörten, auch nicht, was das für Dienstgradabzeichen waren. Die Uniform sah aber anders aus als die der Gebirgsjäger, soviel erkannte auch er. Aber das hieß im Grunde nichts. Sie konnte die Typen trotzdem kennen. Also gab es eine Verbindung zwischen ihnen? Ruhelos klickte er sich durch die Fotos. Sah sich die anderen Leute noch einmal an. Und blieb schließlich bei dem einen Foto von Sieglinde Königs Pinnwand hängen, mit dem er bisher nicht viel hatte anfangen können.

Sein Blick wanderte über die Landkarte, die gespickt war mit roten, weißen und schwarzen Nadeln, die miteinander durch verschiedenfarbige Wollfäden verbunden waren. Er vergrößerte den Bildausschnitt, wo eine weiße Nadel im Zentrum Berlin markierte. Von Berlin aus führten weiße Wollfäden zu anderen weißen Nadeln, die all die Orte markierten, an denen die Stiftung Dorfprojekte betrieb. Also bezeichnete die Nadel in Berlin die Dreilinden-Familienstiftung und die Nadeln mit den weißen Fäden die Dorfprojekte. Aber was bedeuteten die anderen Nadeln? Er sah genauer hin. Von drei Dorfprojekten – Rosenhain, Groß Warlow und Trīs Liepas – verliefen einzelne rote Wollfäden zu anderen Nadeln. Diese Nadeln waren rot. Von den roten Nadeln wiederum gingen schwarze Fäden zu schwarzen Nadeln.

Er kniff die Augen zusammen, rieb sich darüber. Auf den ersten Blick schien das Ganze ein einziges Gewirr aus Nadeln und Fäden zu sein. Aber dass Sieglinde König psychisch krank gewesen war, das glaubte er inzwischen nicht mehr. Sein Blick wanderte zurück zu der Mappe, die Brammer ihm gebracht hatte. Hatte die Frau, die er als Mathilda kannte, mit dem zu tun, was mit Sieglinde König passiert war? Der Gedanke machte ihn schwindlig. Wenn er nur klarer sehen könnte!

Er rieb sich die Augen und sah sich erneut die Karte auf dem Bildschirm an, vergrößerte die Ausschnitte um eine rote Nadel, die nördlich von Berlin in Oranienburg steckte. Eine Nadel markierte Nürnberg und an anderen Stellen in Süddeutschland. So gab es etliche rote Nadeln, von denen schwarze Fäden zu einzelnen schwarzen Nadeln führten. Von einigen der roten Nadeln gingen zudem mit Bleistift gezeichnete Pfeile ab, zu denen die König etwas Handschriftliches am Rand notiert hatte, das sah er erst jetzt. Verwundert las er eine kleine 1 und daneben einen stilisierten Tannenbaum sowie ein Datum.

In der Art gab es weitere Bleistiftpfeile mit Markierungen, die im Uhrzeigersinn an den Rand der Karte geschrieben waren. So war Nürnberg mit einer 2 und ebenfalls mit einem kleinen Tannenbaum und einem Datum verbunden. Die dritte Nadel, die sich irgendwo in der Nähe von Bayreuth befand, war mit der Nummer 3, einem anderen Datum und einem Symbol markiert, das wie ein Lkw aussah. Es gab noch weitere Symbole, Ziffern und Daten: eine Nummer 4, die aussah wie eine Eisenbahn, eine 5, die ein Auto war, ein Hasenkopf mit der 6. Und eine 7, die zu einem Strichmännlein gehörte. Die Daten dazu erstreckten sich über einen Zeitraum von sieben Jahren, vom 16. Dezember 2016 bis zum 17. Oktober 2022. Allerdings waren der zweite Tannenbaum, der Hase und das Strichmännlein durchgestrichen.

Mit brennenden Augen stand er auf, erschöpft von dem vergeblichen Versuch, eine Verbindung herzustellen zwischen diesem Wirrwarr und der dröhnenden Erkenntnis, dass Mathilda nicht die war, für die er sie gehalten hatte. Unter seinen nackten Fußsohlen spürte er die laue Wärme der Fußbodenheizung. Am liebsten hätte er sich einfach auf dem Boden ausgestreckt und wäre dort liegen geblieben. Stattdessen ging er auf direktem Wege zum Kaffeeautomaten und lauschte dem vertrauten Brummen, während der doppelte Espresso in die Tasse tropfte. Er rieb sich über das Gesicht. Was war er nur für ein naiver Trottel gewesen! Ließ er sich so leicht täuschen? Was war mit seinem Hirn los, dass er nichts, aber auch gar nichts gemerkt hatte? Und plötzlich schoss ihm das Bild des toten Mädchens durch den Kopf. Was, wenn er sich auch das nur eingebildet hatte? Vielleicht war das ja auch nur eine Schimäre gewesen und sein volltrunkenes Hirn hatte sich hinterher irgendetwas zusammengereimt, nachträglich, nachdem er von ihrem Tod erfahren hatte? Weil er sie gehasst hatte. Ja, er hatte sie gehasst. Jetzt hatte er das böse Wort endlich einmal gedacht. Er war scharf auf Alise gewesen, damals, aber sie hatte nur mit ihm gespielt. So wie sie nur mit Tristan gespielt hatte. Und mit all den anderen Typen, die um sie herumgestanden und Männchen gemacht hatten. Und einer von ihnen war sein Vater gewesen. Unmerklich verzog sich sein Gesicht zu einer angewiderten Grimasse.

Er schüttete sich braunen Zucker in die Tasse, viel zu viel, und ging zurück zum Rechner. Aber jetzt ging es nicht um Alise! Jetzt ging es um seine Frau, um Mathilda, ach nein, um diese Majorin a. D. Penelope Maywald. Oder sagte man das gar nicht, Majorin? Seine Gedanken galoppierten davon, während er den viel zu süßen Kaffee exte und den Laptop aus dem Standby weckte. Einen Moment lang starrte er auf den Bildschirm, auf das Wollfäden-Gewirr, bevor er Google öffnete und den Namen »Penelope Maywald« in Anführungszeichen eingab. Er fand einige wenige Fotos von Schulsportwettbewerben, bei denen sie kräftig abgeräumt hatte. Bei einem Biathlonwettkampf vor zehn Jahren hatte sie den zweiten Platz gemacht. Mehr gab es nicht über sie. Er startete einen neuen Versuch, diesmal mit dem Namen ohne Anführungszeichen, dafür in Verbindung mit dem Wort Riga. Nacheinander klickte er sich durch die Suchergebnisse, von denen keines mit ihr zu tun hatte. Er war schon auf der dritten Seite angekommen, als etwas seine Aufmerksamkeit erregte: der Link zu einer True-Crime-Doku in der ZDF-Mediathek mit dem Titel »Ohne jede Spur«.

In der Folge ging es um eine deutsche Lehrerin aus Riga, die 1998 spurlos verschwand. Er startete den Film und sah mit unbewegter

Miene zu, wie die Geschichte einer Frau erzählt wurde, die 1998 auf einem Parkplatz zwischen Bayreuth und Nürnberg spurlos verschwand. Die Frau war verheiratet gewesen mit einem Lehrerkollegen. Beide Ehepartner hatten am Deutschen Gymnasium in Riga unterrichtet. Einzelne Zeitzeugen vermuteten oder waren sich sicher, dass sie einen Liebhaber gehabt und davon geträumt hatte, mit ihm in den Süden zu gehen, auf eine griechische Insel oder nach Taormina. Aber alle waren sich einig, dass sie es niemals übers Herz gebracht hätte, ihre neunjährige Tochter Penelope zu verlassen.

Mit starrem Gesicht und wild klopfendem Herzen saß Falk noch immer da, als der Film längst zu Ende war. Er wusste es. Jetzt wusste er es. *Das* war die Verbindung. Wie in einem tönernen Gefäß echoten die Worte in seinem Kopf herum. Und alles, was er spürte, war blankes Entsetzen.

11.

»Ich wünsche dir, dass du herausfindest, was damals passiert ist«, sagte Taisija zum Abschied. Sie standen auf der menschenleeren Straße vor dem Kiefernwäldchen. Im Laufe des Nachmittags hatte der Wind sich gelegt, sodass das Meer jetzt still dalag. Auch sonst war nichts zu hören als das ferne Rufen einer Krähe in der beginnenden Dämmerung.

Im Rückspiegel sah Penelope, wie Taisija ihr hinterher sah, eine reglose Gestalt in einem übergroßen Pullover. Taisija hatte Penelope angeboten, bei ihr zu übernachten. Aber Penelope hatte vor, am nächsten Tag nach Trīs Liepas weiterzufahren.

Es war eisig im Wagen, und Penelope stellte die Heizung an. Mit ungewohnt kalten Fingern umfasste sie das Lenkrad und fuhr die schnurgerade Straße entlang, durch den nicht enden wollenden Kiefernwald. Das letzte Facetime-Telefonat mit Falk fiel ihr ein, die merkwürdige Stimmung, in der sie sich getrennt hatten. Ihre Weigerung, ihm zu zeigen, was sie geschrieben hatte. Seitdem hatte er sich nicht mehr gemeldet. Ob er ernsthaft sauer auf sie war? Sie dachte gerade darüber nach, ihn anzurufen, als ihr Smartphone klingelte. Sie erkannte Uldis' Namen auf dem Display.

»Hallo, Uldis«, sagte sie.

»Wie läuft es?«, fragte er, ohne Zeit auf eine Begrüßung zu verwenden.

Penelope wusste gar nicht, was sie antworten sollte. Wie es lief? Wahrheitsgemäß antwortete sie: »Ich hab keine Ahnung. Ich komme mir vor, als würde ich die ganze Zeit rennen, ohne auch nur einen Meter vom Fleck zu kommen.«

Uldis ließ ein mitfühlendes Schnauben hören. Dann sagte er übergangslos: »Wegen des Hauses … Ich hab mich umgehört. Also die Villa wurde gleich 1998 verkauft.«

Die roten Rücklichter eines einsamen Lkws tauchten auf. Penelope setzte den Blinker und überholte. »Aha«, sagte sie, einen Moment lang abgelenkt. Sie scherte wieder ein. Als sie Uldis sagen hörte: »Zufällig ist das eine deutsche Firma. *ROD Immobilien* heißt die.«

Penelope brauchte einen Moment, bis sie reagieren konnte.

»Moment. Also ROD Immobilien hat das Haus 1998 verkauft?«

Uldis schien kurz zu stutzen. »Nein, nein, andersherum. Die haben die Villa 1998 *ge*kauft. Eigentümer war eine Familie Kudirka. Die Prokhoffs hatten das Haus von ihnen gemietet. Und als sie dann ausgezogen sind, also im Mai '98, haben die Kudirkas es an ROD Immobilien verkauft.«

Penelope starrte auf das graue Band der Straße und sah es doch nicht. »Aber … das ergibt doch überhaupt keinen Sinn. Warum kaufen sie ein Haus, wenn sie ausgezogen sind?«

Uldis klang verwirrt, als er nun sagte: »Ich verstehe nicht. Die Käufer sind doch diese Firma, ROD Immobilien.«

»… die den Prokhoffs gehört.«

Uldis schwieg einen Moment, bevor er antwortete: »Vielleicht war es als Wertanlage gedacht. Der Kaiserwald ist Rigas vornehmste Wohngegend. Die Häuser dort sind seit dem Ende der Sowjetunion sicher um ein Zigfaches gestiegen.«

Penelope nickte, obwohl Uldis es nicht sehen konnte. »Danke, Uldis«, sagte sie und verabschiedete sich von ihm. Sie dachte an die mit Brettern vernagelten Fenster der Villa. Natürlich kannte sie sich auf dem Immobilienmarkt nicht aus. Aber für sie sah das Haus inzwischen nicht gerade nach einer Wertanlage aus. Und warum stand es dann leer?

Gedankenverloren warf sie einen Blick auf das Navi. Links von ihr war das Meer, aber der Nadelwald, durch den sie fuhr, schien es verschluckt zu haben. Hier sieht es aus wie in Brandenburg, dachte sie und musste an ihre Fahrt mit Georg denken. Und an das, was sie von Taisija erfahren hatte. Also war auch Georg an jenem Gründonnerstag nicht mehr im Kaiserwald gewesen. Keiner der Prokhoffs war mehr dort gewesen. Die beiden Jungen steckten längst im Bootcamp, Claire und Xenia waren im Februar nach Washington gezogen. Und Georg hockte am Tag des Verschwindens in seinem Büro in der Botschaft.

Sie seufzte tief, dachte an ihren Vater und dass er ihrer Mutter an jenem letzten Tag gesagt hatte, dass er die Scheidung wollte. War sie deshalb so aufgebracht gewesen, als sie das Haus im Moskauer Viertel betreten hatte? Weil Georg sie in dem Glauben gelassen hatte, dass er allein in Riga bleiben würde, ohne seine Familie? Und war dann doch einfach so abgehauen, weil er nicht den Mumm hatte, sich von seiner Frau zu trennen? Eines jedenfalls war klar: Wenn ihre Mutter an jenem Gründonnerstag mit ihm in Washington telefoniert hatte, konnte er nichts mit ihrem Verschwinden zu tun gehabt haben. Aber warum war sie dann von Engure direkt in den Kaiserwald gefahren, abends um sechs?

Der Wald ging in eine Wiesenlandschaft und dann in die Außenbezirke der Hauptstadt über. Während Penelope die vierspurige Schnellstraße entlangfuhr, unter unzähligen Straßenlaternen, überkam sie auf einmal ein Gefühl großer Sinnlosigkeit. Was tat sie hier eigentlich? Seit über einem Jahr verhielt sie sich wie ein Jagdhund, der immer in die falsche Richtung lief. Ja, dachte sie. Ich bin wie der Wurzel, der niemals auch nur eine Maus gefangen hatte. Sie dachte an den anonymen Brief, der alles losgetreten hatte, diesen ganzen Wahnsinn. Also war das alles nichts als heiße Luft gewesen? Genauso wie die Idee, dass der Tod des Mädchens Alise etwas mit dem Verschwinden ihrer Mutter zu tun hatte? Taisijas Worte hatten dafür gesorgt, dass auch diese vermeintlich heiße Spur zusammengeschnurrt war zu einem schlaffen Ballon. Sie hatte nichts gefunden, was einem zweiten Blick standhielt. Wahrscheinlich waren Falks wiederkehrende Albträume tatsächlich nichts anderes als Hirngespinste nach einem Alkoholexzess. Und Andris Balodis hatte Alise wirklich getötet.

Sie schaltete das Navi aus, als sie über die Düna fuhr. Ab hier kannte sie den Weg. An diesem Abend hatte es etwas Tröstliches an sich, in die stillen Straßen der Moskauer Vorstadt zurückzukehren. Sie bog in die Maskavas iela ein, rumpelte über das Kopfsteinpflaster, hinter einer fast leeren Straßenbahn her, vorbei an kleinen alten Holzhäusern und freien Flächen und hindurch unter Straßenlaternen, die an dicken Stahlseilen über der Fahrbahn hingen. Und wie vor Jahren hielt sie wieder vor dem Haus in der Liksnas iela, genau an der Stelle, an der sie damals mit ihrer Mutter gehalten hatte. Rechts stand noch immer der braune Zaun und links die schmutzig braune Mietskaserne. Aber der kleine Hund von damals war nicht mehr da. Und ihre Mutter auch nicht. Reglos saß Penelope hinter dem Steuer und betrachtete den Schneeregen im schwankenden Licht der Straßenlaterne. Ihre Mutter war nicht mehr da, sie würde nie mehr wiederkehren, und doch sah Penelope sie einen Moment lang dort gehen, über die Straße, in ihrem blauen Kleid auf das Haus zugehen, ihre Präsenz luzide und wirklich, und sie schloss die Augen, um das Bild dort unter ihren Lidern festzuhalten, ehe es sich für immer auflöste.

Es war kurz nach neun, als sie von der Landstraße in die Lindenallee, die nach Trīs Liepas führte, einbog. Es fühlte sich irreal an, nach all den Jahren wieder hier zu sein, auch wenn die Winterlandschaft kaum Ähnlichkeit mit der Stimmung an jenem Augusttag 1997 hatte. Penelope erinnerte sich, wie durch die offenen Wagenfenster der betörende Duft von frischem Heu geweht war, und wie sie ihre Eltern mit Fragen nach den anderen Kindern gelöchert hatte: Ob sie nett seien und ob sie einen neuen Freund finden würde? Schon damals war klar gewesen, dass es für sie nur *eine* Freundin geben konnte, ihre Mathilda, und dass sie ansonsten mit Jungen besser zurechtkam. Auch hatte sie wissen wollen, ob sie heute noch mit Pfeil und Bogen schießen durfte und ob der Badesee auch zum Angeln da wäre. Damals waren sie hinter der Allee links auf eine große Wiese abgebogen, die als Parkplatz gedient hatte. Auf der Wiese wuchsen inzwischen Apfel- und Birnbäume, und der Weg, der mitten durch die Wiese geführt hatte, existierte nicht mehr. Einen Moment zögerte sie, wusste nicht recht, ob sie einfach geradeaus weiterfahren sollte. 1997, das wusste sie noch, waren Autos im Ort nicht erlaubt gewesen. Doch da sie kein Verbotsschild sah, fuhr sie einfach weiter. Tatsächlich war der Dorfplatz auch heute noch autofrei und sah insgesamt genauso aus wie vor fünfundzwanzig Jahren. Als wäre die Zeit hier stehen geblieben. Schon damals hatte Trīs Liepas sie an das kleine gallische Dorf erinnert, mit seinen niedlichen Häuschen und dem rückwärtsgewandten Charme. Auch jetzt hätte sie sich nicht gewundert, wenn gleich Asterix und Obelix mit Idefix auf dem Arm um die Ecke biegen würden. Sie sah sich um, ließ den Blick schweifen auf der Suche nach einer Art »Empfangshäuschen«. Natürlich wusste sie, dass das hier kein Feriendorf war, auch wenn die hübschen holzverkleideten Häuschen mit ihren Veranden und Staketenzäunen dies als einzigen Schluss zuzulassen schienen. Ihr Blick streifte das kleine Backhaus, die Bäume auf dem Thingplatz, die noch gewaltiger geworden waren, und die Findlinge, in deren Mitte damals das große Feuer gebrannt hatte. Das alles wirkte so unwirklich, so unveränderlich in der Zeit, dass Penelope einen verwirrenden Moment lang von der Hoffnung überwältigt wurde, dass ihre Mutter hier möglicherweise ebenfalls überdauert haben könnte, dass sie gleich um die Ecke biegen oder aus einem der hübschen kleinen Häuser kommen, auf dem Absatz stehen bleiben und dann auf sie zu rennen würde. Sie war noch ganz in diesem Gefühl gefangen, als die Tür eines der Häuser aufging und ein Mann heraustrat. Er trug ein schwarzes Hemd, doch erst als er die Stufen der Veranda herunterkam, erkannte sie ihn. Es war Brammer, Falks Chauffeur und Leibwächter. Und hinter ihm, sie konnte es nicht fassen, tauchte ein Mann im weißen Hemd auf: Falk.

Penelope konnte nicht anders als die beiden anzustarren, erst Falk, dann Brammer, dann wieder Falk, während sie auf sie zukamen. Was hatte das alles zu bedeuten, war sie aufgeflogen, hatte Brammer herausgefunden, wer sie war? Waren sie hier, um … ja, was genau zu tun? Doch Falk lächelte sie an, und als er sie erreicht hatte, legte er seine Arme um sie und sah sie an, ernst und schweigend. Und dann küsste er sie mit einer Intensität, die sie in diesem Moment verwirrte.

»Ich wollte dich überraschen«, sagte er und hielt sie fest im Arm.

Das ist dir gelungen, dachte Penelope. Laut sagte sie: »Was für ein schöner Gedanke.« Steif und überrumpelt stand sie da, spürte seinen

Körper durch ihr dünnes Sportoberteil und bemerkte zu ihrer eigenen Verblüffung, wie etwas in ihr geschah. Und während sie unter ihren Händen seine Wärme fühlte, dachte sie, dass sie es gut sein lassen sollte, dass das hier das Ende ihrer Suche sein sollte. Sie hatte getan, was sie konnte, jeden Stein in dieser Geschichte umgedreht. Und doch nichts darunter gefunden. Statt Beweise für eine Verwicklung der Prokhoffs in das Verschwinden ihrer Mutter zu finden, wusste sie nun lediglich sicher, dass am Gründonnerstag 1998 keiner der Prokhoffs mehr in Lettland gewesen war.

»Ich habe dich vermisst«, flüsterte er in ihr Haar. Seine Stimme klang irgendwie anders, rauer, und Penelope erkannte in ihr die Stimme des Mannes aus Abadis Praxis. Sie schluckte schwer, und mit einem Mal fiel etwas von ihr ab, und sie gab nach, ihr Körper gab nach und sank in seine Umarmung.

»Ich habe dich auch vermisst«, hörte sie sich selbst sagen. Und es war die Wahrheit.

In dem Moment rief ein Mann vom Haus her: »Die Liebe hemmet nichts, sie kennt nicht Tür noch Riegel!«

Sie spürte, wie Falks Körper sich anspannte. Doch als er seine Umarmung löste und sich nach dem Mann umdrehte, sah Penelope ein breites Lächeln auf Falks Gesicht.

»So ist es.« Erneut legte Falk einen Arm um sie und sagte: »Das ist meine Frau Mathilda. Und das ist Wolf. Er ist der Ortsvorsteher hier.«

Der schreckliche Sven, dachte Mathilda und fand, dass Wolfs Händedruck fast übertrieben fest war. Er ist noch einen Tick größer als Noah, schoss es ihr durch den Kopf, und obwohl er Penelope strahlend anlachte und sie zurücklachte, nicht ganz so strahlend, hörte sie einen inneren Alarmton, einen kurzen Moment, wie eine Warnung, doch dann war das Gefühl so schnell vorüber, wie es aufgeflackert war, und Penelope fragte sich, ob sie in den letzten Monaten, in denen sie versucht hatte, eine andere zu mimen, vor allem eines gelernt hatte: nämlich die Flöhe husten zu hören. Während der ganzen Begrüßung hielt Brammer sich im Hintergrund. Erst als sie sich nach ihm umdrehte, nickte er ihr zu, knapp und formell, wie es seine Art war. Und wieder fragte Penelope sich, ob er Falk von seiner Beobachtung auf der Charity-Veranstaltung im Ritz erzählt hatte.

»Gehen wir zu uns nach Hause«, sagte Wolf und deutete die Dorfstraße entlang.

Penelope holte ihre Daunenjacke aus dem Wagen, während Falk ins Haus lief, um seinen Mantel zu holen. Zu dritt schritten sie nebeneinander die mit Sand bestreute verschneite Dorfstraße, gesäumt von Bullerbü-Häuschen, entlang. Ein paar Meter hinter ihnen Brammer. Penelope drehte sich kurz nach ihm um, begegnete seinem unverwandten Blick, der auf ihr ruhte wie bei der Gala im Ritz, als sie so gedankenlos vor sich hin buchstabiert hatte. Sie wandte sich zur Seite, betrachtete Falk und hatte auf einmal ein ganz merkwürdiges Gefühl, das sie jedoch darauf schob, dass er aussah wie ein Fremdkörper in diesem gallischen Dorf, mit seinem Tweedmantel und den schwarzen Lederschuhen. Tatsächlich wirkte er so, als käme er gerade von einem Vorstandsmeeting der ROD. Auch der angespannte Gesichtsausdruck schien dazu zu passen. Halblaut sagte sie: »Bist du sicher, dass du die passende Kleidung für einen Besuch auf dem Land gewählt hast?«

Kurz wich die Anspannung in seinem Gesicht dem vertrauten Lächeln.

»Ich komme direkt aus dem Büro.«

»Also direkt aus Berlin?«

»Ja, wir sind mit dem Firmenjet gekommen.« Er sah ihr tief in die Augen. »Ich hatte plötzlich das Bedürfnis, bei dir zu sein.«

Penelope sah ihn an, während er sprach. Und vielleicht war es die Tatsache, dass er so betont leichthin redete oder auch dieser Besprechungston, den er sonst nie hatte, wenn er sich mit ihr unterhielt. Aber irgendetwas an seinen Worten sagte ihr, dass hier etwas ganz und gar nicht stimmte. Das warme Gefühl, das sie bis eben noch gespürt hatte, verwandelte sich in Unsicherheit. Sie wandte sich ab, sah Rauch aus den Kaminen der kleinen Häuschen steigen und fragte sich einen kurzen Moment lang, wie das hier alles zusammenging, der Millionärssohn, der kurzerhand mit dem Firmenjet hierhergedüst war, dieses Astrid-Lindgren-Dorf mit den Holzöfen und dieser schreckliche Sven mit den Leinenklamotten, doch dann blieb ihr Blick an einem größeren Gebäude hängen, auf dem in altertümlicher Schrift auf Deutsch »Schule« stand, und Penelope fragte sich, ob der Schriftzug irgendein historisches Überbleibsel war oder ob in dieser Dorfschule tatsächlich Kinder unterrichtet wurden. Sie waren schon fast vorüber, als die Frage durch einen Chor lauter Kinderstimmen beantwortet wurde.

»Sie haben hier sogar eine Schule?«, fragte Penelope an Wolf gewandt, der rechts neben ihr ging.

»Wir sollten du sagen«, antwortete Wolf. »Ja. So können wir direkten Einfluss darauf nehmen, dass die Kinder schon früh ein Bewusstsein für Nachhaltigkeit und den Respekt vor der Natur lernen.«

Wieder dachte Penelope an den Firmenjet. Und war das Holzfeuer tatsächlich klimaneutral? Doch Wolf sprach bereits weiter von der Schule und ging dann dazu über, ihr das Gesamtkonzept des Dorfes zu erklären, in das sie sich im Vorfeld ihrer Reise ja bereits eingelesen hatte. Das sagte sie ihm aber nicht. Mit zunehmendem Unbehagen ging sie neben den beiden Männern her, hörte Wolf über Bauernhöfe dozieren, die er »Familienlandsitze« nannte, und dass man, wenn die Erde überleben sollte, zurückkehren müsse zum Selbstversorgertum. Er sprach davon, dass jede Familie das Recht hatte auf ein Stück Land, das sie selbst bestellte. Er schien zu den Menschen zu gehören, die gerne viel sprachen und sich auch sicher waren, dass die anderen ihm genauso gerne zuhörten. Nach etwa fünf Minuten ließen sie das Dorf hinter sich, folgten der Straße, die einen Bogen nach links beschrieb, als in einiger Entfernung ein altes Gutsgebäude mit Klinkerfassade und einem Spalier davor auftauchte. Auch dieses Haus wirkte wie aus der Vergangenheit hergebeamt. Nichts deutete darauf hin, dass sie sich in der Gegenwart befanden.

»Ihr hättet uns früher Bescheid sagen sollen, dass ihr beide kommt«, sagte Wolf nun. »Dann hätten wir ein Willkommensfest organisiert.«

Penelope war so viel Aufhebens unangenehm. »Ich bin ja hier, weil ich die Alltagsabläufe kennenlernen will.«

»Jetzt hat Magdalena leider eine Gruppe da …«

»Eine Gruppe?«, fragte Penelope.

»Meine Frau ist Energieberaterin.«

»Ah …« Penelope nickte. »Energetische Gebäudesanierung und so.«

Einen Moment lang sah Wolf sie verdutzt an. Dann lachte er auf, als hätte Penelope einen richtig guten Witz gemacht, und öffnete die unverschlossene Haustür. Penelope warf Falk einen fragenden Blick zu, der die Augenbrauen hob und tonlos die Lippen bewegte. Es sah aus, als formte er das Wort »Spinner«. Als sie gleich darauf das Haus betrat, verstand sie, warum Wolf gelacht hatte.

In einem großen leeren Raum mit Holzfußboden saßen etwa ein Dutzend Frauen auf dem Boden, jede auf einer Matte. Vor ihnen stand eine vielleicht sechzigjährige Frau, barfuß, in einem wadenlangen Kleid, das graue Haar zu einem nachlässigen Dutt aufgesteckt. Die Frau sah aus wie die Betreiberin eines Bioladens oder so, wie Penelope sich eine Waldorf-Kindergärtnerin vorstellte. Gerade sagte sie: »… um diese fünf Elemente in euch – Wasser, Holz, Feuer, Erde, Metall – in Einklang miteinander zu bringen.« Da blickte sie zu ihnen hinüber und verstummte. Im nächsten Moment lächelte sie herzlich, entschuldigte sich bei den Frauen und kam auf sie zu.

»Falk!«, sagte sie, ehrlich überrascht, und breitete die Arme aus, als sei er der verlorene Sohn, auf den sie seit Jahren wartete. »Wie wunderbar, dich endlich einmal wiederzusehen!« Dann wandte sie sich, ohne eine Antwort abzuwarten, an Penelope, sah sie mit strahlenden blauen Augen an und sagte, plötzlich ganz ernst: »Du hast eine ganz starke Wurzelenergie.«

Penelope spürte das starke Bedürfnis, einen blöden Spruch zu machen, diesmal mit voller Absicht, verkniff es sich aber. Stattdessen setzte sie ihren Kompaniechef-Blick auf und sah der Frau, ohne zu blinzeln, in die Augen. Da erst erkannte sie sie. Es war der Tag ihrer Ankunft in Trīs Liepas gewesen, der 23. August 1997. Penelope und ihre Eltern hatten beim Mittagessen gesessen, an einem langen Tisch, es hatte Suppe gegeben, die gut geschmeckt hatte, dazu frisches Brot, und zu trinken gab es Preiselbeersaft. Und dann war diese Frau gekommen, mit einem Baby in einem Tragetuch vor dem Bauch. Als ihre Mutter Magdalena gesehen hatte, war sie aufgestanden, und die beiden hatten sich so fest umarmt, als würden sie sich schon länger kennen.

»Das ist Mathilda«, sagte Falk in dieses Bild hinein. »Sie wird von nun an für die Stiftung arbeiten. Ihr werdet also häufiger mit ihr zu tun haben.«

»Wie schön!«, sagte Magdalena warmherzig, als schien sie sich unglaublich darüber zu freuen. »Georg hat uns schon viel von dir erzählt.« Dabei sah sie Penelope so aufmerksam an, als versuchte sie, sie zu hypnotisieren. Dann fuhr sie fort: »Irgendwie erinnerst du mich an jemanden …«

Penelope spürte, wie sie innerlich in Habachtstellung ging. War es möglich, dass diese Frau sich an ihre Mutter erinnerte, dass sie eine gewisse Ähnlichkeit zwischen ihnen beiden erkannte? Obwohl sie nicht fand, dass sie aussah wie ihre Mutter.

Magdalena lächelte noch etwas breiter. »Aber ja … jetzt weiß ich es wieder. Das ist ja merkwürdig … wie ein Zeichen.« Jetzt wandte sie sich direkt an Falk. »Sie erinnert mich an eine Frau, mit der dein Vater ein paarmal hier war.«

»Meine Frau sieht überall Zeichen«, sagte Wolf.

»So ist es ja auch«, beharrte Magdalena. »Wir bekommen von überallher Botschaften. Wir müssen nur lesen und zuhören.«

Penelope hatte das Gefühl, einfach stillhalten zu müssen. Etwas kryptisch lächelte sie in die Runde und fragte dann möglichst unverfänglich: »Jetzt hast du mich aber neugierig gemacht. Was war denn das für eine Frau?«

Magdalena blieb für einen Moment stumm. Sie sah hinauf zur Decke, so als könnte sie die Antwort dort ablesen. »Eine Lehrerin aus Riga. Auch eine Deutsche. Eine sehr offene, kreative Frau. Ich hatte gehofft, sie würde sich uns anschließen … Wir brauchten ja eine Lehrerin.«

»Aber das hat sie dann nicht?«, fragte Penelope.

Auf Magdalenas Gesicht erschien ein ratloser Ausdruck. »Jetzt, wo du fragst … Ich weiß ehrlich gesagt gar nicht, was aus ihr …«

Da polterte Wolf mit der ihm eigenen Wichtigtuerei dazwischen: »Jetzt lass doch mal die ollen Kamellen. Siehst du denn nicht, dass

Mathilda nur aus Höflichkeit fragt? Sie ist doch hier, um was über die Gemeinschaft zu lernen!«

Im Stillen verfluchte Penelope Wolf und seine unsensible Art. Am liebsten wäre sie ihm in die Parade gefahren, so wie er gerade seiner Frau in die Parade gefahren war. Doch dann sagte sie nur in nüchternem Tonfall: »Ich stelle grundsätzlich nur dann Fragen, wenn mich die Antwort wirklich interessiert.«

Die nächsten zwei Stunden verbrachte Penelope mit Wolf, der sie übers Gelände führte und sich von ihrem Seitenhieb unbeeindruckt zeigte. Er stellte ihr etliche Dorfbewohner vor und erzählte von ihren Aufgaben. Alle schienen mindestens ein traditionelles Handwerk zu beherrschen, das sie für die Nachwelt erhalten wollten. Penelope staunte über so viel Idealismus, und während die Leute ihr erklärten, an welchen Projekten sie gerade arbeiteten, überkam sie immer wieder ein Gefühl der Unwirklichkeit und hin und wieder das Bedürfnis, sich in den Arm zu kneifen, um sicherzustellen, dass sie noch lebte und noch nicht in Arkadien gelandet war. Beim Betreten jeder weiteren Werkstatt oder jedes Häuschens fürchtete und hoffte sie gleichzeitig, dass noch ein anderer Dorfbewohner sich an ihre Mutter erinnert fühlen und ihre angebliche Ähnlichkeit kommentieren würde. Als sie schließlich gegen Ende des Rundgangs den Weg in Richtung See einschlugen, weil Wolf ihr noch die Gestelle für den Stockfisch zeigen wollte, war sie erleichtert.

»Ich wusste gar nicht, dass man auch Süßwasserfisch trocknen kann«, sagte sie.

»Das wissen heutzutage die wenigsten«, sagte Wolf in jenem leicht wichtigtuerischen Ton, den er immer dann an den Tag legte, wenn Penelope zu verstehen gab, dass etwas für sie Neues sie verblüffte, was bei ihrem Rundgang durch die Werkstätten oft der Fall gewesen war.

»Wir haben hier vor allem Schleie und Barsche.«

Als Penelope den Strand von damals erkannte, musste sie sich zusammenreißen. Hier hatte sie gestanden, in ihrem Badeanzug mit dem aufgebügelten Fahrtenschwimmerabzeichen, auf das sie so stolz gewesen war. Und dort drüben, in den Bäumen direkt am Ufer, hatte ein alter Reifen gehangen, auf dem sie sich ins Wasser geschwungen hatten. Da war Penelope immer ganz vorne mit dabei gewesen. Und dort in jenem Wäldchen hinter dem See war es gewesen, wo Falk oder Tristan Alise geküsst hatte. Sie hatte die beiden Jungen damals nicht auseinanderhalten können. Dort war es auch gewesen, wo die Brüder sich die Nasen blutig geprügelt hatten. Immer mehr von diesen Bildern stürmten auf sie ein, es war wie eine Sammlung von Kurzfilmen, die hintereinander abliefen. Während sie neben Wolf am Ufer stand und ihr Blick die Gestelle mit Stockfisch streifte, war Penelope wie zweigeteilt: Auf der einen Seite versuchte sie, Wolfs pausenlosem Redefluss zu folgen. Auf der anderen Seite sah sie die Szenen von früher vor ihrem inneren Auge ablaufen. Und immer wieder kehrten ihre Gedanken zu einer einzigen Überlegung zurück: dass es doch merkwürdig war, dass es zwischen Alises Tod und dem Verschwinden ihrer Mutter keinen Zusammenhang zu geben schien. Weil doch alle Spuren immer zu den Prokhoffs führten.

12.

Als sie später an einem großen Tisch beim Mittagessen saßen, verstand Penelope erst nach einer Weile, dass all diese Leute Wolfs und Magdalenas Kinder und deren Ehepartner waren. Die Seminarteilnehmer schienen woanders zu essen. Penelope versuchte, Magdalenas kleinen Anekdoten über ihre Kinder und Enkel wenigstens halbwegs zu folgen, und konnte doch immer wieder nur an damals denken, an jenen Sommer, als sie hier über die Wiesen und durch den Wald gelaufen war und Xenia ihre Freundin Alise nachts aus dem Zelt ihres Vaters hatte kommen sehen. Der Anblick musste Xenia den Boden unter den Füßen weggezogen haben. Und während Penelope Magdalena mit halbem Ohr zuhörte und ihren Blick zerstreut über die Tischgesellschaft gleiten ließ, hatte sie einen Moment lang das Gefühl, dass das alles nicht echt war, dass das hier eine Inszenierung war, dass sie in einen Historienfilm geraten war, bei dem alle bis auf Falk, der unbeirrbar sein weißes Hemd trug, in irgendwelche Kostüme geschlüpft waren, die Frauen in mittelalterliche Leinenkleider, die Männer in Strickpullover mit komplizierten Mustern. Selbst die Kinder, allesamt Wolfs und Magdalenas Enkel, die an einem Extratisch saßen, wirkten wie kleine Darsteller aus »Vikings« oder aus »Der Name der Rose«.

Vor dem Essen sprach Wolf so eine Art Tischgebet oder Segensspruch, bei dem es um Vater Himmel und Mutter Erde ging. Penelope spürte Falks Blick auf sich, und als sie aufsah, registrierte sie, wie er ganz leicht eine Augenbraue hob. Unwillkürlich musste Penelope daran denken, wie Falk die Leute hier als *irre* und *fanatische Spinner* bezeichnet hatte.

Auch das Essen passte zum Thema Mittelalter oder entsprach zumindest Penelopes Vorstellung davon. Es gab Kartoffelsuppe mit einem Klecks Schmand und dicken Scheiben Brot mit Griebenschmalz. Wenigstens waren die Typen hier keine Veganer. Obwohl das ihre Treibhausgasbilanz natürlich verbessert hätte.

Während der gesamten Mahlzeit schweiften Penelopes Gedanken immer wieder ab, und sie sah sich selbst damals im Sommer 1997 zusammen mit ihren Eltern, die sie hierhergebracht hatten. Sie erinnerte sich an jede Einzelheit, daran, wie sie angekommen waren, wie Georg sie begrüßt hatte, und wie sie und ihre Mutter hinter Georg, der sich mit ihrem Vater unterhalten hatte, übers Gelände gegangen war. Für ihre Mutter musste das eine extrem brisante Situation gewesen sein. Ihr Geliebter und ihr ahnungsloser Mann. Und Penelope war dabei genauso ahnungslos gewesen, hatte nichts von dem Sturm begriffen, der in ihrer Mutter getobt haben musste.

Sie nahm einen Schluck Apfelwein. Das Griebenschmalzbrot steckte ihr in der Speiseröhre fest. Und was war am Ende passiert? Hatte ihre Mutter hier von den anderen Frauen erfahren, die Georg nebenher auch noch gehabt hatte? War sie deshalb so aufgebracht an Irma Filipova vorbeigestürmt, weil sie ihn zur Rede stellen wollte? Und dann der Schock, als sie erfahren hatte, dass er längst ausgezogen war? Penelope landete immer wieder in derselben Sackgasse mit der unbeantworteten Frage, warum sie nach ihrem Telefonat mit Georg in Washington überhaupt noch einmal in den Kaiserwald gefahren war. Wen oder was hatte sie dort gesucht? Wo doch die Prokhoffs längst abgereist waren. Penelope nahm einen weiteren Schluck. Plötzlich kam ihr ein Gedanke. Alises Familie. Hatten die nicht auch im Kaiserwald gewohnt? Deshalb war Alise ja nach der Vernissage überhaupt auf die Idee gekommen, zu Fuß nach Hause zu laufen.

»… dir die Schule zeigen.«

Penelope blickte auf, sah Magdalenas erwartungsvollen Blick.

»Entschuldige. Ich war ein bisschen in Gedanken. Die vielen Eindrücke heute …«

Magdalena legte Penelope die Hand auf den Arm. »Aber natürlich! Du brauchst dich nicht zu entschuldigen … Ich meinte nur, nachher zeigt dir meine Tochter Hilda euch noch die Schule. Falk hat gesagt, er möchte auch mitkommen. Ich selbst muss mich heute Nachmittag leider um meine Seminarteilnehmer kümmern. Aber Hilda und Frauke, das ist die Lehrerin unserer Schule, werden dir alles zeigen …« Und dann sprach Magdalena schon wieder weiter, von irgendwelchen Säulen der Pädagogik, und während Penelope noch versuchte, sich auf Magdalenas Worte zu konzentrieren, musste sie daran denken, was Magdalena heute, als sie sich kennenlernten, gesagt hatte. Und an den Eindruck, den sie damals als Kind gehabt hatte: dass diese Frau und ihre Mutter sich schon kannten, als sie Penelope an jenem Tag in das Jugendcamp brachten. Sie ging noch einmal in die Szene, leuchtete alles aus, sah ihre Mutter vor sich, in einem kornblumenblauen Sommerkleid und Magdalena in einer weißen Schnürbluse und braunem Rock. Magdalena hatte ein Baby mit lockigem blondem Haar in einer putzigen Strickhose auf dem Arm gehabt und ihre Mutter umarmt, als seien sie alte Freundinnen. Und dann hatte sie zu ihr gesagt: »Und hast du's dir überlegt? Kommst du zu uns als Lehrerin?«

Und ihre Mutter hatte »Vielleicht in einem anderen Leben« gesagt. Und weil ihre Mutter dabei gelacht hatte, hatte Penelope natürlich geglaubt, sie mache einen Scherz.

Nach dem Mittagessen gab es Lupinenkaffee, was Penelope mit ungläubigem Staunen quittierte.

»Wir lehnen Gifte und Suchtmittel wie Koffein und Alkohol ab«, sagte Wolf, und Penelope spürte erneut Falks Augen auf sich.

»Aber ihr habt immerhin ein geheimes Giftlager für Junkies wie uns«, sagte Falk mit einem feinen Lächeln, woraufhin Wolf ein wenig säuerlich nickte und Magdalena sofort in der Küche verschwand. Hier war die Welt, was die Rollenverteilung zwischen Mann und Frau anging, noch in Ordnung, dachte Penelope mit zusammengebissenen Zähnen.

Nach dem Kaffee begleitete Hilda sie und Falk die Dorfstraße entlang zur Schule. Es machte sie ein wenig nervös, dass Brammer auch jetzt wieder ein paar Schritte hinter ihnen ging. Sie hatte den Eindruck, dass sich etwas an seinem Verhalten ihr gegenüber verändert hatte.

Wann immer sie sich heute nach ihm umgesehen hatte, er hatte keinen einzigen Moment den Blick von ihr gelassen.

Im Gegensatz zu ihrer Mutter war Hilda weniger redselig, und so gingen sie nebeneinanderher durch den stillen Wintertag. Das einzige Geräusch waren ihre Schritte auf dem festgestampften Schnee. Auch Falk schwieg und machte keinerlei Anstalten, ihre Hand zu nehmen, wie er es sonst immer tat, wenn sie nebeneinander hergingen. Und so schob Penelope ihre Hand in seine, woraufhin er ihr einen unergründlichen Blick zuwarf. Und auf einmal war sie sich sicher, dass nicht nur Brammer sich ihr gegenüber anders verhielt. Irgendetwas war seltsam.

Sie stiegen die drei Stufen zum Eingang der Schule hoch, und als sie eintraten, fiel Penelope der Geruch nach feuchter Wolle auf. Sie sah die identischen braunen Wintermäntel und Mützen, die links und rechts der Wand entlang an den Haken hingen. Unter zwei langen Bänken standen, ordentlich aufgereiht, unzählige Paare von braunen Schnürschuhen, und Penelope musste an ihre eigene Schulzeit denken, an die bunten Schuhe, die meisten mit Klettverschluss, die unordentlich unter den Bänken gestanden oder gelegen hatten. Dieser Anblick hier erinnerte eher an ihre Grundausbildung. In dem Moment, als Penelope Hilda ins Klassenzimmer folgte, standen die Kinder auf, und die Lehrerin, Frauke, eine etwa vierzigjährige Frau in bodenlangem Rock, begrüßte die Gäste, und die Kinder begannen zu singen. Penelope betrachtete die aus Leibeskräften singenden Kindergesichter und musste sich auf einmal das Lachen verkneifen. Sie sahen so ernst aus, wie die Miniaturausgaben eines Jodelvereins. Überhaupt erinnerte sie das Ganze hier irgendwie an Bayern. An Bayern vor zweihundert Jahren. Ihr Blick schweifte weiter, die Wände entlang, die vollgepflastert waren mit Schwarz-Weiß-Fotos von Kindern und Jugendlichen in Pfadfinderuniformen und darunter den Jahreszahlen. Das Ganze schien eine Art Chronik zu sein. Auf der gegenüberliegenden Seite erregte eine Reihe von Fotos, die alle dieselbe Frau zeigten, ihre Aufmerksamkeit. Von ihrem Platz aus sah die Frau aus wie Claire, was Penelope erstaunte, da sie bei ihrem Besuch damals auf Dreilinden angenommen hatte, dass Claire sich nicht für die Dorfprojekte interessierte. Machte sie nicht ständig Witze über ihren Mann, den Weltverbesserer?

Nach dem Singen sagte ein vielleicht sieben- oder achtjähriges Mädchen mit einer Zahnlücke und langen Zöpfen eine Art Willkommensgedicht auf. Im Anschluss durften sich die Kinder selbst beschäftigen, während Penelope umherging, sich mit einem Mädchen, das an ihrem Tisch saß und malte, über ihr Bild unterhielt und gleichzeitig versuchte, einen Blick auf die Pfadfinderfotos zu werfen. Tatsächlich entdeckte sie das Foto, das sie suchte, fast sofort. Sie saß ganz vorne, im Schneidersitz, die blonden Zöpfe fielen auf das Pfadfinderhemd, das zu Hause im Schrank ihres alten Jugendzimmers lag. Und dann entdeckte sie Xenia und Alise und schließlich, auf dem Foto daneben, Tristan und Falk.

»Oh … sieh dir das nicht an«, sagte Falk plötzlich dicht neben ihr.

»Dann will ich es natürlich erst recht sehen.«

Penelope betrachtete sein junges Gesicht, den trotzigen Ausdruck. Es war ein eigenartiges Gefühl, an dieser Wand den Beweis für ihre Erinnerungen zu sehen. Für sie war die Welt damals noch in Ordnung gewesen, für Falk und Xenia vermutlich schon weniger. Und Alise hatte zu dem Zeitpunkt noch zwei Monate zu leben gehabt.

Penelope und Falk standen immer noch so da, als jemand sie am Arm zupfte. Das Mädchen, das vorher das Gedicht vorgetragen hatte, sah Penelope ernst an.

»Das ist für dich«, sagte sie und streckte ihr ein selbst gemaltes Bild entgegen. Penelope, die keinerlei Erfahrung mit Kindern hatte, sagte: »Danke.« Doch das Mädchen blieb wie angewurzelt stehen. Offenbar erwartete es etwas mehr Begeisterung. Ihr Blick huschte zu Falk, der sie grinsend beobachtete.

Innerlich seufzend betrachtete Penelope das Bild ausgiebiger, das ein kleines und ein großes Boot zeigte, das kleine mit dunkelhäutigen Menschen, das andere mit Rittern in hellen Gewändern, die den Leuten in dem kleinen Boot Stangen hinhielten, an denen sie sich festzuhalten schienen. Penelope zeigte auf die Leute in dem kleinen Boot und sagte: »Ah, das sind Bootsflüchtlinge … und die anderen retten sie vor dem Ertrinken.«

Ein irritierter Ausdruck huschte über das Gesicht des Kindes. Kurz darauf lachte es, als hätte Penelope einen albernen Scherz gemacht, wie Erwachsene das hin und wieder taten, um Kinder zum Lachen zu bringen.

»Aber nein!«, rief sie. »Das sind die guten Ritter, und sie stoßen die Bösen aus dem Boot. Damit die nicht zu uns kommen und uns mit dem Messer töten.«

Penelope starrte das Mädchen an, immer noch das Blatt mit der bunten Kinderzeichnung in der Hand, und sah in das fröhliche Gesicht des Mädchens mit der Zahnlücke. Ihr fassungsloser Blick wanderte zu Falk, der sie ansah, mit einem grimmigen Ausdruck, als wollte er sagen: »Siehst du!« Doch noch ehe sie näher darüber nachdenken konnte, trat Hilda zu ihr, nahm ihr das Bild aus der Hand, legte es auf das Schülerpult und führte sie zur anderen Seite des Klassenzimmers.

13.

Spätestens jetzt musste sie begriffen haben, mit wem sie es hier zu tun hatte. Falk sah ihr nach, wie sie mit Hilda davonging und vor der großen Bilderwand gegenüber stehen blieb. Fünfundzwanzig Fotos, die alle seine Mutter zeigten, wie sie in einem dieser albernen Olympia-Gewänder das Osterfeuer entzündete, jedes Jahr wieder. Er hatte diesen Mist eigentlich nie mehr sehen wollen. Und jetzt stand er doch wieder davor. Und obwohl nichts von alldem mehr zu ihm gehörte und er mit nichts und niemandem hier auch nur das Geringste zu schaffen hatte, war es ihm vor Penelope derart unangenehm, dass er am liebsten rausgegangen wäre. Jedenfalls würde er ihr nichts mehr erklären müssen.

Geblendet von der aggressiven Deckenbeleuchtung, drehte er sich zum Fenster, öffnete es. Merkten die denn nicht, dass es hier drin miefte, eine unaussprechliche Mischung aus heißem Kinderatem, feuchten Wollsocken und Käsebroten. Die kalte Winterluft fiel herein. Er nahm ein paar tiefe Atemzüge und blieb so stehen, hoffte, dass ihn die nächsten fünf Minuten niemand ansprechen würde.

Er hatte noch immer keinen Plan. Und das, obwohl er Wolf inzwischen alles um die Ohren gehauen hatte. Die Liechtensteiner Briefkastenfirma, die Gelder, Last Exit. Und dann die Frage, wo Bohnau und Kappler waren, ob er sie hier versteckt hielt. Doch während er geredet hatte, waren Wolfs Augen immer größer geworden, sodass ihm schließlich klar geworden war, dass Wolf von nichts eine Ahnung hatte.

»Nach meiner Rückkehr werde ich eine Vorstandssitzung einberufen«, sagte er. »Dann wird dieser ganze Augiasstall durchgemistet. Und wir werden sehr genau überprüfen, wofür wir in Zukunft Geld ausgeben!«

Wolf hatte genickt, ungewöhnlich folgsam. Er schien in seinen Grundfesten erschüttert zu sein.

Falk starrte weiter hinaus auf die dunkle Dorfstraße. Das alles hier war doch der reine Wahnsinn. Diese Leute hier waren völlig übergeschnappt. Abrupt drehte er sich wieder um und betrachtete Penelope, die inzwischen mit Hilda vor den Bildern auf der anderen Seite stand. Sie sieht verloren aus, dachte er. Und dann überkam ihn plötzlich dasselbe unheimliche Gefühl, das er empfunden hatte, nachdem er die Doku im Internet angesehen hatte. Als ihm klar geworden war, wer der Liebhaber von Rebecca Maywald gewesen war. Sein Vater. Es musste sein Vater gewesen sein. Es passte einfach perfekt. Denn wieso sonst wäre diese deutsche Lehrerin aus Riga auf den Gedanken gekommen, ausgerechnet nach Taormina abhauen zu wollen, dorthin, wo seine Eltern eine Villa besaßen? Oder sollte er lieber sagen, ein Liebesnest, in dem sein Vater seine Affären ausgelebt hatte?

Nach der Doku hatte er dann noch das Internet nach aktuellen Informationen über Rebecca Maywald durchforstet, getrieben von der vagen Hoffnung, die Frau möge irgendwann irgendwo doch noch aufgetaucht sein. Aber alles, was er fand, waren krude Einlassungen von irgendwelchen True-Crime-Junkies, die in einem abstoßend besserwisserischen Ton um die »kriminalistisch fundierteste« Theorie wetteiferten, was mit Rebecca Maywald geschehen sein könnte. Als ob das Baujahr ihres Land Rovers, der auf dem Rastplatz gefunden wurde, eine Rolle spielte. Oder ob es in jener Nacht drei oder fünf Grad kalt gewesen war. Tatsächlich buhlten sie um die Bedeutungshoheit dieser Details wie Kinder, die verkleiden spielten. Doch dann war er auf diese eine Stimme gestoßen, die ihm nicht mehr aus dem Kopf ging. Ein Mitglied der Community, der sich *Crime Pope* nannte, stellte Vergleiche an mit einem Kriminalfall aus dem Jahr 1977, wo ein französischer Rechtsanwalt namens Agnelet, verheiratet und Vater dreier Kinder, seine junge Geliebte Agnès Le Roux zu einem amourösen Kurzurlaub einlädt, von dem sie nie zurückkehrte. Nach endlosen Wirrungen, falschen Alibis und der vergeblichen Suche nach den sterblichen Überresten der jungen Frau auf dem Familienanwesen des Rechtsanwalts kommt dieser erst vierzig Jahre später vor Gericht, wo er durch die Aussage seines Sohnes verurteilt wird. Im Jahr 1985 hatte dieser den Vater sagen hören: »Egal, solange sie die Leiche nicht finden, habe ich nichts zu befürchten.« All die Jahre hatte der Sohn diese Last mit sich herumgetragen und es irgendwann nicht mehr ausgehalten. Was mit der jungen Frau geschehen war, konnten die Ermittler nur vermuten. Doch der Sohn war sich sicher, dass sein Vater Agnès auf einem Campingtrip in den einsamen Wäldern um Monte Cassino erschossen und vergraben hatte.

Falk nahm noch einen tiefen Atemzug und schloss das Fenster. Die Erinnerungen, die bei der Entdeckung dieses Falles in ihm hochgekrochen waren, hatten sich nicht wieder zurückdrehen lassen. Er kannte die Wälder um Monte Cassino herum. Erinnerte sich mit einer Klarheit an sie, an das eine Jahr, als sein Vater, seine drei Kinder auf dem Rücksitz, die ganze Strecke bis nach Sizilien runter selbst hatte fahren wollen. Es hatte so etwas wie ein Abenteuerurlaub sein sollen. Als sie an Monte Cassino vorbeifuhren, war es schon mitten in der Nacht gewesen, halb eins oder halb zwei, aber sein Vater hatte den Ort, wo die Deutschen 1944 so »heldenhaft« gegen die alliierten Truppen standgehalten hatten, unbedingt sehen wollen. Tristan und Xenia hatten beide geschlafen. Nur er war aufgewacht und hatte mit vor Müdigkeit glasigem Blick zugesehen, wie die Scheinwerfer ihres Wagens den Berg hinaufmäanderten. Und hinter jeder dritten Kehre waren Wildhunde aus der schwarzen Einsamkeit aufgetaucht, die mit überbelichteten Augen und erhobenen Schnauzen auf den Wagen zuliefen. Mit vor Angst schwächlicher Stimme hatte Falk seinen Vater gefragt, was passiere, wenn ihnen jetzt das Auto kaputtginge und sie hier stehen blieben, ob die Hunde sie dann auffressen würden. Und sein Vater hatte geantwortet, dass sie das bestimmt tun würden. Und dass dann nicht mehr viel von ihnen übrig wäre.

Als Falk sich nun wieder umdrehte und am anderen Ende des Raumes seine Frau stehen sah, schauderte er. War das der Grund, warum sie sich ihm genähert und ihn dann geheiratet hatte? Der Grund, warum sie mit seinem Vater nach Groß Warlow gefahren war? Warum sie den Posten im Vorstand der Dreilinden-Stiftung angenommen hatte? Weil sie ahnte, was er selbst nicht wahrhaben wollte? Dass sein Vater wie Maurice Agnelet vor fünfundvierzig Jahren seine junge Geliebte in irgendeiner Waldeinsamkeit erschossen und vergraben hatte?

14.

»Schau mal, die wollte ich dir noch zeigen. Die finde ich sooo wunderschön. Vielleicht kann man damit ein bisschen Öffentlichkeitsarbeit betreiben?« Hilda sah Penelope erwartungsvoll an.

Doch Penelope, die immer noch schockiert von der Erklärung des kleinen Mädchens war, ging nicht darauf ein und fragte stattdessen: »Hast du gesehen, was die Kleine da gemalt hat? Sie hat mir gerade allen Ernstes erzählt, dass man die Flüchtlinge versenken muss …«

Doch Hilda schien keineswegs schockiert zu sein. Mit einer müden Geste winkte sie ab und sagte: »Das ist Alwina, wie sie leibt und lebt. So was sind wir von ihr schon gewohnt …« Dann deutete sie wieder auf die Fotos an der Wand und sagte: »Schau mal, das wollte ich dir zeigen. Da haben wir eine ganz famose Fotodokumentation.«

Famos, dachte Penelope, hing mit ihren Gedanken jedoch noch bei dem Mädchen. »Aber irgendwoher muss sie das ja haben.«

Doch Hilda zuckte nur die Achseln. »Das gibt es leider immer wieder. Dass Kinder Sachen anders einordnen, als wir es gerne hätten. Aber jetzt sieh dir mal diese Fotos an.«

Nur widerstrebend drehte Penelope sich um und sah sich den Fotos gegenüber, die sie zuvor aus der Ferne betrachtet hatte. Tatsächlich war auf jedem einzelnen davon Claire zu sehen, mit einer Fackel in der Hand inmitten einer Traube von Menschen.

»Was ist das für ein Feuer?«, fragte Penelope, nun doch interessiert.

»Das ist das Feuer, das wir zum Ostara-Fest entzünden. Ostara ist die germanische Frühlingsgöttin, die Gebieterin über die mütterliche Kraft.«

Penelope nickte und ließ ihren Blick über die Bilder schweifen. Auf jedem davon war Claire in einem weißen Gewand zu sehen. Auf einigen der Bilder erkannte sie Xenia, die links neben ihrer Mutter stand und ein ähnliches Gewand trug wie sie. An irgendetwas erinnerten Penelope die Bilder, aber sie kam nicht darauf, woran. Jetzt sah sie auch, dass unter jedem Foto ganz klein eine Jahreszahl zu lesen war. Da fuhr Hilda fort: »Es ist das Fest der Tagundnachtgleiche, und mit dem Feuer vertreiben wir den Winter. Der Schein des Feuers hat eine reinigende Wirkung und schützt die keimende Saat vor bösen Geistern. Die Tagundnachtgleichen und die Sonnenwenden sind die vier wichtigen Fixpunkte im Sonnenjahr. Im Gegensatz zu den Sonnenwenden, deren energetische Wendepunkte oft deutlich spürbar sind, ist die Kraft der Tagundnachtgleichen ganz anders. Hier sind Licht und Dunkel für einen Moment im Gleichgewicht.«

Man merkte Hilda an, dass auch sie es gewöhnt war, über diese Themen zu sprechen. Sie hörte sich an wie Magdalena, und wieder einmal wunderte Penelope sich, wie ein offensichtlich intelligenter Mensch einen derartigen Mist daherreden konnte.

»Wir finden es alle sehr schön, dass Claire das noch immer jedes Jahr macht. Meine Mutter sagt, dass sie über eine ganz außergewöhnliche Manifestationskraft verfügt.«

Nun wandte Penelope sich Hilda direkt zu.

»Du meinst *Claire* hat diese … Manifestationskraft?«

»Aber ja.« Jetzt lächelte Hilda fast nachsichtig. »Ich weiß, sie kann sehr kühl wirken. Aber in Wirklichkeit ist Claire der spirituellste Mensch, den wir kennen.«

Penelope musste an sich halten, Hilda nicht zu fragen, ob sie von derselben Claire sprachen. Und während sie noch überlegte, wie das möglich war, wie die Leute hier ausgerechnet Claire für eine der ihren halten konnten, fuhr Hilda bereits fort: »Sie hat sich das nie nehmen lassen. Seit der Gründung dieses Dorfes hat sie jedes Jahr das Feuer entzündet. Schon als ich noch ganz klein war. In den ersten Jahren kam sie immer mit ihrer Tochter. Die dann aber bald nicht mehr wollte. Doch Claire ist uns treu geblieben bis heute!« Sie sagte das mit großem Stolz in der Stimme.

Tatsächlich war die Wand bis fast nach oben voller Fotos von Claire.

Da fiel ihr ein, woran diese Aufnahmen sie erinnerten. An Olympia 1936.

Noch einmal tastete Penelopes Blick sich die Wand entlang, las die Jahreszahlen unter den Fotos, 2010, 2009, 2008, betrachtete die weißen Gewänder, die Claire trug, auf jedem Foto ein anderes. Ja, dachte sie, das Ganze sieht von der Aufmachung her wirklich alles sehr nach Leni Riefenstahl aus.

»Claire und Georg sind wunderbare Menschen, sehr visionär. Ohne sie wäre das alles hier nie zustande gekommen.«

Penelope hockte sich halb aufs Lehrerpult. Sie hatte immer noch damit zu tun, die Claire, die sie kannte, mit der Person auf diesen Fotos zusammenzubekommen. War das tatsächlich derselbe Mensch, der zynische Bemerkungen über Georg und seine *Müllhalde* machte? Und wie passte dieses Dorf voller Leinenkleider tragender Weltverbesserer zu einer Frau, die sich, wenn ihr der Sinn danach stand, in den Privatjet setzte, um zum Mittagessen an die Amalfiküste zu fliegen oder ihre Schwiegertochter für die Anprobe eines Hochzeitskleids nach Zürich zu verfrachten? Und hatte sie nicht erst neulich, als sie wegen irgendwelcher Klima-Aktivisten in einen Stau geraten war, gesagt, man solle diesem nichtsnutzigen Pack die Hände vom Boden reißen, damit sie für die Zukunft etwas lernten? Entweder also schaffte Claire es, sich vor Magdalena und den Dörflern als Philanthropin darzustellen, was Penelopes Einschätzung nach schwer vorstellbar war. Oder aber die Tatsache, dass Claire am Geldhahn saß und Penelope ihre Schwiegertochter war, ließ Hilda vorsichtig mit dem sein, was sie über Claire und Georg sagte. Dennoch: Hilda schien so durch und durch ein Gutmensch zu sein, eine von den Frauen, die diesen ganzen esoterischen Quatsch, den sie buchstäblich mit der Muttermilch aufgesogen hatten, selbst glaubten. Und nun sah sie sie doch tatsächlich abwartend an, so als würde sie auf Penelopes Zustimmung warten, auf eine Bestätigung, die Penelope jedoch nicht zu geben bereit war. Sie hatte die ganze Lügerei inzwischen so satt. Wenn sie den Mund aufmachte, log sie. Und so sagte sie das Nächstbeste, was ihr einfiel: »Dieses Ostara-Fest hat nicht zufällig was mit Ostern zu tun?«

»Aber sicher doch!« Hilda nickte auf eine Weise, als sei Penelope eine Schülerin, die eine ganz besonders pfiffige Frage gestellt hatte. »Auch die christlichen Osterfeuer finden in der Nacht von Karsamstag auf Ostersonntag statt. Aber die Naturreligionen gehen ja viel weiter zurück. Am ersten Vollmond im Frühjahr feierten sie das Wiedererwachen der Natur. In der germanischen Mythologie erhielt Thor …« Penelope schaltete ab. Ihr Blick glitt weiter über die Bilder, die in lückenloser Chronologie an der Wand hingen und bis ins Jahr 1993 zurückreichten. Und plötzlich war ihr, als rastete etwas in ihrem Kopf ein. Ein Zahnrad, das ein anderes in Bewegung gesetzt hatte. Durch ihre Gehirnwindungen bewegte sich ein Gedanke, der zunehmend schneller wurde und immer deutlicher Gestalt annahm. Aber war das möglich? Sie straffte die Schultern. Auch in ihren eigenen Ohren klang ihre Stimme angespannt und misstrauisch, als sie sich nun sagen hörte: »Claire ist eine so vielbeschäftigte Frau. Sie hat das wirklich jedes Jahr durchgezogen?«

Hildas Miene wurde lebhafter, so als wäre die bloße Erwähnung Claires oder dieses Fests eine Art Nahrungsquell. Mit einer ausladenden Geste deutete Hilda auf die Fotos vor ihnen an der Wand. »Ja, sie war jedes Jahr da. Großartig, nicht wahr? Mit den Vorbereitungen hatte sie natürlich nichts zu tun. Sie kommt immer für höchstens ein, zwei Tage.«

In Gedanken nickte Penelope. Ihr Blick tastete die einzelnen Bilder ab, bis sie es entdeckte: Karsamstag, elfter April 1998. Claire und Xenia, beide in weißen Kleidern.

»Ah ja …«, murmelte sie und war froh, als Hilda sie nicht ansah. Und während der Moment sich dehnte und sie ihren Puls in den Schläfen spürte, im Hals, im ganzen Körper, dröhnten Hildas Worte von innen gegen ihre Schädeldecke.

Sie war jedes Jahr da.

Penelope musste sich aufs Lehrerpult stützen. Claire war gar nicht in Washington gewesen. Sie hatte in Trīs Liepas das verdammte Osterfeuer angezündet. Xenia hatte sie begleitet.

Und ihre Mutter war zwei Tage zuvor im Kaiserwald das letzte Mal gesehen worden. 850 Meter von der Prokhoff'sche Villa entfernt.

15.

Die Unruhe lief mit Nadelfüßen über ihre Arme und Beine, vibrierte in ihrem Kopf und sorgte schließlich dafür, dass sie abrupt die Bettdecke wegschob und aufstand. Sie musste raus hier, musste sich bewegen. Falk schien zu schlafen, jedenfalls war nicht das kleinste Geräusch von seiner Seite des Bettes aus zu hören. Im Dunkeln schlich sie ins Bad, wo ihr Gepäck stand, zog ihre Laufhose und das Oberteil ganz unten aus dem Rucksack. Aus dem Geheimfach ganz unten holte sie das andere Smartphone heraus und verließ das Haus.

Die Nacht war eiskalt und mondhell, und Penelope zog sich die Mütze weit über die Ohren. Einen Moment lang hatte sie das Gefühl, Zigarettenrauch zu riechen.

Sie blieb kurz stehen und lauschte in die Dunkelheit, doch als sie nichts hörte, lief sie los. Die Lichter in den Häusern um den Dorfplatz waren längst erloschen, das einzige Geräusch waren ihre eigenen Schritte auf dem festgestampften Schnee und ihre regelmäßigen Atemzüge. Als sie auf die Landstraße kam, von der sie am Vortag nach Trīs Liepas abgebogen war, beschleunigte sie noch einmal ihre Schritte und rannte eine Viertelstunde geradeaus, bis sie endlich, immer noch im Laufen, das Smartphone einschaltete. Ein wenig fürchtete sie, sie hätte hier keinen Empfang, doch schon wenige Sekunden später, nachdem sie die Taste gedrückt hatte, ploppten lautlos die Nachrichten herein. Sie lief langsamer, bog spontan in einen Forstweg ein und ging tiefer in den Wald hinein. Schnee drang in ihre Schuhe, rieselte von einem Baum in ihren Nacken, aber sie achtete nicht darauf. Sie blieb stehen und lauschte in die Stille, während sie sich immer wieder umblickte, doch das Einzige, was sie sah, waren die Schatten der Bäume und die Bäume selbst, die nach einem Temperatursturz nun in der eisigen

Winternacht den Atem anzuhalten schienen. Dann erst wählte sie die Nummer.

Tillie meldete sich nach dem zweiten Klingeln. Zu Penelopes Überraschung klang sie überhaupt nicht verschlafen, vielmehr hörte sie sich topfit an, so als hätte sie auf nichts anderes als auf Penelopes Anruf gewartet.

»Menschenskinder, warum meldest du dich nicht!«, waren Tillies erste Worte. »Kannst du dir nicht denken, dass ich mir Sorgen mache?«

»Entschuldige, Tillie. Es ist so viel passiert.« Sie sprach gedämpft und hatte trotzdem das Gefühl, als klänge ihre Stimme überlaut in der nächtlichen Einsamkeit des Waldes.

»Wo bist du?«, fragte Tillie. »Immer noch in Riga?«

Penelope, die sich ungeschützt fühlte, zog sich hinter Buschwerk zurück und lehnte sich gegen einen Baum. In groben Zügen brachte sie Tillie auf den Stand. Auch dass Falk und Brammer hier unerwartet aufgetaucht waren, erzählte sie. Während sie sprach, hörte sie die Geräusche der Winternacht von überallher, das Knacken und Rascheln kleiner Tiere, doch nicht die Tiere waren die Eindringlinge, sondern sie selbst. Sie hatte Mühe, ihre Aufregung zu verbergen, als sie sagte: »Und jetzt kommt's, Tillie: Claire von Prokhoff war an Ostern 1998 in Lettland, zusammen mit ihrer Tochter Xenia. Das weiß ich jetzt.«

Tillies Stimme klang rau, als sie nun fragte: »Wie weit ist dieses Trīs Liepas entfernt?«

»Vom Kaiserwald? Zwei Autostunden.«

»Das ist … also ich weiß gar nicht, was ich dazu sagen soll.«

»Ich weiß es auch nicht.« Einen Moment lang schwiegen sie, bevor Penelope sagte: »Da ist noch was … Auch wenn das eigentlich gar keine Rolle spielt. Die haben mir heute eine Schule gezeigt und eines von den Kindern hat mir ein Bild geschenkt, auf dem Bootsflüchtlinge versenkt werden.«

»Wie bitte!?«

»Ja. Das ist doch krass, oder? Da hält mir dieses Kind ein selbst gemaltes Bild hin, und ich denke, ach, die lieben Kinderlein, und dann erklärt es mir mit treuherzigem Blick, dass die guten Weißen auf ihrem Bild die bösen Schwarzen töten müssen, damit die nicht mit dem Messer auf die Guten losgehen.«

»Das ist doch wohl ein schlechter Witz. Verarschst du mich gerade? Hast du die Eltern kennengelernt?«

»Denkst du, das Kind hat das zu Hause aufgeschnappt?«

»Du nicht?«

Einen kurzen Moment lang sah Penelope die Kleine vor sich, ihr glucksendes Kinderlachen, als Penelope nicht gleich begriffen hatte.

»Ich weiß es nicht«, sagte Penelope nachdenklich. »Wenn ich so darüber nachdenke ... das alles hier ist sehr seltsam, irgendwie passt nichts zusammen.«

»Wie meinst du das?«

»Na ja ... diese Linksalternativen hier mit ihren ökorrekten Erdkleidern ... und dann Claire und Xenia auf den Fotos in diesen Walhalla-Klamotten ... die solltest du mal sehen. Die sehen aus wie Olympia '36, fotografiert von Leni Riefenstahl.«

»Echt jetzt?« Tillie lachte kurz auf, aber es war ein verhaltenes Lachen, in dem Entsetzen mitschwang. »Du meinst, so nach NSDAP? Aber wie passt denn das zu diesen Wurzel-Ökos?«

»Ich habe keine Ahnung.«

Eine Weile war es still, dann sagte Tillie: »Warte mal, das hört sich für mich ... echt dubios an. Vielleicht solltest du da besser so schnell wie möglich verschwinden.«

»Vielleicht hört sich das krasser an, als es ist: Die sind alle wahnsinnig bemüht und freundlich. Und übermorgen geht's sowieso zurück nach Riga. Bevor ich fliege, will ich mir noch mal den Kaiserwald ansehen, die Stelle, wo meine Mutter zuletzt gesehen wurde.«

»Wann geht dein Flieger?«

»Um zehn.«

»Okay«, sagte Tillie und klang dabei nachdenklich. Plötzlich fragte sie: »Warum, glaubst du, ist Falk mit diesem Brammer da aufgetaucht? Du sagtest, das war so nicht geplant ...«

»War es auch nicht. Keine Ahnung.«

»Du hast aber nicht den Eindruck, dass er … Lunte riecht?«

Einen Moment lang schwieg Penelope. Und während sie noch überlegte, was sie antworten sollte, hörte sie Tillie auf einmal in gesenktem Ton sagen: »Ich bin froh, wenn du morgen da weg bist.«

Sie verabschiedeten sich, und Penelope versprach Tillie, sich bald wieder zu melden. Als sie aufgelegt hatte, stand sie einen Moment lang an den Baum gelehnt. Das alles war so unwirklich. Sie hier in dieser Winternacht im Wald. Das Dorf mit den deutschen Esoterik-Ökos in der Nähe.

Sie steckte ihr Smartphone in die Jackentasche und stapfte zurück in Richtung der Straße, die wie eine helle Schneise das Dunkel des Waldes durchschnitt. Ihre Schritte knirschten überlaut im Schnee.

Sie war noch nicht sehr weit gekommen, als sie auf einmal ein Geräusch hörte. Abrupt blieb sie stehen. Im nächsten Moment blendete sie helles Licht, und gleich darauf erklang eine vertraute Stimme: »Hallo, Penelope!«

16.

Der Lichtschein der Taschenlampe wanderte zickzack durch die Bäume und erlosch dann ganz. So standen sie sich gegenüber, Mann und Frau, in der Scherenschnittlandschaft des mondbeschienenen Waldes.

Noch einmal sagte Falk ihren Namen, den vollen Namen, Penelope Maywald, und er hörte selbst, wie fremd seine Stimme klang, wobei er nicht wusste, ob das an seiner Seelenlage oder am ungewohnten Klang des Namens lag. In ihren Augen hatte er den Fluchtreflex gesehen, den und das Adrenalin, das durch ihren Körper gejagt war und sich nun im Bruchteil einer Sekunde in etwas anderes verwandelt zu haben schien: in einen Ausdruck tragischer Resignation. Was *er* im Moment spürte, war Traurigkeit, das Bedauern darüber, dass es auf diese Weise zu Ende gehen würde.

»Seit wann weißt du es?«, fragte sie. Im Mondlicht sah er ihre weit aufgerissenen Augen, die in dem Hellen, das ihr Gesicht war, zu schwimmen schienen.

»Brammer hat es herausgefunden.«

Sie erwiderte seinen Blick ohne ein Flackern. »Das NATO-Alphabet.«

Er sah sie schweigend an. Atmete für sich selbst hörbar ein und wieder aus.

»Hast du etwa geraucht?«, fragte sie.

»Das fragst du mich jetzt?«

Sie sah ihm in die Augen. »Das ist so schädlich.«

Er lachte ungläubig auf. »Das, was du gemacht hast, ist schädlich.« Ihm war klar, dass er eigentlich Brammer hätte mitnehmen sollen. Aber er hatte keine Zeit mehr gehabt. Als er vorhin im Schatten vor dem Gebäude gestanden und geraucht hatte, war sie so urplötzlich aufgetaucht, dass er keine Wahl gehabt hatte, als ihr direkt zu folgen. Nach allem, was in den letzten Wochen geschehen war, nach allem, was er herausgefunden hatte: Warum fühlte er sich trotz allem sicher in ihrer Gegenwart? Und dann stellte er die Frage, die, seitdem Brammer die Akte auf den Tisch gelegt hatte, in ihm brannte, die Frage, vor deren Antwort er sich seither am meisten fürchtete: »Dann war das mit mir ... mit uns ... eine einzige Lüge?«

Der Satz hing in der Luft, schwebte zwischen ihnen wie eine giftige Wolke. Er sah, wie sie anhob, etwas zu sagen, wie sie zu überlegen schien, um Worte rang, die ihr sonst so direkt und klar über die Lippen kamen. Doch dann sagte sie nur leise: »Der Plan war ein anderer. Aber dann ... dann habe ich dich kennengelernt und ...« Sie brach ab.

»Und? Hat es sich gelohnt?« Er bemühte sich um einen kühlen Ton. Und hatte doch das Gefühl, dass seine Stimme ihn verriet, dass sie nach beschissener Bedürftigkeit klang. Aggressiver als ihm zumute war, fuhr er fort: »Hast du herausgefunden, was du wolltest?«

Wieder zögerte sie mit der Antwort. »Noch nicht, nein.«

Und dann sagte er: »Ich weiß, dass du meinen Vater in Verdacht hast. Weil *er* der Lover deiner Mutter war.«

Einen Augenblick weiteten sich ihre Augen. Doch gleich darauf hatte sie ihren Gesichtsausdruck wieder im Griff.

»Das weißt du auch? Seit wann?«

Da bemerkte Falk die Gestalt, die aus dem Schatten des Waldes hervortrat, Brammer. Dem Mann entkommt man nicht, dachte er und sah, wie Penelopes Gesichtsausdruck sich änderte. Zum Sprung bereit, dachte er, und sagte: »Gehen wir zurück.«

Dritter Teil

1.

Erst in der Dämmerung schliefen sie ein, ausgelaugt vom stundenlangen Reden und dem Bewusstsein, dass es kein Zurück mehr gab. Alles lag auf dem Tisch, alles war gesagt. Ihrer beider Leben lagen nun blank vor den Augen des jeweils anderen, die Geheimnisse wie freigelegte Innereien auf dem Tisch, hässlich im fahlen Licht des anbrechenden Morgens.

Als das Klopfen ertönte, war Falk orientierungslos, benommen von dem traumlosen Schlaf, der ihn noch einen ausgedehnten Moment lang in seinen Fängen hielt, bis er schließlich durch die Membran des Unterbewusstseins an die Oberfläche tauchte und alles wieder da war, die Erinnerung daran, wo er sich befand und was geschehen war.

»Alles in Ordnung bei euch?«, klang es gedämpft von irgendwoher.

Er sah Penelope neben sich im Bett, mit halbgeschlossenen, flatternden Lidern, die davon sprachen, dass sie noch nicht ganz in der Tagwelt angekommen war.

Falk rappelte sich auf und ging zur Tür. Es war Wolf, der davorstand und den ganzen Türrahmen auszufüllen schien.

»Lange Nacht gehabt?«, fragte er und sah an ihm vorbei zu Penelope, die inzwischen auf der Bettkante hockte, mit dem Rücken zu ihnen. »Wir hatten schon befürchtet, dass ihr durchgebrannt seid.« Seine Stimme klang gewollt neckend, aber Falk fand, dass dieser Ton nicht zu ihm passte. Außerdem ging der Mann ihm insgesamt gehörig auf die Nerven. So sagte er ungewöhnlich schroff: »Dafür ist es nach der Hochzeit wohl ein bisschen spät.«

Wolf schien Falks Barschheit nicht zu bemerken, denn er lachte jovial, so als hätte Falk einen besonders gelungenen Witz gerissen. Dann trat er einen halben Schritt zurück und sagte: »Magdalena hat euch das Frühstück hingestellt. Ich muss wieder los. Wir sehen uns später …«

In Falks Ärger über Wolf mischte sich Erleichterung. Wenigstens würde er den Tag nicht damit beginnen, den frisch gebackenen glücklichen Ehemann zu mimen. Auch würde er Mathilda-Penelope nicht im gnadenlosen Licht des Tages allein unter die Augen treten müssen. Denn seit letzter Nacht wusste er nun, dass sie es wusste. Dass sie *alles* wusste. Auch und vor allem das mit Alise. Sie hatte alles mitangehört, jedes einzelne Wort, das er bei Abadi gesprochen hatte.

Energischer als beabsichtigt drückte er die Tür hinter Wolf zu und ging dann, ohne sich nach Mathilda umzudrehen, ins Bad. Dort blieb er hinter der geschlossenen Tür stehen, spürte diesem Gefühl nach, ließ es in sich wachsen, wartete darauf, was da hochkäme: Wut auf sie und auf sich selbst, auf seine kindliche Arglosigkeit? Empörung über diesen ungeheuerlichen Vertrauensbruch? Am stärksten aber war die Scham, dieser rot glühende Wunsch, in irgendeiner Ritze zu verschwinden. Er dachte daran, wie sie Stunde um Stunde geredet hatten. Es war wie eine Eruption gewesen oder wie ein heftiger Sturm. Und nun, wo wieder Stille war, stand er stumm davor und betrachtete die Scherbenlandschaft, das zerstörte Haus ohne Dach, das vor einigen Tagen noch ihre Ehe gewesen war.

Unter der Dusche hielt er das Gesicht unter den heißen Wasserstrahl und sah auf einmal wieder Alises blasses Gesicht, die toten Augen. Sein schlimmster Albtraum. Die Ungewissheit. Diese erstickende Angst, vor fünfundzwanzig Jahren im Suff einen Menschen getötet zu haben. Er drehte das Wasser ab und hielt erneut einen Augenblick inne. Und doch. Fühlte es sich heute nicht anders an? War da nicht ein Gefühl, der Ansatz eines Gefühls, der vorher nicht da gewesen war, vor dem Sturm, der das Dach abgedeckt hatte? Denn war es nicht so, dass sie, obwohl sie einen Blick in den Abgrund geworfen hatte, der sein Innerstes war, noch immer da war? Wenn sie das alles wusste und trotzdem neben ihm schlafen konnte, im selben Bett, gab es da nicht ein My an Hoffnung? Dass sie – trotz allem – noch immer an ihn glaubte, an seine Unschuld glaubte?

Der große Raum im Erdgeschoss umfing sie mit Stille. Graues Licht fiel durch die hohen Fenster. Neben der Anrichte stand Brammer, einen Becher mit Kaffee in der einen Hand, das Smartphone in der anderen, und grüßte nickend, als Penelope und Falk sich näherten.

»Morgen«, sagte er und verließ das Haus mit dem Hinweis, dass er mal nach dem Wagen sehen wolle.

Am Kopfende der langen Tafel, an der am Tag zuvor zwanzig Leute gesessen hatten, standen zwei Teller, eine altmodische Kaffeekanne, ein Korb mit Brot, ein Schälchen mit Marmelade. Auch ein Zettel lag da: *Milch und Butter sind im Kühlschrank.* Die Banalität dieser Zeilen sprang Falk wie ein missglückter Scherz entgegen. Alles geht einfach so weiter, dachte er. Wie gestern werden wir uns auch morgen wieder an einen Tisch setzen und essen und trinken, nur nicht gemeinsam.

Sie kauten schweigend. Es war, als wären nach den Gesprächen in der Nacht keine Worte mehr übrig. Wir haben uns leergekotzt, dachte Falk und sah Penelope, die dumpf vor sich hin brütete, über den Tisch hinweg an.

Kurz bevor sie das Frühstück beendeten, fragte Penelope plötzlich: »Dir ist schon klar, dass deine Mutter und Xenia an Ostern '98 hier waren.«

Im ersten Augenblick war er verwirrt. Bis der Sinn ihrer Worte langsam in seinen Kopf zu sickern begann: »Was willst du denn damit sagen?«, fragte er zögerlich. »Dass die beiden nach dem Feuerzirkus hier in aller Ruhe in den Kaiserwald gefahren sind, um deine Mutter zu ...?« Er brachte den Satz nicht zu Ende.

Penelope hielt seinem Blick stand, ohne mit der Wimper zu zucken. »Wäre das denn so abwegig?«

Er wusste nichts darauf zu sagen, die Gedanken schossen in seinem Kopf herum. Er dachte an Xenia, wie sie buchstäblich immer kleiner geworden war, irgendwann, wie sie sich in sich selbst zurückgezogen hatte. Und dann gegangen war. Ohne Wiederkehr. Dennoch konnte es ja nicht sein, konnte sie unmöglich an so etwas beteiligt gewesen sein. Und selbst seiner Mutter traute er so eine Tat in letzter Konsequenz nicht zu. Er beugte sich vor, legte den Kopf in die Hände und saß einfach so da.

Bis er Penelope sagen hörte: »Und was wird jetzt? Wirst du deinen Eltern die Wahrheit sagen?«

In dem Moment spürte er eine gestaltlose Wut in sich aufsteigen, von der Sorte, die nicht wusste, gegen was oder wen sie sich richten sollte. Und so sagte er schärfer als beabsichtigt: »Welchen Teil der Wahrheit meinst du? Dass du denkst, dass wir eine Bande von Mördern sind? Dass Claire und Xenia deine Mutter um die Ecke gebracht haben? Oder vielleicht, dass *ich* die Freundin meines Bruders getötet habe? Oder dass die Schwiegertochter, die sie als Mathilda kennengelernt haben, jetzt Penelope heißt und die Tochter der ehemaligen Geliebten meines Vaters ist, die ...« Er hatte immer schneller gesprochen. Mit einem Mal knallte er den leeren Becher auf den Tisch. Er konnte sich jetzt nicht mehr bremsen. »Oder ich frag meinen Vater direkt: Hey, warst *du* es doch, der Penelopes Mutter getötet hat? Was hast du mit ihr gemacht, bist du mit ihr in den Süden gefahren und irgendwas ist schiefgelaufen, und dann hast du sie im Wald von Monte Cassino erschossen, damit die Hunde für dich den Rest erledigen?«

Im selben Moment, in dem die Worte aus ihm herausbrachen, erschrak er vor sich selbst. Doch es war zu spät. Das Bild war schon als Möglichkeit in der Welt, und in einem sich dehnenden, ohnmächtigen Augenblick sah er das überwältigende Grauen, das in Penelopes Kopf Einzug hielt.

Er sprang auf, lief um den Tisch herum.

»Oh Gott, das wollte ich nicht sagen«, rief er und wollte sie in den Arm nehmen, mit einer ungeschickten Bewegung. Doch sie stieß ihn von sich, mit einer solchen Kraft, dass er rückwärts taumelte und fiel.

»Bitte, es tut mir leid!« Seine Worte des Bedauerns klangen erstickt. Doch sie war schon auf dem Weg nach oben, rannte die Treppe hoch, immer zwei Stufen auf einmal nehmend.

Er folgte ihr atemlos, sah ihr von der Zimmertür aus zu, wie sie ihren Rucksack hervorholte und alles, Klamotten und Stifte, Airpod und Waschzeug, hineinstopfte. Ihr Gesicht schien aus Stein.

Er fühlte sich hilflos, er *war* hilflos. Und doch wollte er sie nicht gehen lassen, so nicht, denn in diesem Moment wusste er, dass es ihm unerträglich wäre, sie zu verlieren. Und so ging er zu ihr, mit energischen Schritten, und fasste sie an den Schultern.

»Penelope. Es tut mir unendlich leid, ich bin so ein dummer Arsch!«

Aber wieder stieß sie ihn von sich. Und plötzlich wurde die Vorstellung, sie würde jetzt gleich durch diese Tür gehen und einfach aus seinem Leben verschwinden, übermächtig. Er griff noch einmal nach ihrer Hand, fester als zuvor, mit all seiner Kraft, und versuchte, sie festzuhalten.

»Lass mich los«, knurrte sie. »Du wirst das sonst bereuen.«

Sie riss sich los von ihm, er spürte nichts als Angst und Verzweiflung. Er rief: »Du darfst jetzt nicht gehen, ich liebe dich doch!«, und spürte im selben Moment einen Schlag im Gesicht. Dann wurde ihm schwarz vor Augen.

2.

Er sah dramatisch aus, dramatisch und benommen, mit all dem Blut, das ihm aus der Nase lief wie Kunstblut bei einem Filmdreh. Entsetzt über das, was sie getan hatte, sah Penelope zu, wie er sich aufrappelte, sich am Türrahmen abstützte und mit einer seltsamen kindlichen Würde zum Stehen kam.

Sie warf den Rucksack weg, um ihn zu stützen, führte ihn zum Bett, drückte ihn sanft nieder. Dann lief sie ins Bad, holte ein Handtuch und hielt es an den Bach hellroten Blutes, der unbeirrt floss.

»Halt das fest«, sagte sie. »Ich schau in der Küche nach, ob ich Eis finde.«

Drei Minuten später war sie wieder da, einen Beutel tiefgefrorene Johannisbeeren in der Hand. Sie wartete, bis kein frisches Blut mehr kam, dann wickelte sie die Johannisbeeren in ein frisches Handtuch, hieß ihn sich ans Kopfende des Bettes setzen, stopfte ihm ein Kissen in den Rücken und reichte ihm die Kühlpackung.

»Halt das drauf.«

Jetzt sank auch sie auf die Bettkante, stützte den Kopf in beide Hände. So saßen sie da, bis Penelope das Schweigen brach: »Falk. Das … das habe ich nicht gewollt. Bitte verzeih mir.«

Es vergingen ein paar Minuten, bis sie sagte: »Du hättest mich nicht festhalten dürfen. Das ertrage ich nicht.«

Er nahm das Handtuch vom Gesicht, probeweise. Betrachtete die hellrote Schweinerei. Immerhin hatte es aufgehört zu bluten.

»Dann weiß ich das ja jetzt. Und wie du zu mir stehst.«

Sie richtete sich auf. »Wie meinst du das?«

»Ich sage zu dir *Ich liebe dich,* und du verplättest mir eine. Macht man das so beim Bund?«

Wieder beugte sie sich vor, das Gesicht hinter ihren Händen versteckt. Sie schämte sich furchtbar. Doch plötzlich spürte sie, wie gegen ihren Willen ein krampfartiges, völlig unpassendes, verzweifeltes Lachen in ihr hochstieg, das rasch zu einem Schluchzen wurde. Sie versuchte, ihre Emotionen zurückzudrängen, aber sie hatte sich einfach nicht mehr unter Kontrolle.

»He, he, he«, hörte sie Falk sagen und spürte im nächsten Moment seine Hand auf ihrem Rücken. »Ist schon gut. Ich lebe ja noch!« Und dann, ein paar Sekunden später: »*Lachst* du oder weinst du?«

»Keine Ahnung. Ich weiß nur: Es … es tut mir so leid«, presste sie hervor.

Falks Hand fühlte sich ganz warm an auf ihrem Rücken.

»Tja, so ist das wohl: Pack schlägt sich, Pack verträgt sich.«

»Was?« Sie richtete sich auf, blinzelte unbeholfen die Tränen aus den Augenwinkeln und sah ihn an.

»Hat mein Opa immer gesagt.«

Später wischte sie ihm das Blut aus dem Gesicht.

»Danke.«

Sie tupfte schweigend weiter. »Am besten, du stellst dich unter die kalte Dusche.«

Als er zehn Minuten später aus dem Bad kam, zog sich ihr bei seinem Anblick das Herz zusammen.

»Morgen wird das richtig übel aussehen.«

Er zuckte nonchalant die Achseln. »Ich kann's ja auf dich schieben.«

Sie trat zu ihm, nahm ihn in den Arm. »Es tut mir unendlich leid. Das wollte ich nicht.«

»Ja, das sagen die prügelnden Ehemänner auch immer.«

Sie schluckte. »Mach keine Witze über so was.«

»Du hast recht.«

Er löste sich aus der Umarmung und ging zum Bett, wo seine Kleider lagen. An seinem Gesicht versuchte sie abzulesen, wie es um sie beide stand, suchte nach einem Hinweis, wie es nun wohl weiterging. Sie sah ihm dabei zu, wie er in die Unterhose stieg, ein frisches weißes

Hemd über die Narben an seinen Handgelenken streifte, eine Jeans aus seiner Reisetasche holte. Da sagte er: »Ich hab für heute eine Dorfversammlung einberufen. Wegen der Sache mit der Briefkastenfirma … und Kappler und Bohnau. Die sollen wissen, dass es da eine Untersuchung geben wird.«

»Du denkst, dass noch andere da mit drinhängen?«

Falk griff nach seinem Gürtel, fädelte ihn in die Schlaufen seiner Jeans ein.

»Leider glaube ich das. Ja.«

Gedankenverloren sah Penelope ihm zu. Dann sagte sie: »Ehrlich gesagt, verstehe ich das hier alles nicht so richtig. Wie geht das zusammen? Die Typen von Last Exit, das sind doch radikale Klimakleber, also politisch ziemlich weit links. So wie die meisten Leute hier. Aber dann war da dieses Mädchen gestern … das mir das Bild geschenkt hat.« Sie verstummte. Sah ihn an, wartete auf eine Reaktion.

»Du weißt schon, die das Boot mit den Flüchtlingen gemalt hat.«

»Ja«, sagte er. »Ich erinnere mich.«

»Vielleicht solltest du das auch mal zur Sprache bringen. Oder zumindest mit Magdalena und Wolf darüber reden. Sie sollten wissen, was hier für …«

»… braunes Gesocks wohnt?«, fiel er ihr ins Wort. Sie sah, wie er die Lippen aufeinanderpresste. Und plötzlich brach es aus ihm heraus.

»Warum, glaubst du, wollte ich nie was mit der Stiftung zu tun haben? Warum wollte ich nicht, dass du für sie arbeitest? Ich hatte gedacht, wir könnten anderswo neu anfangen. Ohne den ganzen Scheiß im Nacken.«

Penelope sah ihn entgeistert an. »Aber … was meinst du denn damit? Das sind doch alle Radikal-Ökos! Grüner und linker geht's ja wohl kaum!«

»Du hast das wirklich nicht verstanden.« Er sah sie jetzt aufmerksam an. Dann trat er einen Schritt näher. Er sprach gedämpft, als er nun fortfuhr: »Das hier sind Völkische! Mehr Blut und Boden geht nicht! Und was du gestern gesagt hast, dass du damals auch in diesem Jugendcamp warst. Da musst du das doch gemerkt haben. Dass das kein

Pfadfinderlager war!« Sein Blick schien sie zu durchbohren. »Das ist ein Camp, das die Kinder auf eine mehr oder weniger subtile Weise in die richtige Richtung bringen soll. Erinnere dich doch mal, dieser Pfeil-und-Bogenkrempel, das Überlebenstraining im Wald. Und musstet ihr nicht das Deutsche Reich in den Grenzen von 1937 als Laubsägearbeit machen?«

»Nein ... das nicht«, sagte sie. »Aber sie haben uns dieses Lied beigebracht. Das Horst-Wessel-Lied.« Sie wandte den Blick ab. »Und ich dachte, die wollten nur, dass wir Ärger kriegen.«

»Oh nein«, sagte er. »Die haben euch das beigebracht, weil es dazu gehört. Das und alle drei Strophen des Deutschlandlieds. Und dass die Mädchen Röcke und Zöpfe zu tragen haben. Ist dir das nie komisch vorgekommen?«

Penelope sackte aufs Bett. »Falk: ich war ein Kind! Ich hab das alles gern gemacht. Es erschien mir wie ein großer Spaß.« Fassungslos hob sie den Blick. »Dann hatte mein Vater doch recht.«

Stumm erwiderte er ihren Blick, mit der Unnahbarkeit eines Türstehers vor einem Club.

»Aber deine Eltern?«, fuhr sie mit geweiteten Augen fort. »Die müssen das doch auch kapiert haben. Oder etwa nicht?« Und noch ehe sie die Sätze ausgesprochen hatte, wusste sie die Antwort bereits. *Man solle ihn mit diesem Scheiß in Ruhe lassen.* Das hatte Falk zu seiner Mutter gesagt, im letzten Oktober, bei ihrem ersten Besuch auf Dreilinden.

»Sie wissen es«, sagte Penelope tonlos. »Sie wissen es. Und sie fördern es.« Langsam schüttelte sie den Kopf.

In dem Moment begann ein anderer Gedanke in ihrem Kopf Form anzunehmen. Abrupt stand sie auf, stellte sich vor ihn hin und fragte rundheraus, ohne ihn aus den Augen zu lassen. »Diese Frau, die sich umgebracht hat, Sieglinde König. Die dir was Wichtiges sagen wollte ... die war gar nicht paranoid ... die hat sich das alles gar nicht eingebildet?« Sie verstummte, starrte ihn einen Moment lang an.

Sein Gesichtsausdruck änderte sich unmerklich. Es war nur ein flüchtiges Zucken, aber sie hatte es gesehen, das Entsetzen dahinter. Und dann sagte er: »Ich muss dir was zeigen.«

3.

»Das ist ja der Typ, der dich überfallen hat!« Mit geweiteten Augen sah Penelope auf den Bildschirm, auf dem zwei Männer zu sehen waren, von denen der eine im letzten Oktober mit einem Messer in der Hand auf Falk zugerannt war. »Woher hast du das?«

»Von Sieglinde König. Eine Nachbarin hat die Pinnwände fotografiert, die sie in ihrer Wohnung stehen hatte. Das ganze Material ist aus ihrer Wohnung verschwunden.«

Penelopes Augen glitten zwischen den beiden dunkelhaarigen und schwarzäugigen Männern hin und her. »Und woher hat Sieglinde König die Bilder?«

»Ich nehme an, dass sie die Fotos selbst gemacht hat ... in der U-Bahn. Das müssen die Typen sein, die sie verfolgt haben.«

Falk sah, wie ihre Kiefermuskeln sich anspannten.

»Also ist sie gar nicht gesprungen. Dann waren ... die das?« Dumpf standen die Worte im Raum, wie Fremdkörper.

»Davon gehe ich aus.«

»Seit wann weißt du das?«

Er warf einen kurzen Blick in Penelopes Richtung, die noch immer die beiden Männer auf dem Bildschirm betrachtete, wie magnetisch angezogen, gerade so, als wollte sie ein Rätsel lösen.

»Ich weiß es einfach«, sagte Falk.

»Ich habe die beiden schon mal irgendwo gesehen ...«, murmelte Penelope jetzt. »Wenn ich nur wüsste, wo.«

Falk betrachtete die Männer, begutachtete die eng stehenden Augen des einen, die breite Nase des anderen. Er schwieg, ließ sie schauen. Als sie sich schließlich abwandte, sagte er: »Es gibt noch mehr Fotos. Ich glaube, die König war da an irgendeiner großen Sache dran.«

»Du meinst die Briefkastenfirma, oder was?«

Er holte scharf Atem. »Ich hab das Gefühl, dass da noch mehr dahintersteckt.« Falk versuchte, den aufgeregten Unterton, der sich in seine Stimme geschlichen hatte, zu dimmen. »Schau dir das mal an.« Er beugte sich vor und öffnete nacheinander die anderen Bilder von Sieglinde Königs Pinnwand.

»Willst du mich auf den Arm nehmen!«, murmelte sie vor sich hin, während sie sich das Gewirr aus Nadeln und Fäden ansah. Irgendwann beugte sie sich vor, vergrößerte einzelne Bildausschnitte, schloss sie wieder, wechselte zum nächsten. Auf einmal sah er, wie ihr Körper sich versteifte.

»Das gibt's doch nicht!«

»Was siehst du?«, fragte er, aber sie reagierte nicht. Er betrachtete ihr Profil, die geweiteten Augen, sah, wie sie noch einmal durch die Fotos zappte, die Bildausschnitte größer zog. »Gib mir mal was zu schreiben, bitte.«

Er holte Stift und Notizbuch aus seiner Laptoptasche und sah zu, wie sie die Seite mit Zahlen, Daten und Symbolen füllte. Hinter die Ziffern 1, 3, 4 und 7 schrieb sie etwas, das er aus der Distanz nicht richtig lesen konnte. Hinter die Ziffern 2, 5 und 6 malte sie jeweils ein Fragezeichen. Als sie fertig war, lehnte sie sich zurück und sagte: »Es kann natürlich sein, dass ich falschliege. Aber ich glaube, ich weiß, was die gemeinsam haben: An all diesen Tagen wurden Anschläge verübt. Hier siehst du … der kleine Tannenbaum … An dem Tag, das war der 16. Dezember 2016, fand ein Anschlag auf dem Oranienburger Weihnachtsmarkt statt, die Bombe, die an einem Glühweinstand hochging, wo vier Menschen getötet wurden. Hier die drei … das Lkw-Symbol … am 30. Juli 2017 wurde ein Anschlag in Bayreuth verübt, als ein Lkw bei einem Sommerfest in eine Menschenmenge gefahren ist. Drei Tote. Und hier … die kleine Eisenbahn … Anschlag Nummer vier am 20. Mai 2018 in einem Regionalzug in Passau, als ein Zug entgleist ist, weil jemand einen Transporter auf ein Bahngleis gefahren hat. Die Typen sind in letzter Sekunde aus dem Wagen gesprungen und konnten entkommen. Fünf Tote. Und dann die Nummer sieben.« Sie verstummte und sah ihn fest an. So als wollte sie ihn warnen vor dem, was jetzt gleich käme. Doch da hatte er schon begriffen.

»17. Oktober 2022«, stammelte er. »Das war der Tag …«

»… an dem der Typ im Park auf dich losgegangen ist.«

Er atmete scharf ein. Versuchte, das alles zu ordnen, die Ungeheuerlichkeit dessen, was sie ihm da gerade um die Ohren gehauen hatte, zu begreifen.

»Und was ist mit den anderen Daten? Und die 2, 5, 6 und 7, warum sind die durchgestrichen?«

»An die anderen erinnere ich mich nicht«, murmelte sie und setzte sich wieder vor dem Laptop zurecht und gab alles, die Orte samt Daten und das Wort *Anschlag* ins Google-Suchfenster ein. Es dauerte eine Weile, und Falk sah ihr zu, wie sie konzentriert die Einträge abarbeitete, immer neue Links öffnete und meist sofort wieder schloss. Falk rückte näher an sie heran, sah ebenfalls auf den Bildschirm, las mit.

Nach ein paar Minuten hielt sie inne. »Die durchgestrichenen Symbole stehen für missglückte Anschläge«, sagte sie, »die Nummer zwei ein Anschlag auf den Nürnberger Weihnachtsmarkt, der verhindert werden konnte. Dann der Hasenkopf. Der steht für ein fehlgeschlagenes Attentat beim Seehasenfest in Friedrichshafen. Die fünf hier … ein Auto auf den Bahngleisen, aber der Lokführer konnte rechtzeitig halten. Und die sieben …« Sie deutete auf das Strichmännchen im Notizbuch. »Das steht für den Typen, der mit dem Messer auf dich losgegangen ist.«

Sie lehnte sich zurück. Die Stille, die sich nach der hektischen Aktivität der letzten Minuten über sie senkte, fühlte sich schwer an und dumpf. Als befänden sie sich unter einer Glasglocke, die sie vom restlichen Raum, von der restlichen Welt trennte. Schließlich sagte Falk: »Ich verstehe das alles nicht. Das waren doch Anschläge mit islamistischem Hintergrund. Wer könnte da dahinterstecken? Also außer den beiden Typen auf dem Foto?«

Sie wechselten einen ratlosen Blick.

»Keine Ahnung«, sagte Penelope. »Das ist doch alles völlig verdreht.«

Da erklangen Schritte auf der Treppe. Falk sah auf seine Armbanduhr, die er wie immer über der Hemdmanschette trug.

»Ich muss los, die Versammlung.«

Es klopfte an der Tür. »Chef?«

»Ich komme«, rief Falk und stand auf. An Penelope gewandt, sagte er: »Also wirst du auf mich warten? Damit wir später weiterreden können?«

Sie nickte »Ja«, sagte sie. »Ich bleibe. Magdalena will mir später die Weberei zeigen. Oder ist das jetzt hinfällig ... wegen der Versammlung?«

Falk lächelte schief. Fast sah er wieder so aus wie sonst. Wäre nicht die geschwollene Nase gewesen. »Wo denkst du hin? Zu der Versammlung kommen nur die Männer. So fortschrittlich sind die hier.«

4.

Penelope sah Trīs Liepas an diesem Nachmittag wie zum ersten Mal. Erst jetzt registrierte sie, dass die Frauen und Mädchen *ausnahmslos* Röcke und Kleider und viele der Mädchen das Haar zu Zöpfen geflochten trugen. Einige von ihnen hatten sogar Dirndl an. Natürlich hatte sie das schon früher gesehen, es aber für eine mittelalterliche Marotte von der Sorte Weltverbesserer gehalten, die ihre Kinder in Waldorfschulen schickten und ihr Brot nur in Bioläden kauften. Mit diesem neuen Blick bemerkte sie auch, wie gut die Kinder erzogen waren und wie aufrecht sie standen und dass die Jungen genauso gut einem Foto aus den Dreißigerjahren entsprungen sein könnten. Alles war durchtränkt von einer Gestrigkeit, die ihr nun, da sie darum wusste, eine Gänsehaut über den Rücken jagte. In der Weberei bemerkte sie den schwarz-weiß-roten Stoff im Webstuhl, an dem eine Frau namens Yolanda arbeitete. An der Wand entdeckte sie ein Stickbild mit dem Schriftzug: *Frei und unerschütterlich wachsen unsere Eichen / Mit dem Schmuck der grünen Blätter / Stehn sie fest in Sturm und Wetter / Wanken nicht noch weichen.* Noch gestern hätte ihr dieser Spruch bestimmt gefallen. Aber nun, da sie wusste, was hier in Wirklichkeit los war, verkrampfte sich alles in ihr. Sie zwang sich zu einem Lächeln und sagte zu Magdalena, die neben ihr stand: »Ihr haltet die Tradition ganz schön hoch. Das findet man nicht mehr oft heutzutage.«

Magdalena sah sie nachdenklich an, so als sei sie ein bisschen überrascht von dieser Aussage. Seufzend sagte sie: »Ja, da hast du wohl leider recht.«

Die Frau am Webstuhl hatte ihre Arbeit wieder aufgenommen, und Magdalena und Penelope verließen die Weberei.

»Komm, ich habe Kuchen für uns gebacken. Und einen richtigen Kaffee kriegst du bei mir auch.«

Nebeneinander gingen sie die vereiste, mit Sand bestreute Dorfstraße entlang. Die Dämmerung hatte sich über das Dorf gelegt, und hinter den Fenstern der kleinen Häuser schimmerte warm das Licht. In einem Vorgarten stand ein halb geschmolzener Schneemann, und in der Luft hing der Duft von Holzfeuer. Alles schien durchtränkt von Heimeligkeit und Geborgenheit. Irritiert über dieses falsche Gefühl holte Penelope tief Luft und sagte: »Weißt du, was ich manchmal denke?« Sie senkte die Stimme. Sie wollte Magdalena das Gefühl geben, als wüsste sie nicht, wie diese reagieren würde.

»Nein, was denn?«

In einiger Entfernung tauchte Magdalenas und Wolfs Haus auf, die Lichter hinter den Fenstern auch hier warm und einladend. Wahrscheinlich waren die Töchter, die auch in dem alten Gutshaus wohnten, schon zu Hause.

»Ich will nicht, dass das falsch rüberkommt oder so«, sagte Penelope und hatte das Gefühl, die Verlogenheit würde ihr aus allen Poren quillen. Sie druckste noch ein wenig herum. Und sagte dann, betont zögerlich: »Ich hab das Gefühl, dass sich das hier deutscher anfühlt als in Berlin. Das klingt jetzt vielleicht ein bisschen krass. Aber manchmal habe ich zu Hause das Gefühl, gar nicht mehr in Deutschland zu sein.«

Magdalena betrachtete sie aufmerksam. »Wie meinst du das?«

Penelope stieß die Luft aus. »Puh«, sagte sie. »Nicht dass du mich falsch verstehst, aber die vielen Ausländer bei uns … vor allem die ganzen Muslime. Ich weiß nicht, wann du das letzte Mal in Berlin warst … aber manchmal denke ich, die haben unser Land längst übernommen.«

Da legte Magdalena ihre Hand auf ihren Arm. Sie nickte traurig. »Ich weiß sehr gut, was du meinst«, sagte sie. »Komm, lass uns drinnen weiterreden.«

»Grüß euch!«, rief Hilda, als sie das Haus betraten. Auf der Hüfte trug sie ein gut genährtes Kleinkind, das ihnen freudig entgegenplapperte. Im Wohnzimmer auf dem Boden saßen zwei etwa fünfjährige Jungen, die bei ihrem Anblick aufstanden und Penelope höflich die Hand gaben.

»Ich hab schon den Tisch für euch gedeckt«, flötete Hilda, und einen Moment lang wurde Penelope ganz schummrig von dieser Heinz-Rühmann-Stimmung.

»Du bist ein Schatz«, sagte Magdalena. »Aber wir brauchen den richtigen Kaffee.«

»Steht schon auf dem Tisch«, antwortete Hilda.

»Omi?«, fragte jetzt der größere der beiden Jungen. »Bekommen wir auch ein Stück Kuchen?«

»Aber sicher doch«, sagte Magdalena. »Hilda, bringst du mal Teller für die beiden?«

Als sie am Tisch saßen und die beiden Jungen schweigend den Kuchen in sich hineinmampften, sagte Penelope: »Der ist aber lecker.«

»Danke«, sagte Magdalena. »Die Kirschen sind von den Bäumen am Wegrand. Und das Mehl für den Kuchen haben wir ganz frisch gemahlen. Jeder Haushalt hier hat eine eigene Getreidemühle. Im frisch gemahlenen Mehl sind noch alle Nährstoffe, Vitamine und Ballaststoffe des vollen Korns enthalten.« Magdalena hörte sich an, als hielte sie einen Backkurs für überbesorgte Mütter.

Penelope war es egal, wie lange vorher das Mehl für den Kuchen, den man ihr vorsetzte, gemahlen worden war. Dennoch nickte sie interessiert. Dann fragte sie: »Aber warum trinkt ihr eigentlich keinen Kaffee?«

Da fing der kleinere der beiden Jungen plötzlich zu singen an: »Sei doch kein Muselmann, der das nicht lassen kann!«

Penelope verschluckte sich fast an ihrem Kuchenstück. Wie war es möglich, dass sie gestern nicht gemerkt hatte, was hier eigentlich los war?

»Wie bitte?«, fragte sie, als Magdalena erklärend anhob. »Ach, das ist nur das alte Kaffee-Lied, das kennst du doch sicher auch noch aus deiner Kindheit? C-A-F-F-E-E ...«

»Ich dachte, ihr wolltet kein Koffein zu euch nehmen ...«

»Das wollen wir auch nicht. Vor allem aber verzichten wir auf unnötige Importe. Man kommt sehr gut mit unserem Malzkaffee zurecht. Oder mit einem guten Tee aus unserem Kräutergarten.«

Unwillkürlich musste Penelope an einen Artikel denken, den sie vor vielen Jahren gelesen hatte. Und plötzlich beschloss sie, noch ein bisschen weiter zu gehen. »Diese ganzen Ideen mit Vollwertkost und so sind ja gar nicht so neu, wie man heute meint. Ich habe mal gelesen, dass Himmler zum Beispiel ein großer Anhänger des biologischen Landbaus, der Vollwertkost und der Naturheilkunde gewesen sein soll.« Sie verzog das Gesicht zu einer Grimasse, die man so oder so deuten konnte. »Die haben damals in Dachau so einen Kräutergarten gehabt, alles biologisch-dynamisch. Die sollen sogar die Firma Weleda beliefert haben.« Penelope schmeckte die Schalheit in ihrem Mund, die diesen Versuch einer Anbiederung in ihr auslöste. Sie hielt die Luft an, während sie ihre Kuchengabel wieder in die Hand nahm und sich ein weiteres Stück Kirschkuchen in den Mund steckte. Er schmeckte plötzlich wie gemahlene Sägespäne.

Magdalena zuckte nicht einmal mit der Wimper. »Ja. Nicht alles war damals schlecht. Auch wenn man das die Leute glauben machen will.«

Da schoss Penelope ein Gedanke in den Kopf. Was, wenn ihrer Mutter das damals klar geworden war? Wenn sie entdeckt hatte, was hier für eine Gesinnung herrschte? Was, wenn sie versucht hatte, sich gegen diese Leute zu stellen? Was, wenn sie noch etwas anderes über sie herausgefunden hatte, als dass sie der *guten alten Zeit* nachtrauerten? Magdalena hatte ihr gesagt, dass ihre Mutter damals einige Male hier war, mit Georg. Aber Georg war einer von ihnen, er wusste nicht nur Bescheid, sondern er förderte diese Gesinnung sogar. War es möglich, dass ihre Mutter an jenem Gründonnerstag hierhergefahren war? Aber warum hätte sie das tun sollen? Was hatte sie in der Villa im Kaiserwald gesucht und gefunden, was sie hierher hätte führen können?

Penelope spürte, wie ihr innerlich eiskalt wurde. Sie griff nach ihrer Kaffeetasse, trank einen großen Schluck.

Doch der Gedanke verpuffte so schnell, wie er gekommen war. Das alles führte nirgendwohin. Da kam ihr ein weiterer Gedanke: »Du weißt ja vermutlich, dass ich jetzt auch einen Sitz im Vorstand der Stiftung habe?«

»Ja, klar, du bist jetzt auch eine von Prokhoff. Und hast eine große Verantwortung.« Magdalena lächelte ihr warmes Lächeln. »Und jetzt, wo ich dich kennengelernt habe, bin ich sehr froh darüber.«

»Ich habe schon mit Georg gesprochen. Wir denken, dass die Zeit gekommen ist, eine massive Werbekampagne für unsere Sache zu starten.«

»Ich wusste es in dem Moment, als ich dich sah. Du hast diese ganz starke Wurzelenergie.« Magdalenas Augen begannen regelrecht zu strahlen. Sie straffte die Schultern. »Wir sind jederzeit bereit!«

»Wir müssen die Gesellschaft *jetzt* wachrütteln«, sagte Penelope mit einer Verve in der Stimme, die sie nicht empfand. »Alle müssen kapieren, was in Deutschland ... eigentlich in ganz Europa gerade passiert! Impfdiktatur, Klimakatastrophe ... Man muss bloß mal ins Ahrtal schauen, was da passiert ist ... das Bienensterben, die Umvolkung ... Wir müssen den Leuten begreiflich machen, dass wir, wenn wir in Deutschland so weitermachen, auf den Kollaps zusteuern. Es ist unsere Pflicht, jetzt zu handeln, das schulden wir unserem Vaterland.« In ihren eigenen Ohren hörte sie sich wie ein Verschwörungstheoretiker auf Telegram an. Doch Magdalena schien nichts Überzogenes an ihren Worten zu finden. »Ich stelle mir eine Kampagne mit historischem Bezug vor, aber auch mit Blick in die Zukunft. *Wo wir herkommen, wo wir hinwollen.* So was in der Art. Mit Festschrift, einer Jubiläumsaktion, Feierlichkeiten ... Wir arbeiten mit Social Media ... Instagram und Twitter ... mit den entsprechenden Bloggern und Influencern. Die brauchen wir dafür.«

Magdalena beugte sich zu ihr, legte ihre Hand auf Penelopes Arm. »Georg hat nicht zu viel versprochen. Du bist großartig!«

Penelope senkte den Blick. Wie war es möglich, dass eine Frau so viel Wärme und Mütterlichkeit ausstrahlen konnte und dabei an einen so wahnhaften Mist glaubte? Das Gewicht von Magdalenas warmer Hand auf ihrem Arm war schwer und unangenehm. »Noch hab ich ja nichts gemacht«, sagte sie bescheiden. »Aber wir starten jetzt durch. Für die Kampagne brauche ich jede Menge Fotos. Alte und neue. Habt ihr irgendein Archiv … oder alte Alben, irgendwas in der Art?«

Magdalena schüttelte den Kopf. »Ein Archiv haben wir leider noch keines. Aber jeder von uns hat natürlich seine privaten Fotos. Fangen wir mit unseren an. Ich ruf derweil die anderen an und lasse sie ihre hierherbringen.«

Den restlichen Nachmittag verbrachte Penelope damit, sich durch die Aufnahmen zu arbeiten. Es dauerte zwei Stunden, bis sie sie entdeckte. Die Fotos, auf denen ihre Mutter zu sehen war. Penelope starrte darauf, blinzelte. Mit einem Mal fühlte sie sich in ihrem Körper eingeschlossen, isoliert und meilenweit entfernt von der Frau, die neben ihr saß. Auf den Fotos stand ihre Mutter neben Georg und Magdalena, im Hintergrund war ein großes Feuer zu sehen. Ihre Wangen waren rosig, ihre Augen glänzten. *Sie sieht so glücklich aus.* Der Gedanke drang in ihren Körper ein wie ein Dolch. Sie drehte das Bild um. *Erntedank 1997* stand dort mit Bleistift geschrieben. Die Enttäuschung traf sie wie eine Ohrfeige. Es kostete sie ihre ganze Kraft, sich das Gefühl nicht anmerken zu lassen. Sie musste Geduld haben, noch ein bisschen abwarten.

In dem Moment sagte Magdalena: »Das ist übrigens die Lehrerin, von der ich erzählt hab. An die du mich irgendwie erinnerst.«

»Ach ja?« Penelope lächelte und tat so, als würde sie die Bilder nun näher in Augenschein nehmen. »Findest du?«

»Ja. Finde ich.«

»Das ist eigentlich ein ziemlich gutes Bild. Das können wir gut für die Kampagne gebrauchen.«

Magdalena stutzte. »Das sollten wir vielleicht lieber nicht nehmen.«

Überrascht blickte Penelope sie an. »Wieso nicht? Das ist doch sehr stimmungsvoll.«

Da seufzte Magdalena. »Ich weiß auch nicht, ob ich dir das erzählen soll. Ich will kein Gerede kolportieren.« Einen Moment lang schien sie mit sich zu ringen. Doch dann schmolz ihr Zögern rasch dahin: »Aber das muss unter uns bleiben.«

Penelope nickte ernst. »Natürlich. Ich werde niemandem etwas sagen.«

»Also ich weiß, dass Georg und sie sich ziemlich nahestanden.«

»Du meinst, die hatten ein Verhältnis?«

»Eigentlich war das damals ein offenes Geheimnis. Wenn sie hier waren, haben sie zwar offiziell zwei Gästezimmer bewohnt. Aber ich weiß, dass sie miteinander das Bett teilten.«

»Ich nehme nicht an, dass Claire das gewusst hat?«

»Wer weiß das schon?« Magdalena zuckte die Achseln. »Allerdings war die Ehe der beiden damals wohl wirklich am Ende. Wolf hat mir erzählt, dass Georg sich scheiden lassen wollte. Er war deswegen sogar schon bei einem Anwalt gewesen.«

Penelope musste an sich halten, Magdalena nicht anzustarren. *Georg hatte die Scheidung gewollt.* Die Bedeutung dieser Worte schwebten wie stofflose Gebilde im Raum und sickerten nur langsam in ihren Kopf. »Und was ist dann passiert?«

»Ich weiß nicht. Irgendwann kam sie einfach nicht mehr. Ich glaube sogar, dass das hier ...«, sie zeigte auf das Foto der Erntedankfeier, »... ihr letzter Besuch bei uns war.«

»Weißt du, was dann passiert ist? Ich meine, wenn Georg schon beim Anwalt war, muss es ihm ja sehr ernst gewesen sein.«

»Ich weiß nur, dass Wolf mir gesagt hat, es habe eine Meinungsverschiedenheit zwischen ihm und ihr gegeben.«

»Das muss ja schon etwas mehr gewesen sein als eine bloße Meinungsverschiedenheit.«

»Ja«, gab Magdalena zu. »Das muss es wohl.«

Penelope legte die Bilder beiseite. »Schade, dass wir das nicht nehmen können«, sagte sie und brauchte all ihre Konzentration, um sich den Sturm, der geräuschlos in ihr tobte, auf keinen Fall anmerken zu lassen.

In dem Moment ging die Haustür auf, und Falk trat herein, im Schlepptau einen jungen Mann mit butterfarbenem Haar, der ihr vage bekannt vorkam. Nach ihnen trat Brammer durch die Tür, der sofort Penelopes Blick auffing und sie mit schmalen Lippen finster ansah.

»Was ist denn mit dir passiert?«, rief Magdalena bei Falks Anblick erschrocken aus.

Falk lächelte schelmisch, als er antwortete: »Meine Frau hat mich verprügelt«, woraufhin Magdalena und der junge Mann namens Paul schallend lachten, Brammers Miene sich jedoch noch eine Spur mehr verdüsterte.

Penelope verzog gespielt gequält das Gesicht: »Warum kannst du auch nie die Klappe halten.«

Mit der Nummer sollten wir auftreten, dachte Penelope und betrachtete zerknirscht Falks Gesicht, dessen eines Auge inzwischen deutlich zugeschwollen war.

»Nee, Spaß beiseite«, sagte Falk mit einem komischen Gesichtsausdruck. »Ich konnte nicht schlafen und war heut Nacht joggen. Ohne Taschenlampe. Der Ast hat mich aus dem Hinterhalt erwischt.«

Magdalena nahm Falk beiseite und verarztete ihn in der Küche mit einer Quarkpackung. Im Hintergrund hörte Penelope sie sagen: »Warum bist du denn nicht gleich gekommen? So was wird am besten sofort gekühlt. Hast du denn wenigstens ein bisschen Schnee drauf gedrückt?«

Penelope trat auf den jungen Mann zu: »Ich glaube, wir kennen uns noch nicht. Ich bin Mathilda.«

Er richtete seine hellen Augen auf sie. »Paul«, sagte er und streckte die Hand zur Begrüßung aus. »Ich bin Wolfs und Magdalenas Sohn.«

Penelope erwiderte seinen Händedruck. Und plötzlich wusste sie, wo sie ihn schon einmal gesehen hatte. Auf diesem Zeitungsfoto, auf dem er neben Kappler und Bohnau zu sehen war, bei einer dieser Klimaaktionen von Last Exit. Sie zwang sich, den Blick abzuwenden. Aber war das alles? Auf einmal hatte sie das unangenehme Gefühl, ihn mit etwas ganz anderem in Verbindung zu bringen, mit etwas Ungutem, Dunklem. Aber wieso konnte sie sich dann nicht daran erinnern? Die Erfahrung war für sie so verstörend, dass sie sich für einen Moment entschuldigte, um ins Bad zu gehen und allein mit sich und ihren Gedanken zu sein. Im Bad ließ sie sich Zeit, wusch sich ausgiebig die Hände, cremte sie sich mit irgendeiner selbst gemachten Kräutercreme ein. Sie blieb noch ein paar Minuten dort, ohne sich zu erinnern. Doch das unbekannte Gefühl, dass es in ihrem Gedächtnis einen Bereich gab, auf den sie gerade keinen Zugriff hatte, blieb.

Als sie Falk später in ihrem Zimmer wiedertraf, fragte Penelope: »Wie lief die Versammlung?«

»Ich weiß nicht recht …«, sagte er. »Na ja, begeistert waren sie nicht gerade. Auch will keiner was davon gewusst haben, was Kappler und Bohnau da getrieben haben.«

»Glaubst du das denn?«

»Ich weiß es nicht. Auf der einen Seite kommen mir manche von ihnen wahnsinnig naiv vor … auf der anderen glaube ich einfach nicht, dass Kappler und Bohnau die Einzigen sind, die da mit drinhängen.«

»Zumindest dieser Paul muss doch Bescheid gewusst haben, meinst du nicht?«

»Weil er bei den Aktionen von Last Exit dabei war? Das heißt nicht, dass er was von den Briefkastenfirmen wusste. Ach, das ist alles so ein Sumpf. Jedenfalls habe ich eine umfassende Untersuchung der Angelegenheit angekündigt.«

Da sagte Penelope: »Dieser Paul ist mir nicht geheuer. Ich kenne ihn noch von irgendwo anders her.«

Falk sah sie überrascht an. »Ach wirklich? Aber mit deinem Gedächtnis, müsstest du das dann nicht wissen?«

Penelope wandte den Blick ab. Frustriert und ungeduldig schüttelte sie den Kopf.

»Das ist ja das Komische. Dass ich mir sicher bin. Mich aber partout nicht erinnere.«

5.

Falk erwachte davon, dass jemand an ihm rüttelte. Noch benommen von der Traumlandschaft, in der er sich gerade bewegt hatte, blinzelte er und sah Penelopes Gesicht über seinem, ihre Pupillen groß und dunkel im matten Schein der Nachttischlampe. Ihre Stimme klang gepresst, als sie sagte: »Ich weiß jetzt, woher ich ihn kenne!«

»Von wem sprichst du?«, fragte er und rieb sich den Schlaf aus den Augen.

»Von Paul, Magdalenas Sohn.«

Aber da war sie schon aus dem Bett. Verschlafen registrierte er, dass sie sich an seiner Tasche zu schaffen machte. Wenig später streckte sie ihm seinen Laptop hin und bat ihn, das Passwort einzugeben.

Immer noch verschlafen vertippte er sich zweimal, bis der Startbildschirm sich öffnete.

»Ich brauche die Fotos der König«, sagte sie und sah ihm ungeduldig zu, wie er sich durch die Pfade klickte. Als das erste Foto auf dem Bildschirm erschien, nahm sie ihm den Laptop aus der Hand und ging die Fotos durch, bis sie gefunden hatte, wonach sie gesucht hatte.

Er starrte auf das Foto, das sie ihm präsentierte.

»Ich verstehe nicht. Was hat der mit Paul zu tun?«

»Erkennst du ihn nicht?«

Ungeduldig nahm Penelope ihm den Laptop wieder aus der Hand, stopfte sich das Kopfkissen in den Rücken und hackte auf der Tastatur herum. Er konnte nicht sehen, was sie tat, sah nur ihren grimmigen, angespannten Ausdruck. Er rappelte sich ebenfalls auf, setzte sich neben sie.

»Hat das nicht Zeit bis nach dem Kaffee?«, murmelte er.

Statt einer Antwort hielt sie ihm erneut den Monitor vors Gesicht.

Sie hatte den Bildschirm zweigeteilt. Auf der einen Hälfte war der weißblonde Paul, Magdalenas und Wolfs Sohn, zu sehen. Auf der anderen einer der beiden arabisch aussehenden Männer aus der U-Bahn.

Sein Blick glitt stumm zwischen den beiden Gesichtern hin und her. Er versuchte zu sehen, was sie sah.

»Ich weiß nicht ...«, sagte er zögernd.

»Aber siehst du das denn nicht! Die eng zusammenstehenden Augen, die Gesichtsform, die Nase ...«

Er starrte weiter auf das Foto. Langsam erkannte auch er die Ähnlichkeit.

»Aber ... das ist ja ... wie kann denn das sein?«

Gemeinsam starrten sie auf die Bilder. Dann sagte Penelope: »Ich weiß es auch nicht. Aber ich habe da eine Vermutung.«

Sie klappte den Laptop zu und legte ihn neben das Bett.

»Was für eine Vermutung?«

»Weißt du, was eine False-Flag-Operation ist?«

Er sah sie fragend an. »Klar. Täuschungsmanöver. Du schlüpfst in die Kleider deiner Feinde, veranstaltest was Fieses, um ihnen die Schuld zuzuschieben. Und du denkst jetzt ...« Langsam sickerte die Bedeutung dessen, was sie da behauptete, in sein Gehirn. »Dass es Paul war, der Sieglinde vor die U-Bahn gestoßen hat und dass er es auch war, der ...« Er verstummte abrupt, konnte den Satz nicht zu Ende bringen.

»Ja«, sagte sie. »Der Typ mit dem Messer. Auch das war Paul.«

Falk sog scharf die Luft ein. Einen endlos scheinenden Moment starrten sie sich in die Augen, jeder für sich entsetzt von der Ungeheuerlichkeit ihrer Entdeckung.

Dann sagte Penelope: »Ich glaube, wir sollten hier so schnell wie möglich abhauen. Wo ist Brammer?«

6.

Es hatte zu schneien begonnen, und die Scheibenwischer zerteilten das Bild der wirbelnden Flocken, während der Wagen sich langsam die dunkle Straße entlangtastete und an der Idylle vorüberschlich, die doch, das wusste Penelope jetzt, nichts, aber auch gar nichts, mit Bullerbü zu tun hatte. Sie kamen vorbei an Penelopes Mietwagen, der auf dem Anger stand, verlassen und unbeachtet in der Schwärze der Winternacht.

Erst als sie den Wald erreicht hatten, schaltete Brammer die Scheinwerfer ein. Sie hörte Falk, der auf dem Rücksitz saß, hörbar ausatmen.

»Hier wären wir raus«, sagte er leise.

Brammer lenkte den Wagen durch die wirbelnden Flocken, vorbei an den schneebedeckten Wiesen und Feldern von Trīs Liepas, und erreichte den Wald, wo die schmale Straße eine sachte Linkskurve beschrieb. Die Stämme der Kiefern, die wie kräftige Beine aus dem Schnee ragten, glitten an ihnen vorüber, während Penelope gegen das Unbehagen kämpfte, das sie seit ihrem Aufbruch belagerte. Später dachte sie, dass etwas in ihr, ein unbeachtetes Glimmen tief in ihrem Körper gewusst hatte, dass sie so nicht davonkommen würden. Jedenfalls war sie nicht allzu überrascht, als Brammer nach einiger Zeit sagte: »Jemand folgt uns.«

Penelope drehte sich um. Der Weg beschrieb jetzt wieder eine Kurve, sodass die Scheinwerfer, die sich hinter ihnen durch das Schneetreiben tasteten, erst nach ein paar Sekunden zu sehen waren.

Brammer beschleunigte den Wagen.

»In meinem Rucksack ist eine Pistole«, sagte er so ruhig, als würde er Penelope darum bitten, für ihn nach Pfefferminzbonbons zu suchen.

Penelope öffnete den Reißverschluss und ertastete die Waffe. Eine unwirkliche Wachheit ließ auf einmal alles überdeutlich erscheinen: die vertraute Form der P8 in ihrer Hand; die Straße, die sich nach wenigen Metern im Schneetreiben verlor; Falks und Brammers Silhouetten, das alberne Duftbäumchen, das am Rückspiegel baumelnd jede Unebenheit der Fahrbahn sichtbar machte. Und die Scheinwerfer des Wagens hinter ihnen, die immer, wenn sie sich umwandte, ein Stück näher zu kommen schienen. Erst als sie auf die Landstraße einbogen und sie sich erneut umdrehte, war der Wagen verschwunden.

»Sie sind weg«, sagte Penelope.

Doch Brammer erwiderte nur: »Das gefällt mir nicht.« Und dann fragte er: »Haben Sie die Waffe?«

»Ja.«

Tatsächlich waren sie keine zwei Minuten auf der Landstraße unterwegs, als etwa hundert Meter vor ihnen ein Pick-up aus dem Wald rollte und mitten auf der Fahrbahn zum Stehen kam. Penelopes Herz begann schneller zu schlagen. Sie wollten sie aufhalten, es war ihnen also wirklich ernst. Brammer bremste sacht, der Wetterlage angemessen, und legte den Rückwärtsgang ein und fuhr in angemessenem Tempo zurück. Da setzte der Pick-up sich langsam in Bewegung.

Brammer fuhr unbeirrt weiter, und als sie an eine Kreuzung im Wald kamen, ging er vom Gas, wobei sie ein Stück über die Fahrbahn rutschten. Einen Augenblick sah es so aus, als hätten sie sich in dem aufgeworfenen Schnee festgefahren. Doch dann griffen die Räder plötzlich und der Wagen fuhr mit einem Satz los. Penelope drehte sich um, sah die Scheinwerfer in etwa zweihundert Metern Entfernung um die Kurve gleiten. In dem Moment fiel der erste Schuss.

Mit einem ohrenbetäubenden Knall zerbarst die Heckscheibe, und ein Splitterregen ging auf sie nieder. Brammer schrie: »Runter!«, und drückte aufs Gaspedal. Den Kopf auf der Rückbank spürte Penelope, wie sie erneut ins Schlingern gerieten, der Wagen sich dann aber wieder fing. Kurz darauf fiel ein weiterer Schuss.

»Chef!«, schrie Brammer, und Penelope hob leicht den Kopf und sah, wie seine rechte Hand nach Falk tastete.

Penelope spürte, wie eine rot glühende Angst in ihren Körper fuhr. »Was ist mit ihm?«, rief sie. Ihre Finger, die die P8 umklammert hielten, schwitzten. Sie wischte sie an ihrer Jeans trocken. Sie wusste, dass jetzt kein guter Zeitpunkt war, um Brammer zu stören, aber sie musste es wissen, musste noch einmal fragen: »Was ist mit ihm?«

»Ich weiß es nicht«, antwortete Brammer gepresst, »es hat ihn auf jeden Fall erwischt.«

Es fiel noch ein Schuss, ein letztes Mal, und der Wagen geriet aus der Spur, kam ins Schleudern, drehte sich einmal um sich selbst und blieb in einer Schneewehe stecken. Der Wald hier schien undurchdringlich zu sein, kleine Fichten wechselten sich mit Gestrüpp ab. Rechts von ihnen hatte ein Waldbesitzer eine Plane über einen ausladenden Holzstapel gebreitet.

»Behalten Sie die Pistole, ich habe noch eine«, sagte Brammer nach einem Augenblick der Stille, und als Penelope mit »Ja« antwortete, fuhr er fort: »Wir verschanzen uns dort im Gebüsch. Die werden annehmen, dass wir hinter dem Holzstapel sind.« Tatsächlich war der Schnee um den Holzstapel herum zertrampelt, so als hätte jemand sich kürzlich daran zu schaffen gemacht.

Die Scheinwerfer ihres Wagens erloschen, und Penelope brauchte einen Moment, um sich an die plötzliche Dunkelheit zu gewöhnen.

»Wir müssen Falk rausholen«, sagte sie, krabbelte aus dem Wagen und öffnete die Beifahrertür, im gespenstischen Licht der nächtlichen Schneelandschaft. Da war Brammer schon neben ihr und half ihr, Falk aus dem Wagen zu ziehen. Sie hatte keine Ahnung, wie schwer er verletzt war und ob sie es nicht gerade noch schlimmer machten, aber das war nicht der Moment, es herauszufinden. Penelope war sich sicher, dass die Typen das Feuer auf ihn eröffnen würden, sobald sie ihn im Wagen sitzen sähen.

Gemeinsam schleppten sie Falk tief in das kleine Tannenwäldchen. Die Zweige zerkratzten ihnen die Gesichter. Als sie Falk vorsichtig auf dem Boden abgelegt hatten, sagte Penelope: »Bleiben Sie bei ihm. Ich werde versuchen, von hinten an sie heranzukommen.«

Da hörten sie auch schon das Brummen des Pick-ups, während es über den Wipfeln der Bäume heller wurde.

Der Pick-up mit den eingeschalteten Scheinwerfern half ihr, sich zu orientieren. Sie kämpfte sich durchs Gebüsch, kam auf eine Lichtung, an deren Rand ein Hochsitz stand, und schlug einen weiten Bogen um den Lichtschein, als der plötzlich erlosch. Es war jetzt sehr still, und ihre Schritte klangen überlaut in der Geräuschlosigkeit des Waldes. Da hörte sie durchs dichte Buschwerk gedämpfte Stimmen.

»Denkst du, die Frau ist auch dabei?«, sagte ein Mann, es war Paul. Eine fremde Stimme erwiderte: »Wir müssen auf jeden Fall damit rechnen.« Der Mann musste in unmittelbarer Nähe zu ihr stehen. »Ich geh rüber, hinter dem Holz nachsehen. Bleib du hier und pass auf.«

Sie hörte den anderen weggehen, wartete noch ein paar Sekunden, bevor sie sich so geräuschlos, wie es ihr möglich war, durch das Gebüsch schob, in die Richtung, aus der sie Pauls Stimme gehört hatte. Sie würde versuchen, so dicht wie möglich an ihn heranzukommen. Vielleicht würde es ihr gelingen, ihn auszuschalten, ohne von der Waffe Gebrauch zu machen, um den anderen nicht zu warnen. Im nächsten Moment hörte sie Schritte im Schnee. Sie folgte dem Geräusch und verließ das schützende Dickicht. Und da sah sie ihn, Paul, dessen helles Haar in der Dunkelheit leuchtete. Der andere war nirgends zu sehen. Ich könnte ihn jetzt erschießen, dachte sie, und umklammerte die P8 fest mit beiden Händen. Aber dann wäre der andere gewarnt. Und sie wusste ja auch nicht, wie viele Männer noch in dem Wagen gesessen hatten. Nein, dachte sie. Ich werde versuchen, ihn so zu erledigen.

Sie folgte ihm im Rhythmus seiner Schritte, wobei sie sich langsam näher an ihn heranpirschte. Und dann ging alles ganz schnell. Mit zwei Sprüngen war sie bei ihm, holte aus und ließ die P8 seitlich auf seinen Hals sausen. Er fiel zu Boden. Penelope spürte, wie das Adrenalin durch ihren Körper pumpte, und beugte sich über ihn. Mit weit aufgerissenen Augen tastete sie nach seiner Halsschlagader, versuchte zu verstehen, ob er noch lebte. Als plötzlich gleißendes Licht auf sie fiel, und eine tiefe Stimme dröhnte: »Hier ist die Frau!«

Penelope erstarrte, blinzelnd im grellen Schein der Stirnlampe. Dann machte der Typ plötzlich eine Bewegung, und Penelope ahnte mehr, als dass sie es sah, wie er das Gewehr hob und auf sie zielte. Doch Penelope war schneller. Mit beiden Händen umklammerte sie die Pistole und schoss blind ins Licht, dorthin, wo der Mann stand, viermal, fünfmal, bevor er, von der Wucht der Schüsse, nach hinten kippte, wo er leblos liegen blieb. Penelope näherte sich langsam, die Waffe immer noch im Anschlag. In dem Moment hörte sie weitere Schüsse aus verschiedenen Waffen. Dann nichts mehr.

Penelope nahm dem zweiten Mann die Stirnlampe ab, sie war klebrig von Blut. Einen Moment lang leuchtete sie auf den Mann am Boden. Es war Kappler, sie hatte ihn in den Brustkorb getroffen. Hastig schaltete Penelope die Lampe aus, streifte sie sich selbst über den Kopf, nahm ihm das Gewehr ab, hängte sich auch das um und machte sich auf in die Richtung, aus der die Schüsse gekommen waren. Die Stille um sie herum schien nun absolut zu sein. Später würde sie daran zurückdenken, dass sie in diesen endlosen Minuten gewusst hatte, dass etwas Schreckliches geschehen war.

Sie rannte schneller, ungeachtet der Zweige, die ihr immer wieder ins Gesicht peitschten. Sie fühlte sich wie auf einem Crack-Trip oder so, wie sie sich einen vorstellte, hyperwach, mit weit aufgerissenen Augen. Als sie auf die Lichtung kam, die an das Dickicht grenzte, wo sie Brammer und Falk zurückgelassen hatte, verlangsamte sie ihre Schritte und blieb dann stehen. Sie lauschte in die Dunkelheit, die Angst pochte in ihrem Schädel. Was war geschehen? Wer hatte geschossen? Und wie viele von den Siedlern waren hier noch unterwegs? Sie musste sich zwingen, ruhig zu atmen.

Der Schnee fiel jetzt dichter, und sie hatte Mühe, sich zu orientieren. Hier ganz in der Nähe mussten Brammer und Falk sein, unter einer größeren Fichte, so hatte sie es in Erinnerung. Aber wo genau sie aus dem Dickicht herausgekommen war, wusste sie nicht mehr. Sie brauchte Licht, einen kurzen Moment wenigstens, um sich zu orientieren. Und so schaltete sie die Stirnlampe ein und sah sich um.

Der Anblick traf sie wie ein Schlag. Der Tote lag auf dem Rücken, die Augen weit aufgerissen, in seinem Kopf ein klaffendes Loch. Das musste Bohnau sein, dachte sie. Oder das, was von ihm übrig war. Das Schlimmste aber, das, was sie in vielen Nächten bis in ihre Träume verfolgen sollte, war die Spur von hellrotem Blut, das hinter ihm ins Dickicht des Tannenwäldchens führte.

Penelope spürte, wie ihr Herz pulsierte, viel zu laut und viel zu schnell, während sie der Spur folgte und sich zwischen den Tannen hindurchschob. Und dann sah sie die beiden, Brammer und Falk. Sie lagen nebeneinander, kaum einen Meter voneinander entfernt. Später dachte sie vor allem an das Blut und dass sie noch nie so rotes Blut gesehen hatte.

»Oh Gott«, wimmerte sie und erschrak über die Mickrigkeit ihrer eigenen Stimme in der Einsamkeit dieser lettischen Winternacht. Es ist alles zu Ende, dachte sie immer und immer wieder. Alles ist zu Ende, bevor es richtig beginnen konnte. Und während die Flocken lautlos und seidenweich auf die beiden leblosen Körper im Schnee fielen, sackte Penelope auf die Knie.

7.

Alles erschien ihr wie unter einer Glasglocke: die Trauerreden in der Aussegnungshalle, der langsame Gang zum Grab, wie sie hinter dem Karren mit dem hellbraunen Holzsarg und dem überbordenden Blumenschmuck hertrotteten. Der Segen, den der Pfarrer am Grab sprach. Im Gegensatz zur Trauergemeinde hatte er keinen Schirm, obwohl der Regen stetig auf ihn niederging. Als Penelope an der Reihe war, Erde auf den Sarg zu schaufeln, zögerte sie, wollte sich eine Sekunde lang verweigern und lauschte dann doch kurz darauf dem dumpfen, plumpen Geräusch, mit dem die Erde auf dem Sarg auftraf, auf dem Toten, der doch vor Kurzem noch ein lebendiger Mensch gewesen war.

Das Versteckspiel war zu Ende. Sie ging davon, ohne sich nach Claire oder Georg umzudrehen, schritt rasch aus unter ihrem Schirm und folgte dem breiten Hauptweg, der zum Ausgang führte. Ihre Augen unter der schwarzen Sonnenbrille waren starr geradeaus gerichtet.

Der Landrover empfing sie mit dem vertrauten Geruch, und sie blieb ein paar Sekunden lang so sitzen und atmete, hatte aber plötzlich das Gefühl, nicht genug Luft zu bekommen, und musste die Scheiben herunterkurbeln. Als die ersten Trauergäste durch das Friedhofstor kamen, startete sie den Landrover und fuhr los.

Der Verkehr an diesem Dienstagnachmittag war erstaunlich dicht. Aber es störte sie nicht. Die Ereignisse in Trīs Liepas hatten die Welt in ein Vorher und Nachher zerteilt. Sie würde sich nie wieder an Nichtigkeiten stören. Das zumindest glaubte sie jetzt. Aber sie wusste auch: Man konnte nicht aus seiner Haut. Wahrscheinlich half ihr auch nur das Wissen, dass sie diese Stadt bald hinter sich lassen und nie mehr zurückkehren würde. Außer für die Gerichtsverhandlung. Aber wer wusste schon, wie lange die Ermittlungen dauern würden. Und was bis dahin noch alles geschehen würde.

Als sie zwei Stunden später aus dem Wagen stieg, hatte sie das Gefühl, dass es schon wieder dämmerte. Dieser Winter scheint endlos zu sein, dachte sie. Und dass sie sich nach Licht und Sonne sehnte. Und nach einem neuen Leben.

Der Pförtner am Empfang nickte ihr hinter seiner Glasscheibe zu. Sie gehörte inzwischen schon zum Inventar. Zumindest fühlte es sich für sie so an. Im zweiten Stock ging sie den Korridor entlang. Die Fenster zerteilten die Aussicht in Segmente, in Ausschnitte von Regen, der auf Straßenlaternen und Bäume und Wege fiel, als wollte er alles langsam auslöschen.

An der Tür von Zimmer 205 machte sie Halt. Sie klopfte kurz, pro forma, und ging sofort hinein.

Bei seinem Anblick traten ihr wie jedes einzelne Mal seit jenem schrecklichen Tag vor zwei Wochen Tränen der Dankbarkeit in die Augen. Sie hätte nie gedacht, dass sie mal so nah am Wasser gebaut haben würde. Aber es war schon so: Das Leben kochte einen weich.

Er schlief, mit einem Buch auf der Brust. Penelope trat an sein Bett und ließ sich geräuschlos auf dem Stuhl nieder. So saß sie da und betrachtete ihn, den leicht geöffneten Mund, die geschlossenen Lider, die sich von Zeit zu Zeit bewegten. Er hat überlebt, dachte sie, im Gegensatz zu Brammer hat Falk überlebt, und wie in den vergangenen Tagen spürte sie auch jetzt wieder, wie ihr der Brustkorb eng wurde, in diesem Durcheinander von Dankbarkeit und Verzweiflung. Und über allem war da immer noch die Fassungslosigkeit. Über die Männer, die auf sie geschossen hatten. Aber auch über all die anderen, Wolf und Magdalena und ihre Töchter und diese Lehrerin, wie sie sich in ihrem Kokon aus kruden Theorien, vor allem aber in ihrem Hass eingerichtet hatten und alle, die nicht so dachten wie sie, vernichten wollten.

»Du bist da«, wurde ihr Gedankenstrom von Falk unterbrochen.

Ihr Gesicht wurde ganz weich, als sie ihn anlächelte. Sie nahm ihm das Buch von der Brust und küsste ihn.

»Wie war es?«, fragte er und sah sie ernst an.

»Traurig«, sagte sie. »Es war sehr traurig.«

Bei der Erinnerung daran, wie Brammers ehemalige KSK-Kumpel ihm die letzte Ehre erwiesen hatten, spürte sie eine Enge in der Kehle, die sie schlucken ließ. Und dann hatte einer von ihnen auch noch die Trompete ausgepackt und »Ich hatt' einen Kameraden gespielt«.

Falk griff nach ihrer Hand und drückte sie. So saßen sie da, und keiner sprach ein Wort, bis die Tür aufging und eine blonde Schwester hereinkam, die Penelope in professionell munterem Ton aufforderte, einen Augenblick vor der Tür zu warten.

Penelope ging in den Aufenthaltsraum, wo sie sich einen Kaffee herausließ. Sie stellte sich ans Fenster und sah in den beginnenden Abend hinaus. Sie wusste, dass sie sich Brammers Fehlen nie als etwas Dauerhaftes würde vorstellen können. In ihrem Gedächtnis würde er für immer existieren, im Hintergrund von Falks Leben warten mit der Waffe unter dem Jackett, die Straßen Berlins in Falks Mercedes entlangfahren zwischen der Villa in Zehlendorf und dem ROD-Tower, angetrieben von einer Dynamik, die wie ein Perpetuum mobile funktionierte, sich niemals erschöpfte.

Ein Patient auf Krücken humpelte hinter ihr vorbei und verschwand auf dem Balkon. Durch die Scheibe beobachtete Penelope, wie er in seine Bademanteltasche griff und eine Zigarettenpackung herausholte. Kurz darauf glomm die Zigarette rot im schwindenden Licht.

Der Tag vor zwei Wochen gehörte zu den albtraumhaftesten ihres Lebens. Nachdem sie Falk und Brammer leblos im Schnee gefunden hatte, hatte sie die Vitalfunktionen der beiden überprüft: Beide lebten noch. Nacheinander hatte sie die beiden auf ihre Jacke gelegt und sie durch den Schnee auf die Straße gezogen und zuerst versucht, den Wagen aus der Schneewehe zu bekommen, was aber nicht geklappt hatte. So war ihr nichts anderes übrig geblieben, als zu den Toten zurückzukehren, um sie nach dem Schlüssel für den Pick-up abzutasten. Mit Verbandszeug aus dem Erste-Hilfe-Kasten hatte sie die Blutungen mit einem Druckverband gestoppt. Am Schluss wäre sie fast daran gescheitert, die beiden in den Pick-up zu hieven. Später dachte sie, dass sie an diesem Abend einen unerschöpflichen Vorrat an Adrenalin gehabt haben musste. Als sie endlich in einem Provinzkrankenhaus ankam, war Brammer schon tot gewesen. Sie blinzelte heftig.

»So, jetzt dürfen Sie wieder hinein«, sagte die Blonde im selben munteren Tonfall wie zuvor und steuerte das nächste Patientenzimmer an.

Wieder im Zimmer sagte Penelope: »Ich hab dir Shortbread mitgebracht.« Sie legte die Packung auf den Tabletttisch. »Soll ich dir einen Tee aus der Cafeteria holen?«

»Nein, lass mal ... ich will grad nichts. Aber danke für die Kekse.«

»Wie geht es dir heute?«, fragte Penelope, nachdem sie sich wieder auf ihren Stuhl neben Falks Bett gesetzt hatte.

»Verglichen mit Brammer geht es mir gut.« Sein Mund ein schmaler Strich.

»Du kannst nichts dafür«, sagte sie, so wie jedes Mal, wenn sie ihn besuchte. Sie wusste, dass die Worte nichts ändern würden. Aber sie sagte sie trotzdem jedes Mal wieder.

»Heute war wieder die Polizei da.«

Penelope nickte. »Gut so.« Sie dachte an den Abend, nachdem sie Brammer und Falk im Krankenhaus abgeliefert hatte, an die Befragung durch die lettische Polizei, die schärfer und aggressiver geworden war, nachdem der Fund von drei toten Deutschen in einem Wald bei Trīs Liepas bestätigt worden war. An die Nächte, die sie in Untersuchungshaft verbracht hatte, bis Georg ihr den besten Strafverteidiger Rigas besorgt hatte, der sie dort rausholte. Georg und Claire waren es auch, die dafür sorgten, dass Falk, sobald er transportfähig war, in die beste aller Spezialkliniken für die Versorgung von Schussverletzungen in Frankfurt verlegt wurde, wo ein Team von hochkarätigen Chirurgen ihn wieder zusammenflickte. Und dann kam der Tag, an dem Penelope mit den von Sieglinde König zusammengetragenen Unterlagen zur Polizei ging. Sie tat dies nicht in Berlin. Sie wusste nicht, ob sie mittlerweile selbst paranoide Züge aufwies, aber sie packte Falks Laptop in ihren Rucksack und fuhr damit nach München, so weit wie möglich vom Einflussbereich der Prokhoffs entfernt. Obwohl das für sich genommen noch keine Garantie war. Was eine Garantie für sie darstellte, waren die Dateien, die sie gleichzeitig verschiedenen unabhängigen Recherchenetzwerken übermittelte. Und dann war ein Sturm losgebrochen.

Es war zu bundesweiten Festnahmen im ganz großen Stil gekommen. Die Bundesanwaltschaft hatte fünfundzwanzig Verdächtige in Deutschland, Lettland, Österreich und Frankreich festnehmen lassen, darunter eine ehemalige AfD-Bundestagsabgeordnete, einen Ex-Offizier, eine Gymnasiallehrerin, einen Autor und Betreiber eines Telegram-Kanals. Wie sich herausstellte, waren das die Leute, deren Fotos an Sieglinde Königs Pinnwand steckten. Sie alle sollen eine terroristische Vereinigung gebildet und geplant haben, das politische System in Deutschland mit Waffengewalt zu stürzen, die freiheitlich-demokratische Grundordnung der Bundesrepublik Deutschland abzuschaffen und eine Räte-Regierung einzusetzen. Zudem hatte die Gruppe seit Jahren Anschläge unter falscher Flagge verübt, um in Deutschland und anderen europäischen Ländern eine islamfeindliche Stimmung zu schüren. Darüber hinaus waren bei Razzien der von der Dreilinden-Stiftung geförderten Dorfprojekte unter anderem zahlreiche Waffen und Sprengstoff sichergestellt worden. Weitere Beschuldigte gerieten nach und nach ins Fadenkreuz der Polizei. Penelope wusste, dass inzwischen gegen über hundert Leute ermittelt wurde. Auch gegen Claire und Georg. Allerdings waren sie bisher noch nicht in Untersuchungshaft genommen worden.

»In drei Tagen werde ich entlassen«, sagte Falk in ihre Gedanken hinein. Und es war in diesem Moment, als ihr bewusst wurde, dass sie seit jener Nacht im Wald kein einziges Mal darüber gesprochen hatten, was sie, Penelope, getan hatte. Über manches hatten sie gesprochen. Aber nicht darüber, was für einen ungeheuerlichen Vertrauensbruch sie begangen hatte. Dass sie in Abadis Praxis eingebrochen war und seine Patientenakte an sich gebracht hatte. Vielleicht weil die Ereignisse in und nach Trīs Liepas sie beide vor sich hergetrieben hatten. Und seitdem kaum ein Tag vergangen war, an dem sie es nicht mit neuen – ebenso ungeheuerlichen – Wahrheiten zu tun gehabt hatten.

Penelope betrachtete sein blasses Gesicht. Zum ersten Mal bemerkte sie die Falten in seinen Wangen, unter den Augen. Er isst nicht genug, dachte sie und fühlte plötzlich eine Rührung in sich, ein Gefühl, das sie so nicht kannte. Barscher als beabsichtigt fragte sie: »Ist das nicht zu früh?«, nur um dieses Brüchige in ihrer Stimme zu bekämpfen. In Wirklichkeit hatte sie etwas anderes sagen wollen, etwas anderes fragen. Sie hörte nur mit halbem Ohr zu, als er mit diesem schiefen, ihr so vertrauten Lächeln antwortete: »Als Möbelpacker werde ich nicht gleich wieder arbeiten können.«

Flüchtig erwiderte sie sein Lächeln. Und während ihr Blick über sein Gesicht glitt, beschloss sie, es hier und jetzt hinter sich zu bringen. »Wirst du mir das je verzeihen können?«, fragte sie.

Im ersten Moment stutzte er. Doch gleich darauf, schon in der nächsten Sekunde, sah sie, dass er verstand. Und auch *das* rührte sie. Diese Vertrautheit, die zwischen ihnen schwang. Als er nicht gleich antwortete, hielt sie den Atem an. Der Moment dehnte sich zur Ewigkeit. Sie war versucht, etwas hinterherschicken, eine Rechtfertigung, wollte sagen: *Du weißt, dass ich das tun musste. Für sie.* Aber sie tat es nicht, hielt das Schweigen irgendwie aus. Bis er plötzlich die Augen schloss. Als er sie wieder öffnete, sah sie, dass ihm eine Träne über die Wange lief.

»Das fragst *du mich*?« Er klang auf einmal gepresst. Als hätte er Mühe, die Worte herauszubekommen. Sie sah, wie er schluckte und sich dann mit einer ungeduldigen Bewegung mit dem Schlafanzugärmel übers Gesicht fuhr. »Meine Familie ist schuld, dass du keine Mutter mehr hast.«

Entgeistert sah sie ihn an. *Das denkst du?*, hätte sie ihn am liebsten gefragt und dann hinzugefügt, dass jetzt niemand mehr in Sippenhaft genommen werden würde. Aber sie tat es nicht. Stattdessen sagte sie: »DU hast nichts getan. DU bist genauso ein Opfer wie ich.«

Er hielt still. Sah sie nur an, mit diesem angespannten Gesichtsausdruck. Und fragte plötzlich: »Was hast du gedacht, als du das bei Abadi gehört hast? Hast du geglaubt, ich war's?«

Eindringlich sagte Penelope: »Ich hab das nie geglaubt.«

»Aber du hast es nicht *wissen* können.«

Da nahm sie sein Gesicht in ihre Hände. »Etwas in mir hat gewusst, dass du es nicht warst.«

So saßen sie da und sahen sich an, bis Penelope die Hände sinken ließ, sich vorsichtig an ihn schmiegte und leise fragte: »Wie geht es denn jetzt weiter?«

»Ich kann dahin nicht mehr zurück.«

»Lass uns erst mal wegfahren. Ein bisschen Abstand gewinnen. Bis wir wissen, was wir wollen.«

»Wie wär's mit ein paar Tagen in den Bergen?« Falks Ton klang fast verschmitzt.

Sie bog den Kopf zurück, sah ihn an. »Du bist scharf auf 'ne weitere Skitour?«

Er verzog das Gesicht. »Jederzeit.«

Sie lachte. Und dann sagte sie: »Wie wär's mit einem alten Försterhaus im Allgäu? Ich kenne da zwei nette ältere Leute, die sich freuen würden, dich kennenzulernen.«

Penelope sah, wie er Mühe hatte, seine Rührung nicht zu zeigen.

»Das klingt nach einer guten Idee«, sagte er, und seine Stimme klang ein wenig rau. Dann streckte er den unverletzten Arm aus und zog sie zu sich heran und küsste sie.

»Dann werde ich morgen noch mal nach Zehlendorf fahren und ein paar Sachen für uns zusammenpacken.«

Er sah sie forschend an. »Das musst du nicht. Ich kann mir auch was kaufen.«

»Sei nicht albern. Das kriege ich schon hin.«

Seit den Ereignissen in Trīs Liepas hatte Penelope ihre Schwiegereltern nur noch zweimal gesehen: das eine Mal nach ihrer Aussage bei der Staatsanwaltschaft, das zweite Mal bei Brammers Beerdigung. Claires Reaktion auf ihre wahre Identität war emotionslos gewesen. Im ersten Augenblick hatte sie ausgesehen wie neu gebootet, hatte dann aber mit schmalen Augen gesagt: »Ich wusste, dass mit dir was nicht stimmt.« Georg hingegen hatte sie angesehen, als sei sie eine Erscheinung. Verstört und sprachlos hatte er nach der Lehne des braunen Ledersofas getastet, bevor er darauf niedersank. Er wirkte, als habe ihn alle Kraft für immer verlassen. Und in der nächsten Sekunde war etwas in Penelopes Gedächtnis aufgeblitzt, das Falk ihr in jener Nacht in Trīs Liepas um die Ohren gehauen hatte. Dass er es für möglich hielt, dass Georg ihre Mutter in einem Wald bei Monte Cassino erschossen haben könnte. *Damit die Hunde für dich den Rest erledigen.* Das waren seine Worte gewesen. Aber das war ja unmöglich. Denn ihre Mutter hatte doch noch am Nachmittag ihres Verschwindens mit Georg in Washington telefoniert. Oder etwa nicht? War er das gar nicht gewesen? Schließlich hatte Taisija das Gespräch ja nicht mit angehört.

Jedenfalls hatte sie Georg in diesem psychischen Ausnahmezustand angestarrt und ihm gesagt: »Ich weiß, dass du es warst.«

Als Penelope nun vor dem automatischen Tor stand und dabei zusah, wie es aufglitt, war sie sich nicht mehr so sicher. In den vergangenen Tagen hatte sie, auf sich selbst zurückgeworfen, unendlich viel Zeit zum Nachdenken gehabt und war zu dem Schluss gekommen, dass ihre Mutter irgendwo in Trīs Liepas geblieben sein musste. Irgendetwas war geschehen, sodass sie noch ein letztes Mal dorthin gefahren war. Hatte es schon damals diese Umtriebe gegeben und sie hatte davon Wind bekommen? War es möglich, dass ihre Mutter dort im Kaiserwald, in dem Haus oder auf dem Grundstück, etwas entdeckt hatte, was sie nach Trīs Liepas hatte fahren lassen? Aber was hätte das gewesen sein können?

Penelope stieg aus dem Wagen und betrat die Villa durch den Seiteneingang. Sie hatte keine Lust auf eine erneute Konfrontation, weder mit Claire noch mit Georg.

Das Weiße Haus empfing sie in gewohnter Stille. Es fühlte sich unwirklich an, dass sie hier je gelebt hatte, wenngleich in dem permanenten Bewusstsein, dass das nicht von Dauer wäre. Sie holte zwei Koffer aus dem Hauswirtschaftsraum und ging ins Ankleidezimmer, wo sie die Einbauschränke öffnete und zu packen begann. Es waren kaum fünf Minuten vergangen, als ein Geräusch hinter ihr sie herumfahren ließ. Da stand er in der Tür, in Mantel und Schal, die Autoschlüssel in der Hand.

»Georg«, sagte sie und sah ihm offen ins Gesicht, mit leicht erhobenem Kinn.

»Penelope«, erwiderte er, als käme ihm ihr Name das erste Mal über die Lippen in einem Ton, der beinahe fragend war. Auch sein Blick hatte etwas Fragendes.

»Du packst also«, fuhr er fort, das Offensichtliche kommentierend.

Penelope ging nicht auf die Bemerkung ein und fuhr stattdessen mit Packen fort.

Doch Georg schien offensichtlich das Gespräch zu suchen. Denn nun sagte er: »Ich nehme an, ihr werdet fortan woanders wohnen?«

Penelope drehte sich zu ihm um: »Diesen ganzen Mist, den ihr da finanziert habt ... Ihr wusstet, was das für Typen sind, nicht wahr?«

Georg antwortete nicht gleich. Erst nach einer Weile sagte er leise: »Wir wussten nicht, dass sie so weit gehen würden.«

»Aber dass das keine harmlosen Ökos waren, das wusstet ihr schon?«

Georg holte tief Luft, bevor er sagte: »Dieses Land steht vor dem Abgrund. Das musst du doch sehen. Dass sich hier was ändern muss.«

Penelope drehte sich wieder dem Schrank zu und begann, Hemden vom Bügel zu nehmen und sie in kleine Pakete zu falten, mit akkuraten und geübten Bewegungen.

»Gelernt ist gelernt«, sagte Georg mit einem schiefen Lächeln. Und fuhr dann fort: »Mit dir hätten wir was verändern können.«

Penelope fuhr wütend herum. »Menschen sind gestorben!«, sagte sie und musste sich zusammenreißen, nicht loszubrüllen. »Deine Siedler sind mit einem Lkw über Leute gefahren, sie haben Menschen in die Luft gejagt. Sie haben versucht, deinen eigenen Sohn zu töten!«

»Ja, das war schrecklich!«, erwiderte Georg nun.

Penelope atmete tief ein und wieder aus. Dann fuhr sie fort, schneller nun, warf die Sachen achtlos in die beiden Koffer, knallte die Deckel zu.

»Ich muss los«, sagte sie und wollte an Georg vorbei.

Aber er stellte sich ihr in den Weg und sagte: »Ich wollte deine Mutter heiraten.«

Penelope erstarrte in ihrer Bewegung. Einen Moment lang stand sie so da, völlig reglos, und stellte dann wie in Zeitlupe die Koffer ab.

»Und warum hast du es dann nicht getan?«

»Weil sie es nicht gewollt hat, verstehst du das denn nicht?«

Penelope sah ihn an, sein Gesicht, auf dem plötzlich eine unverstellte Verzweiflung erkennbar war. Doch sie erwiderte: »Da hab ich aber etwas anderes gehört! Sie hat dich geliebt, sie wollte mit dir ein neues Leben beginnen! Warum also hätte sie einen Rückzieher machen sollen?«

Ein anderer Ausdruck, den Penelope nicht deuten konnte, trat in sein Gesicht. Es dauerte einige Sekunden, bis er antwortete: »Kannst du dir das nicht denken?«

»Was? Nein … Was soll das gewesen sein?«

»Du!«, sagte er. »Sie wollte dir das nicht zumuten. Eine Scheidung und alles, was damit verbunden war.«

»Aber die Ehe meiner Eltern war längst am Ende! Da gab es nichts mehr aufzuhalten.«

Auf einmal wirkte er ganz mutlos. Langsam schüttelte er den Kopf und sagte leise: »Sie wollte nicht mehr. Sie hat sich von mir getrennt. Und das war auch der Grund, warum ich mich dann um eine schnellstmögliche Versetzung bemüht hatte.«

»Und dann habt ihr einfach so weitergemacht, du und Claire? Als wäre nichts geschehen?«

Er zuckte die Achseln. »So war das eben.«

Da tat Penelope einen Schritt auf ihn zu und sagte: »Weißt du denn nicht, wo sie zuletzt gesehen wurde, an Ostern 1998, bevor sie verschwand?«

Sein Blick schien vollkommen arglos, als er antwortete: »Nein, wo soll das gewesen sein?«

»Im Kaiserwald. In eurem Haus.«

Er wirkte ehrlich verblüfft. »Das kann nicht sein. Da war ja niemand mehr.«

Sie tat noch einen Schritt auf Georg zu. »Dort nicht«, sagte Penelope. »Aber in Trīs Liepas, nicht wahr?«

8.

Als er erwachte, stand dichter Nebel vor dem Fenster, und das Zimmer schien von grauem Licht erfüllt. Falk brauchte einen Moment, um sich zu erinnern: Er lag in Penelopes Bett in ihrem ehemaligen Jugendzimmer. An diesem Schreibtisch vor dem Fenster hatte sie gesessen und ihre Hausaufgaben gemacht. Und die Vorhänge mit den Sonnenblumen darauf waren die Vorhänge, die sie als Kind gesehen hatte, wenn sie erwachte, vielleicht in der Hoffnung, an diesem Tag ihre Mutter wiederzufinden.

Sie waren gestern Nachmittag angekommen und hatten eigentlich in ein Hotel gehen wollen, doch dann hatten sie Kaffee getrunken und danach zu Abend gegessen, und als es dann schon nach zehn gewesen war, hatte Penelopes Oma sie gedrängt, doch diese eine Nacht hierzubleiben. »Ihr könnt euch ja morgen immer noch ein Hotel suchen«, hatte sie gesagt. Und dass Falk doch sicher froh sei, jetzt nicht wieder auf die Straße zu müssen. Und Falk hatte nicht den Mut gehabt zu widersprechen. Denn Penelopes Oma war eine so reizende Dame, dass er es sich auf keinen Fall mit ihr verscherzen wollte. Der Opa hingegen schien ihn nicht zu mögen. Genauso wenig wie der Rauhaardackel, der bei ihrer Ankunft wie ein Rasender gekläfft hatte.

Er machte eine ungeschickte Bewegung und sog die Luft ein: Da war wieder der Schmerz in seiner Schulter, dort, wo die Kugel eingedrungen war. Wann würde er sich endlich daran gewöhnen, keine hektischen Bewegungen mehr zu machen?

»Bist du wach?«, hörte er eine Stimme rechts neben sich flüstern. Penelope, die auf der Isomatte auf dem Boden neben ihm campierte.

»Rück mal ein bisschen«, sagte sie kurz darauf und schlüpfte zu ihm unter die Decke.

So lagen sie einen Augenblick nebeneinander wie zwei Pennäler aus dem letzten Jahrhundert, bis Penelope sich vorsichtig an ihn schmiegte.

»Hast du Schmerzen?«, fragte sie.

»Geht so«, sagte er. »Habe eine dumme Bewegung gemacht.«

»Und wie hast du geschlafen?«

»Ganz o. k.«, log er. Und fügte dann rasch hinzu: »Aber lass uns nach dem Frühstück ein Hotel suchen.«

»Ja«, sagte sie. Und musste plötzlich lachen.

»Was ist?«, fragte er.

»Nichts, nichts ...«

»Wenn ich dreißig Jahre jünger wäre, würde ich sagen, dass das hier *cringe* ist ... und das gestern Abend auch.«

»Was meinst du, wir hier im Jugendzimmer ... oder wie der Opa sich benommen hat.«

»Ich würde sagen, beides.«

»Du musst ihm das nachsehen. Er wirkt etwas barsch. Aber er ist ein herzensguter Mensch.«

Der das bestens zu verbergen weiß, dachte Falk, sagte aber nichts. Auch dieser Besuch hier würde zu Ende gehen. Und dann würden sie beginnen, sich ihr eigenes Leben aufzubauen. Ohne die Gespenster der Vergangenheit. Ohne Verbindungen zu Menschen, die ihnen so viel Schmerzen zugefügt hatten.

Er drehte sich auf die Seite, sah sie an. »Wo möchtest du eigentlich leben?«, fragte er unvermittelt. »Wenn all das hier vorbei ist. Unsere Zeugenaussagen, der Prozess ...«

Ihr Gesicht dicht vor seinem, antwortete sie: »Ich ... weiß es nicht. Es kommt mir wie eine Ewigkeit vor, dass ich raus bin aus ... dem normalen Leben. Und irgendwie ...« Sie verstummte.

»Irgendwie?«

»Es ist so vieles passiert. Unsere Geschichte. Riga. All die Menschen, die umgekommen sind. Diese furchtbaren Anschläge ... Das alles ist ... ist so grauenhaft. Ich weiß gar nicht mehr, was ich mir unter einem normalen Leben vorstellen kann.« Sie machte eine Pause, schien nach Worten zu suchen. »Und obwohl so vieles geschehen ist, das ich noch lange nicht verarbeitet habe, ist es für mich so … also ich bin im Grunde noch immer dort, wo ich vorher war. Auf der Suche.« Ihre Stimme klang müde und ungewohnt resigniert.

In dem Moment klingelte Falks Smartphone.

Penelope schlüpfte aus dem Bett und reichte es ihm. Ein Blick aufs Display zeigte, dass es Fritz Martens war, der Ermittler, den er mit der Suche nach Xenia beauftragt hatte. Seine Miene musste ihn verraten haben, denn Penelope sah ihn nun aufmerksam an.

»Prokhoff«, sagte Falk.

Und Martens sagte: »Ich habe sie gefunden. Sie lebt in Zapallar. Das ist ein kleiner Ort in Chile.«

9.

Das Haus musste irgendwo oberhalb sein. Penelope stellte den Motor aus und beugte sich vor Richtung Windschutzscheibe und blickte auf eine Treppe aus dicken Natursteinquadern, die sich in einer Art Dschungel aus Palmen und Mispelbäumen verlor. Eine Hausnummer war nicht zu sehen.

Sie stieg aus und sah sich um. Die Straße war bis auf einen träge in der Sonne dösenden Hund leer, und außer dem Rauschen der Brandung tief unter ihr war nichts zu hören. Penelope atmete die salzige Luft ein und steuerte die Stufen an, die zum Haus hinaufführten. Nach ein paar Windungen ging die Treppe in einen gepflasterten Fußweg über, der weiter bergan führte. Penelope spürte ihren Herzschlag in der Kehle. Wenn Martens richtig recherchiert hatte, dann würde sie gleich Xenia gegenüberstehen, der Frau, die Ostern 1998 mit Claire in Trīs Liepas gewesen war. Der Frau, die *Kaiserwald I* geschrieben und in ihrem Buch die Geheimnisse vieler Menschen ans Tageslicht gezerrt hatte.

Der Urwald endete abrupt und gab den Blick frei auf einen wilden Garten mit Agaven und Olivenbäumen und ein Natursteinhaus mit großen Holzfenstern. Aufgeregt ging sie auf eine Doppelflügeltür aus Holz und Glas zu, über deren Scheiben sich schmiedeeiserne Ranken zogen, die wohl nicht nur der Zierde dienten. Erst jetzt entdeckte sie die vielen Kameras, die jeden Winkel vor dem Haus zu erfassen schienen. Doch bevor sie noch auf den Klingelknopf drücken konnte, ging die Tür auf, und eine zierliche Frau stand da, barfuß, in einem weißen Leinenkleid, die Dreads hoch aufgetürmt zu einer regelrecht königlichen Frisur. Xenia.

Sie sahen sich in die Augen, und Penelope wusste, noch bevor ein einziges Wort gesprochen war, dass Xenia wusste, wer sie war. Sie sah, wie Xenia einen Schritt zurücktat, im Wiedererkennen, und schließlich die Arme sinken ließ, in einer hilflosen Geste.

»Du«, flüsterte sie, und ihre Stimme klang heiser.

»Dann erkennst du mich also.«

Xenia nickte langsam. »Irgendwie habe ich auf dich gewartet.«

Penelope Augen weiteten sich. »Du hast … auf mich gewartet? Aber …« Dann begriff sie.

»*Du* hast mir den Brief geschrieben«, sagte Penelope, und es war keine Frage.

Xenia sah Penelope tief in die Augen. Dann trat sie einen Schritt zur Seite.

»Komm rein. Ich glaube, wir haben viel zu besprechen.«

Xenia schloss die Haustür hinter Penelope und verriegelte sie sorgfältig, was Penelope im ersten Moment irritierte.

Xenia schien ihre Beunruhigung zu bemerken. Sie zuckte die Achseln und sagte: »Wir sind hier nicht in Deutschland.«

Penelope folgte Xenia über eine kurze Treppe nach unten in ein Wohnzimmer, dessen Wände – genau wie die Außenmauern des Hauses – aus groben Natursteinen bestanden. In der Mitte stand ein überdimensionales Sofa aus braunem Leder, davor ein grob gezimmerter Tisch aus Massivholz. Rechterhand befand sich ein Esszimmer, das im gleichen natürlichen Stil möbliert war. Alle Möbel sahen irgendwie selbst gebaut aus. Die beiden Räume waren durch einen verglasten Durchgang miteinander verbunden. Über die gesamte Breite des Hauses verlief eine Fensterfront von der Decke bis zum Boden. Davor eine überdachte Terrasse aus verwittertem Holz. Und darunter der Pazifik.

Penelope trat ans Fenster und sah auf die endlose Fläche des Ozeans, auf weiße Schaumkronen und eine wilde Brandung, die gegen eine felsige Küste donnerte. Das Wetter musste sich in der letzten Viertelstunde verändert haben. Die freundliche, sonnengetränkte Urlaubsatmosphäre war einem bleigrauen Himmel gewichen.

»Darf ich dir etwas anbieten? Vielleicht einen Tee?«

Penelope drehte sich um, nickte. »Ja. Ein Tee wäre schön.«

Xenia deutete auf die Sitzgarnitur. Ihre Stimme klang spröde, steif, ihre Bewegungen sahen eckig aus, als sie Penelope einen Platz anbot: »Ich bin gleich zurück.«

Penelope ging auf die braune Sitzgarnitur zu und ließ sich nieder. Der Raum war spärlich dekoriert, nur hier und da standen einige wenige Skulpturen herum, aus Holz und Metall, ein geschnitztes Flusspferd, afrikanisch anmutende Masken. An der größten Wand hing ein einziges, vielleicht drei Meter langes Bild, das eine schmutzig weiße Fläche zeigte, auf dem ein winziges Strichmännchen mit erhobenen Händen zu sehen war.

Xenia kehrte zurück und balancierte ein Tablett mit braunen Teeschalen, einer dunkelgrünen Teekanne und einem Teller Gebäck vor sich her.

»Lass uns nach draußen gehen«, sagte sie und führte Penelope an den Rand des Grundstücks, dorthin, wo zwei verwitterte Plastikstühle unter einer Palme standen.

Während Xenia das Tablett auf einem grob behauenen Holzklotz abstellte und Tee einschenkte, überkam Penelope plötzlich ein so starkes Gefühl der Unwirklichkeit, dass sie blinzelte und einen Moment lang gar nicht verstand, was Xenia zu ihr sagte.

»... bist du auf mich gekommen?«

Penelope richtete ihren Blick auf Xenia. »Ich habe dein Buch gelesen. *Kaiserwald I.*«

Ohne den Blick von Penelope abzuwenden, setzte Xenia sich langsam hin. Ihre Bewegungen waren wie in Zeitlupe, fast so, als fürchtete sie, dass Penelope sie jeden Moment anspringen könnte. Sie blieb auf der Stuhlkante sitzen. Plötzlich sagte sie wie aus dem Nichts heraus: »Ich habe keinen Kontakt mehr zu meiner Familie. Schon seit Jahren nicht mehr.«

Penelope wartete darauf, dass noch etwas käme. Als Xenia weiter schwieg, nickte sie. »Ich weiß«, sagte sie. Und nach kurzem Zögern beschloss sie, Xenia reinen Wein einzuschenken, jetzt sofort all ihre Karten auf den Tisch zu legen. Sie hatte keine Lust mehr auf weitere Lügen.

»Dann weißt du auch noch nicht, dass ich deinen Bruder geheiratet habe. Ich habe Falk geheiratet.«

Penelope sah, wie Xenia sie anblickte, entgeistert, so als habe sie sie in einer ihr völlig unverständlichen Sprache angesprochen.

Penelope begann zu erzählen. Wie sie nach Erhalt von Xenias Brief die Familie beobachtet hatte, wie sie sich an Falks Fersen geheftet hatte, wie sie eine andere Identität angenommen hatte, wie sie versucht hatte, ihn kennenzulernen, im Ruderclub, wie das alles nicht funktioniert hatte und sie schließlich in einer Art Kurzschlussreaktion in seinen Wagen gecrasht war. Und wie die Dinge sich schließlich verselbstständigt hatten.

Während Penelopes Schilderung waren Xenias Augen immer größer geworden. Als sie bei den Ereignissen von Trīs Liepas angekommen war, hielt sie sich die Hand vor den Mund.

»Wie geht es Falk?«

»Er hat ziemliche Schmerzen, wenn er den Arm bewegt … Aber das wird wieder, die Ärzte sind zuversichtlich. Wir hoffen es.«

»Und du hast ihn gerettet?«

Penelope sagte nichts. Dachte an Brammer, den sie nicht hatte retten können. Als Xenia fortfuhr: »Du warst schon als Kind ein harter Brocken.«

Einen langen Augenblick sahen sie sich an. Dann griff Xenia nach ihrer Schale und nippte vorsichtig am Tee. Penelope tat es ihr gleich, hielt ihr Gesicht über den Becher und roch den Duft, irgendetwas nach Zitronengras und Heu. Einen Moment lang überkam sie wieder dieses Staunen darüber, dass sie jetzt tatsächlich hier saß, Tausende von Kilometern weit von Deutschland entfernt, auf einem anderen Kontinent, und Tee trank mit der verloren geglaubten Tochter.

Irgendwann sagte Xenia: »Mein ganzes Leben habe ich gegen diese Erinnerungen angekämpft. Zuerst habe ich *Kaiserwald I* geschrieben. Als sie das dann per einstweiliger Verfügung haben vom Markt nehmen lassen, habe ich versucht, das alles in meinen Bildern zu verarbeiten. Aber das hat es auch nicht besser gemacht. Vor fünf Jahren hab ich eine Therapie angefangen. Und weißt du, was meine Therapeutin irgendwann ganz untherapeutisch zu mir gesagt hat?« Sie blickte Penelope erwartungsvoll an, gab aber gleich selbst die Antwort: »Sie werden das nie los, wenn Sie es nicht bereinigen. Sie müssen zur Polizei gehen!« Wieder machte Xenia eine Pause, griff nach der Teeschale, so als würde diese Zeremonie ihren Gedanken Halt geben. Und so war es vielleicht ja auch. Denn kurz darauf richtete sie sich auf und sagte mit fester Stimme: »Aber das konnte ich ja nicht. Deshalb habe ich dir den Brief geschrieben. Damit du das machen kannst.«

Sie erhob sich langsam, machte Penelope ein Zeichen, ihre Tasse leer zu trinken, und schenkte beiden nach. Nachdem sie sich wieder gesetzt hatte, griff sie sofort wieder nach ihrer Tasse, so als müsste sie sich daran festhalten. Penelope betrachtete die weiß gekleidete Frau mit ihrer königlichen Frisur, die aussah, als käme sie direkt von einem Yoga Retreat aus Goa oder aus dem neuesten Teil von *Star Wars*. Penelope sah, wie sie einen Moment die Augen schloss, bevor sie sich vorbeugte, die Tasse abstellte und zu sprechen begann: »Meine halbe Kindheit über war ich in Internaten. Bis zu dem Zeitpunkt, als wir nach Riga zogen. Du kannst dir nicht vorstellen, wie das für mich war. Einerseits hatte ich Todesangst davor, in eine neue Schule zu gehen. Andererseits war ich glücklich, dass wir alle endlich zusammenleben sollten, wir alle an einem Ort. Meine Eltern hatten immer ihr Ding gemacht, seit ich denken konnte. Vielleicht war das der Grund, dass meine Brüder, na ja, aus dem Ruder gelaufen sind. Niemand hat sich je ernsthaft für sie interessiert. Mein Vater war mit seinem Beruf verheiratet, und wenn er nicht im Büro war, dann auf irgendwelchen Empfängen. Und meine Mutter hat sich eigentlich, soweit ich das beurteilen kann, nur für sich selbst interessiert. Das war bis zu dem Zeitpunkt, als mein Großvater starb, der Vater meiner Mutter. Du musst wissen, dass mein Großvater irrsinnig reich war, er hat so eine Art Immobilien-Imperium aufgebaut. Aber das weißt du wahrscheinlich längst.«

Penelope beobachtete Xenia, wie sie die Hände auf die vom Wind und der salzigen Seeluft aufgerauten Lehnen der Plastikstühle legte und dann fortfuhr: »Nach dem Tod meines Opas veränderte sich meine Mutter. Sie war das einzige Kind und plötzlich verantwortlich für dieses riesige Firmenimperium. Jedenfalls hat sie sich da total reingekniet und gar nichts anderes mehr wahrgenommen, auch uns nicht. Aber zu der Zeit waren wir Kinder ja alle in Internaten untergebracht, haben es also gar nicht richtig mitbekommen. Und in den Ferien waren wir dann ständig in irgendwelchen Jugendcamps, na ja. Aber ich will hier nicht das große Klagelied singen, die armen, superreichen Kinder, wie traurig!«

Xenia verzog das Gesicht zu einem Lächeln. Penelope musste an Falk denken, der haargenau die gleichen Worte verwendet hatte.

»Dann habt ihr Kinder euch bestimmt nahegestanden? Oder nicht? Meist schweißt so etwas doch zusammen …«

Einen Moment lang schien Xenia verblüfft über diesen Einwurf, so als sei ihr dieser Gedanke noch nie zuvor gekommen. Doch dann schüttelte sie langsam den Kopf.

»Als wir damals in Riga ankamen, war unsere Familie am Ende. Und trotzdem hatte ich die Hoffnung, dass jetzt alles gut werden würde. Weißt du, um die Ehe meiner Eltern stand es nicht besonders gut. Mein Vater hatte ständig irgendwelche Affären. Aber dann waren meine Brüder mal wieder von der Schule geflogen, und kein Internat wollte sie mehr aufnehmen. Riga sollte so eine Art Neustart für uns sein. Gezwungenermaßen.«

Sie lachte, und es klang bitter. »Aber ich habe trotzdem daran geglaubt. Und dann hat mein Vater was mit deiner Mutter angefangen. Ich wollte es nicht wahrhaben. Nicht dass ich es meinem Vater nicht zugetraut hätte. Aber dass deine Mutter auf ihn hereingefallen war, das war für mich völlig unverständlich.«

»Das hast du in deinem Buch nicht erwähnt.«

»Es gibt noch viel mehr, was ich in meinem Buch nicht erwähnt habe. Ich hatte ja vor, noch einen zweiten Teil zu schreiben.«

»Aber das hast du nicht.«

»Nein.« Jetzt wandte Xenia den Blick ab. Es dauerte ein paar Sekunden, in denen sie mit sich zu ringen schien. Und dann sagte sie: »Es war Tristan, der Alise getötet hat.«

Penelope war auf diese schockierenden Worte nicht vorbereitet gewesen. Mit angehaltenem Atem sah sie Xenia an. Dann fuhr sie fort: »Das habe ich alles erst später erfahren, da waren wir schon längst in den USA. Eines Abends haben meine Eltern sich so schlimm gestritten, dass ich dachte, sie würden aufeinander losgehen. Und da habe ich es gehört: Tristan hat Alise getötet. An dem Abend der Vernissage war das … Es gab da einen Riesenstreit … nachdem ich gesagt hatte, dass ich Alise nachts aus dem Zelt meines Vaters hab kommen sehen. Da ist Tristan total ausgerastet und wie ein Irrer losgestürmt. Ich weiß nicht, ob er sie erwürgt hat … oder ertränkt. Ich weiß nur, dass meine Eltern ihre Leiche dann in ein Boot gepackt und weggefahren haben. Sie haben sie einfach irgendwo ans Ufer gelegt.«

Penelope konnte den Aufruhr, den Xenias Gedanken noch immer in ihr stifteten, spüren, diese ferne Vergangenheit, die in diesem Moment wieder ganz präsent war. Und plötzlich deckte sich das Bild, das sie vor sich hatte, mit Falks Erinnerungen: das tote Mädchen, das an einem Seeufer im Regen lag. Also war er es nicht gewesen.

Er hatte es nicht getan.

Penelope spürte einen massiven Druck in ihrem Brustkorb, ein Gefühl zwischen Grauen und Erleichterung, als Xenia schon weitersprach: »Und dann kam der Tag, an dem ich erfuhr, dass deine Mutter verschwunden war.« Penelope sah, wie Xenia ein- und wieder ausatmete, so als müsste sie sich für das, was nun käme, sammeln. Ihre Stimme klang belegt, als sie fortfuhr: »Zu dem Zeitpunkt waren wir längst in den USA. Und da hab ich in den Sommerferien meine Freundin Ella wiedergesehen, sie war ja Amerikanerin, aber immer noch in Riga auf der Schule. Ihr Vater war der Botschafter dort. Jedenfalls war die Familie in den Ferien auf Heimaturlaub in Washington, und da haben wir uns getroffen. Und dann erzählt sie mir plötzlich, dass unsere Deutschlehrerin … also deine Mutter … nach Ostern nicht mehr in die Schule kam, dass sie verschwunden war. Du kannst dir nicht vorstellen, was das für ein Schock für mich war! Ich weiß noch, dass ich direkt ein ganz schlechtes Gefühl hatte und sofort daran dachte, dass wir, also meine Mutter und ich, ja gerade in Lettland waren, keine zwei Autostunden von Riga entfernt, als sie verschwand.«

Xenia richtete ihren Blick jetzt wieder auf Penelope. In ihren Augen stand das blanke Entsetzen. Und dann sagte sie, was Penelope inzwischen schon wusste: »Ich hab das dann viele Jahre verdrängt. Bis nach dem Abitur. Das war wohl der reine Selbstschutz. Weil ich wusste, dass ich bis dahin noch durchhalten muss.« Plötzlich stutzte sie. »Du weißt es schon?«

Penelope starrte Xenia an. Und obwohl die Frau älter war als sie, kam sie ihr mit einem Mal wie ein Kind vor oder wie ein kleines, in die Enge getriebenes Tier. Langsam nickte Penelope: »Ich weiß inzwischen, dass ihr, du und deine Mutter, an Ostern in Trīs Liepas wart.«

Jetzt nickte auch Xenia. »Ja«, sagte sie. »Und sie hat mich dort tagelang allein gelassen.«

Penelope verstand nicht gleich. »Wie meinst du das, sie hat dich dort allein gelassen? Aber war sie denn nicht dort, um dieses Osterfeuer anzuzünden?«

»Na ja ... Es war so: Am Gründonnerstag ist sie plötzlich einfach verschwunden. Und kam erst Sonntagabend zurück. Ich habe dort auf sie gewartet, in diesem Kaff, und ich weiß bis heute nicht, was sie in der Zwischenzeit getrieben hat.«

»Aber sie muss dir doch etwas gesagt haben?«

»Oh ja, das hat sie. Ein wichtiger Immobilien-Deal. Und am Ostersamstag hab ich das Feuer für sie entzündet.«

Penelope runzelte verwirrt die Stirn. »Aber ... die Fotogalerie ... die Bilder sind doch lückenlos. Oder nicht?«

»Klar sind sie das. Sie haben dann einfach ein anderes Foto von ihr genommen, es an die Wand gehängt und mit dem falschen Datum versehen.«

»Aber haben sie sich denn nicht gewundert, dass sie nicht kam? Und woher stammt dann das Osterfeuerfoto mit ihr von 1998?«

Xenia zuckte die Achseln. »Aus irgendeinem anderen Jahr. Ich denke, die wollten nur, dass ihre Galerie lückenlos ist, glaube ich.«

Penelope blickte hinaus auf den Ozean, der inzwischen dunkelgrau geworden war. Fast tonlos sagte sie: »An jenem Karsamstag war meine Mutter in dem Haus im Kaiserwald. Dafür gibt es einen Zeugen. Aber dieser Zeuge hat auch gesehen, wie sie das Haus wieder verlassen hat. Wo ist sie danach hingefahren?« Und dann sprach sie den Gedanken aus, den sie nicht länger unterdrücken konnte: »Nach Trīs Liepas?«

Xenia schüttelte langsam den Kopf. »Ich weiß es nicht. Ich habe sie dort jedenfalls nicht gesehen. Ich weiß nur, dass ich irgendwann nicht mehr aufhören konnte, darüber nachzudenken. Das war wie ein Zwang. Ich wusste ja jetzt, dass meine Eltern den Mord an Alise vertuscht hatten. Ich wusste auch, dass mein Vater und deine Mutter eine Beziehung hatten. Und dass es was Ernstes gewesen war. Irgendwann hab ich meine Eltern über Scheidung reden hören. Aber dann war davon nie mehr die Rede. Ich glaube einfach, dass deine Mutter das mit Alise irgendwie herausbekommen hat, vielleicht hat mein Vater es auch einfach nicht mehr ausgehalten und ihr alles gesagt.«

Da erhob Xenia sich abrupt und ging nach drinnen. Was hatte sie vor? Nach endlosen Minuten stand Penelope auf und trat an das Geländer, wo tief unter ihr der Ozean an die Felsen donnerte. In dem Moment hörte sie hinter sich Schritte. Sie drehte sich rasch um und sah eine große Frau in verwaschenen Jeans und Cowboystiefeln auf sie zukommen, in jeder Hand eine Einkaufstasche. Im Näherkommen sah Penelope, dass die Frau auffallend hellblaue Augen hatte. Chelsea Applestein, dachte sie, Xenias amerikanische Lebensgefährtin, die in einem Artikel als international gefeierte Künstlerin bezeichnet worden war. Im Gegensatz zu Penelope schien Chelsea nicht zu wissen, wie sie Penelope einzuordnen hatte. Doch mit einem Mal flackerte etwas in ihrem Blick auf. In einem Tonfall, der erzwungen neutral, ja geradezu beherrscht wirkte, sagte Chelsea auf Englisch: »Sie sind das Mädchen mit der verschwundenen Mutter.«

»Ja«, antwortete Penelope ebenfalls auf Englisch. »Ich bin Penelope. Und Sie sind Chelsea.«

Chelsea musterte sie intensiv, so als wollte sie ihre Echtheit überprüfen.

»Warum sind Sie hier? Was wollen Sie von Xenia?«

Penelope musterte Chelsea nun ihrerseits. Das breite Gesicht, den skeptischen Blick aus diesen merkwürdig hellen Augen.

»Was ich will? Xenia hat mir einen Brief geschrieben. Deshalb bin ich hier.«

Da tat Chelsea einen Schritt auf sie zu.

»Hören Sie: Es tut mir leid, was mit Ihrer Mutter passiert ist. Aber bitte lassen Sie Xenia in Ruhe. Sie hat schon genug durchgemacht mit dieser Familie. Sie hat Jahre gebraucht, um das alles hinter sich zu lassen.«

Verblüfft trat Penelope einen Schritt zurück. Doch Chelsea folgte ihr. Mit gedämpfter Stimme, aber nicht weniger eindringlich sagte sie nun: »Xenia ist seit Jahren in Therapie, sie macht eine Psychoanalyse. Ich weiß nicht, ob Sie wissen, was das mit einem Menschen machen kann. Immer ging es um ihre gestörte Familie, diese Eltern, die Gott weiß was alles gemacht haben. Und jetzt, wo sie sich endlich erholt hat, wo sie den ganzen Mist endlich loszulassen beginnt, kommen Sie daher und wühlen alles wieder auf. Bitte gehen Sie. Gehen Sie sofort!«

»Chelsea!«

Nahezu gleichzeitig drehten Penelope und Chelsea sich um. Xenia stand in der geöffneten Terrassentür und sah zu ihnen hinaus. Sie trug etwas Schwarzes in der Hand, ein Heft oder eine Art Mappe, die sie fest umklammert hielt. Ihr Blick war voller Angst, wie Penelope fand, so als stünde sie vor einer schrecklichen, einer schicksalhaften Entscheidung.

»Was hast du vor?«, fragte Chelsea, und Penelope sah, dass Chelsea plötzlich begriff, was Xenia da in der Hand hielt. »Bist du dir sicher?«, rief sie Xenia zu. »Dann gibt es kein Zurück.«

Aber da hatte Xenia sich schon in Bewegung gesetzt. Mit einem merkwürdig entschlossenen, grimmigen Gesichtsausdruck ging sie auf Penelope zu und drückte ihr die Mappe in die Hand.

»Hier«, sagte sie. »Ich habe alles dokumentiert.«

Penelope öffnete die Mappe und blätterte durch eine Loseblattsammlung von Comic-Zeichnungen, Polaroids, handschriftlichen Skizzen, Listen. Ihr Blick blieb an einem düsteren Foto hängen, auf dem die Prokhoff'sche Villa im Kaiserwald zu sehen war. Mit belegter Stimme sagte sie schließlich: »Ich war kürzlich dort«, sagte sie.

»Weißt du, dass die Villa noch immer leer steht? Seitdem ihr damals ausgezogen wart …«

»Ach … wirklich?« Xenia sah sie verwundert an.

»Ja. Und dann habe ich herausgefunden«, fuhr Penelope fort, »dass ROD Immobilien das Haus gekauft hat, nachdem ihr ausgezogen wart.«

»Sie haben … das Haus gekauft?« Xenia sah Penelope verwundert an. Doch dann zuckte sie die Achseln. »Wahrscheinlich als Wertanlage. ROD hat damals viele Objekte im Osten aufgekauft.«

»Ja, das sollte man wohl denken. Wegen Wertsteigerung und so. Aber wenn das der Grund war, verstehe ich nicht, dass das Haus und das Grundstück so verwahrlost sind: kaputte Bretter vor den Fenstern. Die Farbe abgeblättert. Der Swimmingpool voller Dreck.«

»Ach ja … der Swimmingpool. Den wollte meine Mutter damals unbedingt haben. Aber gebadet haben wir darin nie.«

»Und warum nicht?«

»Der war noch im Bau, als wir Riga verlassen haben. Das ging ja alles ziemlich hopplahopp, mit dem Umzug nach Washington. Dabei hatten meine Eltern die Vermieter damals derart bearbeitet … Sie wollten diesen Pool unbedingt haben.« Xenia sah noch immer verwundert aus. Sie nahm Penelope das Foto der Villa aus der Hand, das diese immer noch hielt, und betrachtete es aufmerksam. Noch einmal schüttelte sie den Kopf. Sie gab Penelope das Bild zurück. Und dann geschah es. In dem Moment, als ihre Blicke sich trafen, stutzten beide. Penelopes Augen weiteten sich, und Xenia stieß einen erschrockenen Laut aus.

»Oh mein Gott«, flüsterte sie und schlug die Hände vor den Mund.

10.

Zwei Tage, nachdem die Erdarbeiten begonnen hatten, fanden sie die Knochen. Das schwere Gerät vom Vortag war inzwischen abgerückt. Die Arbeiter, die jetzt noch da waren, gingen vorsichtiger ans Werk, mit Pickeln und Schaufeln.

Es dämmerte schon, als einer der Arbeiter etwas in gebrochenem Englisch rief und mit den Armen wedelte. Penelope, die neben Falk am Rand des Swimmingpools stand und auf die drei Männer bei der Arbeit hinuntersah, spürte, wie die Worte sie zusammenzucken ließen. Dann sprang sie in das Becken, auf die aufgeworfene Erde. Die Betonstücke des Poolbodens waren längst abtransportiert worden, aufgetürmt am Rand des Gartens wie die gescheiterte Hoffnung.

Penelope sprang in die Grube und ging neben dem Mann in die Knie. Mit geweiteten Augen starrte sie auf die behandschuhten Hände des Mannes, die die lehmige Erde von etwas abstreiften, das wie ein Oberschenkelknochen aussah. Auch die anderen beiden Männer waren nun näher getreten und sahen zu, wie Penelope eine zitternde Hand ausstreckte und ihr Kollege in seiner Bewegung innehielt. Und es war jener Moment, den Penelope in seiner ganzen Tragweite erst später begreifen sollte: die wässrig blauen Augen des Mannes, in denen das Mitgefühl eine schreckliche Wahrheit erzählte; die klamme Kälte unter ihren Knien; die klebrige braune Erde auf dem grauen Knochen, der einmal ihre Mutter gewesen war. Falks Arme, die ihren Oberkörper umschlossen und sie hochzuziehen versuchten. Aber Penelope verharrte dort, die Finger fest um den Knochen geschlossen. Und dann kam Leben in sie: Sie befreite sich vollends aus Falks Umarmung, griff nach der Schaufel, die neben dem Mann auf dem Boden lag, und begann zu graben. Falk unternahm einen halbherzigen Versuch, sie davon abzuhalten, aber sie war nicht zu stoppen. Bis er energisch sagte: »Schluss jetzt, Penelope, das ist Sache der Polizei.« Dann nahm er ihr die Schaufel aus der Hand.

Sie sackte zusammen und blieb auf dem Boden sitzen, während sie ihre Hände in der kalten Erde vergrub.

11.

Die Polizei tauchte die Straße in ein zuckendes blau-weißes Licht. Nachdem Penelope und Falk ihre Personalien angegeben und ihre Aussagen gemacht hatten, bat Falk die Beamten um eine Decke für Penelope. Sie, die so gut wie niemals fror, bibberte vor Kälte. Und von der Erkenntnis, dass ihre Mutter den Kaiserwald niemals verlassen hatte.

»Wir gehen jetzt«, sagte Falk leicht gereizt zu dem Polizisten, der das Oberkommando innezuhaben schien und sie, so wie es aussah, nur widerwillig ziehen ließ.

»Ich muss Sie bitten, morgen aufs Polizeipräsidium zu kommen«, sagte der Polizist und drückte Falk eine Visitenkarte in die Hand.

Auf der Straße hatten sich Schaulustige versammelt. Ein Mann trat aus der Menge heraus auf sie zu und sagte: »Sie?«

Falk spürte, wie Penelope zusammenzuckte. Offensichtlich schien sie den Mann zu kennen. Denn sie blieb abrupt stehen und sagte auf Deutsch an Falk gewandt: »Das ist der Blockwart, von dem ich dir erzählt habe.« Falk hörte die Aggressivität in ihrer Stimme. Da herrschte sie den Mann auf Englisch an: »Sie haben mir gesagt, dass sie damals weggefahren ist!«

Verblüfft von der Schärfe in ihrer Stimme, schien der Mann einen Augenblick lang eingeschüchtert. Doch dann sagte er: »Sie *ist* weggefahren.«

Penelope baute sich vor ihm auf. Gefährlich leise sagte sie: »Wir haben gerade ihre Knochen ausgegraben.«

Der Mann riss die Augen auf. »Aber ich habe sie gesehen. Sie ist weggefahren. Nachdem Sie da waren, hab ich noch mal meine Aufzeichnungen durchgesehen. Ich habe alles archiviert, die gesamten letzten dreißig Jahre.« Und als würde er dadurch irgendetwas gutmachen können, nannte er Penelope ein Kennzeichen, das sie allem Anschein nach kannte.

»Das ist richtig. Das war ihr Kennzeichen.« Penelope zog sich die Decke von den Schultern, wobei sie den Mann keine Sekunde aus den Augen ließ. »Trotzdem müssen Sie sich irren.«

»Nein«, beharrte der Mann trotzig. »Ich irre mich nicht.«

Penelope fixierte ihn, als wollte sie ihn mit ihrem Blick aufspießen. Plötzlich flackerte etwas in ihren Augen.

»Sie haben zu mir gesagt, dass es spät war, als sie davonfuhr, zwischen elf und halb zwölf, das stimmt doch?«

Der Mann nickte. »Das habe ich gesagt.«

»Und dass Sie schon auf dem Weg ins Bett waren, schon Ihren Schlafanzug anhatten und deshalb nicht mehr rauswollten. Sie haben sie also von drinnen gesehen, von einem der Fenster aus.«

»Ja, habe ich.«

Penelopes Stimme klang nun gespenstisch ruhig, als sie sagte: »Sie haben mir gesagt, dass es an jenem Abend geregnet hat. Es war also dunkel, *und* es hat geregnet, und Sie haben sie nur von Weitem gesehen. Wie können Sie da so sicher sein, dass *sie* es war, die Sie gesehen haben?«

»Wer soll es denn sonst gewesen sein? Das war die gleiche Frau, die im rosa Mantel, die ...« Er verstummte abrupt.

»Was ist? Ist Ihnen vielleicht doch etwas eingefallen?«

Der Mann schien jetzt völlig aus dem Konzept gebracht. Er stand jetzt da und schüttelte den Kopf, als würde er direkt in die Vergangenheit blicken. Dann fuhr er mit stockender Stimme fort: »Ich habe gesehen, wie eine Frau in demselben rosa Mantel herauskam. Aber im Gegensatz zu vorher trug sie jetzt einen Schirm. Ihr Gesicht habe ich nicht gesehen, wenn es das ist, was Sie wissen wollten. Aber die Frau, die herauskam, war blond: Das weiß ich sicher. Denn ich habe ihr Haar gesehen.«

Epilog

1.

Ein letztes Mal ging er durchs Haus, sah sich um. All diese Dinge würde er niemals wiedersehen. Die Biedermeier-Möbel, die Gemälde, die prunkvollen Spiegel und Konsoltische und Designer-Lampen. Morgen kämen die Antiquitätenhändler und würden alles mitnehmen. Die Villa selbst war auch schon verkauft. Aber er war hier sowieso nie zu Hause gewesen. Eigentlich war er schon seit Jahren nirgends mehr zu Hause gewesen.

Im Salon blieb er stehen, nahm eines der Bilder zur Hand: seine Mutter mit Tristan, Xenia und ihm selbst. Makellos, dachte er. Wie die Familie, die sie nie gewesen waren. Auf einem anderen Foto er selbst als Dreijähriger mit Georg. Vage erinnerte er sich daran, wie er es geliebt hatte, wenn sein Vater ihn auf den Schultern getragen hatte oder ihn, da war er schon älter gewesen, beim Baden im Meer ins Wasser geschmissen hatte. Er erinnerte sich, dass er davon nie genug hatte bekommen können. Tatsächlich tauchte dieses Bild als Erstes auf, wenn er versuchte, sich an das Schöne in seiner Kindheit zu erinnern. Das und das Fangenspielen und das Feuermachen und das Würstchengrillen auf Dreilinden. Und seine Mutter? Welche schönen Erinnerungen hatte er an sie? Er nahm das Foto, das ganz hinten stand, zur Hand. Darauf zu sehen waren er mit seinen Geschwistern beim alljährlichen Kiefernzapfensammeln in der Adventszeit. Seine Mutter hatte daraus einen Wettbewerb gemacht. Für fünfzig abgelieferte Kiefernzapfen gab es einen Lebkuchenmann. Und da Süßigkeiten in ihrer frühen Kindheit eine Seltenheit gewesen waren, hatten sie gesammelt, was das Zeug hielt. Jahrelang war das Tradition gewesen, eigentlich seltsam, sie hatten auch dann noch gesammelt, als sie schon viel zu alt dafür waren. Aber etwas in ihnen hatte sich daran festgeklammert.

Er stellte das Bild weg. Ging weiter durch die Räume, wo seine Eltern gelebt hatten. Sie hatten ihn gebeten, das Haus zu verkaufen. Zuerst hatte er abgelehnt, hatte nichts damit zu tun haben wollen und ihnen gesagt, sie sollten einen ihrer Anwälte damit beauftragen. Aber sein Therapeut hatte zu bedenken gegeben, dass es ihm dabei helfen könnte, einen Schlussstrich zu ziehen. Und so hatte er eingewilligt.

Noch immer war es für ihn unbegreiflich, was seine Eltern getan hatten. Und dass sie nun im Gefängnis waren. Als sie einige Zeit nach Brammers Beerdigung im letzten Jahr verhaftet wurden, hatte dies ein Erdbeben und endlose Ermittlungen ausgelöst. Tristan hingegen hatte sich rechtzeitig ins Ausland abgesetzt.

Als Falk nach seinem Rundgang in der Diele ankam und sich ein letztes Mal umsah, fragte er sich kurz, ob etwas in ihm nicht gewusst hatte, was da lief. Worauf das alles hinauslief. Diese Fragen hatte er sich seitdem unzählige Male gestellt. Hatte in seinem Gedächtnis nach Erinnerungen gesiebt. Doch das, was letztlich hängenblieb, war unklar und vage, kleine Bruchstücke, die kein klares Bild ergaben. Ob es so bleiben würde? Das ganze restliche Leben ein blindes Tasten? Sein Therapeut plädierte dafür, die Lasten der Vergangenheit, wenn sie denn an die Oberfläche drängten, anzunehmen und weiterziehen zu lassen. Sich in diesen Momenten ganz auf das Jetzt zu konzentrieren und seine Banalität auseinanderzunehmen: wie sich das Licht in den Zweigen bricht, wie die Wolken sich vor die Sonne schieben oder nicht, wie der Wind sich auf der Haut anfühlt oder die Kälte. Er riet ihm, die Form jedes Augenblicks in seiner Besonderheit zu sehen. Ein esoterischer Ansatz, wie er fand. Aber er hatte auch keinen besseren. Und so versuchte er es damit und hoffte, dass sich die Welt irgendwann neu ordnen würde und sich eine Haut über alldem bilden würde. Denn immerhin hatte dieses ganze Drama ein Gutes: zu wissen, dass nicht er es war, der Alise getötet hatte.

Als Penelope ihm nach ihrer Rückkehr aus Chile Xenias Aufzeichnungen gezeigt hatte, jene Bilder, die Xenia im Nachgang zu *Kaiserwald I* gezeichnet hatte und aus denen nun der zweite Teil geworden war, hatte er vor Erleichterung und Dankbarkeit geweint. Nein, er hatte es nicht getan. Er hatte Alise nicht getötet. Er war nun frei. Zumindest so frei, wie man sein konnte, wenn der Bruder einen Mord begangen hatte und die eigenen Eltern diesen Mord vertuscht hatten. So frei, wie man sein konnte, wenn die eigene Mutter die Mutter der eigenen Ehefrau ermordet und unter einem Swimmingpool in Lettland verscharrt hatte. Und der eigene Vater das geahnt, aber nie etwas unternommen hatte.

Er löschte das Licht und zog die Tür hinter sich zu. Seine Schritte knirschten im Kies, als er auf den Landrover zuging, der in der Einfahrt auf ihn wartete. Das war's, dachte er plötzlich. Er würde dieses Haus nie mehr betreten.

»Alles klar?«, fragte Penelope und sah ihn forschend an.

»Ja«, sagte er nach einigem Zögern und merkte, dass er es tatsächlich so meinte.

Er spürte, wie eine Hand sich auf seine Schulter legte. Xenia, die auf dem Rücksitz saß. Er drehte sich zu ihr um, dankbar, legte seine Hand auf ihre.

»Irgendwann wird das nur noch eine ferne Erinnerung sein«, sagte Xenia, und an ihrer Stimme erkannte er, dass sie sich nichts mehr wünschte. Und das war es, was sie alle drei hier im Wagen einte: die Sehnsucht, dem kalten Hauch der Vergangenheit zu entkommen. Aber war das überhaupt je möglich? Er dachte an Penelopes Mutter, an Alise und Brammer und an Sieglinde König. Und an all die Menschen, die bei diesen entsetzlichen Anschlägen hatten sterben müssen. Er drehte sich zur Seite, sah hinüber zu Penelope, die am Steuer ihres geliebten Landrovers saß. Für sie würde es diese Gnade nicht geben, dachte er. Sie wird sich für immer an alles erinnern.

2.

Schon von Weitem sahen sie das festlich beleuchtete Schloss. Dreilinden, dachte Penelope. Und dass es sich ganz unwirklich anfühlte, nach alldem, was geschehen war, an diesen Ort zurückzukehren, wenngleich auch nur für die Dauer dieser Veranstaltung. Über dem Torbogen hing eine Lichtergirlande, und als Falk und sie hindurchgingen, lag vor ihnen der Schlosshof, der aus einem Meer aus Stühlen bestand. Als sie unter den mit Lichterketten behangenen Linden standen, sahen sie, dass im hinteren Bereich eine Bühne aufgebaut war. Dahinter eine Großbildleinwand mit dem Schriftzug *Dreilinden-Gedächtnis-Stiftung*. Links und rechts der Bühne hatten jede Menge Journalisten, Fotografen und Kameraleute Aufstellung bezogen.

Auf der Bühne entdeckten sie Xenia und Chelsea neben einem Mann in schwarzer Kluft, wahrscheinlich der Tontechniker, der zum Soundcheck angetreten war. Tatsächlich hörten sie kurz darauf Xenias Stimme, die »eins, zwei, drei« sagte. Und auch Xenia und Chelsea waren ganz in Schwarz gekleidet.

Als Xenia sie bemerkte, kam sie von der Bühne herunter und begrüßte sie mit einer Umarmung. Chelsea folgte ihr, wenngleich etwas zögerlich, mit jenem skeptischen Gesichtsausdruck, der zu ihr zu gehören schien. Spröde nickte sie ihnen zu und wandte sich dann ab.

»Wie fühlst du dich?«, fragte Falk seine Schwester. Sie schluckte.

»Geht so«, antwortete sie mit einem Blick auf die Kameras, die schon jetzt auf sie gerichtet waren. »Ich hasse so was.«

»Großartig, dass du es trotzdem machst.«

Neun Monate zuvor hatten Falk und Xenia mit ihrem Teil des Prokhoff'schen Vermögens die Dreilinden-Gedächtnis-Stiftung gegründet, die sich unter anderem um die Hinterbliebenen der Attentate kümmerte. Die heutige Veranstaltung würde mit einer Lesung aus Xenias zweiter Graphic Novel, *Sonnenwende*, beginnen. Es war die autobiografische und schonungslose Aufarbeitung ihres Lebens unter dem Einfluss der Verbrechen ihrer Eltern. Noch immer fiel es Penelope schwer, die Dimensionen der Taten ihrer Schwiegereltern zu begreifen. Sie hatte ihnen viel zugetraut, aber nicht, dass sie die Köpfe eines Terrornetzwerks waren und einen Staatsstreich geplant hatten, bei dem sie sich mit allen möglichen Leuten gemein gemacht hatten, mit Reichsbürgern und Querdenkern und Impfgegnern. Doch dann war das Ganze aus dem Ruder gelaufen, als Kappler und Bohnau auch noch Falk aus dem Weg räumen wollten. Weil dieser angefangen hatte, unbequeme Fragen zu stellen. Wirklich erschreckend aber fand Penelope, wer sich dieser verfassungsfeindlichen Bewegung alles angeschlossen hatte: Ärzte und Richter, Erzieherinnen und Heilpraktikerinnen. Auch ein paar Ex-Elitesoldaten waren dabei. Als die GSG9 zusammen mit mehreren Spezialeinheiten der Bundesländer die Wohnungen und Büroräume der Prokhoffs und der anderen Beschuldigten gestürmt hatten, waren über hundert Haftbefehle vollstreckt worden. Am Ende hatte die Bundesanwaltschaft zweiundfünfzig Frauen und Männer vor Gericht gestellt. Gegen neunundvierzig von ihnen wurden mehrjährige Haftstrafen verhängt. Wie war es nur möglich, dass all diese Leute geglaubt hatten, es sei in einem Land wie Deutschland möglich, das Reichstagsgebäude zu stürmen und durch Anschläge auf die öffentliche Stromversorgung bürgerkriegsähnliche Zustände herbeizuführen, um nach der Machtübernahme eine Räte-Regierung zu installieren – unter der Führung von Georg Maximilian Fürst von Prokhoff!

In ihre Gedanken hinein hörte sie Xenia sagen: »Da vorne haben wir euch Plätze reserviert. Setzt euch doch schon mal. Es geht gleich los.«

Penelope spürte Falks Hand in ihrer.

»Na, dann Hals- und Beinbruch«, sagte er zu Xenia, die das Gesicht verzog, bevor sie sich abwandte.

Zehn Minuten später hörten sie Xenia über ihr Buch sprechen. Natürlich hatte Penelope gewusst, dass Xenia in *Sonnenwende* einen großen Bogen schlug, der weit über die privaten Verbrechen der Prokhoffs hinausging und in dem geradezu irrwitzigen Plan mündete, mit ihrer Stiftung die gesamte gesellschaftliche Ordnung in Deutschland und über die Landesgrenzen hinaus zu stürzen. Und doch war sie erschüttert, als in einer Videoinstallation die Ereignisse aufgearbeitet und die Lebenswelten der Täter und Opfer gegenübergestellt wurden. Als die Bewegtbilder von Trīs Liepas über die Leinwand liefen, spürte sie, wie Falks Händedruck fester wurde. So saßen sie da, und Penelope wusste, dass Falk in diesem Moment das Gleiche fühlte, dass auch er an Sieglinde König dachte, vor allem aber an Brammer, und dass sie beide hier sitzen durften, er aber nicht. Weil er in einer Winternacht in Lettland von fanatischen Kriminellen erschossen worden war. All die Toten, dachte Penelope wieder. Und sah im nächsten Moment auf der Leinwand das Gesicht ihrer Mutter.

Penelope starrte auf das Foto. Sie war nicht darauf gefasst gewesen, dass Xenia auch sie erwähnen würde. Weil der Tod ihrer Mutter ja nichts mit der Familienstiftung zu tun hatte. Und dann war der Film plötzlich zu Ende, und der Abspann lief über die Leinwand:

Gegen Claire von Prokhoff ist derzeit ein weiteres Verfahren wegen Mordes anhängig. Die Milliardärin wird beschuldigt, vor 25 Jahren die in Riga ansässige deutsche Staatsangehörige Rebecca M. getötet zu haben. Rebecca M., von 1996 bis 1998 Lehrerin am Deutschen Gymnasium in Riga, war an Ostern 1998 auf mysteriöse Weise mit ihrem Auto verschwunden. Da das Fahrzeug auf einem Autobahnrastplatz an der A9 zwischen Bayreuth und Nürnberg aufgefunden wurde, ging die lettische Polizei damals davon aus, dass die Frau in Deutschland Opfer eines Verbrechens geworden war. Der Ehemann der Milliardärin, Georg von Prokhoff, wird in einem separaten Verfahren der Mitwisserschaft angeklagt sowie der Verdunkelung einer Straftat.

Penelope atmete tief ein und wieder aus. Ihr Atem fühlte sich zittrig an, und sie hatte Mühe, nicht in Tränen auszubrechen. Heftig blinzelte sie dagegen an.

Als die Beleuchtung anging, hatte sie sich wieder gefasst. Jetzt war es in der Welt. Jetzt wussten es alle. Und plötzlich schoss ihr der Gedanke durch den Kopf, dass sie jetzt wirklich anfangen konnte, sie loszulassen. Sie hatte nun ein Grab, zu dem sie gehen konnte. Sie hatte nun einen Ort, an dem sie mit ihr sprechen, ihr alles erzählen konnte. Ja, dachte sie, es ist nun an der Zeit, nicht mehr nur an den Tod zu denken. Sie wollte an das Leben denken, das in ihr heranwuchs. Und als könnte er ihre Gedanken lesen, spürte sie Falks Hand auf ihrem Bauch, der schon eine leichte Wölbung erkennen ließ. Sechster Monat, dachte sie und sah wieder das grobkörnige Schwarz-Weiß-Bild vom letzten Ultraschall vor sich, das die Umrisse eines liegenden Babys zeigte. Der Gedanke, dass sie nun nicht mehr allein war in diesem Körper, war immer noch seltsam. Was für eine Mutter sie wohl sein würde? Das hatte sie sich in den letzten Wochen oft gefragt. Davor hatte sie nie über Kinder nachgedacht. Es hatte ja auch nie einen Anlass dazu gegeben. Jedenfalls hatte sie jetzt allen Grund, über das Leben nachzudenken, über die Zukunft, wie alles werden würde auf dem alten Hof, den sie im Allgäu gekauft hatten. Und plötzlich fragte sie sich, was ihre Mutter dazu gesagt hätte. Ob er ihr gefallen würde. Was würde Penelope darum geben, ihn ihr vorzustellen. Ihre Kehle wurde eng bei dem Gedanken daran, wie sie ihre Mutter an die Hand nehmen würde und sie durch die Zimmer führen, ihr das alte Kinderbett zeigen würde, das sie abgelaugt und neu geölt hatte. Aber ihre Mutter war tot, sie würde sie niemals mehr an die Hand nehmen, um ihr irgendwas zu zeigen. Und plötzlich fühlte sie so etwas wie Trotz in sich aufsteigen. Nein, dachte sie, sie wollte definitiv nicht mehr an den Tod denken. Sie wollte an ihre Mutter im Leben denken, wie sie sie in Erinnerung hatte, auf Penelopes Bett sitzend mit dem Astrid-Lindgren-Märchenbuch auf dem Schoß; oder in ihrem Wohnzimmer in Riga, wie sie hereinkam und Penelope mit Leberwurstbroten vor dem Fernseher versorgte; im Wald beim Preiselbeersammeln, in einem Wald in Lettland; sie wollte daran denken, wie sie ausgesehen hatte mit ihrer hellblauen Schürze mit den rosaroten und gelben Bonbons darauf, wie sie Penelope die Schüssel zum Teigauslecken hingestellt hatte; wie sie mit ihr im Schnee gelegen und mit fliegenden Armen und Beinen Engel geformt hatte. Wie sie an der Nähmaschine gesessen und die rot-weiß karierten Vorhänge für ihren Landrover genäht hatte. Wie sie ihr und Tillie die vom Melonensaft klebrigen Hände abgewischt hatte, auf einem Markt in Windhoek. Wie sie mit ihr gebetet hatte, jeden Abend beim Zubettbringen. An all das wollte sie denken.

Nachwort der Autorin

Wie immer möchte ich meinen Lesern wieder einen kurzen Überblick verschaffen, was in der Roman-Dilogie Fiktion ist und was Realität. Meine Stammleser wissen schon, dass ich mich für die verschiedensten Ausprägungen von Extremismus und Radikalismus interessiere und diese Themen in meinen Büchern verarbeite. So geht es zum Beispiel in »Rabenfrauen« um religiösen Extremismus und im »Nachtfräuleinspiel« um die sogenannte Festhaltetherapie, eine radikale Erziehungs- und Therapieform. Meine Erfahrung ist: Wer einmal anfängt, sich mit diesen Themen zu beschäftigen, erschrickt über den Irrgarten an radikalen Ideen, in die ein Mensch geraten kann.

Extremismus und Radikalismus werden häufig als Synonyme verwendet. Sie unterscheiden sich jedoch in ihrer Bestrebung. So zielen extremistische Ideen und Aktivitäten darauf ab, die freiheitliche demokratische Grundordnung eines Staates zu beseitigen; sie sind verfassungsfeindlich. Radikale Ansichten und Aktivitäten hingegen fallen unter den Schutz der Meinungsfreiheit und sind nicht verboten. In meiner Roman-Dilogie wollte ich zeigen, wie das eine zum anderen führen kann. Und manchmal überrollt die Fiktion die Realität.

Diese Erfahrung machte ich am 22. Dezember 2022, als Spezialkräfte der Polizei zeitgleich in elf Bundesländern Razzien bei einem Netzwerk rechtsextremer Verschwörungstheoretiker um einen gewissen Heinrich XIII. Prinz Reuß durchführten. Ich war gerade auf der Autobahn unterwegs, auf dem Weg zu meinem Verlag in München, und ich erinnere mich noch gut an den Moment, als ich das Radio anstellte und die Meldung hörte. Sie hatte für mich etwas Unwirkliches an sich. Denn bei dem bevorstehenden Treffen im Verlag sollte es um mein neues Buch gehen, in dem ich seltsamerweise genau so eine Geschichte erzählte. Nur dass der Mann, der im Roman die Regierungsgeschäfte in Deutschland übernehmen wollte, Georg von Prokhoff hieß.

Auch die auf den ersten Blick arkadisch anmutenden Dörfer in *Kaiserwald* und *Sonnenwende* sind der Realität nachempfunden. Diese völkischen Siedlungen entstehen seit einigen Jahren verstärkt in ländlichen und strukturschwachen Gebieten in ganz Deutschland, die Bewohner leben dort ihre rassistisch-antisemitische Weltanschauung aus.

Ursprünglich war die Völkische Bewegung eine nationalistische und rassistische Strömung im Deutschen Reich und in Österreich-Ungarn, die um die Wende vom neunzehnten zum zwanzigsten Jahrhundert aufkam. Sie basierte auf der Vorstellung einer ethnisch homogenen Nation, die durch Blut und Boden, also Abstammung und Heimat, definiert wurde. Die völkischen Siedler verbanden eine romantisierte Auffassung der deutschen Kultur und Geschichte mit einer Ablehnung der Moderne, des Liberalismus und des Parlamentarismus. Antisemitismus spielte eine zentrale Rolle in ihrem Weltbild. Die völkische Ideologie beeinflusste maßgeblich den Nationalsozialismus und bereitete ideologisch den Boden für dessen Aufstieg. Bis heute ist die völkische Bewegung ein wichtiger Arm des Rechtsextremismus.

Verfassungsschützer warnen zunehmend davor, dass rechtsextreme Gruppen nicht mehr ausschließlich durch stereotype Merkmale wie Springerstiefel und Glatze erkennbar sind. Als ich einmal im Freundes- und Bekanntenkreis herumfragte, brachten tatsächlich nur die wenigsten das äußere Erscheinungsbild eines völkischen Siedlers mit rechter Gesinnung in Verbindung. Die meisten waren der Überzeugung, dass es sich bei »Öko-Landwirten in Leinenklamotten« grundsätzlich um Linksalternative handelt, was kein Wunder ist, denn beide Seiten fordern einen nachhaltigen Umgang mit den Ressourcen der Natur und plädieren für eine Rückbesinnung auf traditionelle Lebensweisen. Der große Unterschied zwischen rechtem und linkem Ökologieverständnis besteht darin, dass linke Ökologen Umweltprobleme oft im Zusammenhang mit wirtschaftlichen Ungleichheiten sehen, wohingegen rechte Ökologen sie als Bedrohung für die »heimische« Bevölkerung betrachten und Maßnahmen unterstützen, die auf die Abschottung oder den Schutz der eigenen Ethnie oder Nation abzielen. Linke Ökologen sehen die Wurzel der Umweltkrise oft im ungebremsten Wirtschaftswachstum, in der Profitmaximierung und im Konsumverhalten. Rechte Ökologen begründen Umweltprobleme häufig mit Überbevölkerung und sehen Umweltschutz oft als Voraussetzung für die Stärkung der eigenen Gemeinschaft und Kultur.

In Deutschland gibt es heute in fast allen Bundesländern völkische Ansiedlungen. Nach Angaben der Amadeu Antonio Stiftung findet man sie in Bayern, Brandenburg, Hessen, Mecklenburg-Vorpommern, Niedersachsen, Sachsen, Sachsen-Anhalt und Schleswig-Holstein. Ein Artikel der Wochenzeitung *Kontext* vom 17. Mai 2023 berichtet von derartigen Ansiedlungen auch in Baden-Württemberg. Außerhalb Deutschlands soll es laut Fachstelle Radikalisierungsprävention und Engagement im Naturschutz (FARN) in Schweden, Österreich und der Schweiz völkische Ansiedlungen geben.

Auch die rechten Jugendcamps, die meine Romanfiguren besuchen mussten, habe ich mir nicht ausgedacht. Es gab und gibt in Deutschland rechtsextreme Jugendbünde. Von 1952 bis 1994 war die für ihre nationalsozialistischen Ideologien und paramilitärischen Aktivitäten bekannte Wiking-Jugend (WJ) aktiv. Die Heimattreue Deutsche Jugend (HDJ) war von 1990 bis 2009 tätig und orientierte sich stark an der Hitlerjugend, bevor auch sie verboten wurde. Eine weitere Gruppe, die Artgemeinschaft – Germanische Glaubens-Gemeinschaft wesensgemäßer Lebensgestaltung – kombinierte seit den 1980er Jahren rechtsextreme und neopagane Ideologien und richtete sich mit Gemeinschaftserlebnissen wie Zeltlagern bis zu ihrem Verbot 2023 ebenfalls an Jugendliche und junge Erwachsene. Heute ist der Deutsche Jugendbund Sturmvogel aktiv, der völkische und nationalistische

Ideologien pflegt und vom Verfassungsschutz beobachtet wird. Wie die Aussteigerin Heidi Benneckenstein in ihrer Autobiografie *Ein deutsches Mädchen* schreibt, erfuhr sie als Kind in Sommerlagern der Heimattreuen Deutschen Jugend regelmäßig paramilitärischen Drill. Dort war es auch, wo sie das Deutsche Reich mit seinen Grenzen von 1937 als Laubsägearbeit fertigte.

Was die Provo Canyon School angeht, so hat das US-amerikanische It-Girl Paris Hilton im Jahr 2022 öffentlich gemacht, dass sie während ihrer Zeit an der Provo Canyon School in Utah als Teenager psychisch und physisch schwer misshandelt wurde. In einem Interview und in ihrer Dokumentation *This Is Paris* enthüllte sie, dass sie in der Schule emotionalem Missbrauch, Isolation, Zwangsmitteln und körperlicher Gewalt ausgesetzt war.

Das Kürzel HSAM steht für »Highly Superior Autobiographical Memory« und bezeichnet die seltene Fähigkeit, sich exakt an persönliche Ereignisse und Einzelheiten aus der Vergangenheit zu erinnern. Der Neurobiologe Dr. James McGaugh stieß in den frühen 2000er Jahren auf diese bemerkenswerte Fähigkeit, als er eine Frau namens Jill Price untersuchte, die sich detailliert an persönliche Ereignisse aus ihrer Vergangenheit erinnern konnte. Weltweit sind derzeit sechzig solcher Fälle diagnostiziert. Studien haben gezeigt, dass Menschen mit HSAM oft über größere Hirnareale verfügen, die mit dem Gedächtnis verbunden sind und möglicherweise Unterschiede in der Funktionsweise bestimmter Gehirnregionen aufweisen. Obwohl HSAM als erstaunliche Fähigkeit angesehen wird, kann sie auch belastend sein, da sich Betroffene an traumatische Ereignisse ebenso klar erinnern wie an positive Erlebnisse.

Anja Jonuleit,
im Juli 2024

Dank

Mein großer Dank gilt meinen Töchtern Astrid und Laura, die mich durch ihre Zeit in der 4. Kompanie des Gebirgsjägerbataillons 233 in Mittenwald zur Figur der Penelope inspirierten. Als Zugfunker und Nahsicherer wart ihr bei Wind und Wetter auf Truppenübungsplätzen und im Gebirge unterwegs, habt dreißig Kilo Gepäck, das G36 sowie die Panzerfaust bzw. das Funkgerät mitgeschleppt. Ich danke euch, dass ihr eure Erlebnisse mit mir geteilt habt, auch die Fünfzig-Kilometer-Durchschlageübung im Estergebirge mit anschließender Durchquerung des Walchensees.

Wie schon in der Vergangenheit habt ihr auch dieses Mal das komplette Manuskript durchgeackert und kommentiert. Man kann inzwischen getrost von einer »same procedure as every year« sprechen. Auch dir, liebe Marlene, danke ich fürs Lesen und Kommentieren der Penelope-Perspektive.

Ich danke den Offizierinnen Hauptmann Julia Wilbald und Hauptmann Jenny Nessel des Gebirgsaufklärungsbataillons 230 in Füssen, die sich die Zeit nahmen, mir ausführlich auf meine Fragen zu antworten und mir von ihrer Laufbahn und ihrem Leben bei der Bundeswehr zu erzählen.

Ich danke Hauptmann Volker Schreiner des Gebirgsaufklärungsbataillons 230 in Füssen, der mir den Kontakt zu den beiden Offizierinnen hergestellt und mich in die Kaserne Füssen mitgenommen hat.

Ich danke meinem Mann, der mich auf meinen beiden Recherchereisen nach Lettland begleitet hat.

Mein immerwährender Dank gilt Ute Jany, Mitglied der Initiative gegen seelische Abhängigkeit und religiösen Extremismus e. V., die nicht müde wird, sich gegen Extremismus und Radikalisierung zu engagieren und mich regelmäßig über die neuesten Auswüchse informiert.

Zum Schluss möchte ich noch Bianca Dombrowa danken, Editor at Large bei Penguin Random House, langjährige Bücher-Weggefährtin und nun auch noch meine Lektorin. Es ist so schön, dich an meiner Seite zu wissen.

Quellen

Die Welt, 18.02.2008: *Wenn ein Mensch das Vergessen verlernt.*

SPIEGEL, 19.11.2008: *Frau mit perfektem Gedächtnis. Mein Kopf zeichnet jede Minute meines Lebens auf.*

CBS, 19.12.2010: *60 Minutes, Endless Memory.*

Marilu Henner: *Total Memory Makeover. Uncover your past, take charge of your future.* New York: Gallery Books 2012.

Spektrum.de, 21.03.2013: *Hyperthymesie. Ein fast perfektes Gedächtnis.*

Anna Schmidt: *Völkische Siedler/innen im ländlichen Raum. Basiswissen und Handlungsstrategien.* Amadeu Antonio Stiftung, Berlin 2014.

Bundeszentrale für politische Bildung, 10.09.2015: *Völkische Enklaven nach NS-Vorbild mitten in Deutschland.* Johannes Radke: Interview mit Elisabeth Siebert.

BBC, 26.01.2016: *The blessing and curse of the people who never forget.*

Deutschlandfunk Kultur, 21.02.2017: *Völkische Siedler im ländlichen Raum. Der Bio-Nazi von nebenan.* Peter Podjavorsek.

Andrea Röpke, Andreas Speit: *Völkische Landnahme: Alte Sippen, junge Siedler, rechte Ökos.* Berlin: Ch. Links Verlag 2019.

Udo Schuster (Hrsg.): *Rassismus im neuen Gewand. Herausforderungen im Kommunikationszeitalter 4.0.* München: Herausgegeben im Auftrag der Initiative gegen seelische Abhängigkeit und religiösen Extremismus e. V. und der Bayerischen Arbeitsgemeinschaft Demokratischer Kreise e. V. 2019.

Heidi Benneckenstein: *Ein deutsches Mädchen. Mein Leben in einer Neonazi-Familie.* Berlin: Tropen Verlag 2019.

ZDF Doku, 2019: *Völkische Siedler. Schattenwelten auf dem Land.*

RBB/Das Erste, Sendung »Kontraste«. 02.11.2020: *Dorfbewohner in Sorge. Rechte Siedler auf dem Vormarsch.* Film von Silvio Duwe, Lisa Wandt.

Deutschlandfunk Kultur, 02.12.2020: *Völkische Siedler in Brandenburg. Wie eine Sekte ein Dorf übernimmt.* Christoph Richter.

Ökolandbau.de, 18.05.2021: *Rechtsextreme Ökos – Was die Bio-Branche dagegen tut.*

KATAPULT-Magazin, 28.12.2021: *Grüße von der Sturmvogeloma.* Stefanie Schuldt.

SPIEGEL TV, 05.02.2023: *Invasion der Ewiggestrigen. Völkische Siedler in der norddeutschen Heide.* Von Steffen Vogel.

MDR-Reihe »exactly«, 06.11.2023: *Rechtsextreme Nachbarn: Völkische Siedler im Harz.*

Kontext: WOCHENZEITUNG, Ausgabe 633, 17.05.2023: *Anastasias Jünger in Baden-Württemberg. Reaktionäre Sehnsüchte.* Von Lucius Teidelbaum.

Tagesschau, 27.11.2023: *Weda Elysia: Wie völkische Siedler sich breitmachen.*

Tagesspiegel, 08.06.2023: *Völkische Landnahme in Brandenburg: Linke fordern konzertiertes Vorgehen gegen rechte Siedler.* Volker Metzner.